Wolfgang Burger
Wen der Tod betrügt

PIPER

Zu diesem Buch

Kripochef Alexander Gerlach traut seinen Augen nicht: Verborgen unter den herabhängenden Ästen einer Weide entdeckt er am Ufer des Neckars etwas leuchtend Rotes. Es ist der Mantel einer Frau, die leblos im seichten Wasser treibt. Alles deutet darauf hin, dass Juliana von Lembke von einer nahegelegenen Brücke in den Tod sprang. Doch ein kleiner Kratzer an der Hand der Leiche weckt Gerlachs Misstrauen. Bei seinen Ermittlungen im Umfeld der Toten stößt er auf immer mehr Motive für einen Mord: Ihre Kollegen beschreiben sie als eine gefürchtete und krankhaft ehrgeizige Managerin, die auf die Sanierung maroder Firmen spezialisiert war und sich so viele Feinde gemacht hat, ihr Ehemann berichtet von zahlreichen Affären seiner Frau, unter denen er zu leiden hatte. Als er plötzlich verschwindet und ein ehemaliger Liebhaber der Managerin tot aufgefunden wird, beginnen die Ereignisse sich zu überschlagen …

Wolfgang Burger, geboren im Südschwarzwald, ist promovierter Ingenieur und hat viele Jahre in leitenden Positionen am Karlsruher Institut für Technologie KIT gearbeitet. Er hat drei erwachsene Töchter und lebt heute in Karlsruhe und Regensburg. Seit 1995 ist er schriftstellerisch tätig. Seine Alexander-Gerlach-Romane waren bereits zweimal für den Friedrich-Glauser-Preis nominiert und standen mehrfach auf der SPIEGEL-Bestsellerliste.

Wolfgang Burger

WEN DER TOD BETRÜGT

Ein Fall für Alexander Gerlach

PIPER

Von Wolfgang Burger liegen im Piper Verlag vor:
Alexander-Gerlach-Reihe:
Band 1: Heidelberger Requiem
Band 2: Heidelberger Lügen
Band 3: Heidelberger Wut
Band 4: Schwarzes Fieber
Band 5: Echo einer Nacht
Band 6: Eiskaltes Schweigen
Band 7: Der fünfte Mörder
Band 8: Die falsche Frau
Band 9: Das vergessene Mädchen
Band 10: Die dunkle Villa
Band 11: Tödliche Geliebte
Band 12: Drei Tage im Mai
Band 13: Schlaf, Engelchen, schlaf
Band 14: Die linke Hand des Bösen
Band 15: Wen der Tod betrügt
Band 16: Wenn Rache nicht genügt

FSC
www.fsc.org
MIX
Papier aus verantwortungsvollen Quellen
FSC® C083411

Ungekürzte Taschenbuchausgabe
ISBN 978-3-492-31465-7
Februar 2020

erschienen im Verlagsprogramm Paperback
Umschlaggestaltung: FAVORITBUERO, München
Umschlagabbildung: Getty Images (Richard Fairless; Erik Hageman/EyeEm und Andrew Latshaw/EyeEm)
Satz: Kösel Media GmbH, Krugzell
Gesetzt aus der Stone Serif
Druck und Bindung: CPI books GmbH, Leck
Printed in the EU

Für Jamie

1

Was soll ich es leugnen – ich habe ihn auf den ersten Blick nicht leiden können. Selbstverständlich haben meine Eltern mir beigebracht, dass Vorurteile etwas Schlechtes sind. Natürlich weiß ich, dass man sich nie vom ersten Eindruck leiten lassen darf, dass man stets versuchen soll, Fremden unvoreingenommen gegenüberzutreten. Und dennoch, ich kann es nicht ändern, Kai Meerbusch war mir schon in der ersten Sekunde unsympathisch.

Sein verdruckstes Getue, die Art, einem nie, einfach nie in die Augen zu sehen, mehr zu nuscheln als zu sprechen, die demütige Körperhaltung, alles an diesem Mann machte mich aggressiv. Aus der Sicht eines Kriminalisten war er das geborene Opfer. Ein Mensch, der geradezu darum bettelte, herumgeschubst und drangsaliert, auf der Straße ausgeraubt und verprügelt zu werden.

Hinzu kam, aber dafür konnte er nun wirklich nichts, dass ich an dem Tag, als ich ihn zum ersten Mal traf, hundsmiserable Laune hatte. Ärger mit Theresa, auf meinem Schreibtisch türmte sich wieder einmal der Papierkram, das Wetter war kalt und feucht, der Tag ein graues Etwas zwischen nicht mehr könnendem Winter und noch nicht wollendem Frühjahr. Obwohl der März schon einige Tage alt war, war von Frühlingserwachen noch nichts zu spüren.

Dass mir Kai Meerbusch über den Weg lief, war reiner Zufall. Ich war von meinem Schreibtisch geflüchtet, die Treppen hinunter ins Erdgeschoss gelaufen, um vor die Tür zu treten und meinen dumpfen Kopf auszulüften.

»Verzeihung?«, sprach mich jemand von der Seite an, gerade als ich den ersten bewussten Atemzug dieses trüben Tages tat.

Und da stand er. Einen Kopf kleiner als ich, schmaler auch und schlanker, mit leicht gebeugtem Rücken und betretener Miene. Seine hochwertige Kleidung fiel mir sofort auf. Der hellbraune Anzug nicht gerade vom Edelschneider, aber sicherlich auch nicht von der Stange. Die im Farbton exakt dazu passenden Schnürschuhe blitzblank gewienert und wohl ebenfalls nicht billig. Etwas nachlässig rasiert war er, offener Hemdkragen, keine Krawatte, gepflegte Hände, die nicht von körperlicher Arbeit zeugten.

»Ja?«, fragte ich unfreundlich und riss mich gleich darauf zusammen. »Wie kann ich Ihnen helfen?«

Schließlich ist man als Polizist ja auch ein Freund und Helfer. Obwohl wir unter unserem neuen Chef mehr und mehr zu Statistikern und Excel-Künstlern mutierten, wie Balke es kürzlich so treffend ausgedrückt hatte.

»Ich weiß nicht«, antwortete der verschreckte Mann im teuren Anzug. »Meine Frau ist verschwunden.«

Wen wundert's?, war mein erster, selbstredend völlig unangemessener Gedanke.

»Das tut mir leid«, sagte ich.

Sie seien nur zu Besuch in Heidelberg, gestand er mir verlegen, hätten einige Tage Urlaub hinter sich, am Comer See, und seien auf der Rückreise nach Norden von der Autobahn abgefahren, um sich die weltberühmte Stadt am Neckar anzusehen, irgendwo eine Kleinigkeit zu essen und anschließend weiterzufahren.

»Aber dann haben wir spontan unsere Pläne geändert«, fuhr er fort. »Meine Frau wollte eine alte Freundin besuchen, wo wir schon mal hier waren.«

Und so hatte man sich kurz entschlossen im Crowne Plaza ein Zimmer genommen.

»Juli steigt immer dort ab, wenn sie in Heidelberg ist.«

»Ihre Frau heißt Juli?«

»Eigentlich Juliana.« Verkrampft gestikulierte er mit seinen gepflegten Händen, rang um Worte. Seine Frau habe abends gegen sechs Uhr mit dem Wagen gut gelaunt das Hotel verlassen und sei bisher nicht zurückgekommen.

»Was sagt die Freundin dazu?«

Von der wusste er leider nur den Vornamen. »Anita, und dass die beiden sich aus Studienzeiten kennen. Die Krankenhäuser habe ich heute Morgen schon alle angerufen. Dort ist Juli aber nicht.«

»Ihre Frau hat doch bestimmt ein Handy dabei.«

»Das hat sie, natürlich. Aber sie geht nicht ran. Ich habe es x-mal versucht. Ich dachte, sie hat gestern vielleicht zu viel getrunken, wollte nicht mehr Auto fahren und hat deshalb bei Anita übernachtet.«

Als wollte er mir ein Geheimnis anvertrauen, trat er näher an mich heran. Sein Atem roch nach Alkohol. Der Frust und die Einsamkeit gestern Abend mussten ziemlich groß gewesen sein.

»Aber dann würde sie sich doch allmählich mal melden, finden Sie nicht auch?« Er sah mich verzweifelt an.

»Hatten Sie Streit?«, lautete meine nächste Frage, die ein Polizist an dieser Stelle immer stellt.

Erschrocken schüttelte er den länglichen, für einen Mann ungewöhnlich schönen Kopf mit glattem, dunklem, an den Schläfen schon dezent angegrautem Haar. »Wir ... nun ja ... wir hatten tatsächlich eine kleine Ehekrise in den vergangenen Wochen. Wo gibt es das nicht, dass man sich hin und wieder ein wenig zankt? Aber nicht gestern. Gestern nicht. Eigentlich war alles ... ganz normal. Juli hat fröhlich ›Tschüss‹ gesagt, ihren Mantel angezogen, die Handtasche genommen und ist gegangen.«

»Ihre Frau hat sich nicht über Sie geärgert und ist vielleicht einfach allein weitergefahren?«

Dieses Mal fiel das Kopfschütteln noch entschiedener aus. »So ist Juli nicht. Sie geht Konflikten nicht aus dem Weg. Das kann manchmal etwas anstrengend sein, zugegeben. Ist aber besser, als die Dinge unter den Teppich zu kehren.«

Gegensätze sollen sich ja bekanntlich anziehen. Nachdem er am Morgen eine Weile erfolglos auf ein Lebenszeichen seiner Frau gewartet und mit diversen Krankenhäusern telefoniert hatte, wandte er sich schließlich an die Polizei.

»Ich war beunruhigt, sehr beunruhigt … aber dann …«

Die Kollegin, an die er geriet, hatte ihm wohl ein wenig von oben herab erklärt, sie könne ihm nicht helfen. Seine Frau sei erwachsen, im Vollbesitz ihrer geistigen Kräfte und deshalb berechtigt, sich aufzuhalten, wo immer sie wollte, und dort zu tun, wozu sie Lust hatte.

Vermutlich war er auch der Kollegin auf die Nerven gegangen. In meinem Beruf hört man solche Geschichten jeden Tag. Männer verschwinden, tauchen zwei Tage später reumütig, verkatert und zerknittert wieder auf, nachdem sie mit Freunden zusammen eine Sauftour durch die Kneipen Mannheims gemacht oder sich in irgendeinem Flatratebordell ausgetobt haben. Frauen verschwinden und werden am Ende bei ihrer Mutter oder der besten Freundin wiedergefunden. Deshalb vermutete auch ich hinter dem unerklärlichen Verschwinden dieser Juliana eine sehr erklärliche Ehekrise.

»Sie hat ihr Handy aber nicht ausgeschaltet?«, fragte ich sicherheitshalber nach.

»Nein, es tutet. Aber sie geht nicht ran.« Der unglückliche Mann straffte sich und streckte mir seine Rechte hin. »Verzeihen Sie, ich habe mich noch gar nicht vorgestellt. Kai von Lembke-Meerbusch ist mein Name. Ich bin ein wenig … konfus, was vielleicht angesichts der Umstände …«

»Gerlach.« Ich drückte seine Hand vielleicht ein wenig kräftiger, als nötig gewesen wäre. »Alexander Gerlach.«

Sagte ich schon, dass ich Menschen nicht ausstehen kann, die sich unentwegt entschuldigen und einen schlaffen Händedruck haben? Ich versuchte, dem armen Kerl klarzumachen, dass auch ich, obwohl Chef der hiesigen Kriminalpolizei, nichts für ihn tun konnte. Meine Kollegin hatte vollkommen recht: Erwachsene Menschen dürfen in einem freien Land im Rahmen der Gesetze tun und lassen, was ihnen gefällt. Um ihn wieder loszuwerden, bat ich ihn um die Daten der Frau, die ihn hatte sitzen lassen – wofür ich inzwischen jedes Verständnis hatte –, und eine Beschreibung ihres Wagens. Dieser war ein Mercedes, S-Klasse, silbergrau, das Kennzeichen begann mit »D«.

»Düsseldorf«, fügte er überflüssigerweise hinzu. »Dort sind wir zu Hause.«

Vierundvierzig Jahre alt war die Vermisste, eher klein als groß, schlank, graziös, schwarzer Kurzhaarschnitt.

»Sie trägt rote Schuhe mit hohen Absätzen, eine schwarze Hose und einen knallroten Kurzmantel, aus Mailand, erst vor drei Tagen gekauft. Den liebt sie über alles, den roten Mantel. Juli hebt sich nämlich gern von der Masse ab.«

»Am besten, Sie gehen ins Hotel zurück und warten ab, bis sie sich meldet. Ich bin überzeugt, es wird nicht mehr lange dauern. Vielleicht ist sie längst wieder dort und wundert sich, wo Sie stecken.«

Jetzt lernte ich den Mann von einer neuen Seite kennen: »Ich habe lange genug gewartet. Ich fahre jetzt nach Hause. Mit dem Zug.«

Genug Geld für ein Ticket nach Düsseldorf hatte er in der Tasche. Außerdem Kreditkarten. Allerdings musste er erst noch sein Gepäck aus dem Hotel holen und das Zimmer bezahlen. Zum Bahnhof würde er ein Taxi nehmen. Am Ende überreichte er mir eine nobel aussehende Visitenkarte. Als Beruf war »Künstler« angegeben.

»Falls ich etwas höre, melde ich mich umgehend«, versprach ich ein wenig versöhnlicher. »Machen Sie sich nicht zu viele Sorgen.«

Acht Stunden später war ausgerechnet ich es, der Juliana von Lembkes Leiche fand.

2

»Vergiss es«, keuchte ich. »Glaub mir doch, Theresa, es wird nicht klappen.«

Auch meine Göttin war außer Atem, weshalb es mit der Antwort ein wenig dauerte. »Es muss aber«, brachte sie endlich heraus. »Es muss und es wird klappen. Ich lasse da nicht locker.«

Abrupt blieb sie stehen, stützte die Hände auf die Knie, schnappte mit rotem Gesicht nach Luft. Ich lief einige Schritte weiter und freute mich, dass sie vor mir aufgegeben hatte. Noch hundert Meter und ich hätte selbst die weiße Fahne gehisst. Seit die Tage wieder länger wurden, hatten wir unser von Theresa verordnetes und streng überwachtes Abnehmprogramm um den Punkt »körperliche Fitness« erweitert. Jede Kalorie, die man verbrauchte, konnte sich einem nicht um die Taille legen. Mit dem Abnehmen hatten wir im November begonnen. Inzwischen hatte sie fast zehn Kilo verloren, was ihr sehr gut stand, obwohl sie noch immer eine üppige Frau mit den richtigen Rundungen an den passenden Stellen war. Ich selbst hatte nur acht Kilo geschafft, aber auch das war ein deutlicher Gewinn an Lebensqualität, wie ich zugeben musste.

Ich machte einige symbolische Dehn- und Lockerungsübungen, und es gelang mir recht gut zu verbergen, dass auch ich nach Atem rang. Schließlich richtete Theresa sich wieder auf, und wir trabten in gemäßigtem Tempo weiter. Die Runde, die wir jeden zweiten Abend liefen, führte in nordwestlicher Richtung aus Neuenheim hinaus auf die Felder westlich von Handschuhsheim, in weitem Bogen zum Neckar und an dessen Ufer entlang zurück zu Theresas Haus. Hin und wieder versuchten wir, die Laufstrecke um zwei-, dreihundert Meter zu verlängern. Anfangs hatte das recht gut funktioniert, aber jetzt, nach drei Wochen mehr oder weniger eifrigen Joggens, ging es plötzlich nicht mehr voran. Theresa hatte auch zu diesem Punkt Ratgeber studiert und meinte, das sei völlig normal. Nicht nur Kinder, auch Fitness entwickle sich in Schüben, und man müsse eben Geduld mit sich selbst haben.

Wir bogen auf den Weg am Neckarufer ein. Weit vor uns tauchten die Hochhäuser des Uniklinikums und des Deutschen Krebsforschungszentrums auf. Noch weiter entfernt, im Abenddunst kaum noch zu erkennen, das Heidelberger Schloss über den Türmen der Altstadt. Es roch nach brackigem Wasser und ein wenig vielleicht doch schon nach beginnendem Frühling. Noch immer war es abends so kalt, dass wir zum Laufen lange Hosen und Kapuzenpullis trugen.

Erst jetzt wurde mir bewusst, dass Theresa seit einiger Zeit schwieg, und als ich sie ansah, blickte ich in eine sauertöpfische Miene.

»Ich meine es doch nicht böse«, sagte ich versöhnlich. »Ich würde mich ja freuen für dich und Milena. Aber es gibt nun mal Vorschriften und Regeln ...«

»Vorschriften und Regeln sind das eine«, schnappte sie, »Moral ist etwas anderes.«

»Das brauchst du einem Polizisten nicht zu erklären«, biss ich zurück. »Trotzdem wirst auch du um die Bestimmungen des deutschen Asylrechts nicht herumkommen.«

»Ich will und werde Milena nicht in ihr Elend zurückschicken, ist das denn so schwer zu begreifen?«, schnaubte sie in einem Ton, als wäre ich es, der sich all die lästigen Gesetze ausdachte.

»Im Gegenteil«, blaffte ich zurück, »das ist sogar für einen einfältigen Beamten wie mich zu begreifen. Aber es ändert nichts an den Tatsachen. Wir können nun mal nicht alle Menschen aufnehmen, die sich in ihrer Heimat nicht wohlfühlen.«

»Erstens geht es nicht um alle Menschen, sondern um Milena. Und zweitens will ich sie nicht aufnehmen, denn sie ist ja schon da.«

Es hatte keinen Zweck. Die Diskussion drehte sich im Kreis, wie sie es schon seit Wochen tat. Milena, eine – falls ihre Angaben überhaupt stimmten – siebzehnjährige Armenierin, wohnte nun schon seit vier Monaten bei Theresa. Im Zuge eines verzwickten Falls von miesester Geschäftemacherei war sie ohne Papiere in Deutschland gestrandet, mit knapper Not dem Mann entronnen, der sie hergebracht und für sein schmutziges Gewerbe missbraucht hatte. Um die junge Frau vor ihm in Sicherheit zu bringen, hatte ich sie seinerzeit kurz entschlossen bei Theresa einquartiert. Heute saß der Täter längst in U-Haft, wartete auf seinen Prozess, und Theresas Schützling drohte zumindest von seiner Seite keine Gefahr mehr.

Das eigentliche Problem war, dass Theresa einen Narren an der Frau gefressen hatte, die fast noch ein Teenager war, und partout nicht einsehen wollte, dass diese nun in ihr Heimatland zurückkehren musste. Theresa konnte aus medizinischen Gründen keine Kinder bekommen, worunter sie zeitlebens gelitten hatte. Und nun war ihr ausgerechnet durch mich mehr oder weniger in den Schoß gefallen, wonach sie sich so lange erfolglos gesehnt hatte: ein junger Mensch, um den sie sich kümmern, für den sie sorgen konnte. Und das tat sie nun mit aller Energie und Verbissenheit, die ihr zur Verfügung stand, und das war eine Menge. Leider rannte sie dabei jedoch unentwegt gegen die dicken Mauern der deutschen Bürokratie und des Asylrechts an.

Am Flussufer stob eine Gruppe erschrockener Stockenten laut quakend ins Wasser, die wir wohl aus dem Halbschlaf geschreckt hatten.

»Ich verlange doch nur, dass man sich ausnahmsweise mal nicht so ganz genau an deine verfluchten Vorschriften hält«, lenkte Theresa ein. »Das passiert doch praktisch jeden ... Was ist?«

Ich war stehen geblieben, weil ich etwas gesehen hatte. Etwas Rotes an einer Stelle, wo es nicht hingehörte.

»Was ist los?«, fragte Theresa noch einmal, als ich zurückging, um unter den Ästen einer Weide zum steinigen Ufer hinabzusteigen.

Juliana von Lembke – roter Kurzmantel, schwarze Hose, nicht allzu groß, schwarzhaarig – lag mit dem Gesicht nach unten im Wasser. Ihr auffälliger Mantel hatte sich in den Ästen der Weide verfangen, weshalb sie nicht weiter flussabwärts getrieben war.

Theresa hatte schon ihr Handy gezückt und reichte es mir, da ich mein eigenes zum Joggen nie mitnahm.

Dreißig Minuten später wimmelte es am Neckarufer von Menschen. Uniformierte Kollegen sicherten das Umfeld und hielten die Neugierigen in Schach, die immer und überall aus dem Boden zu wachsen schienen, wo es etwas vermeintlich Spektakuläres zu sehen gab. Mitarbeiter des Dezernats für Kriminaltechnik sicherten Spuren und machten Fotos. Kollegen vom Kriminaldauerdienst nahmen meine Aussage zu Protokoll und fertigten Skizzen vom Fundort an. Auch ein Arzt war da, und alle taten mit unaufgeregter Professionalität, was zu tun war. Die Leiche lag inzwischen am Rand des Uferwegs auf dem Rücken. Nach einer ersten flüchtigen Untersuchung erklärte der junge Arzt mit sommersprossigem Lausbubengesicht, zur Todesursache könne er noch nichts sagen.

»Äußere Verletzungen hat sie auf den ersten Blick keine. Mit der Obduktion wird es ein paar Tage dauern. Wir sind zurzeit ziemlich voll.«

Inzwischen war es dunkel geworden, und es nieselte ein wenig. Ich hatte die Kollegen um eine Decke gebeten, da mir beim Warten kalt geworden war. Theresa hatte sich bald verabschiedet, um sich zu Hause zusammen mit ihrer Untermieterin um das Abendessen zu kümmern.

Hübsch war sie, diese Frau von Lembke, ja, beinahe schön mit ihrer im Tod so überraschend friedlichen und unschuldigen Miene. Zu diesem Zeitpunkt konnte ich noch nicht ahnen, dass sie mir die nächsten Wochen zur Qual machen sollte.

»Laut Obduktionsbericht eindeutig Suizid«, verkündete Klara Vangelis vier Tage später bei der Lagebesprechung zum Wochenbeginn. »Nach dem Wenigen, was das Labor an Spuren gefunden hat, ist sie wohl von der Alten Brücke gesprungen.«

Abgesehen von Abschürfungen an der linken Hand und an der Hinterseite des rechten Unterschenkels hatten die Rechtsmediziner keinerlei Verletzungen an der Toten gefunden. Weder innere noch äußere.

»An der verletzten Hand waren Anhaftungen von rotem Sandstein«, fuhr Vangelis fort. »Sie hat sich die Schrammen vermutlich zugezogen, als sie im letzten Moment versuchte, sich an der Brüstung festzuhalten.«

Was Selbstmörder nicht selten taten, wenn in der letzten Sekunde der Selbsterhaltungstrieb noch einmal die Oberhand über die Todessehnsucht gewann. Vangelis blätterte den vorläufigen Bericht um, der aus nur drei zusammengetackerten Blättern bestand, überflog den Text.

»Keine Anzeichen auf Fremdeinwirkung, keine Hämatome, keine Abwehrverletzungen, nichts, was irgendwie auffällig wäre.«

Da die Tote nicht einmal vierundzwanzig Stunden im Wasser gelegen hatte, war es unseren Technikern gelungen, am Mantel DNA-Spuren zu sichern, deren Auswertung jedoch noch einige Tage dauern würde.

Vangelis sah auf. »Sie hatte einiges getrunken an dem Abend. Ansonsten keine ungewöhnlichen Substanzen im

Blut, keine Anzeichen für Betäubungsmittel, alles clean und unauffällig.«

Der noble Mercedes mit Düsseldorfer Kennzeichen war erst gestern, am Sonntag, gefunden worden. Er hatte im Halteverbot nahe der Handschuhsheimer Tiefburg gestanden, im Zentrum des nördlichsten Stadtteils Heidelbergs. Ein wutentbrannter Anwohner hatte die Polizei gerufen, nachdem er sich mehrere Tage lang über den rücksichtslosen Besitzer der Nobelkarosse geärgert hatte, und einem ausgeschlafenen Kollegen war aufgefallen, dass der Wagen auf der Suchliste stand.

Der Mercedes gehörte nicht Frau von Lembke, sondern ihrem Arbeitgeber, der ORMAG, einer Aktiengesellschaft, deren Namen ich bei dieser Gelegenheit zum ersten Mal hörte und bis ans Ende meiner Tage nicht wieder vergessen werde.

»Der Kofferraum war voll mit Reisegepäck.« Vangelis klappte die dünne Akte zu. »Im Innenraum eine ziemliche Unordnung, wie das so ist auf dem Heimweg aus dem Urlaub. Ansonsten nichts von Bedeutung. Keine Anzeichen für einen Kampf oder auch nur ein Handgemenge.«

Nur ein Punkt war momentan noch ungeklärt: Die Handtasche der Toten war verschwunden. Und außerdem ihr Handy, das sich vermutlich darin befand. Die Tasche war von Prada, hatte Vangelis in Erfahrung gebracht, aus schwarzem Kalbsleder, mit Schulterriemen. Ein letztes Mal blätterte sie in ihren Unterlagen, klappte die Mappe dieses Mal endgültig zu.

»Also vielleicht doch ein Raubüberfall?«, überlegte ich laut.

Meine Mitarbeiterin schüttelte energisch ihre schwarze Lockenpracht. »Eine Frau lässt sich nicht einfach die Handtasche wegnehmen, ohne sich zu wehren. Ich bin mir sicher, die Tasche treibt noch irgendwo im Neckar und wird früher oder später gefunden.«

Die Erste Kriminalhauptkommissarin Klara Vangelis war die Tochter griechischer Eltern, jedoch in Deutschland geboren und aufgewachsen und eine meiner besten Kräfte. Wenn nicht die beste.

»Gut.« Ich lehnte mich entspannt zurück. »Was haben wir sonst?«

Abgesehen vom alltäglichen Wahnsinn – Wohnungseinbrüchen, Taschendiebstählen, den üblichen Altstadtraufereien am Samstagabend mit diversen blutigen Nasen und vermissten Zähnen – herrschte in Heidelberg und Umgebung Frieden. Eine ruhige Woche lag vor uns. Und der Fall Juliana von Lembke konnte zu den Akten gelegt werden.

Dachte ich.

3

Wieder zwei Tage später trillerte mittags um kurz vor eins mein Telefon. Sönnchen, meine unersetzliche Sekretärin, Beraterin und Trösterin in allen Lebenslagen, hatte einen Anruf aus Berlin in der Leitung.

»Ein Herr Schmidt vom Verteidigungsministerium«, sagte sie. »Ich weiß, Sie essen grad …«

»Stellen Sie ruhig durch.« Ich würgte den Happen hinunter, den ich eben von meinem zweiten Mittagsapfel gebissen hatte.

Am Vorabend hatten Theresa und ich wieder einmal das Endlosproblem Milena durchgekaut. Meine Liebste war eine kluge, gebildete Frau, aber bei diesem Thema versagte ihre Intelligenz vollständig. Mit Zähnen und Klauen wehrte sie sich gegen die Einsicht, dass sie ihre Beinahe-Adoptivtochter früher oder später würde ziehen lassen müssen, wenn sie sich nicht zumindest der Verdeckung einer Straftat schuldig machen wollte. Ihre Argumente waren im Lauf des Abends immer absurder geworden, und als sie mir schließlich in ihrer Rage unterstellte, ich würde sie im Fall des Falles vermutlich anzeigen, war mir der Kragen geplatzt. Zum ersten Mal seit Langem waren wir ohne Kuss auseinandergegangen. Entsprechend mies war heute meine Laune.

»Schmidt hier!«, wurde ich angebellt, nachdem es im Hörer einige Male geknackt hatte. »Sekündchen noch, bitte.«

Herrn Schmidt gefiel es, mich noch eine Weile warten zu lassen. Vielleicht wechselte er noch einige letzte Sätze mit einem Besucher, während ich mir fast die Hälfte von »Für Elise« von Ludwig van Beethoven anhören durfte. Hätte er mich nicht behandelt wie einen Bittsteller oder einen kleinen Bediensteten, dann wäre Juliana von Lembkes Tod vielleicht für alle Ewigkeit ein Selbstmord geblieben. Aber so war ich schon ziemlich verärgert, als ich zum zweiten Mal seine laute Stimme hörte.

»Herr Gerlach!«, begrüßte er mich schließlich in leutseligem, beängstigend gut gelauntem Ton. Und in genau diesem Moment drückte ich – bis heute kann ich nicht sagen, weshalb – das Knöpfchen an meinem Cheftelefon, das die Gesprächsaufzeichnung aktivierte. »Ich spreche doch mit Kriminaloberrat Gerlach?«

Ich bejahte. »Und mit wem habe ich die Ehre?«

»Schmidt hier, Axel Schmidt. Schön, ja. Ich habe eigentlich nur eine einzige kurze Frage, dann lasse ich Sie auch schon wieder in Ruhe, verehrter Herr Gerlach. Es geht um eine Frau von Lembke, Juliana. Sie ist kürzlich in Ihrem Zuständigkeitsbereich zu Tode gekommen, wie ich eben erfahren habe. Sie kennen den Fall?«

Er hatte einen leichten Sprachfehler, der sich insbesondere bei s-Lauten bemerkbar machte.

»Natürlich ...«

»Schön, ja. Es heißt, sie habe Selbstmord begangen?«

»Die Spurenlage und die Ergebnisse der Obduktion sprechen dafür.«

»Fremdverschulden kann also ausgeschlossen werden?«

Axel Schmidt stammte aus dem Norden und hatte einen ganz ähnlichen Akzent wie Sven Balke, einer meiner Mitarbeiter, der in der Nähe von Bremen groß geworden war.

»Definitiv. Aber darf ich vielleicht erfahren, weshalb Sie sich für den Fall interessieren?«

Der Mann in Berlin lachte laut und herzlich. »Das dürfen Sie, selbstverständlich dürfen Sie das, Herr Gerlach. Es ist ja überhaupt kein Geheimnis. Ich habe Frau von Lembke gekannt, das ist alles. Wir hatten hin und wieder beruflich miteinander zu tun und haben uns – nun ja – angefreundet wäre zu viel gesagt. Aber dennoch, so eine Nachricht ...«

Die Tote hatte bei ihrem Arbeitgeber in Düsseldorf eine hohe Position bekleidet, erfuhr ich erst jetzt.

»Mitglied des Vorstands, wie Ihnen sicherlich bekannt ist.«

Missmutig verneinte ich.

»Schön, ja. Juliana ist ... sie war eine toughe Frau. Hart im Verhandeln, aber verlässlich wie der sprichwörtliche Kruppstahl, hahaha. Wenn Juli sagte, das läuft, Vertrag kommt nächste Woche, dann lief das, und der Vertrag kam in der folgenden Woche ...«

Eine uralte Regel, die jeder Polizist dieser Welt im Blut hat, geht so: Macht jemand um einen bestimmten Punkt auffallend viele Worte, dann ist etwas faul an dem, was er sagt. Die Wahrheit lässt sich fast immer kurz und knapp ausdrücken.

»Ich darf Ihren Ausführungen also entnehmen, dass Frau von Lembke aus freien Stücken aus dem Leben geschieden ist?«, fragte Herr Schmidt in Berlin nun schon zum dritten Mal. »Gibt es vielleicht irgendeinen Hinweis auf den Grund ihres Freitods?«

»Ihr Mann sagte etwas von einer Ehekrise, aber ...«

»Eine Ehekrise, aha. Schön, ja.«

»Mehr kann ich nicht dazu sagen.«

»Das ist auch gar nicht nötig, verehrter Herr Gerlach«, rief Herr Schmidt, jetzt plötzlich wieder voller Begeisterung und keineswegs im Ton eines Menschen, der um eine Beinahe-Freundin trauert. »Ich bin Ihnen zu allergrößtem Dank verpflichtet und wünsche Ihnen noch einen wunderschönen Tag.«

Die Nummer, von der dieser merkwürdige Zeitgenosse angerufen hatte, war nicht angezeigt worden, stellte Sönnchen fest. Und sie ließ sich mit unseren üblichen Methoden auch nicht herausfinden, obwohl das Unterdrücken der Telefonnummer vor einem Anruf bei der Polizei normalerweise wirkungslos ist.

Nachdenklich verspeiste ich den Rest meines Apfels. Anschließend wählte ich die Nummer des Verteidigungsministeriums, die Sönnchen für mich in der Zwischenzeit recherchiert und auf einen ihrer rosafarbenen Klebezettelchen geschrieben hatte. Am anderen Ende meldete sich eine jugendliche Stimme, bei der ich mir nicht sicher war, ob ich mit einer Frau oder einem Mann sprach.

»Säuberlich?«

»Ich möchte gerne noch mal kurz Herrn Schmidt sprechen. Axel Schmidt. Wir haben gerade eben telefoniert.«

»Das kann ... Moment ... eigentlich nicht sein. Ich sitze hier in der Telefonzentrale, und auf meiner Liste steht kein Axel Schmidt.«

Was wir beide seltsam fanden.

»Wissen Sie was? Ich gebe Sie mal an die Regierungszentrale.«

Es klickte und knackte. Dann eine andere Stimme, dieses Mal eindeutig die eines Mannes.

»Axel Schmidt«, wiederholte ein abgekämpft klingender Telefonist in einem Ton, als hätte ich ihn gebeten, am Wochenende mein Bad zu putzen. »Hinten mit t oder d oder dt?«

»Ich habe nicht die leiseste Ahnung«, gestand ich wahrheitsgemäß.

»Wann soll das gewesen sein? Ist es vielleicht schon länger her?«

»Vor fünf Minuten haben wir aufgelegt.«

»Moment, das haben wir gleich ...«

Es dauerte dann doch eine ganze Weile, bis ich hörte: »Neun Stück kann ich Ihnen anbieten.«

Ein Axel Schmitt war Hausmeister beim Wirtschaftsministerium, ein Axel Schmied Pilot bei der Flugbereitschaft, einer mit ie und t Ministerialdirigent im Kanzleramt. Am Ende war der arme Kerl in Berlin hörbar froh, mich süddeutschen Plagegeist endlich loszuwerden.

»Und er hat wirklich gesagt, er sei von der Regierung?«, fragte ich Sönnchen, als wir kurz darauf unseren gemeinsamen Nachmittagskaffee tranken.

»Er ruft aus Berlin an, vom Verteidigungsministerium, hat er gesagt. Hat superwichtig getan, da hab ich ihn lieber gleich an Sie weitergereicht.«

Die entspannte Stimmung von Montagmorgen hatte bis heute angehalten. Unser aller Chef, der leitende Kriminaldirektor Thaddäus Kaltenbach – wie sadistisch müssen Menschen veranlagt sein, die ihrem Sohn einen solchen Vornamen geben? –, weilte auf Dienstreise in den USA, wodurch das E-Mail-Aufkommen merklich nachgelassen hatte. Als einer von nur vier deutschen Teilnehmern (ein Punkt, auf den er mächtig stolz war) besuchte er in Seattle eine internationale Konferenz zum Thema »Predictive Policing«. Der Begriff bedeutete im Wesentlichen, dass man Computerprogramme einsetzte, die imstande waren, Verbrechen vorherzusagen. Das Ganze basierte letztlich, soweit ich es verstanden hatte, auf Erfahrungen aus der Vergangenheit und einer Sammlung von Vorurteilen. Wo früher schon eingebrochen wurde, war das Risiko hoch, dass es auch künftig geschehen würde. In einem Viertel, in dem bevorzugt Langzeitarbeitslose und Trinker lebten, war die Wahrscheinlichkeit größer, nachts auf der Straße belästigt zu werden, als dort, wo die wohlhabenden Schichten zu Hause waren. Ich wurde das Gefühl nicht los, dass man solche Dinge auch früher schon und ohne Zuhilfenahme ausgeklügelter Software gewusst hatte, aber so etwas durfte man in Kaltenbachs Beisein nicht sagen, wollte man nicht als alter Zausel dastehen, der mit den Fortschritten der modernen Technik nicht mehr Schritt halten konnte.

Während des Gesprächs mit Berlin war mir siedend heiß eingefallen, dass ich seit Tagen ein privates Telefonat führen wollte. Seit dem Wochenende schob ich es schon vor mir her, dachte mir immer neue Ausreden aus, weshalb ich es dann doch wieder auf morgen verschob.

Sönnchen saß wieder an ihrem Schreibtisch, mein Kaffeebecher war geleert, das Handy lag vor mir, die Nummer war eingespeichert. Ich gab mir einen Ruck.

Es tutete einmal, zweimal, dreimal, dann hörte ich eine erschreckend brüchig gewordene Altmännerstimme »Gerlach?« sagen.

»Ich bin's.«

»Wer? Alex, du?«

Nach der Pensionierung meines Vaters hatten sich meine Eltern im Süden niedergelassen. Schon immer hatten sie davon geträumt, am Meer zu leben, und zwar dort, wo auch im Winter die Sonne schien und Minusgrade Seltenheitswert hatten. An der Algarve, ganz im Süden Portugals, meinten sie das Ziel ihrer Träume gefunden zu haben. Sie hatten sich einen Bungalow mit unverbaubarem Blick auf den Atlantik gekauft, keine zweihundert Meter vom Strand entfernt.

»Wie geht's dir, Papa?«

»Wie soll's mir schon gehen?«, knurrte er. »Scheiße geht's mir. Wieso willst du das wissen? Interessierst dich doch sonst nicht dafür, was mit mir los ist.«

Ich atmete tief durch. Sagte stumm: Ommmmm. Laut sagte ich: »Natürlich interessiert es mich. Ich hab nur nicht jeden Tag Zeit zum Telefonieren.«

»Jeden Tag?« Mein alter Vater lachte bitter. »Wann hast du denn zum letzten Mal angerufen?«

»Das kann ich dir genau sagen: an Weihnachten. Und davor an deinem Geburtstag. Und jedes Mal hatte ich den Eindruck, dass es dir gut geht. Dass du eigentlich gar keine Lust hast, mit mir zu reden. Weil du viel lieber mit deiner Elvira rummachst.«

Vor anderthalb Jahren hatte es meinem damals dreiundsiebzigjährigen Vater gefallen, sich eine zwanzig Jahre jüngere Geliebte zuzulegen. Was unter anderem dazu führte, dass meine Mutter nun seit einiger Zeit in Heidelberg lebte.

»Elvira?« Sein Lachen wurde noch böser. »Wer ist das denn?«

»Es ist aus zwischen euch?«

»Das freut dich jetzt, gell?«

»Im Gegenteil, es tut mir leid.«

»Lüg nicht. Immer hab ich versucht, dir beizubringen, dass man nicht lügen soll. Aber es klappt einfach nicht. Sogar als Vater bin ich ein Versager.«

»Bist du betrunken?«

»Red keinen Blödsinn. Ich bin stocknüchtern.«

»Ich meine es ehrlich, Papa. Ich habe mir eingebildet, ihr seid glücklich miteinander.«

»Glücklich? Scheiß drauf!«

»Du hast auch versucht, mir beizubringen, dass man solche Wörter nicht sagt.«

»Da warst du ein Kind. Ich bin alt. Ich darf das. Ich hab's nicht mehr nötig, den Leuten zu gefallen. Soll ich dir was sagen? Es geht mir sogar am Arsch vorbei, ob man mich mag oder nicht. Ich komm allein klar. Und die paar Jahre, bis ich abkratze, die krieg ich schon noch irgendwie rum. Vielleicht hast du recht. Vielleicht ist es gar keine schlechte Idee, sich totzusaufen. Die haben einen verdammt guten Rotwein hier unten.«

Ich würgte den Seufzer hinunter, der in meiner Kehle steckte. »Eigentlich rufe ich wegen Mama an. Es geht ihr nicht besonders.«

Am Freitagabend hatte ich meine Mutter endlich wieder einmal besucht. Wie meist mit schlechtem Gewissen, einem kleinen Frühlingsstrauß aus dem Supermarkt und einer Flasche halbtrockenem Spätburgunder vom Kaiserstuhl. Ich hatte an ihrer Tür geläutet in der Erwartung, wie üblich ein fröhliches Damenkränzchen anzutreffen. Meine inzwischen fünfundsiebzigjährige, aber immer noch lebenslustige und kontaktfreudige Mutter inmitten ihrer zahllosen Freundinnen, sodass ich mich bald wieder verdrücken konnte. Aber in der Wohnung war es merkwürdig still gewesen. Mutter hatte mir erst nach mehrmaligem Läuten die Tür geöffnet, mich anfangs nicht einmal hereinlassen wollen.

Sie war ganz allein gewesen.

Und außerdem betrunken, abends um halb sieben.

»Und es war nicht das erste Mal, Papa.«

»Dann kümmere dich mehr um sie.«

»Sie ist deine Frau.«

»Sie hat mich sitzen lassen.«

Nun war ich derjenige, der gallig lachte. »Du hast sie betrogen, mit allem Drum und Dran. Was hättest du denn an ihrer Stelle gemacht?«

»Ich? Na ja, gekämpft wahrscheinlich. Gekämpft wie ein Löwe. Man rennt doch nicht einfach weg, wenn einem am anderen irgendwas liegt, verdammte Scheiße noch mal.«

»Weglaufen war vielleicht ihre Art zu kämpfen.«

»Und was soll ich jetzt machen? Kathrin ist alt genug. Die weiß schon, was sie tut.«

»Genau das glaube ich nicht. Ich denke, es wäre gut, wenn du sie wenigstens mal anrufen würdest.«

Kurzes Schweigen. Dann plötzlich ziemlich verzagt: »Sie legt doch sowieso gleich auf. Das brauch ich gar nicht zu versuchen. Die Sache mit Elvira, die verzeiht sie mir nie.«

Ein zweites Mal atmete ich tief durch, um nicht loszubrüllen. »Sie ruft dich nicht an, weil sie sauer auf dich ist. Du rufst sie nicht an, weil du dich nicht traust. Wie wäre es, wenn ihr zwei alten Sturköpfe euch zur Abwechslung mal wie erwachsene Menschen benehmen würdet?«

»Sag mal, spinnst du jetzt? Wie redest du eigentlich mit mir?«

So ging es eine Weile hin und her, der Ton wurde lauter und schärfer, manchmal verletzend, und am Ende geschah etwas völlig Unerwartetes: Mein Vater gab klein bei. Er räumte ein, dass sein schlechtes Gewissen ihn quälte und er einsam war in seinem weißen Haus mit Dattelpalmen im Garten und blühenden Mandelbäumen und Meerblick.

»Aber anrufen tu ich sie nicht. Auf keinen Fall.«

»Doch, Papa, genau das wirst du tun. Und zwar am besten jetzt gleich.«

Er sperrte und zierte sich noch ein wenig. Aber schließlich willigte er brummelnd ein.

Mehr aus Langeweile und weil mein Chef so weit weg war, besuchte ich die Internetseiten der ORMAG in Düsseldorf. Hinter dem nichtssagenden Namen verbarg sich ein Konzern, der weltweit fast fünfzigtausend Menschen beschäftigte. Nach dem Zusammenbruch des Ostblocks und der sogenannten Wende war er aus dem Stahl- und Walzwerk Hennigsdorf hervorgegangen. Die Treuhand hatte die traditionsreiche Stahlschmelze westlich von Berlin in ihre Einzelteile zerlegt, um die verkäuflichen Brocken zu Geld zu machen und den Rest zackig abzuwickeln, wie es seinerzeit Brauch war. Heute war die ORMAG ein Mischkonzern, der offenbar alles Mögliche machte, solange es irgendwie mit Technik zu tun hatte. Unter vielem anderen baute man Stanz- und Spritzgussmaschinen, kleine Kräne, die auf große Lkws montiert wurden, Gabelstapler, aber auch Elektronik für industrielle Anwendungen und andere kompliziert klingende Dinge, die mir nichts sagten.

Juliana von Lembke stand als CSO auf Platz drei der sieben Vorstandsmitglieder. Chief Strategy Officer – auf Deutsch Chefin der Strategieplanung. Ein hübsches, herzförmiges, für ihr Alter erstaunlich jung wirkendes Gesicht lächelte mich an. Nur wenn man genauer hinsah, bemerkte man eine gewisse Kälte in ihrem Blick. Eine Kälte, die darauf schließen ließ, dass man sich diese Frau besser nicht zum Feind machte.

»Ich finde, er spricht ein wenig wie Sie«, sagte ich zu Sven Balke, nachdem ich ihm die Aufzeichnung meines Telefonats vorgespielt hatte.

»Aus meiner Ecke kommt er nicht«, meinte er mit gerunzelter Stirn. »Ich tippe eher auf Hamburg, vielleicht Richtung Süden. Dürfte ich noch mal?«

Balke stammte aus dem Norden, man hörte es, sobald er den Mund öffnete, und auch seine helle Haut und das weißblonde Haar verrieten es. Allerdings war von Haaren momentan kaum etwas zu sehen, da er sie täglich abrasierte. An beiden Ohren funkelten silberne Stecker und Ringe fröhlich im Licht einer bleichen Spätnachmittagssonne.

Erneut startete ich die Wiedergabe.

»Lüneburg vielleicht. Oder Soltau …«

Über Balkes markantes Gesicht ging ein Leuchten. »Ich habe einen Cousin in der Nähe von Soltau. Wenn ich dem den Mitschnitt schicken dürfte …?«

»Kann er den Mund halten?«

»Jörg ist ein norddeutscher Bauer ohne Frau. Der redet, sogar wenn er stockbesoffen ist, nicht mehr als drei Worte pro Stunde.«

»Wenn wir das machen, dann stehen wir beide mit einem Fuß im Gefängnis.«

»Schon klar, Chef.«

»Niemand sonst darf das hören. Nur Ihr schweigsamer Cousin.«

»Selbstverständlich, Chef.«

»Und Sie können die Aufzeichnung aus meinem Telefon herausholen?«

»Die ist nicht in Ihrem Telefon, Herr Gerlach«, erwiderte Balke milde und federte hoch. »Lassen Sie mich nur machen.«

4

Praktischerweise war Kai Meerbusch schon wieder in Heidelberg, erfuhr ich, als ich seine Handynummer wählte.

»Ich musste Juli identifizieren«, murmelte er erschöpft. »Man hat mich darum gebeten. Und es war … Ich war … oh Gott!«

Ich sprach ihm mein Beileid aus, was er kommentarlos über sich ergehen ließ, und fügte hinzu, ich würde mich gerne noch einmal mit ihm unterhalten.

»Es haben sich in der Zwischenzeit noch ein, zwei Fragen ergeben.«

»Fragen?«, hauchte der frischgebackene Witwer erschrocken. »Ich dachte … ist nicht längst alles geklärt?«

»Im Prinzip ja, natürlich.«

»Muss ich zu Ihnen kommen?«

»Wenn es Ihnen lieber ist, können wir uns auch gerne irgendwo anders treffen.«

»Das wäre mir wirklich lieber. Ich fühle mich im Moment nicht so …«

»Vielleicht in einem Lokal in Ihrer Nähe?«

Auch ein Lokal war dem verstörten Künstler nicht angenehm. Dieses Mal war er nicht in einem teuren Hotel abgestiegen, sondern hatte sich per Airbnb eine preiswerte Unterkunft an der Rohrbacher Straße besorgt.

»Ein kleines Zimmer mit Kochecke und Kühlschrank, so kann ich … muss ich nicht … Sie können gerne zu mir kommen. Ich habe … ohnehin nichts zu tun. Die meiste Zeit liege ich auf dem Bett und versuche erfolglos, diese … diese entsetzlichen Bilder aus meinem Kopf zu bekommen.«

Seine Unterkunft lag mehr oder weniger auf meinem

Heimweg, einige Kleinigkeiten waren zuvor noch zu erledigen. »Passt es Ihnen in einer Stunde?«

Als wir uns wortkarg verabschiedeten, klang Meerbusch noch frustrierter als zu Beginn unseres Telefonats. Vermutlich, weil es ihm nicht gelungen war, mich abzuwimmeln.

»Ich werde es nicht los«, waren seine ersten Worte, als er noch kraftloser als beim letzten Mal meine Hand drückte. Kai Meerbusch war blass wie ein Leichentuch. »Der Anblick hat sich mir regelrecht ins Gehirn gebrannt wie ... Ich habe noch nie zuvor einen toten Menschen gesehen. Sogar als meine Eltern starben ... Ich bin dem immer aus dem Weg gegangen. Und jetzt, ausgerechnet Juli, ich bin so ... Aber kommen Sie doch bitte erst einmal herein.«

Sein Zimmer war Teil einer unübersichtlich großen Altbauwohnung im zweiten Obergeschoss eines gepflegten Hauses aus den Anfängen des zwanzigsten Jahrhunderts. Im langen Flur roch es säuerlich, als hätte jemand Gurken eingekocht. An den lindgrün gestrichenen Wänden hingen verstaubte Ölschinken in schweren, goldenen Rahmen. Irgendwo in den Tiefen der Wohnung lief überlaut ein Fernseher.

Wir betraten sein überraschend kleines Zimmer.

»Nehmen Sie doch Platz, bitte. Kann ich Ihnen etwas anbieten? Zu trinken habe ich leider nur Wasser da. Ich könnte uns einen Kaffee machen. Aber ich muss Sie warnen, es gibt nur Instantkaffee.«

Die beiden hohen Fenster gingen zur Straße. Eines davon war gekippt, dennoch war die Luft hier stickig. Von unten drangen die Geräusche des Feierabendverkehrs herauf.

Meerbusch machte sich an einem alten, üppig verkalkten Wasserkocher zu schaffen. Minuten später stellte er auf den quadratischen Tisch zwischen den Fenstern ein kleines Holztablett, auf dem eine Glaskaraffe mit Leitungswasser sowie zwei dampfende Tassen samt Tellerchen mit Goldrand und Blümchenmuster standen. Sogar an Milch und Zucker hatte er gedacht. Nur die Gläser für das Wasser hatte er vergessen. Beinahe panisch stürzte er zurück in seine Kochecke, um das Fehlende zu holen.

Dann waren die Vorbereitungen endlich erledigt, Meerbusch setzte sich auf das leise quietschende Singlebett, und wir konnten beginnen.

»Sie haben mir gar nicht erzählt, dass Ihre Frau Managerin war«, sagte ich, ohne ihn anzusehen. »Vorstandsmitglied eines Weltkonzerns, das ist schon was.«

»Spielt das denn ... irgendeine Rolle? Denken Sie, sie hat sich wegen ihrer Arbeit ...? Das wäre doch ganz ... sinnlos. Sie hatte doch Erfolg. Viel Erfolg. Oder denken Sie etwa, sie hat sich doch nicht ...?«

Ich nippte an dem brühheißen Kaffee, der überraschend gut schmeckte. »Alle Indizien sprechen für Selbstmord. Es ist nur ...« Verlegen zuckte ich mit den Achseln, drehte die Tasse ein wenig hin und her. »Ich sehe einfach kein Motiv. Sie sagen selbst, Ihre Frau war beruflich erfolgreich. Ihre Ehe war nicht ganz problemlos, aber welche Ehe ist das schon? Und wegen einer kleinen Ehekrise springt man nicht gleich von einer Brücke. Hatten Sie den Eindruck, dass sie sich in letzter Zeit verändert hat? Dass sie Sorgen hatte? Sich mit dem Vorstandsposten vielleicht zu viel zugemutet hat?«

Meerbusch sah mich aus trüben Augen verständnislos an. »Im Gegenteil. Juli stand in letzter Zeit unter Dauerstrom. Ständig war sie unterwegs, hat Firmenzukäufe organisiert und solche Dinge. Allerdings haben wir wenig über ihre Arbeit gesprochen. Was ich weiß, weiß ich fast nur von Telefonaten, die ich mitgehört habe. Sogar während unseres Urlaubs hat sie telefoniert. Ziemlich oft.«

»Was Sie nicht immer gefreut hat, nehme ich an.«

Er lächelte verwirrt, trank einen Schluck, verzog den Mund, weil der Kaffee immer noch heiß war. »Eigentlich sollte dieser Kurzurlaub eine Auszeit sein. Eine Pause, in der wir wieder zu uns finden wollten, als Paar, aber dann ...«

»... stand für Ihre Frau doch wieder der Job an erster Stelle.«

Der trauernde Witwer blickte in seine Tasse, als wäre dort eine Lösung für seine Probleme zu finden.

Auf der Straße unten wurde wütend gehupt. Ein Radfahrer oder Fußgänger beschwerte sich brüllend und mit Kurpfälzer Kraftausdrücken garniert wegen irgendetwas. Daraufhin wurde die Hupe noch einmal gedrückt, dieses Mal länger.

»Sie haben sie sehr geliebt?«, fragte ich leise.

Meerbusch nickte, ohne aufzusehen. »Vielleicht zu sehr, denke ich manchmal.«

»Und umgekehrt?«

Dieses Mal musste ich lange auf die Antwort warten. Aber dann sagte er so fest, als müsste er sich selbst überzeugen: »Auf ihre Weise hat sie mich auch geliebt. Natürlich hat sie das.« Endlich sah er wieder auf und in mein Gesicht. »Was erwarten Sie von mir? Weshalb sind Sie hier?«

»Ich möchte mir einfach nur ein Bild von Ihrer Frau und ihren Lebensumständen machen. Ich möchte verstehen, was am vergangenen Mittwoch geschehen ist.«

Ich erzählte ihm, dass auch Vera, die Mutter meiner Töchter, vor drei Jahren überraschend verstorben war. Allerdings nicht durch Selbstmord, sondern an einem vereiterten Zahn.

»Sie haben Kinder?«, fragte er so überrascht, als wäre das eine absurde Vorstellung.

»Zwei Töchter. Zwillinge. Sie sind aber schon fast erwachsen.«

Er schlug die Augen nieder. »Ich hätte auch so gerne ... Aber Juli wollte keine. Dabei hätte ich alles gemacht. Sie hätte weiter an ihrer Karriere arbeiten können.« Trostlos schüttelte er den schönen Kopf mit den leicht angegrauten

Schläfen, rührte sinnlos in seiner immer noch vollen Tasse herum. »Kinder passten nicht in ihr Lebenskonzept, meinte sie. Inzwischen glaube ich, sie hat mich …«

Kai Meerbusch hätte sein Geld als Model verdienen können, dachte ich unwillkürlich. Für einen Mann war er wirklich auffallend schön. Wenn man diesen Typ Mann mit langen Wimpern, ewig traurigem Blick und ungeschickten Händen mag.

»Sie hat mich für einen Schwächling gehalten«, fuhr er fort. »Und im Grunde hatte sie recht. Wahrscheinlich hätten die Kinder sich nichts von mir sagen lassen, wären mir auf der Nase herumgetanzt. Sie war so voller Energie, immer sprudelte sie über vor neuen Ideen und Plänen.« Noch einmal nippte er versuchsweise an seinem Kaffee. »Was soll denn jetzt werden?«, fragte er seine Tasse. »Wie soll ich denn jetzt … Was soll denn jetzt werden?«

»Das Leben geht weiter«, versuchte ich ihm mit dem blödesten aller Trostsprüche Mut zu machen.

»Nicht zwingend, Herr Gerlach«, erwiderte er leise, aber bestimmt. »Nicht zwingend.«

An der Wand hinter ihm hing ein billig gerahmtes Aquarell, das in pathetischen Farben einen Sonnenuntergang über dem Meer zeigte. Kurz dachte ich an Portugal, an den Atlantik und meine Eltern, die sich gegenseitig das Leben schwer machten, statt es zu genießen.

»Haben Sie jemanden, der sich ein wenig um Sie kümmern kann?«

Meerbusch schüttelte matt den Kopf. »Meine Eltern leben nicht mehr. Mein bester Freund hat sich vor drei Jahren …« Mit einem Ruck sah er auf. »Haben Sie überhaupt so viel Zeit? Sie haben Fragen an mich, und ich jammere Ihnen die Ohren voll.«

»Ich habe Feierabend. Was war mit Ihrem Freund?«

Er hatte sich das Leben genommen. Früher schon hatte er an Depressionen gelitten, hatte irgendwann geheiratet, auch er nicht glücklich. Dann die Scheidung, Knall auf Fall, einige Monate Einsamkeit und am Ende Schlaftabletten.

Um ehrlich zu sein, es gab noch einen weiteren Grund für meine Geduld. Ich war froh, auf diese Weise Theresa noch eine Weile aus dem Weg gehen zu können. Den Tag über hatte sie sich nicht gemeldet. Und ich mich auch nicht bei ihr. Zudem hatte ich mit jeder Minute mehr den Eindruck, dass dieser übersensible und lebensuntüchtige Mann dringend jemanden zum Reden brauchte. Dass ich ihn jetzt nicht allein lassen durfte, wollte ich nicht den nächsten Todesfall mit nicht natürlicher Ursache am Hals haben.

»Ich muss Ihnen noch etwas sagen«, murmelte Meerbusch und pustete in seinen Kaffee. »Sie hat mir eine Nachricht geschickt. Eine SMS. Kurz vor ihrem Tod.«

Ich fuhr hoch. »Das sagen Sie mir erst jetzt?«

Der Grund dafür war, dass er nachts in seiner Wut und Einsamkeit das Handy an die Wand geworfen hatte. »Zu Hause in Düsseldorf habe ich mir dann ein neues gekauft, vorgestern erst, und deshalb habe ich die Nachricht erst so spät gelesen.«

Er zückte sein nagelneues dunkelblaues iPhone, fummelte mit unsicheren Bewegungen und krauser Stirn darauf herum, reichte es mir schließlich.

»Lieber Kai«, las ich, »ich kann so nicht weiterleiten. Ich halte es eindach nicht Meer aus. Es hat keinen zweckmehr. Biete verzeih mir, wenn du ...«

Die Nachricht war am Mittwoch, dem neunten März um dreiundzwanzig Uhr siebenundvierzig versendet worden. Offenbar in großer Eile getippt und aus irgendeinem Grund abgeschickt, bevor sie fertig war.

»Das ändert die Situation natürlich grundlegend«, sagte ich. »Weshalb haben Sie mich nicht gleich informiert?«

»Ich dachte, es spielt keine Rolle mehr«, antwortete er

mit der Miene eines beim Onanieren erwischten Vierzehnjährigen.

»Haben Sie heute überhaupt schon etwas gegessen?«, fragte ich, nachdem er die SMS an mich weitergeleitet und ich mich wieder beruhigt hatte.

»Gegessen?«, fragte er, als wäre ihm der Sinn dieses Wortes vorübergehend entfallen.

»Wir könnten zusammen irgendwo hingehen und uns beim Essen weiter unterhalten. So kommen Sie ein wenig unter Menschen.«

Diese Aussicht schien ihn nicht gerade zu erfreuen. Aber schließlich erhob er sich doch, zog wortlos ein sandfarbenes Leinenjackett über, und wir pilgerten los.

»Erfolg kann eine Droge sein«, sagte Kai Meerbusch, als wir uns einige Zeit später in einem ruhigen und noch schwach besuchten Ristorante gegenübersaßen.

Die Suche nach einem passenden Lokal war nicht einfach gewesen. Italiener schied aus, da der Magen meines Begleiters weder Olivenöl noch Käse vertrug. Inder kam nicht infrage, weil zu scharf für seinen empfindlichen Gaumen. Thai mochte er einfach so nicht. Grieche ging überhaupt nicht wegen des Geruchs und der Gewürze. Als mir klar wurde, dass es zumindest an diesem Abend nirgendwo auf der Welt ein Restaurant geben würde, das Meerbusch zusagte, hatte ich ihm die Entscheidung abgenommen und ihn kurzerhand ins Da Vinci an der Bahnhofstraße geführt, wo es auch Leichtes und Vegetarisches gab.

»Eine Droge wie Alkohol oder Kokain«, fuhr er fort.

Ich gab ihm recht.

»Das Verrückte ist nur, dass man für Drogen normalerweise bezahlen muss. Juli hingegen hat Geld dafür bekommen, dass sie ihrer Sucht frönte. Viel Geld.«

»Sie war für die Strategieplanung zuständig. Was bedeutet das konkret?«

Meerbusch seufzte einmal mehr. »Die Märkte ändern sich heutzutage ständig, hat sie mir einmal erklärt. Ein Unternehmen von der Größe der ORMAG muss sich deshalb unentwegt neu erfinden. Unrentable Unternehmensteile werden geschlossen oder abgestoßen. Neue Produkte werden entwickelt, neue Fabriken gebaut oder Firmen zugekauft.«

Aus unerfindlichem Grund kicherte er plötzlich albern und nippte dann wieder an seinem stillen, zimmerwarmen Wasser.

»Ständig hatte sie Besprechungen, ist in der Welt herumgejettet, um Kooperationen anzubahnen, neue, strategisch wichtige Kunden zu akquirieren oder kleine, zukunftsträchtige Hightechfirmen zu kaufen.«

Das Da Vinci war modern und hell eingerichtet. Edle weiße Tischdecken, dunkle Lederstühle und schlanke Vasen aus rotem Glas, die in den Fensternischen farbliche Akzente setzten. Inzwischen war es Viertel nach sieben, mehr und mehr Gäste kamen. Es duftete nach dem Süden, nach Meer und Knoblauch, dass mir das Wasser im Mund zusammenlief.

Wieder nippte der Künstler an seinem großen Becherglas, ohne wirklich zu trinken. Erst vor drei Wochen war seine umtriebige Frau zum Beispiel in Tel Aviv gewesen.

»Wozu, weiß ich natürlich nicht. Wie gesagt – wir haben wenig über ihre Arbeit gesprochen. Wenn sie abends nach Hause kam, dann wollte sie sich entspannen und den Stress des Tages hinter sich lassen.«

»Haben Sie den Namen Axel Schmidt schon einmal gehört?«, fragte ich auf gut Glück.

Ohne aufzusehen, schüttelte er den Kopf. Dann sah er mir plötzlich in die Augen, als wäre er eben erst aufgewacht. »Herr Gerlach, ich begreife immer noch nicht ganz, was das alles mit Julis Tod zu tun haben soll. Die SMS ist doch ganz eindeutig. Weshalb geben Sie sich nicht zufrieden damit, dass sie ... es getan hat, aus welchen Gründen auch immer?«

»Von der SMS wusste ich vor einer halben Stunde noch nichts.« Ich trank ein Schlückchen von meinem Barbera d'Alba. »Damit haben sich meine Zweifel natürlich erledigt, Sie haben vollkommen recht.«

Wenn ich davon absah, dass Frau von Lembke die kurze Nachricht nicht zu Ende geschrieben hatte, bevor sie über das Brückengeländer kletterte. Und dass ich immer noch weit und breit kein Motiv für einen Selbstmord erkennen konnte. Weshalb diese Eile? Hatte sie Sorge gehabt, sie könnte Sekunden später den Mut für den letzten Schritt nicht mehr haben? Hatte sie plötzlich eine solche Verzweiflung übermannt, dass sie das Leben keinen Augenblick länger ertragen wollte?

Unser Essen wurde serviert. Ich hatte mir in einem Anfall von Verschwendungssucht Linguine al Gusto di Mare bestellt, mein Gegenüber einen Tomatensalat, der zu seinem Entsetzen Zwiebeln enthielt.

»Was für eine Art Künstler sind Sie eigentlich?«, fragte ich, um das Gespräch vorübergehend auf unvermintes Gebiet zu lenken.

»Ich male«, erwiderte er in einem Ton, als wäre dies ein Grund, sich zu schämen. »Und ich komponiere auch ein wenig. Nicht allzu erfolgreich, um ehrlich zu sein.«

Wieder herrschte eine Weile Stille. Meerbusch häufte stumm Zwiebeln an den Rand seines Tellers. Ich genoss meine Pasta und verbannte alle Gedanken an Kalorien für heute aus meinem Kopf. Am Nachbartisch lachte eine Frau auf, brach erschrocken wieder ab, als wäre es hier verboten, sich zu amüsieren. Eros Ramazzotti sang über Amore e Passione. Meerbusch starrte auf seinen Teller. Würgte schließlich mit sichtlichem Widerwillen ein Stück Tomate herunter. Es war nicht leicht, mit diesem unglücklichen Mann ein Gespräch zu führen, das diesen Namen verdiente.

»Die Angehörigen Ihrer Frau haben Sie schon informiert?«, fragte ich zwischen zwei Happen.

»Oh Gott!« Entsetzt sah er auf. »Daran habe ich bisher … Aber es gibt ja auch gar nicht viele Angehörige. Julis Mutter lebt noch, nicht weit von hier. Juli ist in der Nähe von Heidelberg aufgewachsen, wussten Sie das? In … wie heißt der Ort? Leimen? Gibt es das?«

Sie war ein Einzelkind gewesen, der Vater hatte seine Familie verlassen, als sie noch keine sechs Jahre alt war.

»Aber die Mutter, wie konnte ich nur …« Fahrig griff er sich an die Stirn.

»Was ist mit der Freundin, die sie besuchen wollte?«

Er steckte sich ein weiteres Tomatenstückchen in den Mund. »Ich weiß nicht, wo sie wohnt, ich habe ihre Nummer nicht. Ich weiß gar nichts über diese Anita, außer dass die beiden zusammen studiert haben, in Berlin.«

»Wann in der Nacht haben Sie Ihr Handy an die Wand geworfen?«

Er zögerte mit der Antwort. Das Thema war ihm sichtlich unangenehm. »Ich weiß es nicht mehr. Ich war betrunken. Irgendwann wurde es mir zu langweilig im Hotel. Ich bin in die Stadt gegangen, um noch irgendwo ein Glas Wein zu trinken. Wenn sie sich amüsierte, weshalb nicht auch ich?«

»In welchem Lokal waren Sie?«

»In verschiedenen. Ich habe mich treiben lassen, und am Ende war ich ziemlich … nun ja.«

»Wie und wann sind Sie wieder zum Hotel gekommen?«

Mit einem Taxi, so viel wusste er immerhin noch. »Es war schon spät. Aber wann genau …?« Achselzucken.

In diesem Moment kam mir zum ersten Mal der Verdacht, Meerbusch könnte befürchtet haben, seine Frau hätte die Nacht nicht bei ihrer Freundin, sondern bei einem anderen Mann verbracht. Zu dumm, dass wir das Handy der Toten bisher nicht gefunden hatten. Unsinn. Solange ich keine belastbaren Indizien dafür hatte, dass Frau von

Lembke einer Gewalttat zum Opfer gefallen war, würde mir kein Richter erlauben, ihr Handy auch nur anzufassen.

»Diese Freundin, Anita, Sie wissen sonst wirklich nichts über sie?«

»Nur dass sie irgendwo in Heidelberg wohnt, verheiratet ist und drei Söhne hat. Laut Juli alles wüste Rabauken. Lärmig, rotzfrech, respektlos.«

All das also, was schon die alten Ägypter an der damaligen Jugend auszusetzen hatten.

Wieder stach er in ein Tomatenstück, betrachtete es gedankenverloren, legte die Gabel auf den Teller zurück, senkte den Kopf und begann unvermittelt, lautlos zu weinen. Seine Schultern zuckten, der Atem ging unruhig und stoßweise.

Ich fand ein unbenutztes Papiertaschentuch in der linken Hosentasche und reichte es ihm. Er schnäuzte sich wie ein Mädchen, wischte sich die Augen trocken, sah mir endlich wieder ins Gesicht.

»Ich kann nicht mehr«, flüsterte er mit jetzt fast irrem Blick. »Ich möchte jetzt lieber … bitte …«

Ich winkte der Bedienung und bat um die Rechnung.

»Und wenn er einfach mal eine Weile bei uns wohnt?«, fragte Louise beim gemeinsamen Abendessen mit hoffnungsvollem Blick.

Sie war die jüngere meiner beiden Zwillingstöchter und sah mitleiderregend aus. Blass, müde, mit dunklen Ringen unter den Augen. Seit Wochen, ach was, Monaten, machte ich mir Sorgen um sie. Erst nach langem Hin und Her hatte sie mir gestanden, dass ihr neuer und leider ziemlich fester Freund – wie von mir bereits länger vermutet – Michael Waßmer war. Der junge Mann studierte in Heidelberg Mathematik, war außerdem heroinabhängig und lebte zurzeit in einer Drogen-WG der übelsten Sorte. Ich hatte erst seine Mutter, dann ihn selbst während der Aufklärung eines abscheulichen Verbrechens kennengelernt, in dessen Umfeld mir später Milena in den Schoß fiel. Die jetzt bei Theresa wohnte und der Grund dafür war, dass ich nicht nur den Abend außer der Reihe bei meinen Töchtern verbrachte, sondern auch hier schlafen würde.

Nach dem Gespräch mit Kai Meerbusch hatte ich Theresa angerufen und versucht, die sinnlose Verstimmung aus der Welt zu schaffen, die seit Neuestem zwischen uns stand wie eine Wand aus Panzerglas. Aber schon ziemlich bald war sie wieder auf das Thema Milena gekommen, hatte erneut von Asylanträgen gefaselt und mich am Ende allen Ernstes gefragt, ob ich wisse, wie man zu überschaubaren Kosten an einen halbwegs gut gefälschten Personalausweis kommen könne. Daraufhin hatte ich sie für verrückt erklärt, ein scharfes Wort hatte ein noch schärferes ergeben, und so saß ich nun noch schlechter gelaunt als am Morgen an meinem eigenen Küchentisch und nicht bei meiner zurzeit so kratzbürstigen Göttin.

Im November war es gewesen. Einer meiner Mitarbeiter war auf sadistische Weise ermordet worden. Vier Monate war das nun schon wieder her, und noch immer litt ich unter den Nachwehen. Und daran, dass meine Jüngste sich ausgerechnet einen Drogensüchtigen als ersten festen Freund hatte aussuchen müssen.

»Mick muss raus aus der WG«, fuhr sie kraftlos fort. »Er kommt von dem Zeug nicht los, wenn er ständig mit Junkies zusammen ist. Er will ja aufhören, er will es wirklich, Paps. Aber er findet einfach kein anderes Zimmer, und ich mach mir solche Sorgen um ihn.«

Dass es schwer war, in Heidelberg eine bezahlbare Studentenbude oder ein WG-Zimmer zu finden, war mir nicht neu. Aber in diesem Fall wirklich nicht mein Problem.

»Kein Wunder, so wie er rumläuft«, warf ich herzlos ein.

Mick sah leider genau so aus, wie der gemeine Bürger sich einen Junkie vorstellte. Mit seinen fettigen Rastazöpfen, der ungepflegten Kleidung, seinem ewig schlecht rasierten Gesicht war er der Albtraum jeder Schwiegermutter in spe. Und jedes Schwiegervaters auch. Obwohl ich ihn glücklicherweise nur selten zu Gesicht bekam, war mir nicht entgangen, dass er seit November weiter abgemagert war. Dass er immer weniger auf sein Äußeres achtete, auf Körperpflege, Kleidung, auf Haltung. Meine größte Sorge war natürlich, er könnte meine Louise mit in seinen Sumpf ziehen. Inzwischen beobachtete ich sie ständig, suchte nach ersten Alarmzeichen. Nicht nur einmal hatte es Streit gegeben wegen dieser Liebe, die in meinen Augen eine Amour fou der allerschlimmsten Sorte war. Aber was waren meine Optionen? Verbot ich ihr den Kontakt, dann würde sie ihren Mick eben heimlich treffen. Oder im schlimmsten Fall zu ihm ziehen, in diese stinkende und verlotterte Wohngemeinschaft an der Sandgasse. Und ich hatte wahrhaftig keine Lust, sie dort mit Gewalt wieder herauszuholen und zu Hause einzusperren.

»Ich sehe absolut nicht ein …«, ereiferte ich mich, bremste mich jedoch sofort wieder. »Versteh doch, wir haben hier einfach zu wenig Platz.«

»Wieso denn?«, quengelte sie mit feuchten Augen. »Er kann in meinem Zimmer pennen. Er kann sein Zeug in meinen Schrank tun. Er hat ja eh nicht viel. Könnte sogar Miete zahlen. Zahlt er in der Sandgasse ja auch. Zweihundertzehn pro Monat.«

Sarah folgte unserem Gespräch mit scheinbar unbeteiligter Miene. Mir war nicht verborgen geblieben, dass auch sie den Freund ihrer Schwester nicht ausstehen konnte und sich ebenfalls ihre Gedanken machte. Während ihre Haare inzwischen wieder so gerstenblond waren wie früher, waren Louises seit einigen Wochen so schwarz, wie ich die Zukunft ihres Freundes einschätzte. Natürlich landete nicht jeder, der Heroin nahm, auf dem Drogenstrich oder tot im Bahnhofsklo. Einige wenige schafften es, kriegten die Kurve, bezwangen ihre Sucht. Wenn jemand da war, der ihnen half, der ihnen die Kraft dazu gab, die sie selbst nicht hatten. Aber warum zum Teufel musste in diesem Fall ausgerechnet meine kleine Louise dieser Jemand sein?

»Wir haben genug Geld«, erwiderte ich bockig.

Aber Louise war ein kluges Mädchen. »Und wenn es erst mal nur für ein paar Tage ist?«, schlug sie vor. »So probeweise, für ein, zwei Wochen? Und wenn's wirklich nicht geht, dann geht's halt nicht. Wenn es aber doch geht, und er kommt klar und kommt weg von dem Scheiß, stell dir doch mal vor, Paps, was das für ein Gefühl wäre! Für dich doch auch.«

Schweigend kaute ich auf meinem Dinkelvollkornbrot mit kalorienarmem Kochschinken. Der Appetit war mir inzwischen gründlich vergangen. Außerdem hatte ich vor einer Stunde schon zusammen mit Kai Meerbusch zu Abend gegessen.

»Die wenigsten halten einen kalten Entzug durch«, verkündete ich grimmiger, als ich mich in diesem Moment fühlte. »So jemand braucht Rundumbetreuung. Du unterschätzt das, Louise. Ich finde es ja toll, dass er clean werden will. Aber dazu muss er erst mal zur Drogenberatung. Die helfen ihm. Die können so was. Du schaffst das nicht, glaub mir. Ich habe durch meinen Job leider genug Erfahrung mit Fixern, um das beurteilen zu können.«

»Okay.« Louise holte tief Luft und sagte genau das, was ich schon befürchtet hatte: »Wenn Mick nicht hier wohnen darf, dann wohn ich eben ab morgen bei ihm.«

Ich verschluckte mich an meinem Brot. Hustete. Sarah klopfte mir schweigend auf den Rücken.

»Also gut«, keuchte ich, als ich wieder halbwegs bei Atem war. »Für eine Woche erst mal. Wir stimmen ab. Wer ist dafür?«

Louise hob die Hand.

»Wer ist dagegen?«

Ich hob die Hand.

»Und du?«

Sarah zuckte mit den schmalen Schultern, murmelte etwas wie: »Eine Woche ist schon okay.«

»Aber eines ist sonnenklar.« Noch einmal sah ich meine Jüngste streng und erzieherisch an. »Wenn ich in dieser Wohnung jemals irgendetwas finde, was nach Drogen aussieht, wenn er zugedröhnt hier rumhängt, wenn er sich nicht anständig benimmt, dann fliegt er so schnell raus, dass du nicht mal ›Paps‹ sagen kannst, verstanden?«

Louise strahlte mich an, als hätte ich ihr soeben ein großes Geschenk gemacht. Ein Geschenk, mit dem sie längst nicht mehr gerechnet hatte.

»Ich werde diese Sache genau beobachten. Sehr genau.«

Sie strahlte immer noch.

»Du bist verantwortlich dafür, dass der Knabe hier keinen Mist macht. Du, verstanden? Du allein!«

Louise sprang auf mit den Worten: »Ich ruf ihn gleich an. Er freut sich bestimmt wie ein Tier. Er mag dich übrigens, Paps.«

Tatsache war, dass ich Mick im Grunde auch mochte. Wir hatten im November vielleicht eine halbe Stunde lang miteinander gesprochen. Von mir hatte er erfahren, dass der Mann seiner Mutter nicht sein Vater war. Und am Ende hatte ich ihn tatsächlich sympathisch gefunden.

Aber zwischen sympathisch finden und Bad und Kühlschrank teilen ist ein himmelweiter Unterschied.

5

»Juli?«, fragte Anita Traber mit runden Augen. Sie musste sich an ihrer taubenblau lackierten Haustür festhalten, so erschüttert war sie von der schrecklichen Nachricht. »Sie meinen wirklich Juliana von Lembke?«

Zusammen mit ihrer Familie lebte sie in einem uralten, aber hingebungsvoll gepflegten Fachwerkhaus an der Steckelsgasse im malerischen Handschuhsheim. Der Vorort mit dem seltsamen Namen war vor der Eingemeindung ein stolzes, eigensinniges Dörfchen gewesen mit langer Geschichte und einer Burg in der Mitte.

Sönnchen hatte drei Stunden lang herumtelefoniert, bis sie endlich die richtige Anita fand. Diese war in mehrfacher Hinsicht das genaue Gegenteil ihrer erfolgreichen Freundin aus Berliner Studentinnentagen. Auch sie war klein, dabei aber rundlich und weich, während Frau von Lembke fast schon übertrieben schlank und sportlich gewesen war. Zudem war Frau Traber Mutter, während ihre Freundin aus Karrieregründen kinderlos geblieben war. Und sie lebte in sichtlich bescheidenen Verhältnissen, während Frau von Lembke es über die Jahre offenbar zu Reichtum gebracht hatte.

»Ja, genau die meine ich. Es tut mir sehr leid«, sagte ich wieder einmal.

Anita Traber machte immer noch keine Anstalten, mich in ihr Haus zu bitten. »Wissen Sie, Juli ist einfach nicht der Mensch, der so was macht. Wir haben noch vor … warten Sie … wann ist sie gestorben, sagen Sie?«

»Vergangene Woche, in der Nacht von Mittwoch auf Donnerstag.«

Ihre Augen wurden allmählich wieder kleiner. »Am Mittwochnachmittag haben wir doch noch miteinander telefoniert. Und da war sie so locker und lustig wie früher. Da bringt man sich doch nicht einfach ein paar Stunden später um!«

Sie starrte mich an, als wäre ich an dem ganzen Elend schuld.

»Manche Menschen können ihren Kummer gut verbergen«, gab ich zu bedenken.

Bis vor wenigen Augenblicken hatte Frau Traber nicht gewusst, dass ihre Freundin nicht mehr lebte. Am Telefon hatte ich lediglich gesagt, ich würde sie gerne sprechen und es gehe um Frau von Lembke. Zu mir in die Direktion hatte sie nicht kommen können, weil ihr Jüngster mit Fieber im Bett lag und sie ihn im Moment unmöglich allein lassen konnte.

Sie schwieg für einige Sekunden mit abwesender Miene. Dann kehrte sie abrupt in die Gegenwart zurück. »Herrgott, ich lass Sie einfach hier draußen stehen. Ich bin wirklich eine miserable Gastgeberin, bitte entschuldigen Sie.«

Eilig wurde ich durch einen engen, dunklen, mit allerlei Krempel vollgestellten Flur in ein überraschend geräumiges und modernes Wohnzimmer an der Rückseite des Hauses geführt, das offenbar durch einen Anbau entstanden war. Der Blick durch die breite Fensterfront ging in einen von einer hohen Sandsteinmauer umgebenen Bauerngarten, der auf den Frühling wartete.

Da Juliana von Lembkes Tod offiziell nach wie vor als Selbstmord galt, war ich nicht in meiner Eigenschaft als Polizist hier, sondern opferte meine Mittagspause. Weder mein Chef noch die Staatsanwaltschaft wussten, dass ich hier auf eigene Faust in einem abgeschlossenen Fall ermittelte.

Wir setzten uns. Eine Flasche Mineralwasser und zwei Gläser standen auf dem Tisch bereit.

»Kaffee?« Frau Traber hatte sich vom ersten Schrecken erholt, war plötzlich geradezu aufgekratzt. »Oder sind Sie Teetrinker?«

Ich verzichtete auf beides. »Wie geht es Ihrem Sohn?«

Sie zog eine leidende Grimasse. »Mittelprächtig. Im Moment schläft er. Das tut ihm gut.«

Der Polstergarnitur, dem ganzen Raum war anzusehen, dass in diesem Haus drei temperamentvolle Knaben lebten. In jeder Ecke, auf jedem Sessel waren Spuren von ihnen zu entdecken. Einen Fußball sah ich, einen Rugbyball, ein Skateboard, einen zerschlissenen Boxhandschuh. Alles hier zeugte von jugendlicher Lebenslust und dem Bewegungsdrang heranwachsender Jungs.

Über der Couch, auf der die stämmige Mutter dieser Rasselbande Platz genommen hatte, hing ein großes, sehr abstraktes Ölgemälde in schrillen Farben, das mir überhaupt nicht gefiel.

»Und jetzt soll Juli sich also umgebracht haben«, sagte Frau Traber kopfschüttelnd, während sie die Gläser füllte. Das Wasser schäumte. Das leise Zischen der zerplatzenden Gasblasen war in der Stille überdeutlich zu hören.

»Die Ärzte sagen, es besteht kein Zweifel.«

»In den Neckar soll sie gesprungen sein?«, fragte sie immer noch ungläubig. »Ein paar Stunden nachdem sie mich angerufen hat?«

»Es waren keine Spuren von Gewalteinwirkung an ihr zu finden. Außerdem hat sie eine Art Abschiedsbrief hinterlassen. Eine SMS an ihren Mann.«

»Dann muss zwischen unserem Telefongespräch und dem Moment, als sie gesprungen ist, was ganz, ganz Schlimmes passiert sein«, meinte sie entschieden. »Irgendwas richtig Dramatisches.«

»Sie wollte Sie besuchen, habe ich gehört.«

»Das stimmt.« Frau Traber blickte nachdenklich in ihr Glas, das sie mit beiden Händen festhielt. »Wir wollten abends ein bisschen um die Häuser ziehen, über alte Zeiten quatschen, lustig sein. Aber dann ist es Mäxchen auf einmal so schlecht gegangen, und Marco, das ist mein Mann, hat in der Nacht Dienst gehabt, musste für eine kranke Kollegin einspringen, und so hat es dann letztlich doch nicht geklappt mit unserem Mädelsabend. Es hat mir so leidgetan, Juli war so enttäuscht, aber es war halt nichts zu machen. Vielleicht ...« Ihre Augen wurden wieder groß, als sie mich von Neuem erschrocken ansah. »Vielleicht wäre sie noch am Leben, wenn ich Zeit für sie gehabt hätte?«

»Wann genau hatten Sie das Treffen vereinbart?«

»Na, am Nachmittag. Sie war auf dem Weg von Italien hierher. Irgendwo in der Schweiz haben sie Pause gemacht, und da hat sie mich angerufen und gefragt, ob ich am Abend schon was vorhabe.«

»Aus einem bestimmten Grund?«

»Wenn, dann kenne ich ihn nicht.« Wieder zögerte sie. »Juli hat ziemlich aufgekratzt geklungen. Also positiv aufgekratzt. Den Grund dafür werde ich nun ja leider nicht mehr erfahren.«

»Sie klingen, als hätten Sie zumindest eine Vermutung.«

Tief in Gedanken schüttelte sie den runden Kopf. »Richtig traurig war sie, als ich dann doch nicht wegkonnte. Ich hab gesagt, sie kann ja zu mir kommen, wir können doch auch hier ein Glas Wein zusammen trinken. Aber das wollte sie irgendwie nicht. Und überhaupt ...« Frau Traber nahm einen Schluck Wasser, sah mir dann forschend in die Augen. »Wenn es so zweifelsfrei ein Selbstmord war, Herr Gerlach, wieso sind Sie ...« Unvermittelt sprang sie auf, zupfte an einer mit großen Blumen bedruckten Gardine herum, versuchte, eine auffliegende Motte zu erschlagen, erwischte sie nicht, ließ sich seufzend wieder auf die Couch fallen. »Wieso sind Sie dann überhaupt hier?«

»Weil es ...«, erwiderte ich unbehaglich. »Was soll ich sagen? Es gibt gewisse Zweifel. Ich bin nicht als Polizist hier, sondern als Privatmann. Eigentlich habe ich gerade Mittagspause.«

»Was für Zweifel? Wieso?«

Ich hob die Schultern und lächelte schief.

Sie nickte mit wachem Blick. »Und wie könnte ich helfen, die auszuräumen, Ihre Zweifel?«

»Indem Sie mir von Ihrer Freundin erzählen. Vor allem würde ich gerne wissen, was sie in letzter Zeit beruflich gemacht hat.«

»Wieso fragen Sie nicht einfach Julis Chef? Auch wenn sie im Vorstand war, wird sie doch wen über sich gehabt haben?« Erneut sah sie mir in ihrer offenen, direkten Art ins Gesicht und fand dort die Antwort selbst: »Sie haben Gründe dafür, die mich nichts angehen. Was genau interessiert Sie denn?«

»Ich weiß es nicht. Alles.«

»Okay …«, sagte Anita Traber gedehnt, trank einen großen Schluck, stellte das Glas mit leisem Knall ab. »Kennengelernt haben wir uns in Berlin. Wir stammen zwar beide aus der Gegend hier, aber getroffen haben wir uns erst an der FU. Ich bin in diesem Haus geboren, Juli ist aus Leimen.«

Sie federte hoch, sammelte die Bälle auf und den Boxhandschuh, warf alles in einen großen, hellen Weidenkorb in der Ecke, setzte sich wieder. Rechts neben ihr entdeckte ich erst jetzt den Abdruck eines schmutzigen Sportschuhs auf dem Polster.

»Wir haben verschiedene Fächer studiert, sie BWL, ich Romanistik, aber wir haben in derselben WG gewohnt. In Charlottenburg war das, zweites OG in einem wunderschönen Jugendstilhaus. Riesige Räume, zugig wie eine Hundehütte, Ofenheizung, aber überall Parkett und Stuck an den Decken. Damals war so was noch bezahlbar in Berlin, sogar für uns Studenten. Wir waren grundverschieden, immer schon. Juli voll auf Tempo gepolt. Abi in Rekordzeit – sie hat sogar eine Klasse übersprungen, glaub ich –, und es war klar, dass sie auch das Studium runterreißen würde, so schnell es nur geht. Ich habe es eher auf die gemütliche

Tour gemacht. Auch bei den Kerlen sind wir uns nicht in die Quere gekommen. Sie ist immer auf diese Künstlertypen abgefahren, ich mehr auf Muskelmänner. Aber trotzdem – irgendwie haben wir gut miteinander gekonnt. Wir haben so viel gelacht, uns alles erzählt, unsere großartigen Pläne, unsere Träume, Erfolge und Misserfolge. Wobei die Erfolge eher Julis Part waren.« Ihr Lachen klang ein wenig resigniert.

Schon damals war klar gewesen, dass Juliana, die keineswegs aus reichem Haus stammte, es weit bringen würde.

»Das Mädel hat einen unglaublichen Biss gehabt. Ich fand das immer total faszinierend. Ihre Art, die Dinge anzupacken: Wo klemmt es? Was sind denkbare Lösungen? Welche davon ist die beste? Und schon war wieder ein Problem aus der Welt. Wie oft hat sie mir geholfen, wenn ich mal wieder über irgendwas gegrübelt habe, mich tagelang nicht entscheiden konnte. Juli fragen, und hast du nicht gesehen, ist das Thema erledigt. Ich kann sie mir sehr gut als Managerin vorstellen. Juli hat sich bestimmt nie von diesen Machos und Testosteronjunkies unterbügeln lassen, die auf den Chefetagen rumgockeln.«

Nachdem sie ihr Studium tatsächlich in Rekordzeit und mit besten Noten abgeschlossen hatte, heuerte Frau von Lembke als Unternehmensberaterin bei McKinsey an und verbrachte in den folgenden vier Jahren kaum einen Tag in ihrer eigenen Wohnung.

»In der Zeit hatten wir kaum Kontakt. Anfangs ist hie und da eine Ansichtskarte gekommen aus Mumbai oder San Francisco oder Buenos Aires. Später hat sie Handyfotos geschickt. Mich hat die Liebe in die alte Heimat zurückgelockt. Marco ist leidenschaftlicher Fußballer, kickt beim TSV Handschuhsheim … Außerdem hatte ich das Häuschen hier geerbt. Meine Eltern sind gestorben, kurz nacheinander. Dann ist schon bald das erste Kind gekommen, Chris, und mit Karriere war bei mir dann natürlich nichts mehr. Anfangs habe ich noch versucht, als Übersetzerin ein bisschen was zu verdienen, aber irgendwann ist das auch nicht mehr gegangen. Marco verdient als Krankenpfleger am Uniklinikum zum Glück genug, um uns durchzubringen. Zum Kicken kommt er in letzter Zeit allerdings nicht mehr so viel.«

Nach ihrer Zeit als Unternehmensberaterin war Juliana von Lembke sesshaft geworden.

»In Frankfurt war sie dann, bei der Commerzbank. Was sie da genau gemacht hat, weiß ich nicht. Jedenfalls hat sie damals schon mordsmäßig verdient. Sie hätten ihr Penthouse in Sachsenhausen sehen sollen, mit Blick auf den Main und den Dom. Ein einziges Mal war ich da, bei ihrem Dreißigsten. Megagroße Party, lauter superwichtige Leute, und mittendrin ich Landpomeranze im selbst genähten Kleid ...«

Weitere sieben Jahre später war die zielstrebige Powerfrau plötzlich Chefin eines mittelständischen Maschinenbauunternehmens in Ludwigshafen gewesen.

»In der Zeit haben wir uns wieder öfter gesehen. Das war ja keine zwanzig Kilometer von hier.«

Den Namen der Firma wusste Frau Traber nicht mehr. Sie selbst hatte inzwischen ihren zweiten Sohn geboren. »Und dann, vor fünf, sechs Jahren, ruft sie eines Abends aus Düsseldorf an. Hat immer noch geklungen, als wäre sie Studentin, so lustig und unverkrampft. Eins muss ich ihr lassen – angegeben hat sie nie. Ich habe sie eine ganze Weile kneten müssen, bis sie gestanden hat, dass sie endlich da war, wo sie immer hinwollte: in der Topliga. Nie hat sie mir verraten, was sie verdient. Ich weiß aber, dass sie damals schon Millionärin war. Was kriegt so ein Vorstand im Jahr? Eine halbe Million? Eine ganze oder zwei? Aber wenn sie so von ihrer Arbeit erzählt hat, dann hat es immer geklungen, als hätte sie kaum was zu tun und würde den lieben langen Tag Kaffee trinken. Dabei hat das Mädel sechs Tage die Woche geschuftet und keinen Tag unter zehn, zwölf, vierzehn Stunden.«

»Und Ihre Freundschaft hat trotzdem all die Jahre gehalten?«

Frau Traber ließ sich Zeit mit der Antwort, schien mit ihren Gedanken vorübergehend wieder abzuschweifen. Dann zuckte sie plötzlich zusammen, sah mich traurig an. »Juli und ich, wir waren ... wie Schwestern. Wie zwei ganz und gar verschiedene Schwestern, die trotzdem zusammenhalten wie Pech und Schwefel. Wissen Sie eigentlich, wie sie zu ihrem Nachnamen gekommen ist?«

Juliana hatte als Kind Rübenbauer geheißen, jedoch noch während des Studiums einen Kommilitonen geheiratet, Leopold von Lembke.

»Hat aber bloß ein halbes Jahr gehalten oder so. Und den Nachnamen von diesem Losertyp, den hat sie nach der Scheidung behalten. Sie hat es immer abgestritten, aber ich bin bis heute überzeugt, dass sie diesen spitznasigen Trottel bloß geheiratet hat, weil man als Frau Rübenbauer nicht so leicht in die Chefetage kommt. Ansonsten hat es zwischendurch immer wieder mal Männergeschichten gegeben. Aber nie was Festes. Juli ist immer auf diese Softies reingefallen, an denen sie ihre Mutterinstinkte ausleben konnte. Später waren es manchmal auch Kollegen. Sonst hat sie vermutlich nicht mehr viele Chancen gehabt, wen kennenzulernen. Kai hat sie erst aufgelesen, als sie schon in Düsseldorf war, und praktisch vom Fleck weg geheiratet. Sie fand ihn sooo süß, diese ... diese Flachpfeife.«

»Süß?«

»Viel mehr Positives lässt sich über den ja nicht sagen. Ich wundere mich immer noch, wie sie es mit so einer Schlaftablette ausgehalten hat.«

Kai Meerbusch malte nicht nur, erfuhr ich jetzt, und komponierte, er schrieb außerdem Gedichte. »Eine Weile hat er sich sogar als Schauspieler versucht, an irgendeinem Laientheater in Krefeld, aber alles komplett erfolglos. Die einzige Leserin von seinem Geschreibsel war Juli. Und die einzige Ausstellung seiner Bilder hat meines Wissens im Gemeindehaus einer altkatholischen Kirche stattgefunden.«

Ich legte die Arme auf die Rückenlehne des breiten und bequemen Sessels, in dem ich saß. »Was genau waren ihre Aufgaben bei der ORMAG?«

»Strategieplanung.« Frau Traber zuckte mit den Achseln. »Mehr weiß ich auch nicht. Auf einmal ist sie wieder ständig durch die Weltgeschichte geflogen, hat mit einflussreichen Leuten über große Projekte verhandelt. Wieso ist das wichtig für Sie?«

»Ich weiß nicht, ob es wichtig ist. Ich versuche, mir im Moment nur ein Bild davon zu machen, wie sie gelebt hat.«

»Jetzt muss ich Sie doch mal ganz direkt fragen: Sie glauben nicht an einen Selbstmord?«

»Nein. Eigentlich nicht. Mir fehlt immer noch das Motiv.«

»Dann haben wir was gemeinsam.« Wehmütig lächelnd nahm sie ihr Glas wieder auf, leerte es in einem Zug. Mehr aus Pflichtgefühl nahm auch ich einen Schluck. »Wir haben nie viel über ihren Job geredet«, fuhr Frau Traber fort. »Ich hätte ja sowieso kein Wort verstanden von diesem Managerdenglisch.« Sie zögerte kurz, zog die Stirn kraus. »Einmal, fällt mir ein, ist noch gar nicht so lange her, da hat sie eine Andeutung gemacht. Es ginge um was richtig Großes, Neues, alles noch streng geheim. War in letzter Zeit wohl nicht mehr so toll gelaufen für die Firma. Innerhalb von wenigen Jahren hat der Aufsichtsrat mehrere Vorstandsmitglieder ausgetauscht. Sie haben wohl den einen oder anderen Trend verschlafen. Deshalb haben sie dann Juli geholt, denke ich. Da war sie genau richtig, als Wirbelwind mit losem Mundwerk und spitzen Ellbogen.«

Wenn ihre Aufgabe tatsächlich gewesen war, den Konzern neu auszurichten, dann hatte sie sich in der Firma gewiss nicht nur Freunde gemacht.

»Hat sie Sie nicht manchmal um Ihre Familie beneidet? Um die Kinder?«

Frau Trabers Blick verschleierte sich für Sekunden. Schließlich nickte sie. »Doch, ich denke schon. Sie hat sich immer dafür interessiert, wie es den Jungs geht. Was sie wieder für einen Blödsinn angestellt haben, wann ich das letzte Mal die Haftpflichtversicherung anrufen musste …«

»Herr Meerbusch sagte mir, in der Ehe hätte es in letzter Zeit ein wenig gekriselt.«

Sie lachte auf. »Da hat's doch andauernd gekriselt.«

»Sie wissen aber nichts Genaues?«

Nach einem langen Blick zur Decke sah sie mir wieder ins Gesicht. »Also gut. Juli wird es jetzt egal sein, wenn ich ihre Geheimnisse ausplaudere. Sie hat einen Lover gehabt. Einen neuen, wieder mal. Wie sie mich von der Autobahn angerufen hat, hat sie so was angedeutet. Hormonalarm war immer das Stichwort, das haben wir in solchen Fällen schon früher benutzt.«

»Das hat sie zu Ihnen am Telefon gesagt, während ihr Mann neben ihr im Auto saß?«

»Sie hat nicht aus dem Auto angerufen. Im Hintergrund waren Geräusche wie von einer Raststätte. Es muss sie dieses Mal ziemlich heftig erwischt haben. Juli war so aufgedreht wie ein … na ja, wie ein frisch verknallter Teenager eben.«

»Ihr Mann wusste vermutlich nichts davon.«

Unsicher hob sie die Schultern. »Vielleicht hat er was geahnt? Aber er hat sie bestimmt nicht … Ich meine, Kai hat ihr bestimmt nichts getan. Wäre Juli vergiftet worden, dann okay. Aber von einer Brücke schmeißen? Dazu braucht man Kraft und Mut und Entschlossenheit. Nichts davon hat er zu bieten.«

Mir schoss ein Gedanke in den Kopf, der mir schon früher hätte kommen müssen: »Wovon wird er in Zukunft eigentlich leben?«

»Kai?« Sie lachte verächtlich. »Der wird schon versorgt sein.«

»Er erbt?«

»Das wohl nicht. Ich war zur Hochzeit eingeladen. Wieder so ein Megaevent, an die zweihundert Gäste, auf einem Schloss am Mittelrhein und so weiter. Und da hat sie mir in einer stillen Minute erzählt, sie hätten Gütertrennung vereinbart. Das macht man wohl so in diesen Kreisen.«

»Wer erbt dann ihr Vermögen? Gibt es außer der Mutter noch weitere Angehörige?«

»Meines Wissens nicht.« Sie lehnte sich zurück. Beugte sich wieder vor. »Die Mutter kann das Geld wahrscheinlich gut brauchen. Juli ist ja bettelarm aufgewachsen. Vielleicht ist das der Grund für ihren ständigen Drang nach oben.«

»Kennen Sie jemanden, der mir mehr über Ihre Freundin erzählen könnte? Vor allem darüber, was sie in letzter Zeit beruflich gemacht hat?«

Ratlos sah sie mir in die Augen. »Niko vielleicht? Niko Hagemann. Sie waren Kollegen in der Zeit, als Juli bei der Commerzbank war. Eine Weile vielleicht auch ein bisschen mehr als das. Ich weiß aber nichts Genaues. Bei dieser Geburtstagsparty damals habe ich ihn kennengelernt. Für einen Banker fand ich ihn eigentlich ganz sympathisch. Dieses irre Penthouse hätten Sie sehen müssen. Fünf Zimmer für sie ganz allein, über zweihundert Quadratmeter, mehr als dieses Haus hier, und eine Dachterrasse, so groß wie ein Tennisplatz.« Sie schwieg kurz, blinzelte in ihr leeres Glas. Dann fuhr sie leiser fort: »So war sie nun mal, die Juli. Das Größte und Teuerste war für sie immer gerade groß und teuer genug.«

Donnerstagabend. Wir saßen in Theresas Wintergarten und sprachen ausnahmsweise nicht über Milena. Ich hatte mir vorgenommen, mich heute nicht aufzuregen, sollte sie das Thema wieder ansprechen. Ich wollte den Tag friedlich ausklingen lassen, vielleicht unserer in letzter Zeit ein wenig eingeschlafenen Beziehung neuen Schwung geben. Seit Milena im Haus lebte, war vieles nicht mehr so einfach wie früher, in unseren wilden Zeiten. Wir konnten uns nicht mehr spontan nackt auf die Couch werfen, auch der Küchentisch war seit Monaten tabu, und nicht einmal mehr hemmungslos knutschen wollte meine Göttin, seit sie eine Untermieterin hatte, die selbstredend keinen Cent Miete bezahlte.

Anfangs hatte ich mich damit getröstet, dass es ein vorübergehender Zustand war. Dass Milena uns bald wieder verlassen würde, nach Armenien zurückkehren, in ihre Heimat oder sonst irgendwohin verschwinden. Gerne auch dorthin, wo die ganz exotischen Gewürze wuchsen. Aber je länger dieser lästige Zustand andauerte, desto deutlicher zeichnete sich ab, dass die arme, kleine, entwurzelte Milena sich nicht im Geringsten in ihr Heimatdorf zurücksehnte. Und Theresa war glücklich, jemanden zu haben, den sie bemuttern durfte. Ich hingegen hatte in meinem Leben schon genug Kinder um mich gehabt. Ich hatte es genossen, mit Theresa eine Liebe zu pflegen, die nicht von der Angst vor Störungen und peinlichen Überraschungen getrübt war. Eine sorg- und hemmungslose Liebe, wie man sie meist nur aus den Anfängen seines Erwachsenlebens kennt. Wenn Kinder noch ein Zukunftsthema sind. Wenn nicht die Familie, sondern Amore e Passione im Zentrum stehen.

Natürlich verstand ich, dass Theresa sich Sorgen um Milena machte. In Armenien gehe sie unter, hatte sie mehr als einmal behauptet. Dort gebe es keine Arbeit für sie, keine Zukunft. Milena sei intelligent, was ich ja nicht bezweifelte, sie könne in Deutschland Abitur machen, später vielleicht sogar studieren.

»Wenn ich ihr nicht helfe, dann hilft ihr niemand. Am Ende landet sie wieder dort, wo du sie herausgeholt hast: in diesen ekligen Pornofilmen und früher oder später auf dem Straßenstrich, wo sie für ein warmes Abendessen zweimal die Beine breit machen muss.«

Milena brauchte allerdings dringend einen offiziellen Status. Mit ihrem Touristenvisum würde sie weder zur Schule gehen noch studieren können. Sie würde hier nicht einmal Freunde finden, wenn sie sich aus Angst vor der Polizei irgendwann nicht mehr aus dem Haus traute. Einen Asylantrag brauchte sie jedoch gar nicht erst zu stellen, denn sie wurde in ihrer Heimat weder politisch verfolgt, noch drohte ihr Folter oder eine unmenschlich harte Strafe.

»Je länger du sie hier festhältst«, hatte ich versucht, meiner Göttin begreiflich zu machen, »desto schwerer wird sie sich tun, sich wieder in ihrer Heimat zu integrieren. Man kann auch in Armenien studieren. Und gerade weil sie ein kluges Köpfchen hat, wird sie dort gebraucht, um ihr Land voranzubringen.«

Heute mieden wir das Thema zum Glück. Ich erzählte Theresa stattdessen von Juliana von Lembke und den merkwürdigen Umständen ihres Todes. Sie erzählte mir, dass sie mit ihrem dritten Buch nicht vorankam, obwohl der Verlag den Abgabetermin für das Manuskript schon dreimal jeweils um ein Vierteljahr verschoben hatte.

»Ich weiß nicht, ob ich es eine Schreibblockade nennen soll.« Sie zog die nobel bestrumpften Beine auf die Couch. »Es will einfach nicht aus mir heraus.«

Ihr erstes Buch, ein humorvolles Sittengemälde des nicht von übermäßiger Keuschheit und ehelicher Treue geprägten Lebens am Heidelberger Hof im fünfzehnten und sechzehnten Jahrhundert, hatte sie an einem Stück heruntergeschrieben, innerhalb nur weniger Wochen. Das zweite in den Laptop zu tippen, eine Abhandlung über die Geschichte des Phänomens Terrorismus, hatte schon deutlich länger gedauert, und das Buch war, im Gegensatz zum ersten, ein kolossaler Ladenhüter gewesen. Beim dritten nun, einer

Kulturgeschichte des angeblich ältesten Gewerbes der Welt, steckte sie seit Ewigkeiten fest.

»Vielleicht ist es das Thema?«, mutmaßte ich. »Vielleicht liegt es dir einfach nicht?«

»Das Phänomen Prostitution beschäftigt mich seit Langem.« Seufzend kuschelte sie sich an mich, begann, meine Brust zu streicheln. »Angeblich hat man es sogar hin und wieder schon bei Tieren beobachtet. Aber ich habe zurzeit einfach nicht den Kopf dafür frei.«

Ich verkniff mir die Bemerkung, dieser Umstand könne womöglich etwas mit einer gewissen Armenierin zu tun haben, und küsste sie stattdessen. Sie küsste zurück, rückte noch näher. Ihr Duft war betörend. Ich begann, sie ebenfalls zu streicheln, sie kraulte meinen Nacken, was ich immer ganz besonders genoss.

Eine Tür klappte, Theresa löste sich eilig von mir, ordnete mit zwei, drei Handbewegungen ihr honigblondes Haar und setzte sich anständig hin. Milena lächelte mich scheu an, fragte Theresa in holprigem Deutsch, ob sie wisse, wo irgendwelche Slips geblieben seien. Noch vor drei Monaten hatte sie keine zehn Worte Deutsch gesprochen, und die beiden Frauen hatten sich mit Gesten und per Handy-Übersetzer verständigen müssen. Theresa sagte, die Slips seien noch im Wäschetrockner und würden morgen früh wieder zur Verfügung stehen. Daran, dass auch junge, intelligente Untermieterinnen einen Wäschetrockner öffnen konnten, dachte sie offenkundig nicht.

»Hast du denn schon gegessen, Milena?«

Die Angesprochene lächelte unbeirrt weiter, ließ ihren Blick von Theresa zu mir wandern und zur Rotweinflasche auf dem Tisch, zur gemütlich flackernden großen Kerze, und sagte: »Gehen bisschen Stadt. Schöner Stadt, Heidelberg. Bisschen gucken, essen vielleicht Kebab irgendwo.«

Sie nickte uns aufmunternd zu und verschwand so leise, wie sie gekommen war. In dem Moment, als die Tür ins

Schloss fiel, begann ich Theresas Bluse aufzuknöpfen. Sie konnte gerade noch sagen, sie werde am Samstag nach Frankfurt fahren, um dort einen Anwalt zu konsultieren, der schon viele Migranten vor der Abschiebung bewahrt hatte, dann verschloss ich ihren Mund mit Küssen. Sie rutschte tiefer ins Rattansofa, und Sekunden später war das deutsche Asylrecht für uns so weit entfernt wie irgendeine vergessene Galaxis am Rande des Universums.

6

Louise war zu Hause geblieben, um Michael beizustehen, Theresa und Milena waren beim Anwalt, Sarah machte die Zeil unsicher, um sich Sachen anzusehen, die sie sich nicht leisten konnte, ich war bei Niko Hagemann.

Der Banker war das, was ich bei seinem Beruf am wenigsten erwartet hätte: ein nachdenklicher Mensch. Außerdem war er mittelgroß und ein klein wenig rundlich, hatte einen unruhigen Blick, der in merkwürdigem Gegensatz zu seinem ansonsten friedlichen und besonnenen Wesen stand. Sein Alter schätzte ich auf etwa fünfzig Jahre. Arm war er nicht, auch wenn er offenbar keine übermäßig steile Karriere hingelegt hatte. Zusammen mit einer sehr viel jüngeren und grazilen Asiatin bewohnte er eine großzügige, lichtdurchflutete Vierzimmerwohnung in einem der oberen Stockwerke eines Jugendstilhauses im Frankfurter Westen. Es war Samstagvormittag, kurz nach elf, und ich wurde den Eindruck nicht los, das ungleiche Paar bei etwas gestört zu haben, bei dem jedermann gerne ungestört bleibt. Dem Mann hing ein Hemdzipfel aus der Hose, den er jetzt eilig versorgte, die Frau hatte einen glasigen Blick und eine dramatisch zerraufte Frisur.

Seine derangierte Partnerin stellte Hagemann verlegen als »Miu, meine Verlobte« vor. Miu nickte mir zu und verschwand anschließend mit phänomenaler Geschwindigkeit hinter irgendeiner Tür, um während unseres Gesprächs nicht wieder aufzutauchen. Der Händedruck des Bankers war fest und vertrauenerweckend. Er trug eine schlabberige cremeweiße Jeans, dazu ein ebenfalls großzügig geschnittenes schwarzes Seidenhemd. Seine Füße waren nackt und wie Gesicht und Hände solariumgebräunt. Ich wurde in ein blitzsauberes und perfekt aufgeräumtes Wohnzimmer geführt, in welchem sich all die Möbelmarken ein Stelldichein gaben, die ich mir niemals würde leisten können. Nobles Parkett glänzte golden im Licht der Mittagssonne, die zwei sich gegenüberstehenden weißen Ledercouches machten keinen Hehl daraus, dass ein italienischer Designer sie entworfen hatte. Auch der dunkle Glastisch dazwischen stammte aus einem teuren Haus, der Blumenstrauß darauf war frisch und üppig, zwei moderne und ein wenig farblose Gemälde an der Stirnwand waren auch für mein Laienauge als echt und wertvoll zu erkennen. Aus winzigen Lautsprechern tröpfelte spanische Gitarrenmusik. Der Raum mochte fünfzig Quadratmeter groß sein. Einen erheblichen Teil davon beanspruchte ein weißer Flügel, auf dem in dieser perfekten Ordnung auffallend unordentlich eine Menge Notenblätter herumlagen.

»Sie spielen Klavier?«, fragte ich.

Der Banker lächelte resigniert. »Miu. Sie ist Konzertpianistin. Erst vorige Woche hat sie in Montreal gespielt.«

Das Spezialgebiet seiner angeblichen Verlobten waren die Russen, vor allem Schostakowitsch und Rachmaninow.

»Ein Kaffee?«, fragte Hagemann, noch bevor wir Platz nahmen. Dieses Angebot lehnte ich nach zwei Stunden auf der Autobahn, eine davon im Stau bei Zwingenberg, nicht ab.

Er verschwand geräuschlos, ich hörte eine Maschine brummen und Geschirr klappern und vertrieb mir die Zeit mit der Aussicht aus den vier hohen Sprossenfenstern. Der Blick ging auf eine ruhige, auf beiden Seiten von hohen Bäumen flankierte Straße, unter denen kein einziges billiges Auto stand. Ich dachte an Theresa und freute mich plötzlich auf den Nachmittag und Abend zusammen mit ihr und unseren zwei jungen Begleiterinnen. Wir wollten ein wenig zusammen bummeln und shoppen und am Abend ins Englische Theater gehen, um uns *Pygmalion* von George Bernard Shaw in Originalsprache anzusehen.

Hagemann kam zurück und stellte zwei original italienische Espressotassen auf den Couchtisch.

»Es ist für mich immer noch unfassbar, dass sie tot sein soll«, sagte er, als wir uns gegenübersaßen, ohne mir ins Gesicht zu sehen. »So plötzlich, ich kann es einfach nicht glauben.«

»Sie waren einige Zeit Kollegen, sagten Sie am Telefon.«

»Bei all ihren menschlichen Defiziten, es will nicht in meinen Kopf, dass sie nicht mehr da sein soll. Sie war doch immer so lebensfroh, so voller Kraft und Ideen …«

»Standen Sie sich sehr nah?«

»In letzter Zeit nicht mehr«, erwiderte er mit Leidensmiene.

»Sie sprachen von menschlichen Defiziten …«

»Juli war … wie soll ich es sagen, ohne ihr unrecht zu tun? Empathie war nicht gerade ihre größte Stärke.«

»Ist das nicht bei allen Menschen so, die nach oben wollen? Die kämpfen und sich durchsetzen müssen?«

»Sie haben recht.« Er nickte mit geschlossenen Augen. »Je weiter Sie nach oben kommen, desto kälter wird es. Desto mehr bekommen Sie es mit Soziopathen zu tun. Mit Leuten, die für Geld und Einfluss über Leichen gehen. Sozusagen … ich meine …« Er schluckte, die Augen jetzt wieder offen, aber merkwürdig blicklos. »Verstehen Sie das jetzt bitte nicht falsch. Es war natürlich nicht wörtlich gemeint.«

»Halten Sie es denn für möglich, dass etwas Derartiges hinter ihrem Tod steckt? Ein ausgebooteter Konkurrent, ein ruinierter Lieferant, irgend so etwas?«

Mit einem Ruck beugte der Banker sich vor, sah mir zum ersten Mal wirklich in die Augen. »Es hieß doch, sie habe sich umgebracht?«

Ich nickte. Sagte mein Sprüchlein auf, dass alle Indizien für Selbstmord sprachen, ich jedoch gewisse Gründe hatte, daran zu zweifeln.

»Haben Sie eng zusammengearbeitet, als Sie noch Kollegen waren?«

Hagemann nickte verstört. Sein Blick war schon wieder auf Wanderschaft. »Von 2003 bis 2010 war sie bei uns. Wirklich Kollegen waren wir allerdings nur ein knappes Jahr. Juli hat in meiner Abteilung angefangen – Controlling and Optimization. Nach einem Jahr ist sie dann schon in die oberste Etage gewechselt. Assistentin des Markenvorstands wurde sie praktisch über Nacht, und wieder zwei Jahre später war sie dann meine Chefin.«

»Eine beachtliche Karriere. Ihr Studium hat sie meines Wissens erst 1999 abgeschlossen.«

»Bei McKinsey hat sie sich bald als Spezialistin für hoffnungslose Sanierungsfälle einen Namen gemacht. Sie haben ihr ein Fixum von einer Viertelmillion geboten, als sie aussteigen wollte. Aber sie war die ewige Herumfliegerei leid, hatte Lust auf etwas Neues, wollte vielleicht auch allmählich sesshaft werden. Bei uns hat sie hunderttausend weniger verdient, aber – wie Juli nun einmal war – nicht lange. Später war sie dann maßgeblich beteiligt an der Übernahme der Dresdner und verantwortlich für den neuen Markenauftritt.«

»Und 2010 hat sie diesen gut bezahlten Job hingeschmissen und ist zu einer Firma in Ludwigshafen gegangen?«

Mein Gegenüber betrachtete eingehend die polierten Nägel seiner rechten Hand. »Wieder hat sie scheinbar einen Schritt zurück gemacht. Nachdem sie es bei uns so weit gebracht hatte, hat sie plötzlich bei dieser völlig unbekannten Klitsche angefangen. Maschinenbau, wenn ich mich nicht irre, und schwer in der Krise. Die Eigentümer haben sie als Geschäftsführerin geholt, als harten Besen, der den Laden wieder flottmacht, und zwei Jahre später war die Firma aus den roten Zahlen.«

»Flottmachen bedeutet, Leute zu entlassen, nehme ich an.«

»Kosten runter, heißt in solchen Fällen das Zauberwort. Sie hat das Produktspektrum bereinigt, den Laden verschlankt und auf die Cash Cows fokussiert, für die internationalen Märkte fit gemacht. Und ja, selbstverständlich auch Personal abgebaut.«

»Damit macht man sich nicht nur Freunde.«

»Im Gegenteil.« Niko Hagemann lächelte wissend, nahm einen Schluck aus seiner schwarzen Tasse. »Aber Juli hatte keine schlaflosen Nächte, nachdem sie hundert Leuten die Kündigung überreicht hat. ›Wenn ich diese hundert nicht entlasse, dann stehen nächstes Jahr dreihundert auf der Straße‹, hat sie einmal zu mir gesagt. Und dabei recht gehabt, so leid es einem für jeden Einzelnen tut.«

»Und dann ist sie zur ORMAG gewechselt?«

»Nachdem sie den Laden in Ludwigshafen auf Vordermann gebracht hatte, hatte sie endgültig den Ruf einer Retterin in höchster Not weg. Von den Eigentümern der sanierten Firma hat sie eine fette Prämie kassiert und von der ORMAG ein sicherlich noch viel fetteres Willkommensgeld.«

»Willkommensgeld?«

»Das ist wie bei den Fußballstars. Normalerweise bettelt der Arbeitnehmer beim Arbeitgeber. Bei den Topleuten, bei den wirklich guten, erfolgreichen Leuten, ist es umgekehrt.«

»Das heißt also, die ORMAG war auch in der Krise?«

»Die bösen, bösen Chinesen«, murmelte Hagemann und lächelte mit einem Mal fast verträumt. »Die ORMAG hatte sich ein wenig zu lange auf ihrem Erfolg ausgeruht, und als Juli kam, hatten sie viel zu viele Altlasten am Bein. Lowtechkram, den jeder Anbieter in Fernost für den halben Preis auf den Markt wirft.«

»War sie wieder erfolgreich?«

Hagemann wiegte den Kopf. Die spanischen Gitarren waren schon vor einer Weile verstummt, wurde mir erst jetzt bewusst.

»Natürlich hat es wieder geknirscht im Getriebe. Die Gewerkschaften sind Sturm gelaufen, die Presse hat getobt, die Landesregierung hat aufs Schärfste protestiert. Aber es ging nun mal auch hier nicht anders. So etwas geht nie anders. So funktioniert unser System: Kapitalismus bedeutet Darwinismus in Reinkultur – die Starken werden stärker, die Schwachen werden aufgefressen.«

»Hatten Sie in letzter Zeit noch Kontakt?«

Dieses Mal ließ er sich auffallend viel Zeit mit der Antwort. »Nicht wirklich. Wir haben hin und wieder telefoniert. So einmal im Quartal etwa. Manchmal hat sie mir Handynachrichten geschickt, oft mit Fotos. Juli hat gerne Architektur fotografiert. Mit Steinen hat sie sich vielleicht besser ausgekannt als mit Menschen. Die letzten Bildchen kamen erst vor ein paar Wochen. Darauf ist übrigens ein Mann zu sehen. Nehme an, ein Mitarbeiter von ihr. Vielleicht kommen Sie über den weiter?«

»Könnte ich die Fotos sehen?«

Sichtlich erfreut, etwas mit den Händen tun zu dürfen, zückte er sein Smartphone, ließ sich meine Handynummer diktieren, und kurz darauf piepte und summte mein eigenes Gerät.

»Sehen Sie sich das zweite Foto an. Das mit dieser blauen Moschee. Juli steht mit dem Rücken zur Sonne, man sieht ihren Schatten am Boden. Und direkt neben ihrem Schatten ist ein zweiter, größer als sie und breiter. Und sieht es nicht aus, als hätte er den Arm um ihre Schulter gelegt?«

Die Aufnahme war in den Abendstunden kurz vor Sonnenuntergang entstanden. Die Schatten waren lang. Und Hagemann hatte recht – es war eindeutig ein Mann, der diesen Schatten warf. Ein breitschultriger, großer Mann.

»Und jetzt sehen Sie sich das vierte Foto an, das mit diesem seltsamen Triumphbogen, dem Azadi-Tower. Da ist er drauf zu sehen. Der Typ, der so interessiert an dem Ding hinaufsieht, das ist er, meine ich.«

»Sie könnte ihn auf der Reise zufällig kennengelernt haben.«

»Durchaus vorstellbar. Vielleicht war er auch ihr Betreuer. So was kriegen Sie als offizieller Gast in Ländern wie dem Iran zugeteilt, und üblicherweise sind diese Typen dann vom Geheimdienst.«

»Iran?«, fiel mir mit einiger Verspätung auf. »Von wann sind diese Bilder?«

Er nannte mir ein Datum, das gut vier Wochen zurücklag.

»Nach meinen Informationen war sie damals in Israel. In Tel Aviv.«

»Ich war selbst mal in Teheran«, erwiderte Hagemann gleichmütig. »Die Imamzadeh-Saleh-Moschee und der Azadi-Tower stehen nicht in Tel Aviv, glauben Sie mir.«

Ich vergrößerte den Teil des Fotos, auf dem Frau von Lembkes Begleiter zu sehen war. Er sah nicht wie ein Araber oder Perser aus, sondern eher wie ein Mitteleuropäer oder Amerikaner. Groß gewachsen, breit und muskulös, ein längliches Pferdegesicht, das wollige, sperrig vom Kopf abstehende Haar rötlich blond.

»Sie wissen vermutlich nicht, was Frau von Lembke in Teheran gemacht hat?«

»Urlaub?« Der Banker hob die Hände. »Weshalb fragen Sie nicht einfach ihren Mann?«

»Weil er der Meinung ist, sie sei in Israel gewesen.«

»Dann rufen Sie die Zentrale in Düsseldorf an. Die müssten Ihnen doch sagen können, ob sie beruflich unterwegs war oder zum Vergnügen.«

Das würde ich hübsch bleiben lassen, solange ich keinen offiziellen Ermittlungsauftrag der Staatsanwaltschaft vorweisen konnte. Den würde ich erst bekommen, wenn ich Beweise vorlegen konnte, die ich noch immer nicht hatte. Obwohl nach wie vor alle Indizien auf einen Selbstmord hindeuteten, sagte mir mein Instinkt, dass irgendetwas faul war an Juliana von Lembkes Tod. Leider konnte ich noch immer nicht sagen, was eigentlich. Das einzig Greifbare war bisher der mysteriöse Anruf dieses angeblichen Axel Schmidt in Berlin. Und das fehlende Motiv für einen Selbstmord.

Der Banker schloss kurz die Augen, als hätte ihn ein plötzlicher Schmerz durchzuckt, und nippte dann mit abwesender Miene an seinem Kaffee.

»Juli war in letzter Zeit wieder viel auf Reisen. Logischerweise, das gehörte zu ihrem Job. Entwicklung neuer Geschäftsfelder, Akquise der notwendigen Partner und vielleicht auch schon Kunden. Das Ausmisten, die Schließung von Standorten und das Feuern der Mitarbeiter hat sie in diesem Fall anderen überlassen.«

Noch einmal betrachtete ich das Foto, auf dem der rotblonde Hüne zu sehen war. Weshalb hatte sie ihrem Mann erzählt, sie fliege nach Tel Aviv? Wenn ich ihrer Freundin Anita Glauben schenken durfte, dann hatte sie das mit der ehelichen Treue nicht allzu eng gesehen. War der Rothaarige ihr neuer Liebhaber, wie Hagemann zu glauben schien, und der Trip nach Teheran in Wirklichkeit eine Art kurzer Honeymoon gewesen? Aber wozu dann der Schwindel mit Israel?

»Falls er zur Firma gehört, dann ist er Oberliga«, meinte Hagemann. »Juli fliegt nicht wegen Peanuts nach Teheran. Wenn sie sich selbst die Mühe macht, dann geht es eher um hundert als um zehn Millionen. Und für so was nimmt man keine Leute aus dem dritten Glied mit.«

»Ist es üblich, dass solche Geschäfte von nur zwei Menschen abgewickelt werden?«

»Weshalb nicht?«, fragte Niko Hagemann verwundert zurück. »Was glauben Sie wohl, welche Beträge unsere Investmentbanker jeden Tag hin und her schieben?«

Natürlich. Was waren hundert Millionen in dieser Sphäre, die den Kontakt zum Boden der Realität längst verloren hatte? Zu dem Boden, auf dem unsereins sein spärliches Dasein fristete? Was waren acht- oder neunstellige Beträge für Menschen, die nur noch mit Menschen verkehrten, die in derselben abgehobenen, verrückten und so brandgefährlichen Welt lebten?

»Letzte Frage«, sagte ich mit belegter Stimme und einer plötzlichen ungesunden Wut im Bauch. »Kennen Sie Namen? Von Kollegen? Von Freunden?«

Niko Hagemann lachte leise. »Ich weiß nicht, ob Juli jemals verstanden hat, was das ist, ein Freund. Sie hat in anderen Kategorien gedacht. Menschen waren gut, wenn sie ihr nützlich waren. Sie waren schlecht, wenn sie ihr Fortkommen behinderten, wenn sie einem Deal im Weg standen.«

»Ich dachte, Sie waren befreundet mit ihr? Immerhin hat sie Ihnen Handynachrichten geschickt und all die Jahre Kontakt gehalten.«

Wieder lachte er. »Um Ihnen die peinliche Fragerei zu ersparen: Ja, ich hatte mal was mit ihr. Ja, wir haben auch miteinander geschlafen. Und nein, es hat nicht lange gedauert. Als wir noch Kollegen waren, war ich ziemlich scharf auf sie, aber sie hat mich nicht mal zur Kenntnis genommen. Erst später, als meine Chefin, da hat sie mich auf einmal rangelassen. Juli war keine der Frauen, die sich nach oben schlafen. Die Sorte gibt's in unserem Business schon auch, keine Sorge. Aber so war sie nicht.«

»Was heißt ›nicht lange‹?«

»Ein paar Wochen, dann war es auch schon wieder vorbei. Es war zu gefährlich für sie. Sexuelle Beziehungen unter Kollegen sind im Haus nicht gerne gesehen. Über Hierarchiestufen hinweg sind sie ein absolutes No-Go, ein Karrierekiller. Juli hat die Gefahr geliebt, manchmal. Vielleicht hat sie sich sogar ganz bewusst darauf eingelassen, gerade weil es ein krasser Regelverstoß war. So was hat sie angeturnt, glaube ich.«

»Über zehn Jahre, und der Kontakt ist nicht abgerissen …«

Er sah mich offen an. »Ich bin leitender Mitarbeiter der zweitgrößten Bank Deutschlands, Herr Gerlach. Zwar nur im mittleren Management, aber ich habe Kontakte zur oberen Heeresleitung. Zum Vorstand, rein zufällig nur. Hergen ist mein Onkel.«

Dr. Hergen Hagemann, der CEO der Commerzbank, ich erinnerte mich, sein weiches Bonvivant-Gesicht hie und da in den Fernsehnachrichten gesehen zu haben. Und plötzlich meinte ich auch, eine gewisse Ähnlichkeit mit seinem Neffen zu erkennen, der mich gerade ein wenig betreten angrinste.

»Ich kann nichts dafür. Und ich nutze es auch nicht aus. Ich bin seit dreiundzwanzig Jahren bei der CoBa, Hergen erst seit zehn. Aber er ist für mich zu sprechen, und vor allem, er hört mir zu. Das alles wusste Juli selbstverständlich ganz genau.«

»Sie fielen in die Kategorie ›nützlich‹?«

»Ein nützlicher Idiot, Sie sagen es. Und um Ihre Frage endlich zu beantworten: Nein, ich kenne keine Namen. Aber falls der Typ auf dem Foto bei der ORMAG etwas zu sagen hat, dann finden Sie ihn. Obwohl …«

»Obwohl?«

»Ach.« Plötzlich wich er meinem Blick wieder aus, machte eine abwehrende Handbewegung. »Nichts.«

Zu viert saßen wir in der dritten Reihe des kleinen English Theatre an der Frankfurter Gallusanlage. Die Karten hatte Theresa besorgt. Von ihr stammte auch die Idee, dieses außergewöhnliche Haus zu besuchen, das ausschließlich englischsprachige Stücke zeigte, die von englischen Regisseuren mit englischen Schauspielern auf die Bühne gebracht wurden. Das Stück war überaus lustig. Sarah und Theresa kugelten sich, verstanden offenbar jeden Witz, jede Pointe. Ich verstand ungefähr die Hälfte, amüsierte mich aber dennoch. Milena, die links neben Theresa saß, verstand rein gar nichts, lachte jedoch hin und wieder pflichtschuldig mit. Sie wirkte ein wenig eingeschüchtert vom feierlichen Ambiente, den vielen Menschen, der Aufführung. Vermutlich sah sie heute zum ersten Mal in ihrem Leben ein Theater von innen.

Wenn es gerade einmal nichts zu lachen gab, dachte ich über Juliana von Lembke nach. Wie mochte es sich unter Menschen leben, die mit einigen Mausklicks einen weltweiten Börsensturz auslösen oder den Euro mal eben um zwei Punkte nach oben treiben konnten? Um anschließend innerhalb weniger Millisekunden ein paar Milliönchen abzugreifen? Menschen, die zur Feier ihrer Jahresgratifikationen Weinflaschen entkorkten, die mehr kosteten, als ein deutscher Kripochef im Monat verdiente?

War es vielleicht doch vorstellbar, dass diese außergewöhnliche Frau, die am Nachmittag noch ausgelassen und angeblich frisch verliebt gewesen war, sich Stunden später ins eiskalte Wasser stürzte? Weil die neue, aufregende Liebe in der Zwischenzeit abgesagt wurde? Weil etwas anderes geschehen war, was ihr den Teppich unter den Füßen wegriss? War sie überarbeitet, überreizt, ausgelaugt gewesen und urplötzlich in eine Depression gefallen? Verstärkt durch den Alkohol, den sie zwischenzeitlich mit wem auch immer zusammen getrunken hatte?

Mein Gefühl sagte mir, dass hinter ihrem Tod etwas anderes steckte. Und auf mein Gefühl war in solchen Fällen meist Verlass. Ich musste herausfinden, was Frau von Lembke in den knapp sechs Stunden getan hatte, die zwischen dem Verlassen des Hotels und ihrem Tod lagen. Wen sie getroffen, wen sie gesprochen, mit wem zusammen sie Wein getrunken hatte.

Sollte es kein Suizid gewesen sein, dann fielen mir letztlich nur zwei mögliche Mordmotive ein. Entweder es ging um Eifersucht und enttäuschte Liebe oder um Macht und Geld – um ihren Beruf also. Im einen Fall kämen als Täter ihr Mann oder ein gekränkter Liebhaber infrage. Hier war die Auswahl an möglichen Tätern vermutlich überschaubar. Auf der anderen, der beruflichen Seite würde es sehr viel schwieriger werden. Sicherlich hatte sie sich in den knapp zwanzig Jahren ihrer steilen Karriere Hunderte von Feinden gemacht. Entlassene Mitarbeiter, bei einer Beförderung übergangene oder ins Aus manövrierte Kollegen, übertölpelte, in die Pleite getriebene Zulieferer. Mit Kai Meerbusch ging es mir wie Anita Traber – ich traute ihm einen Mord einfach nicht zu. Abgelegte Liebhaber würden nicht leicht zu finden sein. Bis auf den Rothaarigen vielleicht, mit dem sie in Teheran war.

Bei Gelegenheit sollte ich mir diese Firma in Ludwigshafen ansehen, die sie so erfolgreich saniert hatte. Außerdem nahm ich mir vor, am Montag mit der Ärztin zu telefonieren, die den Leichnam obduziert hatte. Vielleicht war da doch noch mehr gewesen, irgendeine Kleinigkeit, der sie keine Bedeutung beigemessen hatte. Wenn die Abschürfungen an der linken Hand der Toten wirklich vom rauen Sandstein der Brücke stammten, dann müsste dort auch nach anderthalb Wochen noch etwas zu finden sein. Mikroskopisch kleine Blut- und Hautspuren. Fasern vom roten Mantel oder von der schwarzen Hose. Und was war überhaupt mit der verschwundenen Handtasche? War die inzwischen aufgetaucht? Vielleicht im wahrsten Sinn des Wortes?

Das Licht ging an, Applaus brandete auf. Pause. Theresa lud uns alle zu einem Gläschen Sekt ein. In der proppenvollen Bar, in der mehr Englisch als Deutsch gesprochen wurde, standen wir eine Weile herum, plauderten über das Stück, über die Darsteller, über das bunt gemischte, überwiegend gut gelaunte Publikum. Jugendliche im Alter von Sarah und Milena sah ich, grauhaarige Paare mit kulturbeflissenen Mienen und würdigem Gehabe, mittelalte Singles im Casual-Look, eine gemischtgeschlechtliche, hessisch sprechende und sehr ausgelassene Gruppe, vielleicht ein

Englischkurs gehobener Stufe an der Volkshochschule. Es roch nach einem Wirrwarr von Parfüms, nach gepflegtem Schweiß und verschüttetem Bier.

Sarah verkündete, sie werde ab sofort häufiger ins Theater gehen und wolle unbedingt mehr von Shaw sehen. Milena hörte mit andächtiger Miene zu, wagte nur hin und wieder eine Bemerkung, die meist überhaupt nicht zum Thema passte. Theresa hatte mir während des ersten Akts zugeflüstert, der Anwalt habe ihr leider nicht viel Positives sagen können. Wie ich schon vermutet hatte, würde Milenas Asylantrag mit Sicherheit abgelehnt werden. Anschließend könne man natürlich Einspruch einlegen, aber der würde die Sache nur in die Länge ziehen und verteuern.

Meine Göttin machte jedoch nicht den Eindruck auf mich, als gäbe sie sich schon geschlagen. Ganz im Gegenteil, ihr Blick versprühte Kampfgeist, sie wirkte aufgedreht, lachte oft und lauter als sonst.

7

Am späten Sonntagvormittag wählte ich noch einmal die Nummer von Niko Hagemann in Frankfurt. Louise und Mick hatten schon geschlafen, als wir gegen Mitternacht nach Hause kamen. Ich hatte mit Sarah zusammen noch lange in der Küche gesessen, um bei einem Gläschen Wein und gemütlichem Vater-Tochter-Plausch den Tag ausklingen zu lassen. So war ich nun ein wenig müde, obwohl ich bis halb zehn geschlafen hatte.

»Mir geht nicht aus dem Kopf, dass Frau von Lembke ihrem Mann erzählt hat, sie fliegt nach Tel Aviv«, sagte ich, als Hagemann endlich ans Telefon ging, der offenbar noch länger schlief als ich. »Wahrscheinlich ist es völlig unwichtig, aber …«

Aber manchmal waren es ja gerade diese kleinen Unwichtigkeiten, die einen weiterbrachten.

Heute schien der Banker sehr viel bessere Laune zu haben als gestern. Er lachte herzlich. »Sie sind lustig, Herr Gerlach! Natürlich ist sie wirklich nach Israel geflogen, darauf verwette ich meinen nächsten Jahresbonus.«

Mir dämmerte, worauf er hinauswollte. Der Iran stand nach wie vor unter Embargo. Nicht mehr so streng wie vor Jahren, aber die Lieferung irgendwelcher Hightechgerätschaften dorthin war vermutlich immer noch verboten.

»Wenn Juli ein solches Geheimnis um diese Reise gemacht hat, dann hat sie vermutlich etwas halb Legales oder ganz Verbotenes im Schilde geführt. Und wer so etwas vorhat, düst nicht einfach so nach Teheran, um dort Gespräche zu führen. Entweder trifft man sich auf neutralem Boden, oder man fliegt, um die Sache zu verschleiern, vorher ein paar Umwege. Israel klingt unverdächtig. Wahrscheinlich sind die zwei von dort weitergeflogen, nach Dubai oder Karatschi oder Amman, und erst von dort, vielleicht sogar in einem Privatflieger, ging es zum eigentlichen Ziel der Reise.«

Verstoß gegen Embargobestimmungen, das wäre vielleicht auch ein mögliches Motiv. War sie mit den Geschäften, die sie im Iran anbahnen wollte, vielleicht ohne es zu ahnen, einem mächtigen Konkurrenten in die Quere gekommen?

»Wie bitte, was?«

Niko Hagemann hatte weitergesprochen, während meine Gedanken vorübergehend abgeirrt waren.

»Eine Lebensversicherung. Das wollte ich Ihnen noch sagen. Juli hat eine Lebensversicherung zugunsten ihres Mannes abgeschlossen, hat sie mir einmal anvertraut. Ansonsten hatte man natürlich Gütertrennung vereinbart, wie sich das gehört. Juli ist ... war mit Sicherheit mindestens zehn Millionen schwer, wenn ich überschlage, was sie in den letzten Jahren so getrieben hat.«

»Gütertrennung greift im Fall einer Scheidung, aber nicht im Todesfall. Dem Mann steht zumindest sein Pflichtteil zu.«

»Im Prinzip ja, natürlich. Aber wie ich Juli kenne, wird sie auch für diesen Fall Vorkehrungen getroffen haben. Das Geld auf Auslandskonten irgendeiner Briefkastenfirma versteckt, in Immobilien auf den Bermudas angelegt, da gibt es tausend und eine Möglichkeit. Wenn Kai erben würde, dann wäre das mit der Lebensversicherung ja Unfug.«

»Wissen Sie, ob ein Testament existiert?«

»Wissen tue ich gar nichts. Aber es wäre nicht Julis Art, solche Dinge dem Zufall zu überlassen.«

Nirgendwo auf den Internetseiten der ORMAG war das Gesicht des Rothaarigen in Teheran zu finden, stellte ich im Lauf des Sonntagnachmittags fest. Ich hatte die Fotos aus

Teheran – ganz ohne fremde Hilfe übrigens – vom Handy auf meinen Computer geladen, sodass ich sie vergrößern konnte. Frau von Lembkes Begleiter wirkte sehr männlich und entschlussfreudig und sah für meinen Geschmack ein wenig irisch aus. Sollte er wirklich der Grund für Julis aufgeregten Anruf bei ihrer Freundin gewesen sein? Hatte er den Hormonalarm ausgelöst? Ebenso ziel- wie erfolglos stöberte ich noch eine Weile im weltweiten Netz herum und gab schließlich auf.

Vielleicht jagte ich ja doch nur einem Phantom hinterher. Einem Mörder, der nicht existierte. Immerhin war da ja auch noch diese etwas kryptische Handynachricht, die sie ihrem Mann kurz vor dem Tod geschickt hatte. Wie hatte sie sinngemäß gelautet? »Ich kann so nicht weiterleben«, erinnerte ich mich. »Ich halte es nicht mehr aus.«

Was?

Was hatte sie nicht mehr ausgehalten?

Den Stress? Das schlechte Gewissen, weil sie Hunderte oder Tausende von Menschen um ihre Arbeit gebracht und bestimmt nicht wenige davon ins Unglück gestürzt hatte? Dass sie ihren Mann wieder einmal betrog? Oder etwas vollkommen anderes?

Hin und wieder hörte ich Geräusche aus Louises Zimmer, das an mein Schlaf- und Arbeitszimmer grenzte. Meist Louise, die tröstend auf ihren Liebsten einredete. Hin und wieder klappten Türen, wenn Michael ins Bad stürzte, um von sich zu geben, was sie ihm zuvor eingeflößt hatte. Weder Haferbrei noch Nutellatoast, weder Hühnersuppe noch trockenes Knäckebrot konnte er bei sich behalten. Die beiden taten mir leid, Louise mehr als ihr Freund. Aber hier konnte ich nicht helfen. Was nebenan ablief war etwas, womit die zwei allein fertigwerden mussten. Und ja auch wollten.

Betreffend Frau von Lembke musste ich eine Entscheidung fällen, wurde mir schließlich klar. Entweder, ich vergaß diese leidige Geschichte nun endlich, oder ich schlug den offiziellen Weg ein. Die erste Hürde war dabei mein Chef, Kaltenbach, der mich und meine Leute in dem halben Jahr, das er nun bei uns war, mehr Nerven gekostet hatte als sein Vorgänger während seiner gesamten Dienstzeit. Bisher hatte er sich vor allem dadurch ausgezeichnet, uns mit einer Fülle neuer Prozesse und Dienstanweisungen zu beglücken, die alle das Ziel verfolgten, unsere Arbeitsweisen zu modernisieren, zu verschlanken und zu beschleunigen. Alles, was aus Papier war, musste neuerdings eingescannt und digital abgelegt werden. Für alles und jedes waren Statistiken zu führen, was zu einem erheblichen Teil auf meinem Schreibtisch geschah, und in Statistik war ich schon in der Schule schlecht gewesen. Das Haus kam nicht mehr zur Ruhe, und nicht wenige Kolleginnen und Kollegen, zuvörderst Kaltenbachs Sekretärin Petra Ragold und Sönnchen, meine rechte Hand, hegten die heimliche Hoffnung, Heidelberg möge nur eine vorübergehende und hoffentlich kurze Station auf seiner Karriereleiter sein.

Soweit es das Tagesgeschäft betraf, ließ Kaltenbach mich zum Glück weitgehend in Frieden, und ich vermied jeden unnötigen Kontakt mit ihm. So arbeiteten wir meist halbwegs friedlich nebeneinanderher. Oder oft genug auch aneinander vorbei. Jetzt aber brauchte ich seine Rückendeckung, um voranzukommen. Ich musste ab sofort mit offenem Visier ermitteln, und das ging nun einmal nicht ohne sein Wissen und seine Zustimmung.

Irgendwann summte mein Handy. Eine SMS wurde gemeldet, von meinem Vater: »Hab's jetzt dreimal probiert. Sie redet nicht mit mir. Gruß, P.«

Aus purer Langeweile stöberte ich am Ende doch noch ein wenig auf den Internetseiten der ORMAG, sah mir Bildchen von Gabelstaplern und Kunststoff-Spritzgussmaschinen an, von fahrerlosen Flurförderfahrzeugen und tausenderlei anderem, worunter ich mir oft nicht einmal etwas vorstellen konnte. Vorstandsvorsitzender war ein Prof. Dr. Dr. Kurt Kratt, der nebenbei Vorlesungen an der Ruhr-Universität Bochum hielt. Und wieder einmal sah ich auch das kluge Gesicht von Juliana von Lembke. Wie hatte ihr Mädchenname gelautet? Rübenbauer? Vor einiger Zeit hatte ich gelesen, man mache tatsächlich leichter und schneller Karriere, wenn man Kaiser oder König hieß statt Bauer oder Koch.

Ich vergrößerte das Foto, das von erstaunlich guter Qualität war. Sie war wirklich hübsch gewesen, wirkte jung, fast noch jugendlich mit ihrem unternehmungslustigen Lächeln. Erst bei genauerem Hinsehen bemerkte ich die Fältchen in den Augenwinkeln, die auch ein teures Make-up und gute Beleuchtung nicht zu verdecken vermochten, den strengen Zug um den frech rot geschminkten Mund, die eigentümliche Kühle ihres Blicks, obwohl sie so frisch in die Kameralinse lächelte. Der Fotograf hatte sein Handwerk verstanden, kein Zweifel. Ich vergrößerte das Bild noch weiter, bis ich die graublauen Augen in Lebensgröße vor mir sah. Lange starrten wir uns an. Reglos und schweigend.

War da nicht noch etwas anderes in diesem Blick, der umso rätselhafter wurde, je länger ich hinsah? Einerseits dieses »Komm mir nicht zu nah, sonst könnte es sein, dass du gefressen wirst«, andererseits aber auch ein Hauch von »Na, du?«. Kokettierte sie nicht auch ein wenig? Dieser eine Winzigkeit nach oben gezogene linke Mundwinkel – steckte darin nicht auch ein Zug von Ironie? Von Selbstironie gar? Sie musste eine interessante Frau gewesen sein. Verwirrend, immer aufs Neue überraschend. Anstrengend. Vielleicht hätte ich mich in sie verliebt, hätten wir früher miteinander zu tun gehabt.

Aus Sekunden wurden Minuten.

Aber es geschah nichts.

Sie wollte mir ihr Geheimnis nicht verraten.

Das Geheimnis ihres plötzlichen Todes.

Seufzend riss ich mich endlich los und klappte den Laptop zu. Es gab noch anderes in meinem Leben als ertrunkene Topmanagerinnen und Karrierefrauen.

»Hallo, Mama«, sagte ich, als ich eine halbe Stunde später die Zweizimmer-Dachwohnung am Heumarkt betrat, in der meine Mutter seit einigen Monaten lebte. »Wie geht's dir heute?«

Sie musterte mich kühl von oben bis unten. »Hast du ihn angestiftet? Dass er mich auf einmal anruft? Da steckst doch du dahinter, gib's zu!«

Das konnte und wollte ich nicht abstreiten.

»Und jetzt bist du sauer auf mich?«

»Das kannst du glauben!«, erwiderte sie mit rauflustigem Blick. Schnaufend schlappte sie vor mir her durch den kurzen Flur ins kuschelige Wohnzimmer mit schrägen Wänden. »Trinkst du ein Glas Wein mit mir? Oder einen Sherry? Einen Limoncello?«

»Nicht um diese Zeit, Mama. Und du solltest vielleicht auch besser …«

»Was ich sollte und nicht sollte, das bestimme immer noch ich«, erklärte meine alte Mutter trotzig. »Ich geb dir Bescheid, wenn ich nicht mehr für mich selber denken kann.«

Sie verschwand in der Küche, kam Sekunden später tatsächlich mit einem gut gefüllten hochstieligen Weinglas in der Hand zurück. Das einzige Fenster des Zimmers befand sich in einer Gaube und ging zum Platz, auf dem schon jetzt, am frühen Abend, das Leben tobte. Der Heumarkt lag mitten in dem Teil der Heidelberger Altstadt, wo sich das Nacht- und Studentenleben abspielte. Hier befand sich im Erdgeschoss fast jedes Hauses eine Bar, eine Weinstube, ein Bierlokal oder ein preiswertes Restaurant. Selbstverständlich war dies in jedem Reiseführer als Geheimtipp vermerkt, und entsprechend war die Geräuschkulisse, die von unten heraufdrang.

»Wie lange geht das schon so?«, fragte ich meine Mutter mit Blick auf ihr Glas.

»Das geht dich nichts an, Alex«, erwiderte sie ernst, aber friedlich. »Ich lebe mein Leben, und du lebst deins.«

»Ich mach mir Sorgen um dich, Mama. Du gehst vor die Hunde, wenn du so weitermachst.«

»Das ist lieb von dir, aber ganz unnötig. Ich komm prima zurecht.«

Es roch muffig hier. Als hätte sie lange nicht gelüftet. Und Staub gewischt hatte sie auch nicht. Das Bild an der Wand hinter dem Sofa, auf dem sie jetzt saß und ihren einzigen Sohn nachdenklich betrachtete, hing schief. Ein gerahmter Merian-Stich von Heidelberg, das Weihnachtsgeschenk von mir und meinen Töchtern. Die beiden Kissen, die am Boden lagen, wirkten, als wären sie nicht erst heute heruntergefallen. Auf dem winzigen Couchtisch herrschte Chaos, auf dem Sideboard standen zwei benutzte Weingläser, die auch schon Staub angesetzt hatten. Sollte ich versuchen, sie zu einer Putzfrau zu überreden? Oder würde sie das noch mehr gegen mich aufbringen?

Demonstrativ nahm sie einen großen Schluck aus dem beschlagenen Glas. »Schickt er dich? Damit du für ihn gut Wetter machst? Ist ihm seine blonde Schnalle davongelaufen? Hat sie endlich was Besseres gefunden? Und jetzt ist dem verlassenen Casanova langweilig?«

»Mama, hör bitte auf damit. Er schickt mich nicht. Er hat mir sogar ausdrücklich verboten, mich einzumischen.«

Grimmig seufzte sie. »Weißt du, Alex, ich hab auch meinen Stolz. Was dein Vater mir angetan hat, kann und will und werd ich nicht vergessen.«

»Wie wär's mit verzeihen? Oder wenigstens mit einem Waffenstillstand?«

»Du willst mich weghaben«, sagte sie mit unerwarteter Wärme in der Stimme. »Du willst mich los sein, das versteh ich ja. Aber das brauchst du gar nicht. Ich komm hier klar, auch ohne dass du mich besuchst und dir Sorgen um mich machst.«

»Aber das kann doch nicht ewig so weitergehen mit euch beiden.«

»Wieso nicht? Mir geht's bestens. Wenn's deinem Vater schlecht geht, dann soll er vielleicht mal drüber nachdenken, wieso. Hab ich ihn etwa gezwungen, mit dieser blöden Kuh mit ihren Rieseneutern anzubändeln? Ist das vielleicht meine Idee gewesen?«

Jetzt platzte mir der Kragen. »Weißt du, was ihr seid?«, fuhr ich sie an. »Alte, verbiesterte Dickköpfe seid ihr. Alle beide!« Stöhnend sank ich wieder in meinen Sessel zurück.

Sie betrachtete mich schmunzelnd und nahm den nächsten Schluck, woraufhin das Glas schon halb leer war.

»Alex«, sagte sie dann, »das ist eine Sache, die nur deinen Vater und mich was angeht. Sogar Kinder kann man nur noch in Grenzen ändern, wenn sie mal ein paar Jahre alt sind. Vieles bringen sie sowieso mit auf die Welt, in ihren Genen. Und der Rest, das, was die Erziehung bewirken kann, der ist sehr überschaubar. Man muss sie nehmen, wie sie sind. Und weißt du, mit uns alten Leuten ist es ganz genauso.«

Sie lächelte entspannt. Nippte diesmal nur am Wein.

»Sag ihm, er muss auf Knien angekrochen kommen. Er muss mir die Füße küssen und mich anbetteln. Und dann werde ich mir vielleicht überlegen, ob ich ihm möglicherweise die Hand gebe oder doch lieber einen Fußtritt. Vorher nicht.« Noch ein Schluck. »Vorher nicht.«

Howgh, ich habe gesprochen.

»Du bist verletzt, Mama, ich verstehe das sehr gut. Er hat sich unmöglich aufgeführt, du hast vollkommen recht. Es muss so was wie ein dritter Frühling …«

»Alex«, unterbrach sie mich milde. »Das weiß ich alles.«

»Er hat Mist gebaut, das weiß er inzwischen. Und es tut ihm wirklich leid. Und natürlich ist er mindestens …«

»Es tut ihm leid?« Sie lachte schrill auf. »Da muss mir irgendwas entgangen sein.«

»Er hat halt auch seinen Stolz. Du kennst doch den Spruch: Der Klügere gibt nach?«

»Er hat sich doch immer für den Klügeren gehalten. Immer hat er alles besser gewusst als ich, immer.«

»Mama, bitte! Das will ich jetzt eigentlich nicht hören.«

»Was willst du denn hören?«

»Dass ihr wieder miteinander redet. Wenigstens redet. Das wäre doch schon mal was, oder nicht? Vermisst du Portugal denn gar nicht? Das Meer? Morgens vor dem Frühstück eine Runde schwimmen, mitten im Winter?«

»Im Winter sind die Wellen viel zu hoch. Und meistens ist der Wind auch zu kalt.«

»Heute ist Frühlingsanfang. Außerdem, das ist doch auf Dauer kein Leben hier. Wie lange, meinst du, schaffst du die Treppen in den vierten Stock noch? Und dann dieser ständige Krach ...«

»Wenn ich die Treppen nicht mehr schaffe, dann such ich mir halt was im Erdgeschoss. Und den Krach mag ich, stell dir vor. Solange ich die Leute lachen höre und die Musik aus den Kneipen, weiß ich, dass ich noch am Leben bin.«

»Jeder vernünftige Mensch würde tausendmal lieber in einem großen Haus am Meer leben als in so einer engen Dachwohnung im Kneipenviertel.«

»Du führst dich auf, als wolltest du mir eine Pauschalreise verkaufen. Flug und Hotel all inclusive für vierhundertneunundneunzig Euro. Und als kostenlose Zugabe einen alten Gigolo.«

»Ich bezahle dir den Flug, kein Problem. Und das Hotel für die erste Woche auch. Wenn ihr nur endlich ...«

Jetzt erst bemerkte ich, dass sie grinste. »War ein Spaß, Alex. Willst du nicht doch ein Gläschen Silvaner? Der ist richtig gut und kostet beim Rewe nicht mal vier Euro die Flasche.«

Dieses Mal lehnte ich nicht ab. Später tischte sie noch ein kleines Abendessen auf, wir sprachen über unverfängliche Dinge, und gegen halb acht verabschiedete ich mich. Mutter war bester Laune, freute sich auf einen Film im Ersten mit Gudrun Landgrebe. Ich freute mich auf nichts.

8

»Ein Gefühl«, sagte Kaltenbach wohlwollend, als ich ihm am Montagmorgen gegenübersaß und den Fall Juliana von Lembke schilderte. Er wirkte ungewohnt entspannt, war sogar ein wenig sonnengebräunt. Die Bildungsreise in die USA hatte ihm sichtlich gutgetan, was meiner Sache hoffentlich förderlich war.

»Mir ist klar, dass die Indizienlage bisher mager ist. Aber aus meiner Sicht lässt sich die Selbstmordthese einfach nicht mehr aufrechterhalten.«

»Wer käme als Täter infrage?«

»Zuallererst ihr Mann. Es heißt zwar, er sei ein Softie und könne so was nicht. Aber er wäre nicht der erste Mörder, dem niemand seine Tat zugetraut hat. Er könnte die Nerven verloren haben, weil seine Frau sich immer mehr von ihm entfremdet hat. Ich bin fast sicher, er hat vermutet, dass sie in der Nacht bei einem anderen Mann war.«

»Eifersucht wäre in der Tat ein gutes Motiv«, gab mein Chef zu.

»Außerdem benimmt er sich sehr merkwürdig. Er spielt den am Boden zerstörten Witwer, aber irgendwie …«

»… überzeugt er Sie nicht. Gut. Und was haben Sie mir sonst noch anzubieten?«

»Es gibt eine Lebensversicherung zu seinen Gunsten.«

»Aha.«

»Und jeder, mit dem ich bisher gesprochen habe, schildert die Frau als lebenslustig, optimistisch, umtriebig, keinesfalls suizidgefährdet.«

»Menschen machen manchmal unlogische und unerwartete Dinge. Sie sagen, es war Alkohol im Spiel. Vielleicht noch andere Drogen?«

»Alkohol nicht zu knapp. Andere Drogen – bisher Fehlanzeige.«

Kaltenbachs Miene hatte sich inzwischen mehr und mehr verfinstert.

»Und auf Basis dieser mageren Fakten – wobei ich von Fakten genau genommen noch gar nichts gehört habe –, auf dieser Basis wollen Sie nun also eine Mordermittlung lostreten?«

Der Kurzurlaub in Amerika hatte ihn offenbar doch nicht so milde gestimmt, wie ich anfangs gehofft hatte. Mein Chef beugte sich vor, legte die Unterarme auf seinen wie immer perfekt aufgeräumten Schreibtisch.

»Wenn mir eines wieder klar geworden ist auf dieser Tagung vergangene Woche, dann dieses: Facts sind alles. Deshalb hat mich dieses Konzept des Predictive Policing auch aus dem Stand überzeugt, weil Computer nur auf die Facts sehen und nicht nach irgendwelchen Gefühlen fragen. Facts sind immer und überall das Entscheidende. Und Computer kennen nur Bits und Bytes, Fakten eben, Tatsachen.«

Befriedigt von seinem Kurzvortrag lehnte er sich zurück, betrachtete die Behaarung auf dem Rücken seiner rechten Hand.

»Wir alle machen uns keine Vorstellung davon, wie sehr wir uns ständig von Gefühlen leiten lassen«, fuhr er fort. »Streifenwagenbesatzungen haben ihre Lieblingsrouten, wo sie gerne ihre Runden drehen. Sie haben Viertel, die sie unbewusst meiden, weil es da dunkel ist und ungemütlich. Weil man die Menschen nicht so mag, die dort leben. Einbrecher beobachten das und ziehen ihren Nutzen daraus. Allein dadurch, dass unsere Streifen künftig ihre Fahrstrecken nicht mehr nach Gutdünken wählen, sondern von einem Computerprogramm vorgeschrieben bekommen, werden wir einen enormen Mehrwert erzielen. Sie glauben nicht, lieber Herr Gerlach, was ich in Seattle für Zahlen gesehen habe. Das beginnt mit eingespartem Benzin, weniger

Reifenverschleiß und weniger Kriminalität und endet mit mehr Verhaftungen. Insgesamt gesehen, eine Effizienzsteigerung um zwanzig, vielleicht sogar dreißig Prozent!«

»Effizienz« war eines seiner Lieblingsworte, hatte ich rasch gelernt.

»Das heißt, Sie wollen diese Software auch bei uns einführen?«

Er beugte sich wieder vor. Strahlte mich an wie ein kleiner Junge, der das erste Wettschwimmen seines Lebens gewonnen hat. »Ich habe mir gleich eine Demoversion geben lassen. Sechs Monate lang dürfen wir sie kostenlos testen, erst dann muss man überhaupt etwas bezahlen.«

»Und wer ... Ich meine, kann es auch jemand bedienen?«

»Genau deshalb wollte ich Sie ohnehin sprechen, und es ist gut, dass Sie gleich zu mir gekommen sind. Sie haben doch bestimmt jemanden im Team, der sich mit Computern auskennt. So einen waschechten Digital Native, dem so etwas Spaß macht?«

»Der Kollege Balke vielleicht«, antwortete ich zögernd. Balke war ein großer Fan moderner Technik, besaß immer das neueste Handy, konnte mit jeder Art von Computern umgehen, als wäre es ihm in die Wiege gelegt worden. Erst kürzlich hatte er mir mit leuchtenden Augen von einem neuen, superklugen Fahrradschloss erzählt, das er sich aus den USA bestellt hatte, nachdem ihm im vergangenen Jahr gleich zweimal das Rad abhandengekommen war. Beide Male hatte er versäumt, es abzuschließen. Das neue Schloss war so etwas wie ein Keyless-Go-System für Radfahrer. Wenn Balke sich mit seinem Handy in der Tasche näherte, schloss es sich ganz von selbst auf. Entfernte er sich wieder, wurde das Rad vollautomatisch verriegelt.

»Schicken Sie den Mann zu mir«, sagte Kaltenbach begeistert. »Falls er gerade einen Fall bearbeitet, entlasten Sie ihn. Schaffen Sie ihm jeden Freiraum, den er braucht, damit er sich voll reinknien kann. Heute beginnt hier an der Heidelberger Polizeidirektion die Zukunft der deutschen Polizeiarbeit! Spätestens in einer Woche will ich dem Ministerium Vollzug melden. Dann muss die Sache laufen, wenigstens irgendwie ein bisschen, und sie wird ein Erfolg werden, glauben Sie mir, lieber Herr Gerlach. Ein durchschlagender Erfolg wird das werden!«

»Und Frau von Lembke, wie verfahren wir …«

Eine knappe Geste bedeutete mir, dass die Audienz beendet war. Ich erhob mich, murmelte einen Gruß.

»Vergessen Sie das einfach, Herr Gerlach!«, rief Kaltenbach mir nach, als ich schon halb in seinem Vorzimmer stand. »Die Fakten sagen, die Frau hat sich umgebracht, also finden Sie sich damit ab. Gefühle sind nichts in unserem Job. Um die Facts geht es. Alles andere ist Zeitverschwendung.«

Frau Prof. Dr. Grieshaber war neu am Institut für Rechtsmedizin der ehrwürdigen Universität Heidelberg. Und schon bei ihren ersten Worten am Telefon wurde mir klar, dass sie ehrgeizig war. Darüber hinaus war sie auch noch außergewöhnlich eloquent und selbstbewusst.

»Der Name von Lembke sagt mir in der Tat etwas«, erklärte sie mir eilig und in etwas schnippischem Ton.

»Es tut mir leid, wenn ich Sie wegen dieser Sache noch einmal belästige …«

»Sie belästigen mich nicht, ich habe nur sehr wenig Zeit. Stimmt etwas nicht mit meinem Gutachten? Gibt es noch offene Fragen?«

»Ganz und gar nicht, nein. Es ist nur so, dass gewisse Umstände nun doch eher auf Fremdverschulden hindeuten.«

»Gewisse Umstände?«, fragte sie mit einer Schärfe, als hätte ich ihre Kompetenz infrage gestellt.

»Die Frau stand mitten im Leben. Sie war offenbar frisch verliebt, beruflich sehr erfolgreich. Für mich ist einfach weit und breit kein Motiv in Sicht für einen Suizid.«

»Drogen? Eine durch Drogen induzierte Depression?«

»Sie hatte keine Drogen genommen, steht in Ihrem Gutachten.«

»Aber sie hatte getrunken, und zwar nicht zu knapp. Auch Alkohol ist eine Droge, was in unserer Gesellschaft leider allzu gerne übersehen wird. Dass unser Labor keine sonstigen Gifte in ihrem Blut gefunden hat, bedeutet nicht zwingend, dass sie keine genommen hat. Sie wissen so gut wie ich, dass es Substanzen gibt, die sich schon nach wenigen Stunden nicht mehr nachweisen lassen. Und, das nur nebenbei, Depressionen überfallen auch scheinbar psychisch stabile Menschen manchmal aus dem Nichts. Überarbeitung, Übermüdung, Überforderung, beruflicher oder emotionaler Stress. Meines Wissens war sie verheiratet, und nun sagen Sie mir, sie sei frisch verliebt gewesen? Da hätten wir doch schon ein wunderschönes Motiv.«

»Woran genau ist sie eigentlich gestorben?«

»Auch das stand in meinem Bericht, den Sie offenbar mehr überflogen als gelesen haben. Todesursache war vermutlich eine vagal gesteuerte Kreislaufdystonie infolge des Schocks durch das kalte Wasser. Auf Deutsch: fast sofortiger Herzstillstand. Deshalb hatte sie auch kaum Wasser in der Lunge und ist an der Oberfläche geblieben und nicht untergegangen, wie das bei Ertrinkenden üblich ist.«

»Das alles heißt nicht, dass nicht jemand nachgeholfen hat bei dem Sprung von der Brücke.«

»Vollkommen richtig, fällt aber nicht in mein Ressort. Ich kann Ihnen nur die Fakten liefern, so wie sie sich mir bei der Obduktion präsentierten. Diese Fakten sind: Da waren keine Hämatome zu finden, keine Spuren von Abwehrbewegungen, keine Fremd-DNA unter den Fingernägeln, nichts, was man üblicherweise findet, wenn es eine Fremdeinwirkung gegeben hat.«

Am Mantel hatte man dagegen DNA-Anhaftungen gefunden, die jedoch noch immer nicht ausgewertet waren.

»Es war wohl nicht das erste Mal, dass sie fremdging«, sagte ich, ohne recht zu wissen, weshalb.

Die Professorin ließ sich Zeit mit der Antwort, raschelte mit Papier, sagte dann plötzlich ruhiger: »Vielleicht hat sie die Kontrolle verloren? Vielleicht waren es bisher eher solche Tinder-Geschichten gewesen, One-Night-Stands, und nun hatte sie sich auf einmal verliebt? Vielleicht zum ersten Mal in ihrem Leben richtig verliebt und nicht mehr ein noch aus gewusst, hin- und hergerissen zwischen Pflicht und Verlockung, Gewissensbissen, Begehren und Selbstvorwürfen. Dazu Druck und Erwartungen von beiden Seiten, Alkohol, Überarbeitung … Für mich ergibt diese Mixtur eine vollauf überzeugende Erklärung für das, was dann geschehen ist. Was kann ich also in dieser Sache noch für Sie tun, Herr Gerlach? Ich habe in acht Minuten Vorlesung.«

»Wie war Ihr Gefühl bei der Obduktion? Sie haben die Frau gesehen. Sie werden sich Ihre Gedanken gemacht haben.«

Offenbar sprach ich gerade mit einer Geistesverwandten meines Chefs, denn sie erwiderte kühl: »Bei unserer Tätigkeit geht es nicht um Gefühle. Ich bin Wissenschaftlerin, und für mich zählen ausschließlich Tatsachen, Befunde, Zahlen, Dinge, die man messen kann.«

»Als sie ins Wasser fiel, hat sie aber noch gelebt?«

»So steht es in meinem Bericht«, versetzte die Professorin jetzt schon eisig. »Ich wünsche Ihnen noch einen schönen und erfolgreichen Tag.«

Als ich auflegte, stand Sven Balke in der Tür und schwenkte mit Siegermiene eine edle schwarze Handtasche mit Schulterriemen.

»Scheint alles noch drin zu sein außer Geld, Kreditkarten und Handy«, sagte er und setzte sich.

Die Tasche hatte tatsächlich im Neckar gelegen. Spielende Kinder hatten sie schon am Samstagnachmittag in der Nähe des Wieblinger Wehrs aus dem Wasser geangelt, und der aufmerksame Vater hatte den Fund später beim Polizeirevier Heidelberg-Nord abgeliefert. Für uns von Interesse war lediglich ein in möglicherweise sogar echtes Krokodilleder gebundenes Notizbuch, das das Bad im Neckarwasser erstaunlich gut überstanden hatte. Der letzte Eintrag darin war dreieinhalb Jahre alt.

»Wahrscheinlich aus Anhänglichkeit aufgehoben«, vermutete ich. »Oder wegen der Adressen, die hinten drinstehen.«

»Handy«, kommentierte Balke lakonisch. »Kein Mensch außer Klara benutzt heute noch ein Notizbuch.«

Ich konnte mir ein Lächeln nicht verkneifen. Die Erste Kriminalhauptkommissarin Klara Vangelis war in manchen Dingen tatsächlich seltsam altmodisch. So besaß sie zum Beispiel ein Smartphone der neuesten Generation, benutzte es aber offenbar nur zum Telefonieren.

»Wenn ich mir das hier so ansehe«, sagte ich mit Blick auf den über meinen Schreibtisch verstreuten und größtenteils immer noch feuchten Inhalt der Handtasche, »dann können wir wohl alles über den Haufen schmeißen, was wir bisher gedacht haben.«

»Sie denken, es war doch ein Raubüberfall?«

»Der Täter wollte ihr die Tasche entreißen, sie wehrt sich, stolpert, fällt ins Wasser …«

Balke nickte nachdenklich. »Er plündert die Tasche und wirft sie der Besitzerin hinterher. Aber hätte Frau von Lembke dann nicht wenigstens ein paar kleine Blessuren haben müssen?«

Ich seufzte und begann mir zu wünschen, Kai Meerbusch niemals begegnet zu sein.

»Sie sollen sich übrigens bei Kaltenbach melden«, fiel mir ein. »Er hat einen Job für Sie, der Ihnen bestimmt mehr Spaß machen wird als das hier.«

Die nächste Nummer, die ich an diesem Montagvormittag wählte, war die von Heinzjürgen Machatscheck, einem freiberuflichen Journalisten, der mir schon hin und wieder bei der Aufklärung verzwickter Fälle behilflich gewesen war. Die Handynummer, die ich gespeichert hatte, galt jedoch nicht mehr. Die E-Mail, die ich ihm stattdessen schickte, kam als unzustellbar zurück. Aber das Internet hatte ihn nicht vergessen, und so gelang es mir schließlich, seine aktuelle Mailadresse ausfindig zu machen.

Machatscheck befasste sich ausschließlich mit spektakulären Themen wie Korruption in höchsten politischen Kreisen, Umweltschweinereien von Weltkonzernen oder Steuerbetrug im Milliardenmaßstab. So hatte er zum Beispiel bei der Beendigung der berüchtigten Cum-Ex-Geschäfte mitgemischt. Mit solchen Aktionen machte man sich natürlich hin und wieder einflussreiche Feinde, und dies war der Grund für seine notorische Geheimniskrämerei.

Ich schickte einen Zweizeiler an den Journalisten, und fast noch bevor ich den Senden-Knopf angeklickt hatte, begann mein Handy auf dem Tisch eifrig zu surren und zu schnurren.

»Herr Gerlach!« Machatscheck klang ehrlich erfreut. »Lange nichts gehört von Ihnen. Sträflich lange.«

Wir tauschten die üblichen Nettigkeiten aus. Er mochte mich, da er mich sympathisch fand und ich ihm schon Stoff für einträgliche Reportagen besorgt hatte. Ich mochte ihn, weil ich ihn sympathisch fand, er unfassbar viele Namen und Personen kannte und zudem über eine wohlgefüllte Datenbank voller Informationen verfügte, die andere Menschen partout geheim halten wollten.

»Es geht um die ORMAG in Düsseldorf«, sagte ich, als wir mit den Höflichkeiten fertig waren. »Eine ihrer Topmanagerinnen ist vor Kurzem hier in Heidelberg ums Leben gekommen.«

»Klingt a prima vista nicht uninteressant«, erwiderte er vorsichtig. »Ich nehme an, die Dame ist keines natürlichen Todes gestorben?«

»Sie heißt Juliana von Lembke, und offiziell ist es bis jetzt ein Selbstmord. Klingelt da etwas bei Ihnen?«

»Wo und wann können wir uns treffen?«, fragte er, ohne auf meine Frage einzugehen. »Ich bin zufällig für einige Tage ganz in Ihrer Nähe ...«

Wo genau er sich aufhielt und was er dort zu tun hatte, wollte er am Telefon nicht verraten. Dass er jedoch so rasch und ohne weitere Details bereit war, mich zu treffen, ließ mich hoffen, dass er mehr über Frau von Lembke und ihren Arbeitgeber wusste, als ich auf legalen Wegen jemals hätte herausfinden können.

Wir einigten uns auf ein Treffen noch am selben Nachmittag. Ich sollte gegen fünfzehn Uhr vom Stuttgarter Hauptbahnhof in Richtung Innenstadt gehen, die Königstraße entlang, und er würde mich dort irgendwo ansprechen und mir einen Kaffee spendieren.

In den Anfangszeiten unserer Bekanntschaft hatte ich über seine Heimlichtuerei noch geschmunzelt. Aber inzwischen waren einige Dinge vorgefallen, durch die mir das Lachen vergangen war. Gleich im Zuge des ersten Falls, bei dessen Aufklärung wir uns kennenlernten, war am Ende sein Haus abgebrannt.

»Die ORMAG ist ein Absprengsel einer vor hundert Jahren gegründeten Stahlkocherei in der Nähe von Berlin«, begann Machatscheck, kaum dass wir Platz genommen hatten. Zielstrebig hatte er den hintersten Ecktisch eines kleinen Bistros in der Nähe des Stuttgarter Rathauses angesteuert und sich dort wie üblich so gesetzt, dass er die Wand im Rücken und den Eingang im Blick hatte. Sein nobler Aktenkoffer schien derselbe zu sein, den er auch früher schon mit sich herumgeschleppt hatte. Er selbst hatte offenbar weiter zugenommen. Die Tränensäcke in seinem feisten Gesicht hingen tiefer, und der hellgraue Anzug spannte um den Bauch, dass ich fürchtete, der Knopf könnte mir jeden

Moment ins Gesicht springen. Der teure Koffer aus Kalbsleder passte zu seinem Outfit ungefähr so gut wie ein Koi-Karpfen in einen Ententeich.

»Das habe ich auch gelesen«, sagte ich, um zu zeigen, dass ich nicht völlig unbeleckt war.

Während des Zweiten Weltkriegs war das ursprünglich von der AEG gegründete und später von Flick übernommene Werk zur Rüstungsschmiede avanciert und hatte Heerscharen von Zwangsarbeitern aus dem nahen KZ Sachsenhausen beschäftigt. Auch später, in Zeiten des realexistierenden Sozialismus, hatte man in Hennigsdorf noch unter anderem Panzerplatten und Kanonenrohre hergestellt.

»Nach der Wende hat die Treuhand die Firma zerlegt, und aus einer internen Abteilung für Anlagenbau und Instandhaltung ist die MFO hervorgegangen, die Maschinenbaufabrik Oranienburg. In den Anfangsjahren haben sie ihr Geld mit dem Bau von Sondermaschinen und der Reparatur alter DDR-Anlagen verdient.«

Hinter der mit jungem, auffallend schickem Personal besetzten Theke fiel jemandem ein Stapel Teller herunter. Vorübergehend wurde es in dem gut besuchten, modern und ein wenig steril eingerichteten Lokal still. Dann wandte man sich wieder seinen Tischgenossen zu und setzte die unterbrochenen Gespräche fort.

Dem damaligen Management – ehemaligen führenden Mitarbeitern der zerlegten Stahlschmelze – war bald klar gewesen, dass das Konzept auf Dauer nicht tragen würde. Man konnte potente Finanziers gewinnen, firmierte zur ORMAG um, der Oranienburger Maschinenbau AG, und baute diese dann in kurzer Zeit äußerst zielstrebig und erfolgreich zu dem Multitechnologiekonzern aus, der sie heute war. Den Firmensitz hatte man erst vor zwölf Jahren nach Düsseldorf verlegt.

»Woher wissen Sie all diese Dinge?«

Machatscheck grinste selbstgefällig. »Das meiste davon

kann man in der Zeitung lesen.« Er wurde wieder ernst. »Allerdings munkelt man, und das erfährt man nun nicht aus den Medien, eine Restrukturierung des Konzerns und die Bereinigung des Portfolios sei überfällig. Man hat es in der Begeisterung des Aufbruchs wohl ein wenig übertrieben mit der Diversifizierung. Und aus genau diesem Grund haben sie sich dann diese Frau von Lembke ins Haus geholt.«

»Und was ist Ihr Interesse daran, wenn ich fragen darf? Sie waren heute Vormittag auffallend schnell bereit, mich zu treffen.«

»Wenn eine Topmanagerin eines solchen Konzerns plötzlich ums Leben kommt, dann klingt das immer nach einer spannenden Geschichte.« Machatscheck zögerte, nippte an seinem riesigen Café au Lait. Dann gab er sich einen Ruck. »Gut, ich gebe zu, es gibt noch einen anderen Aspekt, über den ich aber vorläufig nicht sprechen möchte.«

»Frau von Lembke war kürzlich in Teheran.«

Machatschecks Blick veränderte sich eine Winzigkeit, wurde noch aufmerksamer. »Interessant. Sie wissen aber vermutlich nicht, weshalb?«

»Davor war sie angeblich in Israel. Dabei fällt mir ein …« Ich zückte mein Handy. »Kennen Sie zufällig den Kerl hier?« Ich zeigte ihm das Foto des rotgelockten Hünen, der die Managerin in Teheran begleitet hatte.

Machatscheck wartete, da gerade ein etwas zu heftig nach Rasierwasser duftender Kellner einen Tisch in unserer Nähe ansteuerte. Begleitet von einigen launigen Worten in breitem Schwäbisch, stellte er zwei dampfende Kaffeebecher vor ein nicht mehr ganz junges Paar hin.

Erst jetzt betrachtete der Journalist das Bildchen. »Könnten Sie es mir weiterleiten? Ich weiß im Augenblick nicht, wo ich das Gesicht hinstecken soll, aber ich meine, ich habe es schon einmal gesehen.«

Wieder trank er ein Schlückchen aus seiner Kaffeetasse vom Format einer Müslischüssel. »Bei meiner Blitzrecherche nach Ihrem Anruf habe ich herausgefunden, dass die ORMAG in den vergangenen anderthalb Jahren einige auf den ersten Blick rätselhafte Zukäufe getätigt hat. Unter anderem eine Firma im tschechischen Brünn, die kleine Flugzeuge herstellt, und ein Start-up in Hannover. Letzteres eine Klitsche mit nur acht Angestellten, von der ich nicht einmal weiß, was genau sie überhaupt macht.«

Ich erzählte dem Journalisten auch von dem merkwürdigen Anruf aus Berlin.

»Axel Schmidt.« Machatscheck notierte sich mit gerunzelter Stirn den Namen.

»Ich werde mich umhören«, versprach er dann und steckte das Papier ein. »Ich kenne jemanden, der gute Kontakte zum Verteidigungsministerium hat.«

Am Ende unseres Gesprächs, das kaum mehr als eine Viertelstunde gedauert und mich mit mehr neuen Rätseln als Antworten zurückließ, griff Machatscheck in seinen Koffer und überreichte mir ein schon ziemlich zerkratztes Nokia-Handy aus der Vor-Smartphone-Zeit sowie ein gelbes Post-it mit der dazugehörigen PIN.

»Dies hier ist ab sofort unser sicherer Kommunikationskanal. Es steckt eine belgische SIM-Karte darin, wundern Sie sich also nicht über die ausländische Vorwahl.«

Dieses Mal konnte ich ein Schmunzeln nicht ganz unterdrücken. Aber er bemerkte es gar nicht, denn er war vollauf damit beschäftigt, den überfüllten Koffer wieder zu verschließen.

9

Anderthalb Stunden nachdem ich wieder an meinem Schreibtisch Platz genommen hatte, knipste ich die Lampe aus und machte mich auf den Weg ins Privatleben. Ich lief die Treppen hinab, passierte die Eingangsschleuse, grüßte die trotz ihres fast noch jugendlichen Alters schon grauhaarige Kollegin hinter dem Fenster, trat in die kühle, feuchte und fast geruchslose Luft des Märzabends hinaus. Ich wandte mich nach rechts, in Richtung Zuhause, dann nach links, in Richtung Bergheimer Straße, wieder nach rechts.

Am Ende siegte die Neugier.

Ich klappte den Kragen meines Mantels hoch, steckte die Hände in die Taschen, hoffte, dass es nicht zu regnen beginnen würde, und schlug den Weg in Richtung Innenstadt ein. Der Verkehr war lebhaft, Straßenbahnen bimmelten, fröstelnde Menschen kamen mir entgegen. Manche mit Tüten und Taschen beladen, andere mit Aktenköfferchen oder kleinen Lederrucksäcken, die meisten mit Smartphones in den Händen oder am Ohr. Fast alle trugen gehetzte, unzufriedene Mienen spazieren. Wie ich selbst vermutlich auch.

Ich überquerte den Bismarckplatz, wo das um diese Uhrzeit übliche Getümmel herrschte, erreichte die stark befahrene Theodor-Heuss-Brücke. Im Westen verglühte das letzte Abendrot, spiegelte sich angeberisch im ruhig dahinströmenden Neckar. Bald würde es dunkel sein. Am nördlichen Ende der Brücke bog ich rechts ab, stieg die breite Treppe hinunter zur Neuenheimer Landstraße, die am Flussufer entlang nach Osten führte.

Hier war es sehr viel ruhiger, das Rauschen des Verkehrs drang nur noch gedämpft zu mir, das Brodeln der viel beschäftigen Stadt wurde zu einem dezenten Summen und Sausen. Nach wenigen Schritten verließ ich die Straße, ging auf der Wiese nah am Ufer weiter. Der Neckar, der erstaunlich viel Wasser führte, gurgelte und gluckste geschäftig. Jogger kamen mir entgegen, verschwanden so schnell und lautlos, wie sie auftauchten, manche mit eingeschalteten Stirnlampen, die meisten mit Mienen, als müssten sie Sklavenarbeit verrichten.

Mit zügigen Schritten trabte ich weiter in Richtung Osten. Jetzt wurde es fast mit jeder Sekunde dunkler. Jenseits des Flusses glitzerten und funkelten die Lichter der weltberühmten Stadt mit ihren Türmchen und Türmen und verwinkelten Dächern. Darüber hockte rötlich schimmernd dieses wuchtige und immer wieder aufs Neue beeindruckende Schloss, das wie ein schläfriger Wachhund seinen Besitz hütete. Vor mir tauchte die Alte Brücke auf, die mit sieben eleganten Bögen den Neckar überspannte, am südlichen Ende die beiden weißen Rundtürme, die jedem, der nicht in friedlicher Absicht kam, signalisierten, besser kehrtzumachen und es woanders zu versuchen.

Die Jogger wurden seltener, der gepflasterte Weg schmaler und holpriger, das Licht trügerischer. Links tauchte im Dämmerlicht eine Bank auf, wo Theresa und ich einmal ziemlich sensationellen Sex gehabt hatten. In unseren abenteuerlichen Zeiten, als wir uns noch verstecken mussten. Wie lange mochte das her sein? Ein Jahr? Anderthalb? Dennoch fühlte es sich an wie eine Erinnerung an ein anderes Leben. Weshalb überhaupt auf einer Bank und nicht in unserem Liebesnest an der nur wenige hundert Meter entfernten Ladenburger Straße? In der kleinen Wohnung, der ich immer noch nachtrauerte? Es war tatsächlich etwas völlig anderes, ob man sich an einem Ort traf mit der Absicht, Sex zu haben, oder ob man zusammen in einem Haus saß, wo man es jederzeit miteinander treiben konnte, es jedoch meist nicht tat. Aus Trägheit, aus Gewohnheit oder weil man erst eine Schwelle überwinden musste, die es früher nicht gegeben hatte. Manche Paare gönnten sich hin und wieder ein Hotelzimmer, nur um der gewohnten Umgebung zu entfliehen, wieder einmal wild und hemmungslos sein zu können, ohne dass die Kinder aufwachten.

Sollten wir uns wieder eine Wohnung nehmen? Vielleicht die meiner Mutter, falls es mir gelang, meine Eltern wieder zu versöhnen? Oder ein möbliertes Zimmer, irgendwo in der Altstadt, eine Dichterklause unter spitzem Dach, mit schrägen Wänden? In den Sommernächten so heiß, dass man schon schwitzte, wenn man nackt und bewegungslos auf dem Bett lag, im Winter so kalt und zugig, dass man sich unter einer dicken Decke zusammenkuscheln musste, um nicht zu frieren? Einen Raum nur für uns, ohne Milena, ohne all die Zwänge, die wir uns plötzlich selbst auferlegten?

Erst als ich schon fast vorbei war, bemerkte ich die steile Treppe zur roten Sandsteinbrücke hinauf, die jetzt direkt vor mir lag. Zwölf Tage waren vergangen, und noch immer wusste niemand, was in jener Nacht geschehen war. Die gepflasterte Fahrbahn in der Mitte der Alten Brücke war so schmal, dass zwei Autos kaum aneinander vorbeikamen. Rechts und links gab es mit Sandsteinplatten belegte Gehwege, die gerade breit genug für eine Person waren. Im ersten Teil der Brücke stieg die Fahrbahn sanft an, in der Mitte verlief sie waagerecht, um im letzten Teil, zur Stadt hin, wieder abzufallen.

Inzwischen war es völlig dunkel geworden. Laternen, jeweils vier auf jedem Brückenpfeiler, beleuchteten Fahrbahn und Gehwege. Sicherlich wäre es klüger gewesen, bei Tageslicht herzukommen. Andererseits hatte zur Tatzeit ebendiese Beleuchtung geherrscht. Falls es überhaupt eine Tat gegeben hatte. Auf dem ersten Brückenpfeiler stand, hochmütig in die Ferne blickend, Minerva, die römische Göttin der Weisheit und Schutzpatronin der Ruprecht-Karls-Universität. Eine zweite Statue stand auf dem vorletzten Pfeiler, fast am südlichen Ende der Brücke. Diese stellte Kurfürst Karl Theodor dar, der den Bau vor zweihundertdreißig Jahren in Auftrag gegeben hatte.

Fußgänger hasteten an mir vorbei, nahmen mich kaum zur Kenntnis. Ein eng umschlungenes Paar blieb stehen, um Selfies mit romantischem Hintergrund zu knipsen. Am Ende kamen sie zu mir, und die junge, osteuropäisch aussehende Frau fragte in holprigem Englisch, ob ich wohl so nice wäre ... Ich knipste drei, vier Aufnahmen, weil manche sicherlich verwackelt sein würden bei der schlechten Beleuchtung. Sie bedankten sich überschwänglich und schlenderten Arm in Arm wieder zurück in Richtung Altstadt.

Wie, um Himmels willen, wollte ich die Stelle finden, wo Juli über die Brüstung gefallen war? Was wollte ich überhaupt hier? Die Brüstung war nicht allzu hoch. Es hätte keine große Kraft erfordert, eine kleine, schlanke und entsprechend leichtgewichtige Frau darüberzubefördern. Der Täter – warum eigentlich nicht eine Täterin? – hätte ihr nur im richtigen Moment einen kräftigen Schubs versetzen müssen. Wenn sie zum Beispiel für einen Moment ohnehin nicht stabil auf den Füßen stand. Was bei den hohen Absätzen, die sie in der Nacht getragen hatte, leicht vorstellbar war. Einen Stoß, von dem keine Hämatome zurückblieben, keine Spuren.

Hatte sie geschrien? Natürlich hatte sie. Niemand fällt stumm in den Tod.

Weshalb hatte niemand den Schrei gehört?

Weil niemand da gewesen war.

Oder nur Gestalten, die ihre Gründe hatten, den Kontakt mit der Polizei zu scheuen.

Ich betrachtete die Brüstung genauer. Unschuldig sah er aus, der teilweise schon verwitterte Sandstein. Gleichgültig. Was interessierte es diese Jahrmillionen alten Mineralien, wie sich die albernen, flüchtigen, sich so idiotisch wichtig nehmenden Zweibeiner gebärdeten? Ich bückte mich, untersuchte den Boden. Verwitterte Zigarettenfilter steckten in den Ritzen zwischen den Platten, abgerissene Verschlüsse von Getränkedosen, hundertmal durchweichte und wieder getrocknete Papierschnipsel, eine Zwei-Cent-Münze, die ich aufhob und einsteckte in der Hoffnung, sie möge mir Glück bringen.

Schließlich richtete ich mich wieder auf, schüttelte den Kopf über mich selbst und machte mich auf den Heimweg. Zwölf Tage, Tausende von Menschen, die in der Zwischenzeit über die Brücke getrampelt waren, wer weiß, wie viele Liter Regenwasser – was sollte hier noch zu finden sein?

Louise und Michael saßen still und blass am Küchentisch, als ich gegen halb neun endlich nach Hause kam. Was mir sofort ins Auge stach: Die Rastazöpfe waren ab, und Michael hatte sich ordentlich rasiert. Zudem trug er saubere Sachen, eine in die Jahre gekommene Jeans, die mir bekannt vorkam und möglicherweise aus meinem Schrank stammte, ein weißes T-Shirt ohne Aufdruck, das wohl Louise gehörte und um die knochigen Schultern ein wenig spannte, obwohl er so erschreckend abgemagert war. Sein Blick war zum ersten Mal klar, seit er bei uns lebte, seine Gesichtshaut wirkte besser durchblutet und gesünder. Die Stirn war trocken. Er schien auch kaum noch zu zittern.

»Alles gut bei euch?«, fragte ich launig, als ich meinen feuchten Mantel an die Garderobe hängte. Während der letzten Meter meines Heimwegs hatte es wieder einmal zu regnen begonnen.

»Geht so«, behauptete Louise erschöpft. »Wird schon.«

Seit fünf Tagen wohnte ihr Freund nun bei uns und ging an ihrer Seite durch die Hölle. Kein Heroin mehr von heute auf morgen, ohne Medikamente, ohne Ersatzdroge, ohne ärztlichen Beistand, das halten nicht viele durch. Louise hatte ihn anfangs keine Minute allein gelassen, seine mal heiße, mal kalte, meist schweißnasse Hand gehalten, ihm Mut zugesprochen, Tee eingeflößt, Zwieback, hin und wieder ein wenig Suppe.

»Das Schlimmste haben wir jedenfalls hinter uns«, fügte Louise hinzu und schloss die Augen.

Donnerstag und Freitag hatte sie gegen meinen entschiedenen Protest die Schule geschwänzt, und ich hatte ihr später dennoch eine Entschuldigung geschrieben. Das Wochenende über war sie nicht von Michaels Seite gewichen, doch heute Morgen hatte ich darauf bestanden, dass sie wieder in die Schule ging. Am Ende war ich sogar laut geworden, und schließlich hatte sie sich murrend gefügt. Vermutlich hatte sie Mick den Vormittag über ständig Nachrichten geschrieben und in jeder Pause angerufen.

Und nun war offenbar der Zeitpunkt gekommen, an dem er sich zum ersten Mal wieder unter Menschen wagte. Er schien keine Krämpfe mehr zu haben, hatte sich seit gestern nicht mehr erbrochen, wie Louise abgekämpft, aber auch ein wenig stolz berichtete.

Michael nickte zu ihren Worten und sagte mit matter Stimme: »Echt super, dass Sie mir und Loui das erlauben, Herr Gerlach.«

»Ihr seid noch nicht durch«, sagte ich warnend. »Freut euch nicht zu früh.«

»Weiß ich schon«, erwiderte Michael mit hängendem Kopf. »Aber ich pack das. Ich pack das ganz bestimmt.«

»Ich drücke die Daumen.« Unwillkürlich lächelte ich. »Habt ihr schon was gegessen?«

Michael hatte noch keinen Appetit, Louise dagegen war völlig ausgehungert, weil sie neben ihren selbst auferlegten Pflichten als Krankenpflegerin und Mutmacherin wieder einmal das Essen vergessen hatte. Ich öffnete den Kühlschrank und inspizierte den Inhalt.

»Ein Herr Köhler hat schon zweimal für Sie angerufen«, begrüßte mich Sönnchen, als ich am Dienstagmorgen ein wenig verspätet mein Vorzimmer betrat. Nach dem Aufstehen hatte ich erneut eine unerfreuliche Diskussion mit Louise geführt. Schon wieder wollte sie die Schule schwänzen, dieses Mal wegen akuter Erschöpfung und allgemeiner Unpässlichkeit, aber auch heute hatte ich mich nicht breitschlagen lassen, sie zu entschuldigen.

»Und was will er?«, fragte ich unfreundlich.

»Hat er nicht gesagt«, erwiderte sie mit verdutztem Blick. »Ist unser großer Häuptling heut mit dem falschen Fuß aufgestanden, oder hat er einfach nur so schlechte Laune?«

Ich stieß einen tiefen Seufzer aus. »Fragen Sie nicht.«

»Die Mädels mal wieder?«

Ich beschloss, den unbekannten Herrn Köhler später zurückzurufen und erst einmal mit Sönnchen zusammen einen ordentlichen Kaffee zu trinken.

Als wir uns fünf Minuten später an meinem Schreibtisch gegenübersaßen, jeder mit einem Cappuccino versorgt, schilderte ich ihr meine häuslichen Probleme. Sowohl die mit meinen Töchtern als auch die mit Theresa, für Sönnchen immer noch Frau Liebekind, die Gattin unseres im letzten Jahr verstorbenen Chefs. Seit wann sie wusste, dass ich ein Verhältnis mit ihr hatte, war mir bis heute nicht klar, und im Grunde wollte ich es auch gar nicht wissen. Nur einmal hatte sie sich verplappert, aber ich hatte wohlweislich nicht nachgehakt.

Sönnchen war freundlicherweise in jedem Punkt meiner Meinung. Dass Milena nicht in Deutschland bleiben konnte, war auch ihre Überzeugung. »Und mit Michael, da müssen Sie jetzt durch, fürchte ich. Irgendwann muss man seine Kinder ihre eigenen Fehler machen lassen.«

»Ich weiß ja nicht mal, ob es ein Fehler ist«, brummte ich. »Vielleicht hat sie ja recht. Vielleicht klappt es ja wirklich. Ich weiß es doch …«

Mein Telefon klingelte. Sönnchen hatte ihren Apparat auf meinen umgeleitet und nahm das Gespräch an. »Herr Köhler!«, rief sie, als wäre der Störenfried ein alter Bekannter. »Ja, jetzt ist er da, Augenblick.«

Sie hielt mir den Hörer hin, zog eine Grimasse, nahm ihren Cappuccino und ließ mich mit dem Telefon allein.

»Es geht um Frau von Lembke«, begann der Anrufer nach einer knappen Begrüßung. »Sie ist ums Leben gekommen, habe ich gestern erst erfahren.«

»Haben Sie sie gekannt?«

»Ja, klar hab ich das. Wir haben uns erst vor Kurzem noch getroffen. Aber dann hat sie nichts mehr von sich hören lassen, und ich bin auch ein paar Tage auf Reisen gewesen. Und wie ich dann gestern in Düsseldorf anrufe, ist bloß ihre Assistentin da und will mir nichts sagen. Und als ich grob werde, sagt sie, Juli sei tot.«

Köhler klang wie ein Pfälzer Kartoffelbauer, der sich redlich, aber vergeblich bemühte, Hochdeutsch zu sprechen.

»Wann genau haben Sie sie zum letzten Mal gesehen?«

»Entschuldigung, ich hab mich ja noch gar nicht vorgestellt: Linus Köhler, Geschäftsführer eines Betriebs hier in Ludwigshafen. Ich habe in der Vergangenheit viel mit Juli zu tun gehabt.«

»Wie heißt die Firma?«

»TurboTec. Wird Ihnen nichts sagen.«

»Kannten Sie sie beruflich oder privat?«, fragte ich, mit einem Mal sehr aufmerksam. »Sie nennen sie Juli.«

»Alle Welt nennt Juli Juli. Und beides, also sowohl geschäftlich als auch das andere. Am Mittwoch vorletzte Woche haben wir uns getroffen, abends, zum Essen. Ist es denn sicher, dass sie sich umgebracht hat? Weiß man denn schon, warum? Warum sie es gemacht hat?«

»Dazu kann ich nichts sagen«, erwiderte ich vorsichtig. »Nur wenige Stunden nachdem Sie zusammen waren, ist sie übrigens gestorben.«

»Nur wenige …? Ja Himmel, Arsch, das kann doch nicht sein!«

»Wie war sie denn an dem Abend? Ist Ihnen irgendwas merkwürdig vorgekommen an ihr?«

»Gar nicht, nein. Im Schützenhaus bei Oftersheim sind wir gewesen und haben sozusagen das Nützliche mit dem Angenehmen verbunden.«

Die beiden kannten sich schon seit vielen Jahren, erfuhr ich. Die Firma, der mein Gesprächspartner vorstand, war die, die Juli saniert hatte, bevor sie zur ORMAG gewechselt war.

»Ich bin dazugestoßen, wie sie den Laden noch geleitet hat. Und wie sie später weggegangen ist, da hab ich quasi ihren Job übernommen.«

»Sie haben die Sanierung also miterlebt?«

»Fast von Anfang an. War eine bittere Zeit damals, für alle Beteiligten. Aber ohne Juli wäre der Laden heute Industriegeschichte.«

»Hat es Anfeindungen gegeben?«

Köhler lachte rau. »Was glauben Sie denn? Beschimpft ist sie worden, auf den Betriebsversammlungen und auch sonst, angebrüllt, ausgebuht. Ihr Auto haben sie abgefackelt, Scheiße an ihre Haustür geschmiert. Sogar Morddrohungen hat es gegeben.«

»Hat man die Täter gefasst?«

»Niemanden hat man gefasst. Obwohl man's zum Teil genau gewusst hat oder zumindest geahnt. Aber die Polizei hat gesagt, sie kann nichts machen, solange wir keine Beweise bringen. Aber was hätt es letztlich geholfen? Der Wirbel wär nur noch größer geworden. Juli hat von der Firma ein neues Auto gekriegt, und die Haustür hat sie wahrscheinlich selber abgewaschen, wie ich sie kenne.«

»Sie haben an dem Abend geschäftliche Dinge besprochen?«

»Wie kommen Sie darauf?«

Ich erinnerte ihn an seinen Satz, man habe das Nützliche mit dem Angenehmen verbunden.

»Ja, richtig, klar …«

»Entschuldigen Sie die etwas indiskrete Frage: Hatten Sie früher auch privat Kontakt?«

»Was soll das jetzt?«, fragte Köhler gereizt zurück. »Hat das vielleicht irgendwas damit zu tun, dass sie jetzt tot ist?«

»Sie hatten also.«

Für Sekunden schwieg er verdutzt.

»Ja, Scheiße, ja«, stieß er dann hervor. »Wir haben eng zusammengearbeitet, damals, sehr eng. Sogar im gleichen Büro haben wir zwei Jahre lang gehockt, und außer mir hat sie nicht viele Freunde gehabt im Unternehmen, das können Sie mir glauben. Da bleibt es nicht aus, dass man abends mal noch einen Absacker zusammen trinkt. War eine verdammt harte Zeit damals, wirklich kein Vergnügen.«

»Haben Sie sich in der Zeit sehr nahgestanden?«

Eine Weile hörte ich nur das unbehagliche Schnaufen des Geschäftsführers.

»Ich weiß wirklich nicht, was das jetzt soll in diesem Zusammenhang.«

»Und worum ging es bei dem Treffen vor zwei Wochen?«

»Zum Geschäftlichen kann ich nichts sagen, tut mir leid. Privat haben wir ein bisschen über alte Zeiten gequatscht.«

Das Oftersheimer Schützenhaus war von Heidelberg gut zu erreichen und kein großer Umweg auf seinem Weg nach Speyer, wo er zu Hause war. Zudem sei das Lokal ruhig, sagte Köhler, das Essen gut, die Portionen reichlich. Verabredet hatte man sich auf sieben Uhr, Juli war jedoch zu spät gekommen, was bei ihr offenbar nicht unüblich war.

»Eine knappe halbe Stunde. Und um neun oder so haben wir uns dann wieder verabschiedet. Und wenn Sie es partout wissen wollen: Das Äußerste an Zärtlichkeiten, was vorgefallen ist, waren zwei Küsschen links und rechts auf die Backe. Jeder ist in sein Auto gestiegen, und fertig. Haben

Sie sonst noch Fragen? Ich müsste eigentlich seit zehn Minuten in einem Meeting sein.«

Eine Frage hatte ich tatsächlich noch: »Könnten wir uns treffen? Vielleicht gleich heute Abend? Vor mir aus gerne im Schützenhaus?«

Wir verabredeten uns auf acht Uhr. Und im Gegensatz zu Juli würde ich pünktlich sein.

Während des Telefonats mit Köhler hatte Machatschecks Geheimhandy zu brummen begonnen. Nun rief ich ihn zurück.

Ohne Umschweife nannte er mir die Internetadresse der ORMAG SC, einer Division des Konzerns, deren Abkürzung für »Sophisticated Controls« stand.

»Sie sind eine GmbH, firmieren eigenständig, gehören aber zu siebzig Prozent dem Konzern. Klicken Sie auf ›Unser Team‹, und gleich oben ...«

Ich erkannte ihn auf den ersten Blick. Der Mann, der mich so selbstgewiss angrinste, war der Rothaarige, mit dem Juli in Teheran gewesen war. Dr. Ing. Boris Nemzow, Gründer und Chef der kleinen Firma, hatte in Berlin Betriebswirtschaftslehre studiert, das Studium jedoch abgebrochen, um in Hannover einen zweiten Anlauf zu starten. Dieses Mal war es jedoch nicht um Wirtschaft gegangen, sondern um Elektrotechnik. Acht Jahre später wurde er zum Doktor der Ingenieurwissenschaften promoviert mit einer Arbeit über »Modellfreie Regelungsalgorithmen«, was immer das sein mochte. Schon während der Promotionszeit hatte er seine kleine Firma gegründet, sie einige Jahre lang mehr schlecht als recht über Wasser gehalten, bis ihm endlich die entscheidende neue Idee kam, der Durchbruch, der ihn nun zum reichen Mann gemacht hatte. Vor einem halben Jahr hatte er die Mehrheit an seiner Firma der ORMAG verkauft, deren Angestellter er nun vermutlich war.

»Frau von Lembke hat auch in Berlin studiert«, sagte ich.

»Ebenfalls BWL. Er ist zwar zwei Jahre älter als sie, aber sie könnten trotzdem in denselben Vorlesungen gesessen haben.«

»Persönliche Beziehungen«, meinte Machatscheck dazu. »Es könnte erklären, weshalb die Amerikaner nicht zum Zuge gekommen sind.«

»Welche Amerikaner?«

Er überging meine Frage und fuhr fort: »Das Merkwürdige an dieser Übernahme ist, dass sie nicht ins Portfolio der ORMAG passt. Ich habe mich kundig gemacht: Diese modernen Regelungskonzepte, die Dr. Nemzow erfunden hat, kann man unter anderem für ganz neumodische, sogenannte humanoide Roboter einsetzen. Die ORMAG stellt allerdings alles Mögliche her, nur keine Roboter.«

Und für siebzig Prozent dieser Minifirma, die, so behauptete Machatscheck, bis zum heutigen Tag nichts als Verluste produzierte, hatte der Konzern fünfzehn Millionen auf den Tisch geblättert.

»Für Internet-Start-ups werden manchmal Milliarden bezahlt«, warf ich ein.

»Es handelt sich hier aber nicht um eine Internetfirma. Ich werde versuchen herauszufinden, was für die ORMAG der Mehrwert bei dieser Akquise sein könnte. Allerdings habe ich das Gefühl, dass es nicht leicht wird. Es dringt so gut wie nichts an die Öffentlichkeit, was bei solchen Übernahmen eher unüblich ist. Normalerweise gibt man Pressemitteilungen heraus, prahlt mit neuen Perspektiven, zu erwartenden Synergien und so weiter. Aber hier: nicht eine Silbe.«

»Wissen Sie was? Ich rufe diesen Herrn Nemzow einfach mal an. Ich sage, ich hätte herausgefunden, dass er Juli gekannt hat, und dann sehen wir ja, wie er reagiert.«

»Tun Sie das«, sagte Machatscheck aufgekratzt. »Tun Sie es bitte unbedingt und bald.«

Noch immer hatte er mir nicht verraten, was eigentlich sein Interesse an all diesen Dingen war.

Der erstaunlich unfreundliche junge Mann, der bei der ORMAG SC in Hannover-Langenhagen das Telefon abnahm, teilte mir mit, Dr. Nemzow sei nicht zu sprechen. Den ganzen Tag nicht. Und, nein, auch morgen nicht.

»Ich bin Kripobeamter und ermittle in einem Mordfall.«

Nun klang er schon ein wenig kleinlauter. »In ... einem ... wie bitte?«

»Ihr Chef war mit dem Opfer befreundet, und ich muss ihn unbedingt sprechen.«

»Geht es etwa ... geht es um Juli? Um ... Frau von Lembke?«

»Sie kennen sie?«

»Kennen wäre zu viel gesagt. Sie war einige Male hier, vor der Übernahme und ... nein, kennen natürlich nicht. Sie hat immer nur mit Boris gesprochen.«

Dieser gönnte sich gerade einige Tage Auszeit, erfuhr ich nun endlich.

»Das tut er hin und wieder, wenn er an einem Problem tüftelt, das er am Schreibtisch nicht lösen kann. Meistens geht er dann wandern. Bergwandern. Allein.«

»Gibt es eine Frau Nemzow?«

»Boris ist solo. Er lebt allein.«

»Das heißt, kein Mensch weiß, wo Ihr Chef zurzeit steckt?«, fragte ich ungläubig. »Er leitet eine Firma, hat vermutlich jede Menge zu tun und verschwindet einfach so mal für ein paar Tage?«

»Wie gesagt, nur hin und wieder. In die Alpen wollte er. Mehr weiß ich wirklich nicht, sorry. Und sonst auch niemand, es tut mir leid.«

»Er hat aber bestimmt ein Handy.«

»Das hat er, selbstverständlich. Aber wenn er seine Denkklausur macht, dann schaltet er es normalerweise aus. Manchmal ruft er hier an, um zu hören, wie es läuft. Aber dieses Mal hat er sich noch nicht gemeldet. Und bevor Sie jetzt fragen, ich darf Ihnen die Nummer nicht verraten.«

»Ich verrate Ihnen dafür meine. Versuchen Sie, ihn zu erreichen, wie auch immer, und sagen Sie ihm, er soll sich umgehend bei mir melden.«

»Wie war das nun mit Ihnen und Frau von Lembke?«, fragte ich, als ich abends Linus Köhler gegenübersaß, dem Geschäftsführer der TurboTec GmbH. »Sie ist tot. Sie können offen sprechen.«

Am Vormittag hatte sich wieder einmal Besprechung an Besprechung gereiht, sodass ich nicht mehr dazu gekommen war, mich weiter mit Julis Tod zu befassen. Am Nachmittag hatte Sven Balke auf Wunsch unseres Chefs eine erste Vorführung der neuen Wundersoftware aus Amerika veranstaltet, die für jeden im Haus Pflichtprogramm war, der etwas zu sagen hatte.

Balke hatte die Sache so positiv dargestellt, wie es ihm möglich war. Kaltenbach war äußerst zufrieden gewesen und wollte das Programm sofort flächendeckend im Großraum Heidelberg einsetzen. Ich hatte vorgeschlagen, das neue Präventionsinstrument zunächst nur im Polizeirevier Mitte zu installieren und erst einmal gründlich zu erproben. Zu meiner Verblüffung war er fast kommentarlos umgeschwenkt.

Mit unbehaglicher Miene nippte Köhler an seinem Forster Riesling, den er bestellt hatte, obwohl er mit dem Wagen unterwegs war. Hätte ich ihn auf der Straße getroffen, ich hätte ihn nie und nimmer für den Chef einer Firma gehalten, die immer noch mehr als zweihundert Menschen beschäftigte. Sein Äußeres passte perfekt zu seiner Art zu sprechen – ohne Verstellung und Verkleidung hätte er in jedem Volkstheater den groben Bauern im Sonntagsstaat spielen können. Ein schlecht sitzender dunkler Anzug, kräftige Hände, die wohl nicht nur zur Bedienung von Computertastaturen eingesetzt wurden. Vermutlich war er der Typ Chef, der, wenn es Probleme mit einer Produktionsmaschine gab, die Ärmel hochkrempelte und das Ding im Nullkommanichts wieder zum Schnurren brachte.

»Das ist mir jetzt nicht gerade angenehm, Herr Gerlach«, erwiderte der Geschäftsführer mit saurer Miene.

Das heute schwach besuchte Schützenhaus lag etwas außerhalb von Oftersheim in einem Wäldchen, aber nahe an der Bundesstraße. Der Gastraum war freundlich und hell eingerichtet, ein dunkler Dielenboden kontrastierte mit weißen Tischdecken. Hinter Köhler stand eine alte Wanduhr und tickte gemütlich vor sich hin.

»Mir ist bekannt, dass sie hin und wieder Beziehungen neben ihrer Ehe eingegangen ist«, sagte ich.

»Sie war ja nicht verheiratet. Damals war sie noch nicht verheiratet.« Er nahm einen weiteren Schluck. »Sehen Sie«, sagte er dann mit Blick auf den Tisch. »Man liest zurzeit viel von Frauen, die sexuell belästigt werden. Die genötigt werden, sich herzugeben, wenn sie vorwärtskommen wollen. Von Männern hört man so was eher selten.«

Ich nahm einen Schluck von meiner Weinschorle. »Sie soll eine recht dominante Frau gewesen sein.«

»Das war sie, weiß Gott. Sie hat sich genommen, was sie haben wollte. Sie wollte immer viel und hat es früher oder später fast immer gekriegt. In jeder Beziehung. Hm. Das war jetzt ein bisschen doppeldeutig. Aber es stimmt so oder so.«

»Auf gut Deutsch: Sie hatten ein Verhältnis mit ihr.«

»Eher umgekehrt.« Köhler hielt sich mit griesgrämiger Miene an seinem Weinglas fest. »Sie hat eins mit mir gehabt. Es ist auch bloß ein paar Wochen so gegangen, dann hat sie den Spaß daran verloren.« Er schwieg mit immer noch gesenktem Blick. Kämpfte eine Weile mit sich. Fuhr schließlich fort: »Manchmal hat sie einfach den Sekretärinnen gesagt, sie will eine Viertelstunde nicht gestört werden, mitten am Tag, und ist mir an die Wäsche. Ohne Vorwarnung, ohne großes Drumherum. Sie hat Sex gewollt und ihn sich genommen. Nicht, dass ich jammern will. Ich war solo, und es gibt weiß Gott Schlimmeres für einen Mann als eine schöne Frau, die scharf auf ihn ist.«

»Am Mittwoch vor zwei Wochen hat sie aber nicht versucht, die Beziehung wieder aufzuwärmen?«

Köhler sah auf. »Ich bin seit drei Jahren verheiratet. Ich habe zwei Kinder. Ich hätte nicht die allerkleinste Lust, für ein paar Minuten Spaß meine Ehe aufs Spiel zu setzen.«

»Sie haben sie sich also erfolgreich vom Leib gehalten.«

»Das war gar nicht nötig. Juli konnte unmöglich sein in solchen Sachen, das stimmt schon. Sie hat gewusst, dass sie gut aussieht und wie sie auf Männer wirkt. Und hin und wieder hat sie es sich wohl beweisen müssen.«

»War sie gekränkt?«

»Sagen wir, sie hat es sportlich genommen.« Er lachte, sah plötzlich zehn Jahre jünger aus. »Nein, Quatsch. Sie hat mir überhaupt keine Avancen gemacht. Im Gegenteil, sie hat so entspannt gewirkt, wie ich sie noch nie erlebt habe. Gelöst, zufrieden. Manchmal hat sie ganz ohne Grund gelächelt oder mitten im Satz vergessen, was sie sagen wollte.«

»War das Gespräch aus Ihrer Sicht ein Erfolg?«

»Schon, ja. Wir sind in bester Laune auseinandergegangen. Mein Problem ist jetzt nur, dass sie nicht mehr da ist und ich im Moment nicht weiß, wie es weitergehen wird.«

»Wohin wollte sie anschließend?«

»Noch wen besuchen. Juli hat gesagt, sie wird noch wen besuchen und vielleicht ein bisschen feiern.«

»In welche Richtung ist sie gefahren?«

»Richtung Sandhausen.«

Also vermutlich nach Heidelberg zurück.

Köhler trank den letzten Schluck von seinem Riesling.

»Ich frage jetzt einfach ganz offen und direkt: Gibt es Pläne bei der ORMAG, Ihre Firma zu übernehmen?«

»Und ich antworte ganz um die Ecke und indirekt: Eine Firma unserer Größe hat's heutzutage verdammt schwer auf dem Markt. Zurzeit sind wir in einem schmalen Segment der Turboverdichter noch Weltmarktführer. Aber die Konkurrenz schläft nicht. Von Jahr zu Jahr wird es schwerer, den Vorsprung zu halten. Eine einzige kleine Fehlentscheidung kann für einen Laden wie meinen den Untergang bedeuten. Das geht heutzutage ratzfatz, kann ich Ihnen sagen.«

»Wozu braucht man eigentlich solche Turboverdichter?«

»Das sind kontinuierlich arbeitende Pumpen, für die es die verschiedensten Anwendungen gibt. In der chemischen Prozesstechnik zum Beispiel, die BASF ist immer noch unser größter Kunde. Außerdem in Pumpstationen von Gaspipelines, bei der Gasverflüssigung, in Vakuumanlagen und so weiter und so fort …«

»Und bei der großen Konkurrenz wäre eine finanzstarke Mutter im Rücken vermutlich sehr beruhigend.«

Linus Köhler sah mich lange und sorgenvoll an, sagte schließlich ernst: »Kein Kommentar.«

10

Ich saß noch mit Theresa beim Frühstück, als ein Handy zu randalieren begann. Erst als ich ihren befremdeten Blick bemerkte, begriff ich, dass das altmodische Gedüdel aus meiner Hosentasche kam.

»Ich bin wieder ein Stück weitergekommen«, verkündete Machatscheck aufgeräumt.

Ich warf Theresa einen entschuldigenden Blick zu. Sie lächelte und hielt ihr schönes, immer noch fast faltenfreies Gesicht in die Morgensonne. Ihre von der Nacht noch ein wenig verstrubbelte Lockenpracht leuchtete wie ein Weizenfeld im Hochsommer.

Die ORMAG hatte im Oktober des vergangenen Jahres eine neue Division gegründet, die ORMAG AT.

»Bisher hat die Abteilung nur etwas über zehn Mitarbeiter«, hatte der Journalist auf welchen Wegen auch immer recherchiert. »Eine Sekretärin, zwei Techniker und einige Ingenieure. Die Anschrift der neuen Division ist übrigens nicht dieselbe wie die der Firmenzentrale, liegt aber nur wenige hundert Meter davon entfernt.«

In einem Bürohochhaus mit Blick auf den Niederrhein hatte der Konzern fünf Etagen angemietet, insgesamt fast dreitausend Quadratmeter Nutzfläche.

»Und weiß man, was genau die machen?«

»Definitiv nein. Zu diesem Punkt hüllt man sich in absolutes Stillschweigen. Eines fällt allerdings ins Auge: Die neue Division ist direkt dem Vorstand unterstellt. Normalerweise kommen dazwischen mindestens noch zwei, wenn nicht drei Führungsebenen. Es scheint also etwas von strategischer Wichtigkeit zu sein.«

»Was heißt AT?«

»Das vergaß ich zu erwähnen, richtig: Advanced Technologies. Auf Deutsch: Wir verraten vorläufig mal noch gar nichts.«

»Dem Vorstand unterstellt, heißt in diesem Fall wohl, Frau von Lembke.«

»So weit bin ich leider noch nicht. Ich versuche gerade, über die bisher akquirierten Mitarbeiter mehr herauszufinden, aber auch das ist nicht leicht. Auf den Internetseiten der ORMAG findet man nichts dazu, nicht eine Zeile. Der Geschäftsbericht für das vergangene Jahr ist noch nicht veröffentlicht. Fast alles, was ich Ihnen gerade berichte, habe ich auf finsteren Kanälen um drei Ecken erfahren.«

»Seien Sie bloß vorsichtig!«

»Vorsicht lautet mein zweiter Vorname«, erwiderte Machatscheck vergnügt und legte grußlos auf.

»Herr Gerlach?«, fragte eine heiter-gemütliche Frauenstimme am Telefon. »Ich glaub, ich hab hier was für Sie. Es geht um die Frau, die im Neckar ertrunken ist.«

Die Kollegin, die mich beim Verzehr meines Mittagsgemüses störte, gehörte zur Besatzung des Polizeireviers Mitte, das zwei Stockwerke unter mir residierte. Theresa hatte mir für heute zwei schöne große Mohrrüben und eine nicht mehr ganz taufrische Banane eingepackt.

»Worum geht's denn?«, fragte ich mit halb vollem Mund.

»Lassen Sie sich überraschen«, erwiderte sie geheimnisvoll.

Ohne Eile vertilgte ich den Rest meines ballaststoffreichen Mahls und leerte meinen Kaffeebecher. Dann machte ich mich auf den Weg ins Erdgeschoss. Ich fand die Kollegin in einem der hinteren Büros, wo sie zusammen mit einer atemberaubend stinkenden Frau unbestimmbaren Alters an einem Tisch saß und mir mit entspannter Miene entgegenlächelte.

»Das ist die Ursula«, stellte sie die Obdachlose vor, die eine abenteuerliche Mischung von Kleidungsstücken trug.

Unter einer speckigen blauen Steppjacke, die ihr zwei Nummern zu groß war, sah ich eine Schürze hervorlugen, wie Bedienungen in noblen Cafés sie trugen, dazu ein kariertes Holzfällerhemd. An den Beinen eine vielfach umgekrempelte Breitcordhose, die nur von kräftigen Hosenträgern vor dem Absturz bewahrt wurde, an den Füßen klobige Schuhe, in denen sie herumrutschte. Neben ihrem Stuhl standen einige prall gefüllte und sensationell schmutzige Plastiktüten, die vermutlich ihren kompletten Besitzstand enthielten. Und auf dem quadratischen hellgrauen Tisch lag – sorgfältig in einem durchsichtigen Spurenbeutel verpackt – ein weißes iPhone.

»Ulschula«, lallte die Frau zur Bestätigung und schlug sich auf die Brust. »Das bin isch.«

Offenbar war die lange nicht geduschte Ursula zu allem Elend auch noch sturzbetrunken. Vom Alkoholdunst, den sie verbreitete, wurde mir fast schlecht.

Die Kollegin sprach sehr langsam und deutlich weiter: »Und der Mann da, das ist der Herr Gerlach. Er möchte sich ein bisschen mit dir unterhalten, weißt du? Der Herr Gerlach ist ein Netter. Vor dem musst du keine Angst haben.«

»Sie ist bei uns Stammgast«, sagte sie halblaut in meine Richtung. Dem Schildchen auf ihrem ausladenden Busen entnahm ich ihren Namen: B. Ilzhöfer. »Übernachtest öfter mal bei uns, gell, Ursula?«

Mit mütterlichem Lächeln tätschelte sie die faltige Wange der zusammengesunkenen und keuchend schnaufenden Alkoholikerin. Dann sah sie wieder mich an, wurde ernst. »Sie hat was beobachtet. Drum hab ich Sie angerufen.«

Ich setzte mich Ursula gegenüber, lehnte mich weit zurück, um nicht von allzu vielen Speicheltröpfchen aus ihrem zahnlückigen Mund getroffen zu werden. Klugerweise hatte Kollegin Ilzhöfer alle drei Fenster gekippt, sodass man atmen konnte, ohne umgehend das Bewusstsein zu verlieren.

»Hat es mit dem Handy zu tun?«

»Der Mischtkerl, der fiesche!«, geiferte Ursula und blickte mir aus wässrigen blauen Äuglein streitlustig ins Gesicht.

»Was hat er denn gemacht, der Mistkerl?«

Die kurze Antwort verstand ich erst nach zweimaligem Nachfragen: »Geschubsch!«

»Wen?«

»Na, die Frau, Mensch!«, fuhr sie mich an. »Hasche keine Ohren im Kopf, du Blödmann, du Bettnässer, du ...«

Die Kollegin legte begütigend die Hand auf Ursulas Unterarm, und augenblicklich beruhigte sie sich wieder.

Nach einigem Hin und Her wurde klar, dass unsere kuriose Zeugin vor einiger Zeit, wann genau, wusste sie nicht mehr, auf der Alten Brücke gesessen hatte. Es war schon tiefe Nacht gewesen, und da war auf einmal eine Frau gekommen, eine schöne, gut gekleidete Frau auf hohen Absätzen.

Von der Nordseite der Brücke war sie gekommen.

Von Neuenheim her also.

Und eilig hatte sie es gehabt, die Frau mit den hohen Absätzen.

»Un wie sie da so auf de Brücke is, da kommt der Mischtkerl daher und hamsche gequatscht. Und gestritten hamsche auch. Und auf einmal packt der die Frau und schwuppsch – isse weg. Insch Wasser. Insch Wasser hat der die geschubsch, vaschtehße? Issoch kalt, dasch Wasser! Und vielleicht konnt die nichma schwimm, die arme Frau! So wasch is doch gefährlich, is das doch!«

Der Mann sei anschließend einfach weggegangen, behauptete Ursula. Und als sie sich nach einigen Schrecksekunden aufraffte, um über die Brüstung ins dunkle Neckarwasser zu gucken, war die Frau nicht mehr zu sehen gewesen.

»Konntse doch schwimm«, murmelte Ursula kopfschüttelnd. »Hatse noch ma Glückehabt.«

Ich versuchte, den Tag einzugrenzen, an dem das Ereignis stattgefunden hatte, aber es war hoffnungslos.

»Wo auf der Brücke haben Sie denn gesessen?«

»Ga nix hab ich gegessen, du Bettnässer! Den ganschen Tach noch nich, dammt noch maa!«

»Wo du gehockt hast, in der Nacht, Ursula«, übersetzte Kollegin Ilzhöfer geduldig.

»Na da, wo der komische Heilige steht.«

»Welcher?«, fragte ich. »Es gibt zwei Figuren. Vor dem Mann oder der Frau?«

»Weiß nich mehr«, gestand Ursula unwillig.

»Macht nichts.« Kollegin Ilzhöfer tätschelte sanft ihre schmutzige Hand. »Bestimmt fällt's dir wieder ein, wenn du dich ein bisschen ausgeruht hast.«

»Was hat die Frau denn angehabt?«, fragte ich weiter. Noch immer war ich mir unschlüssig, was ich von der Sache halten sollte. Aber das änderte sich mit den nächsten feuchten Worten aus Ursulas Mund.

»Mantel. Son roten Mantel hasche angehabt. Da is ihr bestimmt nich so kalt gewesen im Wasser, mit 'n Mantel, hab ich noch gedacht.«

Roter Mantel stimmte. Hohe Absätze und weißes iPhone auch. Ich begann, die Sache ernst zu nehmen.

Der Mann war groß gewesen.

»So 'n richtiger Kerl eben, da gibbet nix. Nich so 'n Sitzpisser, wie sie heute alle sind. Wie der die gepackt hat und schwupps, sach ich dir. Wie nix issas gegangen, wie nix …«

»Was hat er angehabt?«

»Wer?«

»Der Mann.«

»Weiß ich doch nich mehr, Blödkopf!«

»Vielleicht auch einen Mantel?«

»Kann schon schein.«

»War er eher hell oder eher dunkel angezogen?«

»So … helldunkel irgendwie. Un ein Mantel … wieso nich, kann schon sein. Aber seine Schuh, die ham gaa nich geklackert.«

»Sie wollen sagen, die haben weiche Sohlen gehabt?«

Jetzt wurde sie wieder laut: »Wer hat hier wen versohlt? Da hat doch keiner wen versohlt, du Bettnässer, du saublöder. Sperr gefälligst deine Augen auf, wenn ich dich was saach!«

Erneut gelang es der Kollegin, Ursula zu besänftigen. Am Ende war nicht klar, ob der Mann sich nur leise bewegt oder tatsächlich Schuhe mit weichen Sohlen getragen hatte. Mein Versuch, wenigstens ungefähr seine Körpergröße einzugrenzen, scheiterte kläglich. Ich erhob mich zu meiner vollen Größe, und Ursula war sofort zutiefst überzeugt, der »Mischtkerl« sei genauso groß gewesen wie ich. Als wir die Prozedur mit der Kollegin wiederholten, war das Resultat dasselbe: Er war exakt so groß gewesen wie die Polizeiobermeisterin Ilzhöfer. Welche allerdings zwei Köpfe kleiner war als ich. Und ein richtiger Bulle war er dann doch auch nicht gewesen, als ich den Punkt noch einmal ansprach. Mehr so ein halber vielleicht.

Wir kamen zu dem Handy, das auf dem Tisch lag. Ganz blütenweiß war es nicht mehr, wie ich feststellte. Ursulas schmutzige Finger hatten deutliche Spuren hinterlassen.

»Sie hat auf der Treppe vor der Heiliggeistkirche gehockt und damit rumgespielt«, erfuhr ich von der Kollegin. »Kann sich aber nicht mehr erinnern, wo sie das Teil da gefunden hat.«

Neben der Obdachlosen hatte eine fast leere Flasche schottischer Whisky gestanden.

»McGilmour!«, fügte Kollegin Ilzhöfer beeindruckt hinzu. »Zwölf Jahre alt, um die sechzig Euro die Flasche.«

Später hatten sich in Ursulas Tüten auch noch zwei Kreditkarten gefunden sowie etwas über fünfhundert Euro in überwiegend großen Scheinen. Die Kreditkarten waren von

VISA und Amex und lauteten beide auf den Namen Juliana von Lembke.

Ich nahm die Sachen an mich und spendierte der empörten Ursula zehn Euro, damit sie sich später irgendwo ein Frühstück kaufen konnte, das hoffentlich nicht vom schottischen Hochland stammte. Sie bedankte sich überschwänglich, geriet dabei jedoch wieder in Wallung und nannte mich noch einige Male »Blödmann« und »Bettnässer«.

Ich bat Frau Ilzhöfer, unserem Gast noch für einige Stunden Asyl zu gewähren. »Wahrscheinlich habe ich später noch ein paar Fragen an sie.«

Zurück in meinem Büro, riss ich alle Fenster auf und bildete mir ein zu stinken wie eine schnapsdurchtränkte Mülltonne.

Rasch war geklärt, dass das Handy wirklich Juli gehört hatte. Unsere Kriminaltechniker fanden darauf neben Ursulas Tapsern auch Fingerabdrücke von der Besitzerin, und von Kai Meerbusch hatte ich schon früher erfahren, dass das Handy seiner Frau tatsächlich ein weißes iPhone gewesen war. Natürlich war der Akku längst leer.

»So ein Apfelphone zu knacken ist eine verdammt harte Nuss«, klärte mich ein Kriminaltechniker auf. »Das kriegt nicht mal die NSA so ohne Weiteres hin.«

Mit frischem Mut rief ich Kaltenbach an, und eine Stunde später hatte ich meinen Ermittlungsauftrag.

Juliana von Lembkes Tod war damit offiziell zum Mordfall geworden.

Der erste Mensch, den ich anrief, noch bevor ich mich um die Zusammenstellung einer Sonderkommission kümmerte, war Kai Meerbusch, der inzwischen längst wieder in Düsseldorf war. Die PIN des iPhones seiner Frau kannte er leider nicht. Aber er war nach nur kurzem Genörgel und Geseufze bereit, wieder nach Heidelberg zu kommen, um mir noch einmal Rede und Antwort zu stehen.

Sven Balke freute sich sehr über meinen Auftrag, sich um die Anruflisten von Julis Handy zu kümmern. »Endlich mal wieder was Vernünftiges«, meinte er lachend. »Seit Tagen quäle ich mich nur noch mit dieser bekloppten CopCom-Software rum!«

Da das Programm von Amerikanern für die amerikanische Polizei entwickelt worden war, verlangte es zum Beispiel zu wissen, wo in unserer schönen Stadt sich in den vergangenen Jahren Drive-by-Shootings ereignet hatten, die in der Kurpfalz jedoch glücklicherweise noch nicht in Mode waren. Bei diesem Delikt wurde aus fahrenden Autos heraus auf Menschen geschossen, oft waren es Mitglieder rivalisierender Gangs, mit denen man gerade mal wieder Revierkämpfe ausfocht.

»Und dann fragt mich dieses blöde Ding ständig, in welchen Stadtteilen wie viele Weiße wohnen und wie viele Schwarze und Gelbe und was weiß ich noch alles«, schimpfte Balke. »Wo soll ich solche Zahlen denn herkriegen? Bei uns wird doch vom Einwohnermeldeamt nicht mal erfasst, ob einer schwarz ist oder rot oder grün.«

»Das ist aber flott gegangen«, staunte ich, als Balke mir schon zwei Stunden später die gewünschte Liste auf den Schreibtisch legte – die etwa fünfhundert Nummern, mit denen Juli in den vierzehn Tagen vor ihrem Tod per Handy telefoniert hatte. Balke fiel schnaufend auf einen der Besucherstühle und streckte die Beine von sich, die wie üblich in einer eng sitzenden Jeans steckten.

»Muss unbedingt wieder mehr Sport machen«, meinte er entschuldigend. »Bin den Winter über total versackt.«

Wir konzentrierten uns zunächst auf den Mittwoch, an dessen Ende die Managerin gestorben war. Bis auf einige wenige hatte Balke bereits alle Nummern zuordnen können.

»Die Festnetznummer hier, fünfzehn Uhr dreißig, das ist

die Freundin, Anita. Die hat sie später noch mal angerufen, hier, um einundzwanzig Uhr vierzehn. Das hier ist die Nummer des obersten Zampanos in Düsseldorf. Und die gehört zum Chefbüro einer Firma in Ludwigshafen ...«

Welche, was mich nicht überraschte, TurboTec hieß.

Insgesamt zwölfmal hatte Juli allein während der Fahrt vom Gotthardtunnel nach Heidelberg mit Düsseldorf telefoniert und am Abend ein dreizehntes Mal. Fast jedes Mal war es eine andere Durchwahl, und die Gespräche waren meist nur kurz gewesen.

Balkes Zeigefinger wanderte weiter abwärts. »Das hier, um zehn vor fünf, das ist ihr Zahnarzt. Sie hätte am nächsten Vormittag einen Termin bei ihm gehabt, hat ihn aber um eine Woche verschoben.«

Er lehnte sich zurück, faltete die Hände im Genick und sah mich ernst an. »Für mich sieht das aus, als hätte in Düsseldorf mächtig die Hütte gebrannt. Die Frau telefoniert sich im Urlaub die Finger wund, sagt einen Arzttermin ab. Und trotzdem macht sie dann hier einen gemütlichen Zwischenstopp, um eine Freundin zu besuchen?«

»Sie ist nicht nur wegen der Freundin hier gewesen.« Ich berichtete Balke von meinem Gespräch mit Linus Köhler und von Machatschecks Anruf am Morgen. »Ich denke, die wollen die TurboTec übernehmen.«

»Klingt alles, als hätten die bei der ORMAG was richtig Fettes am Laufen«, meinte Balke mit schmalen Augen. »Ein neues Projekt vielleicht, das jetzt womöglich gerade den Bach runtergeht, weil Frau von Lembke nicht mehr da ist.«

Er beugte sich wieder vor und legte ein anderes Blatt vor mich hin.

»Sehen Sie mal hier.«

Am Tag nach dem Mord hatte Linus Köhler nicht weniger als achtmal versucht, Juli zu erreichen. Deren weißes iPhone zu diesem Zeitpunkt vermutlich schon in einer von Ursulas Tüten steckte.

»Und hier …« Auch Anita Traber hatte mehrere Male vergeblich versucht, die am Vorabend nicht getroffene Freundin zu erreichen.

Balke legte das erste Blatt wieder obenauf, deutete irgendwohin. »Das war ihr Mann.«

Kai Meerbusch hatte in den Stunden vor ihrem Tod insgesamt dreimal versucht, sie anzurufen. Um halb acht hatte er aufgegeben. Zu diesem Zeitpunkt hatte er vermutlich seine Tour durch die Heidelberger Kneipenwelt angetreten, um seinen Frust zu ertränken. Um Viertel nach zwölf, da war er vielleicht schon wieder im Hotel gewesen, hatte er ein letztes Mal ihre Nummer gewählt. Um anschließend sein eigenes Handy final außer Betrieb zu setzen.

11

Um neunzehn Uhr begann die erste offizielle Vernehmung von Kai Meerbusch. Er war vom Bahnhof direkt zu mir gekommen, wirkte wacher und auch selbstsicherer als bei unserem letzten Treffen. Als würde er nicht mehr ständig zurückblicken, sondern wieder nach vorne schauen. Da ich ihn von Beginn an nicht gemocht hatte und inzwischen schon der Klang seiner Stimme bei mir milde Aggressionsschübe auslöste, hatte ich Klara Vangelis gebeten, die Vernehmung zu führen. Und um den sensiblen Künstler nicht gleich wieder in Angst und Schrecken zu versetzen, führten wir das Gespräch in meinem Büro und nicht in unserem Vernehmungsraum. Meerbusch hatte auf die Hinzuziehung eines Anwalts verzichtet, um die Angelegenheit nicht unnötig in die Länge zu ziehen. Er wollte die Sache hinter sich bringen und möglichst schnell nach Hause zurück.

Vangelis eröffnete Meerbusch mit ernster Miene und in sachlichem Ton, die Heidelberger Staatsanwaltschaft gehe inzwischen davon aus, dass seine Frau nicht freiwillig aus dem Leben geschieden sei. Diesen Punkt hatte ich am Telefon verschwiegen, da ich sein Gesicht sehen wollte, wenn er es erfuhr.

Er gab sich erschüttert. »Aber die SMS?«, fragte er nach einigen Schrecksekunden tonlos. »Sie … Juli hat mir doch kurz vor ihrem Tod die SMS geschickt!«

»Darauf können wir uns bisher auch keinen Reim machen«, gab Vangelis zu. »Aber vielleicht wollen Sie uns ja helfen, das aufzuklären?«

»Selbstverständlich«, erwiderte er kläglich. »Selbstverständlich unterstütze ich Sie mit allem, was in meiner Macht steht.«

»Nun denn.« Dankbar lächelte Vangelis ihn an, lehnte sich entspannt zurück, nahm sich einen Kugelschreiber, an dem sie in den folgenden Minuten herumspielte. »Als Erstes würde ich gerne etwas genauer wissen, wie Sie den Abend verbracht haben, bevor Ihre Frau starb.«

Meerbusch sah erst sie, dann mich erschrocken an. »Bedeutet das, Sie verdächtigen mich?« Als er keine Antwort erhielt, sank er mehr und mehr in sich zusammen. Saß am Ende wieder einmal mit hängenden Schultern und gesenktem Kopf vor mir, die Hände auf den Oberschenkeln. »Sie verdächtigen ausgerechnet mich, Juli getötet zu haben?«, flüsterte er, sichtlich mit den Tränen kämpfend.

»Aber ganz und gar nicht«, widersprach Vangelis ruhig. »Es gehört bei der Aufklärung eines solchen Verbrechens einfach zu unseren Aufgaben, alle denkbaren Möglichkeiten auszuschließen. Und denkbar wäre es ja immerhin, das müssen Sie zugeben. Sie waren frustriert, weil Ihre Frau Sie allein gelassen hat. Weil sie sich den ganzen Abend nicht gemeldet hat. Sagen Sie uns einfach, wie und wo Sie den Abend verbracht haben, wer das vielleicht sogar bezeugen kann, wann Sie sich schlafen gelegt haben …«

»Anfangs war ich im Hotel«, murmelte Meerbusch mit geschlossenen Augen. »Dachte, sie kommt vielleicht bald wieder zurück. Oder meldet sich wenigstens zwischendurch mal. Später habe ich versucht, sie anzurufen.«

»Können Sie sagen, wann genau?«

»Zwischen … sieben und acht?«

Das stimmte. Erst vor wenigen Stunden hatte ich seine Nummer auf der Liste gesehen.

»Sie ist aber nicht rangegangen. Das hat sie oft so gemacht, wenn sie in einem wichtigen Gespräch war, dass sie es einfach klingeln ließ. Da habe ich mich geärgert, das gebe ich zu, habe den Fernseher eingeschaltet, aber nichts gefunden, was mir gefiel. Ich habe zwei oder drei dieser kleinen Schnapsfläschchen aus der Minibar geleert. Und dann das Handy an die Wand geworfen. Ach nein, das war ja viel später, als ich wieder zurück war. Erst habe ich es nur leise gestellt. Sollte sie auch mal erleben, wie das ist, wenn man den anderen nicht erreichen kann. Dann bin ich in die Stadt gegangen. Dorthin, wo die urigen Lokale sind, die Studentenkneipen. Ich dachte, wenn sie es sich gut gehen lässt, weshalb nicht auch ich? Ich habe schließlich dieselben Rechte wie sie.«

»In welchem Lokal waren Sie?«

»In mehreren. Eines hieß ... warten Sie ... Weinloch? Gibt es das?«

Eine Kneipe dieses Namens existierte tatsächlich. Sie lag nur wenige Schritte von der Wohnung meiner Mutter entfernt und vielleicht zweihundert Meter von der Stelle auf der Alten Brücke, wo Juli in den Neckar gestoßen wurde.

»Ich bin dann ... nun ja, ein wenig abgestürzt«, gab Meerbusch kleinlaut zu. »Ich war frustriert und vertrage nicht viel Alkohol. Könnte ich vielleicht ein Glas Wasser haben, bitte?«

Schon wieder dieses unterwürfige Getue, das mich so wütend machte! Ich lief hinaus, um das Gewünschte zu holen, stellte Sekunden später ein Becherglas vor ihn hin, füllte aus einer Anderthalb-Liter-Flasche Supermarktwasser hinein. Vermutlich nicht gerade das, was man in seinen Kreisen für gewöhnlich trank.

»Sie waren so wütend, nur weil Ihre Frau Sie für ein paar Stunden allein gelassen hat?«, fragte Vangelis kühl. »So wütend, dass Sie sogar ein teures Handy weggeworfen haben?«

»Wir waren immer noch im Urlaub!« Meerbusch trank gierig, stellte das Glas zurück auf den Tisch, glotzte eine Weile stumpfsinnig vor sich hin. Dann sprach er weiter, ohne einen von uns anzusehen. »Und, ja, um ehrlich zu sein, ich habe ihr das mit der Freundin keine Sekunde geglaubt.«

Er hielt mir das fast leere Glas hin, ich füllte es wieder auf.

Vangelis drückte zweimal den Knopf des Kulis. »Hatten Sie Grund zu dieser Vermutung? Hatte sie Sie schon einmal betrogen?«

Kai Meerbuschs Lachen klang wie ein Hilfeschrei. »Einmal!«, stieß er hervor. »Andauernd. Aber … ich konnte ja nichts sagen. Ich durfte nicht. Es war … wir …«

»Sie waren verheiratet«, mischte ich mich nun doch ein.

»Auf dem Papier.« Trotzig schob er die Unterlippe vor. »Juli meinte, sie braucht in ihrer beruflichen Position einen Mann an ihrer Seite. Einen Mann, der etwas hermacht. Und Künstler, das klingt doch nicht ganz uninteressant. Ein Mann, der sich ausdrücken und benehmen kann und … und … ansonsten keine Ansprüche stellt.« Einige Sekunden lang starrte er wieder ins Nichts, versuchte vielleicht, Klarheit in seinem Kopf zu schaffen. »Sie … fand mich sympathisch. Manchmal hatte sie auch Spaß an meinen Zärtlichkeiten. Oft nicht. Am Ende dachte ich manchmal, sie ekelt sich vor mir. Ich war ihr zu weich. Zu sanft. Zu nachgiebig. Nicht … Mann genug.« Betreten brach er ab, zwinkerte. Der Kuli in Vangelis' Hand klickte und klickte. »Anfangs dachte ich, alles ändert sich, wenn wir erst einmal richtig zusammen sind. Aber nichts hat sich geändert. Überhaupt nichts. Sie hat mich gehalten wie ein … wie ein Haustier. So bin ich mir neben ihr oft vorgekommen, wie ein hübsches, nicht ganz billiges Haustier. Seht nur alle her, was ich mir leisten kann.«

Erneut verstummte er. Versuchte, seinen Zorn herunterzuschlucken, seine Enttäuschung, seine Hilflosigkeit.

»Ja, so war es«, brach es schließlich aus ihm heraus. »Diese Ehe war eine einzige Lüge. Wie so vieles bei Juli.«

Viele reiche und einflussreiche Männer holten sich attraktive Frauen an ihre Seite, um zu zeigen, dass sie es zu etwas gebracht hatten. Hier war es offenbar einmal umgekehrt gewesen.

»Was denn noch?«, fragte Vangelis mitfühlend und

legte den Kuli endlich auf den Tisch. »Was war noch eine Lüge?«

»Ihr Name zum Beispiel.«

Zum zweiten Mal hörte ich die Geschichte, wie aus einer Frau Rübenbauer eine Frau von Lembke geworden war. Vangelis unterbrach ihn nicht. Meist ist es gut, Zeugen einfach reden zu lassen. Denn das war Kai Meerbusch bis jetzt für uns immer noch: ein Zeuge. Nichts weiter.

»Bei unserem letzten Gespräch sagten Sie, in Ihrer Ehe habe es in letzter Zeit gekriselt«, sagte ich. »Jetzt klingt es eher, als hätte das Ganze von Anfang an nicht funktioniert.«

Meerbusch stierte mich aus trüben Augen an. »Das war der Deal: Ich bin ihr Mann für offizielle Anlässe. Ich bin ihr Schmusetier für den Fall, dass gerade nichts Besseres zur Hand ist. Ich habe gewusst, worauf ich mich einlasse. Sie hat nie ein Geheimnis daraus gemacht, was sie von mir erwartet und was nicht. Das Problem war nur, ich …«

»Sie haben sie geliebt«, beendete ich seinen Satz.

Gedemütigt schlug er die schönen dunklen Augen nieder. Nickte schließlich. »Ich dachte wirklich, es macht mir nichts aus. Juli verdient Geld für uns beide. Ich kann mich ganz meiner Kunst widmen, meinen Fantastereien und Hobbys. Später vielleicht unseren Kindern …«

»Aber es hat nicht funktioniert.«

»Anfangs schon, aber dann … Als hätte das viele Geld meine Kreativität eingeschläfert – ich habe die Tage vertrödelt, bin morgens spät aufgestanden, habe die Zeit totgeschlagen und bald nichts anderes mehr getan, als an sie zu denken und auf sie zu warten. Vor allem die Abende, es war furchtbar, wenn ich wusste oder mir einbildete, sie hat wieder jemanden und ist jetzt bei ihm. Ich bin durch unser viel zu großes Haus getigert und habe oft genug daran gedacht, ein Ende zu machen. Es zu machen wie mein Freund …«

Nun begannen wieder die Tränen zu fließen. Wir ließen ihm Zeit, sich zu beruhigen. Vangelis musterte ihn ausdruckslos, zuckte mit keiner Wimper. Dennoch hatte ich nicht den Eindruck, sie würde diesen weichlichen Mann verachten, der sich mit einer zu harten Frau eingelassen hatte.

Als Kai Meerbusch sich schniefend die Augen auswischte und mich wieder ansah, schnitt ich ein neues Thema an.

»Ihre Frau hat an dem Abend übrigens wirklich einen Mann getroffen. Allerdings rein beruflich.«

»Wen?«, fragte er mit belegter Stimme. »Wen hat sie getroffen?«

»Einen früheren Mitarbeiter, Linus Köhler. Sagt Ihnen der Name etwas?«

Ratloses Kopfschütteln.

Ich erzählte ihm, wer Köhler war und dass er heute die Firma leitete, deren Chefin Juli früher gewesen war.

Erneutes Kopfschütteln. Offenbar wusste Meerbusch wenig über das Leben seiner Frau in der Zeit, bevor er sie kennenlernte. Und auch später hatte er vieles nicht gewusst. Oder vielleicht nicht wissen wollen.

»Sie haben also an dem Abend befürchtet, sie trifft sich aus einem anderen Grund«, nahm Vangelis den Faden wieder auf.

Beschämtes Nicken.

»Und das hat Sie wütend gemacht.«

»Nicht wütend. Eher traurig. Nervös. In Italien … es ist nicht so gelaufen, wie ich es mir erhofft hatte. Wir sind uns kein bisschen nähergekommen. Im Gegenteil, Juli hat mich noch deutlicher als sonst ihre Verachtung spüren lassen. Dass ich ihr auf die Nerven ging. Dass ich ihr im Wege stand. Wütend war ich höchstens auf mich selbst. Weil ich verklemmter Idiot mir das alles bieten ließ.«

Vangelis zeigte wieder ihr Pokerface. »Sie waren also in der Stadt und haben getrunken.«

»So viel, dass ich mir später ein Taxi nehmen musste, um zum Hotel zu kommen.«

»Wann war das? Wann waren Sie wieder im Hotel?«

»Das weiß ich nicht mehr.«

»Nach Mitternacht?«

»Ich weiß es wirklich nicht mehr.«

»Haben Sie an dem Abend mit jemandem gesprochen? Mit jemandem, der sich an Sie erinnern könnte?«

»Mit den Bedienungen. Ich habe mehrfach das Lokal gewechselt. Bin herumgeirrt, habe mir immer wieder eingebildet, sie zu sehen …«

»Ihre Frau? Sie dachten, Sie treffen Ihre Frau in der Stadt?«

»Wie sie einem anderen Kerl am Hals hängt, habe ich mir vorgestellt, wie sie ihn küsst, leidenschaftlich … Ich war … wie von Sinnen. Rasend vor Eifersucht. Ja, ich hätte sie umbringen können, ich gebe es zu. Aber ich habe es nicht getan. Ich war ja am Ende auch viel zu betrunken dazu.«

»Sie können also nicht sagen, wo Sie waren, als Ihre Frau starb.«

»Ich weiß ja nicht einmal, wann sie gestorben ist. Irgendwann nach halb zwölf, vermutlich. Nachdem sie diese SMS getippt hatte.«

Ich beobachtete ihn genau, als ich sagte: »Es gibt eine Augenzeugin. Sie hat den Täter gesehen und beschrieben. Und die Beschreibung passt recht gut auf Sie.«

Er wirkte eher überrascht als erschrocken. »Das ist Unsinn. Das kann nicht sein. Sie wollen mich durcheinanderbringen mit dieser Behauptung. Sie wollen, dass ich etwas gestehe, das ich nicht getan habe.«

»Wie waren Sie denn angezogen an dem Abend?«

»So wie am nächsten Morgen, als wir uns trafen. Brauner Anzug, braune Schnürschuhe. Und meinen Mantel hatte ich dabei. Einen schwarzen Trenchcoat. Den habe ich übrigens irgendwo verloren in der Nacht. An der Garderobe hängen lassen. Keine Ahnung, wo.«

Ich suchte im Handy das Foto, das Boris Nemzow in Teheran zeigte, schob es über den Tisch. »Kennen Sie diesen Herrn?«

Kai Meerbusch beugte sich weit vor, betrachtete das Bildchen aufmerksam, kräuselte die hohe Stirn, schüttelte schließlich den Kopf. »Wer ist das?«

»Sie sagten, Ihre Frau sei kürzlich in Israel gewesen.«

»Vor einigen Wochen, ja, Mitte Februar. Nein, eine Woche später war es, glaube ich.«

»Hat Sie Ihnen gesagt, was sie dort zu tun hatte?«

»Nein.«

»Dass sie von dort weiterreisen würde?«

»Weiter? Wohin denn?«

Ich erhob mich. »Kommen Sie, wir machen ein kleines Experiment.«

Zu dritt stiegen wir die Treppen hinunter ins Kellergeschoss, wo sich der Zellentrakt befand. Ein behäbiger uniformierter Kollege erwartete uns bereits, führte uns vor eine der dunkelgrünen Stahltüren, schloss auf. Auf der Pritsche schnarchte Ursula. Der Gestank war noch schlimmer als beim ersten Mal, da man hier nicht so gut lüften konnte wie im Büro im Erdgeschoss. Kai Meerbusch zuckte zurück, hielt sich ein frisch gebügeltes Taschentuch vor die empfindliche Nase.

Der ebenso massige wie mürrische Kollege rief einige Male »He!« und trat schließlich gegen die Pritsche, um die Obdachlose zu wecken.

Endlich schreckte sie hoch, tastete noch im Halbschlaf ihre Umgebung ab, vermutlich um zu überprüfen, ob ihre Habseligkeiten noch da waren. Ihr Blick irrte erst ziellos herum, dann von einem zum anderen. Mit misstrauischer Miene setzte sie sich auf. Versuchte automatisch, ihren verfilzten Haaren eine Frisur aufzuzwingen, zupfte sinnlos an ihren Lumpen herum. Ich schob meinen widerstrebenden Begleiter nach vorn.

»Kommt Ihnen dieser Mann bekannt vor?«

»Hä …?«

»Haben Sie ihn vielleicht schon mal gesehen?«

Sie musterte Meerbusch von oben bis unten und wieder zurück, sagte schließlich ratlos: »Nö. Wieso?«

Ich wandte mich zum Gehen und ärgerte mich. Über meine trost- und hirnlose Zeugin, aber mehr noch über mich selbst.

»Und du?«, hörte ich sie in meinem Rücken rufen, bevor die schwere Tür ins Schloss donnerte. »Wer bist du denn überhaupt, du Pisser?«

»Was mach ich jetzt mit ihr?«, fragte der Kollege, nun noch schlechter gelaunt als zuvor. »Darf ich sie rausschmeißen? Wir brauchen Tage, bis wir die Zelle ausgelüftet haben.«

»Behalten Sie sie vorläufig hier. Ich will noch mal mit ihr reden, wenn sie wieder nüchtern ist.«

»Hoffentlich erleb ich das noch«, meinte er mit grimmigem Lachen. »Dass die mal nicht voll ist wie eine Strandhaubitze.«

12

Meine erste Amtstätigkeit am Donnerstagmorgen war ein Anruf bei Machatscheck. Über Nacht hatte mich ein Geistesblitz getroffen. Der Journalist klang missgelaunt und unausgeschlafen, als er sich endlich meldete. Vermutlich hatte er sich die halbe Nacht mit irgendwelchen Recherchen um die Ohren geschlagen.

»Ich habe mir überlegt, vielleicht war Tel Aviv nicht nur ein Zwischenstopp zur Verschleierung ihres eigentlichen Ziels«, begann ich. »Vielleicht hatte sie dort ja auch geschäftlich zu tun?«

»Was bedeuten würde ...?«

»Keine Ahnung, was es bedeuten würde. War nur so eine Idee.«

»Zufällig kenne ich jemanden in Tel Aviv ...«

Ich begann zu lachen. »Das glaube ich Ihnen nicht.«

»Dass ich jemanden kenne?«

»Dass sie ihn *zufällig* kennen.«

Nun lachte auch er. Drei Dinge brauche ein erfolgreicher Journalist, hatte er mir einmal anvertraut: Kontakte, Kontakte und noch mehr Kontakte.

»Ruth ist Redakteurin bei der *Haaretz*. Ich werde sie gleich anrufen. Vielleicht ist sie ja schon wach.«

»Es ist Viertel nach acht, und die sind uns eine Stunde voraus.«

»Sie haben keine Vorstellung, wie lange Zeitungsredakteure abends im Büro sitzen.«

»Der schon wieder«, begrüßte mich Ursula, heute mit wachem und nicht einmal unfreundlichem Blick. »Darf ich jetzt bald raus aus diesem Loch hier?«

»Demnächst. Erst möchte ich noch mal mit Ihnen reden.«

»Na los, dann reden Sie!«

Immerhin siezte sie mich seit Neuestem.

Mit krummem Rücken hockte sie auf ihrer Pritsche, sah mich an, als suchte sie in ihren Erinnerungen nach Spuren von mir, die sie jedoch nicht fand. Ich nahm mir den einzigen Stuhl, den es in der Zelle gab, setzte mich meiner einzigen Zeugin gegenüber. Kai Meerbusch hatte ich gestern Abend nach der erfolglosen Gegenüberstellung weggeschickt mit der Bitte, Heidelberg vorläufig nicht zu verlassen. Außerdem hatte ich ihn um eine Speichelprobe gebeten, die er sich ohne Murren und in meinem Beisein abnehmen ließ.

»Es geht noch mal um die Frau im roten Mantel.«

»Ah, die!« Mit gesenktem Blick dachte sie nach, sah mich dann wieder an und fragte: »Und was krieg ich, wenn ich den ganzen Scheißdreck noch mal erzähl?« Das Schlafen und der Alkoholentzug hatten ihrem Verstand offenbar gutgetan. Nach kurzer Verhandlung einigten wir uns auf weitere zehn Euro.

»Aber nur, wenn ich was Neues erfahre.«

Sie nickte ernst, jetzt fast würdevoll, sich ihrer Wichtigkeit bewusst, betrachtete ihre knochigen Finger, deren Nägel inzwischen die Trauerränder verloren hatten. Erst jetzt wurde mir bewusst, dass es kaum noch stank in der Zelle. Dass Ursulas Haar nicht nur gewaschen, sondern auch kürzer war als gestern. Dass sie frische Sachen trug, eine dunkelgraue, hoffnungslos unmoderne Tuchhose, eine fast schick zu nennende himmelblaue Bluse.

»Die Babs«, erklärte sie stolz, als sie mein Erstaunen bemerkte. »Die hat mir Sachen besorgt. Und die Haare hat sie mir auch geschnitten. Und ein richtiges Frühstück hab ich gekriegt. Mit Kaffee und Marmeladenbrötchen und gekochtem Ei und so.«

»Babs?«

So hieß die Kollegin mit Vornamen, die mich gestern gerufen hatte, laut Ursula »eine ganz Liebe«.

»Also«, fuhr sie fort, nachdem sie sich wieder an meine Frage erinnert und eine Weile mit fest geschlossenen Augen nachgedacht hatte. »Sie ist von Neuenheim her gekommen und hat's voll eilig gehabt. Heutzutage haben's ja immer alle eilig. Gibt keine Ruhe mehr in der Welt. Immer nur Hektik, Stress, Hektik, Stress. Kein Wunder, dass sie dann einen Herzinfarkt kriegen, die Verrückten.«

In den folgenden Minuten erfuhr ich, dass Ursulas Mann Busfahrer gewesen war. Dass auch er ein ganz Lieber gewesen war, wenn auch vielleicht nicht der Hellste. Er hatte für seine Ursel gesorgt und für seinen Sohn Rasmus. Bis ihm im Alter von achtundvierzig Jahren ein Blutgerinnsel in einem der Herzkranzgefäße einen großen, dicken Strich durch seine Lebensplanung machte. Zwei Tage nach dem Infarkt war er gestorben und Ursulas Leben implodiert. Anfangs hatte sie in einem Supermarkt als Regaleinräumerin gearbeitet, um sich über Wasser zu halten. Rasmus, der heute in Hamburg lebte und als kaufmännischer Angestellter einer großen Reederei gut verdiente, hatte sie finanziell unterstützt. Aber dann war der Alkohol in ihr Leben getreten. Erst nur gegen einsame, nicht enden wollende Abende, bald auch tagsüber, und Ursulas Abwärtskarriere nahm Fahrt auf. Arbeitslosigkeit, Hartz IV, abgebrochene Entziehungskur, kleine Jobs, neue Arbeitslosigkeit, zweiter Anlauf zu einem Entzug, Abbruch der Verbindung zum Sohn in Hamburg, Verlust der Wohnung und aus.

All dies in kaum mehr als einem Jahr.

Seither lebte Ursula nun auf der Straße, seit einigen Monaten erst in der Kurpfalz, wo es ihr gut gefiel. Sogar bei der Polizei gab es hier Nette und Liebe.

»Wir waren bei der Frau im roten Mantel …«

»Jaja«, erwiderte sie unwirsch. »Kommt schon noch. Sie

hat's eilig gehabt, aber der Mann hat sie trotzdem eingeholt.«

»Sie ist vor ihm davongelaufen?«

»Ja klar! Er hat sie am Arm gepackt, sie hat sich losgerissen, und da hat er sie wieder gepackt, und dann haben sie gestritten …«

Worüber, wusste sie nicht zu sagen. Die Entfernung war zu groß gewesen und ihr Alkoholpegel zu hoch. Sie gab zu, auch an diesem Abend getrunken zu haben. In diesem Fall allerdings nichts Hochpreisiges, sondern nur eine halbe Flasche Korn von Aldi.

»Hat mich ja auch einen Scheiß interessiert, was die zu quatschen hatten. Voll am Arsch ist mir das vorbeigegangen, was die miteinander gehabt haben. Dann hat er sie geschubst, der Drecksack, und sie ist rückwärtsgestolpert gegen das Geländer von der Brücke und hat ihm die Tasche um die Ohren gehauen, und da hat er sie noch mal geschubst, und schwupps und platsch …«

»Und weiter?«

»Nix weiter. Er hat sich umgedreht und ist gegangen. Nicht mal geschaut hat er nach der armen Frau. Nicht mal geschaut hat dieser Pisser, der gottverdammte!«

»Hat sie denn nicht geschrien?«

Auch das wusste sie nicht. »Ist alles so schnell gegangen, wissen Sie?«

»Und die Handtasche?«

Nun kam Ursula ins Schleudern, druckste eine Weile herum. Die Tasche habe so einsam und verlassen am Boden gelegen, gestand sie schließlich mit gesenktem Kopf. Angeblich hatte sie sie jedoch nicht einmal berührt, nur aus der Nähe betrachtet, und die Dinge, die man später bei ihr fand, konnten nur durch Zauberei oder einen böswilligen Menschen in ihren Besitz gelangt sein.

»Stellen Sie sich vor!«, sprudelte sie plötzlich los, sichtlich froh, das leidige Thema hinter sich zu lassen, »die Babs will mir Arbeit besorgen! Und eine Wohnung auch! Die ist eine sooo Liebe, die Babs!«

Kollegin Ilzhöfer stammte aus dem Kraichgau, von einem Bauernhof, den ihre alt gewordenen Eltern inzwischen mehr schlecht als recht bewirtschafteten. Und da Ursula ihre Kindheit und Jugend auf einem Pferdehof im Siebengebirge verbracht hatte, war ihr die schwere Arbeit auf dem Land nicht fremd. »Und wenn ich brav bin und nicht mehr saufe, dann kann ich bei den Eltern von der Babs wohnen und ihnen helfen, stellen Sie sich vor!«

Ich freute mich mit ihr. Über eines dieser kleinen Wunder des täglichen Lebens, die es hin und wieder eben auch gab.

»Kommen wir noch mal zu dem Mann. War er größer als die Frau?«

»Hmhm.« Ursula nickte eifrig, war jetzt ganz bei der Sache.

»Viel größer?«

»Schon. Glaub schon.«

Die Tote war einen Meter fünfundsechzig groß gewesen, hatte ich gelesen. Auf hohen Absätzen vielleicht eins siebzig.

»Kräftig oder eher schmal?«

»So mittel. Normal, irgendwie. Aber schon auch kräftig, klar.«

»Und die Stimme?«

»Normal. Ein Mann halt. Nix Besonderes.«

»Hat er Dialekt gesprochen?«

»Eher Hochdeutsch. Ziemlich hochdeutsch. Glaub ich jedenfalls. Oder auch nicht so ganz. Weiß nicht.«

»Mit Akzent?«

»Hä?«

»Wie wenn er zum Beispiel aus Hamburg wäre oder aus Berlin oder aus Heidelberg?«

»Mein Sohn wohnt in Hamburg!«, erklärte sie voller Stolz.

Ihre Konzentrationsfähigkeit und Mitteilsamkeit schienen schon wieder nachzulassen.

»Dann wissen Sie ja, wie man dort spricht.«

Ursula nickte. Nickte noch einmal. Wusste aber letztlich nur, dass der Mann weder aus Hamburg noch aus Bayern oder Sachsen stammte.

»So richtiges Hochdeutsch ist es aber auch nicht gewesen. Anders halt, ein bisschen, irgendwie.«

»Was hat er angehabt?«

»Weiß ich nicht mehr«, erwiderte sie zunehmend gereizt. »Hab ich vergessen, ist doch kein Wunder bei dem ganzen Stress, Himmel, Arsch und Wolkenbruch!«

»Gestern haben Sie gesagt, er hätte vielleicht einen Mantel angehabt.«

»Mantel? Hab ich echt Mantel gesagt?«

Nach kurzer Diskussion einigten wir uns auf: vielleicht, vielleicht auch nicht.

»Und er hat Schuhe mit weichen Sohlen getragen.«

»Hab ich das auch gesagt? Kann sein, ja. Turnschuhe vielleicht. Haben sie ja heut alle. Ist eh mehr so der Muckibudentyp gewesen als der Studienrat.«

»Könnte der Mantel ein Trenchcoat gewesen sein?«

Und wieder: »Hä?«

»Oder eher ein dicker, warmer? Ein Wintermantel?«

»Ich weiß ja nicht mal …« Sie griff sich an den zunehmend verwirrten Kopf, seufzte, kratzte sich, und plötzlich war es doch ein Mantel gewesen: »So einer wie dieser Detektiv im Kino, dieser Humphrey … Sie wissen schon.«

»War er dunkel oder hell?«

»Dunkel«, behauptete sie nach kurzem Überlegen. »Schwarz vielleicht. Vielleicht auch nicht. Es ist Nacht gewesen! War mir doch scheißegal, was das Arschloch anhat!«

Aber ich gab nicht auf. »Also oben irgendwas Dunkles, vielleicht Schwarzes.«

Sie nickte mit misstrauischem Blick, als fürchtete sie

einen Trick, der sie um die versprochene Belohnung bringen könnte.

»Unten weiße Sportschuhe.«

Das Misstrauen wurde noch größer.

»Und dazwischen? Die Hose?«

Wieder einmal wurde die Stirn unter den graublonden Haaren kraus.

»Hell«, sagte sie schließlich. »Ziemlich hell.«

In Wahrheit wusste sie vermutlich überhaupt nichts, sondern sagte einfach irgendwas, um mich loszuwerden und endlich ihre zehn Euro zu kassieren.

»Wissen Sie noch, wie spät es war? Wenigstens ungefähr?«

»Ist schon lang Nacht gewesen. Kaum noch Leute auf der Brücke.«

»Vor Mitternacht oder nach Mitternacht?«

Achselzucken. »Scheißkalt ist es gewesen. Scheißkalt.«

»Die Haare? Dunkel oder hell?«

»Weiß ich doch nich, Mann!« Ihr Unwille wurde immer stärker, die Sprache verwaschener.

»Lang oder kurz?«

Angestrengtes Grübeln, dann knapp und entschieden: »Kurz.«

»Locken oder glatt?«

»Du nervst, Mann!«

»Wie weit waren Sie eigentlich entfernt von den beiden?«

Auch das wusste sie nicht mehr genau. Nach längerem Gefluche einigten wir uns auf zehn bis zwölf Meter. Sie hatte zu Füßen der Minerva gesessen, also auf der Westseite der Brücke.

»Hab das Schloss angeguckt. Mach ich gern, nachts noch ein bisschen das Schloss angucken, bevor ich mich langmach.«

»War es denn noch beleuchtet?«

»Hm. Sonst hätt ich es ja nicht sehen können.«

»Der Mann und die Frau, auf welcher Seite der Brücke waren die? Auf der Seite, wo Sie gesessen haben, oder gegenüber?«

»Äh ... gegenüber. So mehr schräg gegenüber. Also, ziemlich schräg.«

Das passte. Nördlich des Brückenpfeilers, auf dem Minerva ihr stolzes Haupt erhob, hatte die Brücke keine Sandsteinbrüstung, sondern nur ein einfaches Stahlgeländer, das zudem etwas niedriger als die Brüstung war. Über dieses Geländer war Juli gefallen, rückwärts vermutlich, und hatte noch im Sturz versucht, sich an einem Vorsprung aus Sandstein festzuhalten, wobei sie sich die Schrammen an der Innenseite der linken Hand zuzog. Gestern Nachmittag hatten Kollegen am Geländer mikroskopisch kleine rote Anhaftungen gefunden, Wollfasern, die mit großer Wahrscheinlichkeit von Juliana von Lembkes Mantel stammten. Und an einem Steinvorsprung auf der Höhe des unteren Endes des Geländers Hautfetzen, ebenfalls mit bloßem Auge nicht zu sehen.

»Sie machen das toll.« Es kostete mich keine Mühe, Ursula anzulächeln. »Wirklich toll. Jetzt denken Sie bitte noch mal an den Streit. Sie sagen, Sie haben nicht viel verstanden.«

»Wenn ich das sag, dann sag ich das.«

»Aber ein bisschen vielleicht doch? Ein paar Worte haben Sie vielleicht doch aufgeschnappt?«

»Geh weg, so Sachen hat sie gerufen«, erwiderte sie finster. »Hau ab. Lass mich in Ruhe. So Sachen.«

»Und er? Was hat er gesagt?«

Der Mann war leiser gewesen als sein Opfer, hatte vermutlich mit verhaltener Stimme gesprochen, um kein unnötiges Aufsehen zu erregen.

Ich zückte mein Handy, zeigte ihr Boris Nemzows Foto. »Könnte es der hier gewesen sein?«

Ursula zog den schmalen Mund schief. »Könnt passen, ja.«

»Passt auch die Haarfarbe?«

Lange sah sie mich ratlos an, sagte schließlich: »Gehst mir auf den Sack, Alter. Ich will jetzt mein Geld, aber bisschen plötzlich.«

»Geld gibt's, wenn ich zufrieden bin. Vorher nicht.«

Wieder schwieg sie einige Zeit. Sagte dann geradezu hellsichtig: »Da auf der Brücke ist's nachts scheißfinster, weißt du. Auch wenn da die Laternen sind, du kannst nicht sehen, ob einer dunkelblond ist oder hellbraun oder ein Kupferdach hat wie der da.«

Ich ließ sie auch ein Foto von Linus Köhler betrachten, das ich im Internet gefunden hatte. Darauf war er mit stolzer Miene in einem dunklen Anzug bei der Einweihung einer neuen Werkhalle zu sehen.

»Könnt auch sein. Was weiß ich.«

Als Letztes zeigte ich ihr Fotos von Kai Meerbusch. Mit zunehmendem Unwillen schüttelte sie den Kopf mit den frisch gewaschenen Haaren. »Der ist mickriger wie die anderen. Aber vielleicht hat er ja trotzdem Muckis, nicht?«

»So gute Laune auf einmal?« Sönnchen schmunzelte. »Vorhin, wie Sie rausgegangen sind, haben Sie noch einen ziemlichen Flunsch gezogen.«

»Ach, wissen Sie, Frau Walldorf«, erwiderte ich heiter. »Es gibt so Momente im Leben ...«

Ich erzählte ihr von der überraschenden Wendung, die Ursulas Leben genommen hatte, und sie freute sich mit mir. Anschließend tranken wir zusammen Kaffee an meinem Schreibtisch, wie sich das an einem sonnigen Tag gehörte.

Nachdem die Becher geleert waren, versuchte ich, immer noch gelöster Stimmung, Kai Meerbusch zu erreichen, aber sein Handy war ausgeschaltet. Ein Anruf beim Hotel am Schloss, wo er angeblich abgestiegen war, ergab: Sein Name war dort nicht bekannt.

Kaum hatte ich begonnen, darüber nachzudenken, was das bedeuten mochte, klopfte es.

Balke platzte herein.

Von einem Ohr bis zum anderen strahlend.

»Der Hammer!«, rief er und wedelte mit einem Papier. »Jörg hat sich gemeldet.«

Sein wortkarger Cousin aus der Nähe von Soltau hatte trotz meines ausdrücklichen Verbots den Mitschnitt meines Telefonats mit dem angeblichen Axel Schmidt unzähligen Menschen vorgespielt. Hoffentlich ohne damit zu prahlen, dass es aus dem Telefon des Heidelberger Kripochefs stammte. Balke ließ sich auf den Stuhl fallen, auf dem vor Sekunden noch Sönnchen gesessen hatte.

»Jörg ist sich sicher, der Typ stammt aus der Ecke Lüchow, Salzwedel.« Mein kreativer Mitstreiter grinste mich triumphierend an. »Jetzt lässt er fragen, ob er noch weiter forschen soll. Er hat eine Nichte in Uelzen, die hat zwei kleine Kinder und viel Zeit. Sie könnte ein bisschen über die Dörfer fahren, und vielleicht kriegen wir dabei sogar raus …«

Ich bereute inzwischen, Balke überhaupt die Erlaubnis zu dieser ganz und gar illegalen Privatfahndung gegeben zu haben.

»Auf keinen Fall«, bremste ich seinen Tatendrang eilig. »Ihr Cousin soll die Datei umgehend löschen und bitte niemandem jemals irgendwas von dieser Geschichte erzählen. Im Moment habe ich ganz andere Sorgen.«

Ich berichtete ihm, dass Kai Meerbusch offenbar die Flucht ergriffen hatte.

»So ein Blödmann!«, lautete Balkes verblüffter Kommentar. »Was soll denn der Schiet jetzt wieder?«

»Wahrscheinlich hat er einfach nur die Nerven verloren und ruft bald reumütig an.«

Nach Ursulas Meinung war er ohnehin eher nicht der Mann, der Juli von der Brücke gestoßen hatte. Außerdem hatte er in der Nacht eine dunkelbraune Hose und farblich darauf abgestimmte Lederschuhe getragen, während sie von weißen Sportschuhen und einer hellen Hose sprach. Aber wie belastbar war ihre Aussage? Noch immer war ich mir nicht sicher, was ich ihr glauben durfte und was nicht. Es war zum Haareraufen.

»Dieser Whiskydrossel glaube ich sowieso nichts.« Balke kratzte sich am linken Ohrläppchen.

Ich lehnte mich zurück, legte die Fingerspitzen beider Hände aneinander. »Trotzdem. Gehen wir mal versuchsweise davon aus, er war es doch. Das Motiv wäre schon mal klar.«

Eifersucht, neben Geld und Macht eines der häufigsten Motive für Mord.

»Okay.« Balke ließ sich bereitwillig auf mein Gedankenexperiment ein. »Er war in der Nähe, und niemand weiß, ob er wirklich so betrunken war, wie er behauptet.«

Der Taxifahrer, der ihn zwanzig Minuten nach Mitternacht zum Crowne Plaza gefahren hatte, war inzwischen gefunden und vernommen worden. Er erinnerte sich an einen weinerlichen, schwer betrunkenen Kerl, der ständig von seiner Frau sprach, ihm einen Umsatz von sieben Euro achtzig eingebracht hatte und außerdem ein Trinkgeld von zwölf Euro zwanzig. Was bedeuten konnte, dass Meerbusch wirklich zu viel getrunken hatte. Oder aber Wert darauf legte, dass der Fahrer sich später an ihn erinnerte.

Nachdem wir eine Weile erfolglos herumspekuliert hatten, blickte Balke auf.

»Wir haben übrigens außer Ursula noch einen zweiten Zeugen. Ein Rechtsanwalt aus Leverkusen hat mich vorhin angerufen. Er hat in der Tatnacht im Goldenen Hecht übernachtet.«

Das Hotel lag am Südende der Alten Brücke. Der Zeuge hatte sich erst heute gemeldet, da er mit großer Verzögerung von dem Drama erfahren hatte, das sich praktisch vor seinem Fenster abgespielt hatte.

»Was hat er gesehen?«

»Gar nichts. Aber gehört hat er was, einen Schrei.«

Der Mann war mit ehemaligen Kommilitonen auf Sauftour gewesen und gegen Mitternacht in sein Zimmer gekommen, wo er noch einige Minuten aus dem Fenster gesehen hatte, um frische Luft zu schnappen und wieder ein wenig nüchtern zu werden.

»Er sagt, es sei so neblig gewesen, dass er kaum die Brückentürme sehen konnte.«

Nebel!

Aufstöhnend fiel ich in die Rückenlehne meines Chefsessels. »Kein Wunder, dass niemand was gesehen hat, verdammt noch mal! Und dieser Schrei? War es eine Frau?«

Balke nickte.

»Sonst hat er nichts gehört?«

»Nur den kurzen Schrei. Eher wütend als erschrocken, meint er. Aber er sagt selbst, er war hackezu und hat sich über nichts mehr gewundert. Eines weiß er aber noch: Er hat seiner Frau einen Gute-Nacht-Gruß per WhatsApp geschickt, um elf Minuten vor Mitternacht. Anschließend hat er das Fenster aufgemacht, und kurz darauf hat er den Schrei gehört.«

Damit kannten wir nun zumindest den Tatzeitpunkt.

So ist es eben – manchmal ergeben erst tausend winzige Kleinigkeiten ein komplettes Bild. Der DNA-Abgleich dauerte immer noch an, erfuhr ich. An Julis Mantel hatten unsere Leute Hautschuppen von über zwanzig verschiedenen Personen gefunden. Einige davon vermutlich von Personal und Kundschaft der Boutique im goldenen Modeviertel Mailands, wo sie den Mantel erst vor Kurzem gekauft hatte. Übereinstimmungen mit der Täterdatenbank des BKA gab es bisher nicht, aber noch war nichts endgültig. Dass wir Meerbuschs Spuren daran finden würden, und vermutlich auch solche von Linus Köhler, war zu erwarten und bedeutete zunächst einmal gar nichts.

»Was ich mich immer wieder frage«, fuhr ich nach einer weiteren Pause fort. »Wo war sie in der Zeit von neun bis Mitternacht? Mit wem war sie zusammen? Sie hatte eine Menge Alkohol intus, und ich sehe sie nicht als Frau, die sich alleine betrinkt.«

Gegen neun Uhr abends hatte sie sich von Linus Köhler verabschiedet, ihrem früheren Mitarbeiter und Gefälligkeitsbeischläfer. Wenige Minuten vor Mitternacht war sie von der Brücke gefallen. In den Stunden davor hatte ihr Handy sich ständig im Raum Handschuhsheim aufgehalten, wussten wir inzwischen, dort, wo später ihr Mercedes gefunden wurde. Was hatte sie da getrieben? Hatte sie einen Mann kennengelernt und mit ihm getrunken? Sich mit einem uns bisher unbekannten Freund oder ehemaligen Kollegen getroffen? Vielleicht hatten wir den Täter, wenn wir diesen Mann fanden?

Ich bat Balke, sämtliche Bars, Kneipen und Restaurants abklappern zu lassen, die in einem Kreis von einem halben Kilometer um die Stelle herum lagen, wo der Mercedes gestanden hatte. Jemand musste zwei, drei Abende opfern und allen Angestellten und Gästen, die er antraf, Fotos von Juli zeigen. Vielleicht hatten wir Glück, und jemand erinnerte sich auch nach zwei Wochen noch an sie.

Balke sprang auf, schon wieder voller Tatendrang.

»Das machen Sie aber nicht selber«, bremste ich ihn. »Sie haben genug mit Kaltenbachs Software zu tun. Drücken Sie den Job jemandem aufs Auge, der weniger auf dem Tisch hat als Sie.«

13

Sollte Meerbuschs Verschwinden doch ein Schuldeingeständnis sein, fragte ich mich, als ich wieder allein war. Oder lediglich eine Kurzschlussreaktion seines überreizten Künstlergehirns? Ich beschloss, ihm noch zwei Stunden zu geben. Sollte er sich bis Mittag nicht gemeldet haben, würde ich ihn zur Fahndung ausschreiben.

Dann wählte ich die Nummer der TurboTec, um Linus Köhler zu fragen, ob Juli vielleicht schon in seinem Beisein Wein getrunken hatte. Der Geschäftsführer war jedoch noch nicht im Haus, erfuhr ich. Er hatte nicht angerufen, und sein Handy nahm er nicht ab, sagte mir seine merklich irritierte Sekretärin.

»Eigentlich müsste er seit einer halben Stunde in der Abteilungsleiterrunde sitzen. Ich versteh das überhaupt nicht. Hoffentlich ist da nichts passiert.«

Ohne Zögern, ja geradezu dankbar, verriet sie mir die Privatnummer ihres Chefs. Selbst dort anzurufen hatte sie sich bisher nicht getraut.

»Linus hat sich schon um halb sieben auf den Weg gemacht«, erfuhr ich von Köhlers Ehefrau. »Auf seinem Schreibtisch türmt sich zurzeit wieder mal die Arbeit.« Im Gegensatz zu ihrem Mann sprach sie reines Hochdeutsch.

»Nicht?«, fragte sie mit plötzlich dünner Stimme, als sie hörte, ihr Mann sei bisher nicht in der Firma angekommen. »Ja, aber … Vielleicht hatte er eine Autopanne? Das war letzte Woche schon einmal. Der neue Wagen ist so vollgestopft mit Elektronikkram, dass er ständig irgendwelche Macken hat. Ich rufe ihn kurz auf dem Handy an, ja?«

Ich hörte Rascheln und Handypiepsen. Dann nervöse Stille. Schließlich verwundert: »Er geht wirklich nicht ran.

Ich weiß gar nicht … Da fällt mir ein, ich kann es ja orten. Mit meinem eigenen Handy. Moment … das dauert heute alles mal wieder … Ah, da ist er ja. Bei Schifferstadt, an der B9. Vielleicht trinkt er irgendwo einen Kaffee und hat das Handy im Auto liegen lassen? Obwohl, Linus trinkt ja keinen Kaffee mehr, seit … ich weiß gar nicht … Es ist nur ein paar Kilometer von hier. Soll ich kurz rüberfahren? Er hatte vergangenes Jahr einen Herzinfarkt, Gott sei Dank nur einen leichten …«

»Bleiben Sie bitte, wo Sie sind«, fiel ich ihr ins Wort. »Vielleicht ruft er ja gleich zurück.« Ich diktierte der besorgten Frau meine eigene Nummer. »Ich fahre selbst hin. Wenn er sich bei Ihnen meldet, geben Sie mir bitte gleich Bescheid.«

Vielleicht hatte Köhler am Rand der Bundesstraße eine Pause eingelegt und war dabei eingenickt, überlegte ich, als ich mit Blaulicht auf dem Dach über die Autobahn in Richtung Westen jagte, vielleicht hatte er einen Schwächeanfall erlitten. Vielleicht hatte er unterwegs jemanden getroffen und sich verquatscht. Vielleicht hatte die Elektronik seines neuen Wagens tatsächlich gesponnen, und die Türen ließen sich nicht mehr öffnen. Vielleicht hatte er einen zweiten Herzinfarkt erlitten, was bei Männern in leitenden Positionen ja hin und wieder vorkam.

Vielleicht gab es aber auch eine ganz andere, eine sehr viel schlimmere Erklärung für sein Schweigen.

Obwohl ich sämtliche Geschwindigkeitsbeschränkungen und fast alle Anstandsregeln missachtete, vergingen fast zwanzig Minuten, bis ich die A61 verließ und auf die B9 einbog. Frau Köhler hatte mir die GPS-Koordinaten der Stelle mit auf den Weg gegeben, wo der Wagen ihres Mannes stand. Genauer: wo sein Handy sich befand.

Nun deutlich langsamer fuhr ich in Richtung Norden, behielt die Straßenränder im Auge. Noch fünfhundert

Meter, zeigte das Navi an, noch vierhundert, noch dreihundert.

»Bitte rechts abbiegen«, bat mich die geduldige Frau im Lautsprecher, »dann links halten.«

Ich tat wie geheißen, ging vom Gas, bog ab, hielt mich links. Noch siebzig Meter. Mein Puls holperte jetzt, meine Finger waren kalt. Ich fuhr in Richtung Schifferstadt, und dann sah ich ihn. Der große silbergraue Jaguar stand am Rand eines asphaltierten Sträßchens, das links von der Landstraße abging. Ich bremste, setzte den Blinker, musste erst eine Lücke im Gegenverkehr abwarten, wurde von einem Menschen hinter mir freundlich angehupt, konnte endlich abbiegen. Schon als ich hinter dem Jaguar die Handbremse zog, sah ich, dass der Fahrer auf dem Lenkrad lag. Vielleicht wirklich nur ein Schwächeanfall, vielleicht … hoffentlich …

Ich sprang aus dem Wagen, lief nach vorn.

Die Beifahrertür stand halb offen.

Der Motor lief noch.

Köhlers Jackett an einem Haken im Fond.

Sein Kopf merkwürdig verdreht.

Das blassblaue Hemd über und über voller Blut.

Ich riss die Fahrertür auf.

Tastete an Linus Köhlers Hals nach Puls.

Fand keinen.

Der Körper war noch so warm, als hätte er eben noch gelebt.

Mit meiner blutigen Rechten nahm ich das Handy ans Ohr. Sah den Streifenwagen langsam heranfahren, den ich schon vor einer halben Ewigkeit zu meiner Unterstützung angefordert hatte.

Der Schnitt durch die Kehle des Geschäftsführers war mit großer Kraft und Entschlossenheit geführt worden.

Ein böser, eiskalter Wind wehte von Westen her und brachte mich zum Frösteln.

Es duftete nach Pferdeäpfeln, die am Straßenrand lagen. Nach Fäulnis. Vielleicht nach Tod.

Noch immer summte monoton der Motor des großen Wagens.

Als ich den Wagen wieder in den lebhaften Verkehr auf der Autobahn einfädelte, war der Vormittag schon fast vergangen, und das Machatscheck-Handy begann wieder einmal zu trillern.

»Herr Gerlach, Herr Gerlach!«, rief der Journalist aufgeräumt. »Ich fange an, einen wirklich großen und nahrhaften Braten zu riechen.«

Seiner Kollegin Ruth war es problemlos gelungen, das Hotel ausfindig zu machen, in dem Juliana von Lembke und Boris Nemzow sich in Tel Aviv einquartiert hatten.

»Im Carlton haben sie sich eine Suite mit französischem Bett und Meerblick gegönnt. Für zwei Nächte. Sie sind so still?«

Ich berichtete ihm, was geschehen war. Dass ich es war, der Linus Köhlers Frau die schlimme Nachricht hatte überbringen müssen. Sie war erst mit Verzögerung zusammengebrochen, befand sich inzwischen in der Obhut einer Psychologin und ihrer besten Freundin.

»Der Mann hatte vor Jahren ein Verhältnis mit Frau von Lembke. Am Abend vor ihrem Tod hat er sie noch getroffen, angeblich nur für eine geschäftliche Besprechung.«

Wir kamen zurück zum Anlass von Machatschecks plötzlichem Optimismus. Dass Juli und Nemzow im selben Bett übernachtet hatten, war nicht der Grund dafür, dass seine Nase zu jucken begonnen hatte.

»Sie hatten Besuch. Am Tag nach ihrer Anreise. In der Suite.«

Dieser Besuch war eine Frau gewesen, Mitte bis Ende dreißig, schwarzhaarig, auffallend dunkle Hautfarbe, elegantes Businesskostüm, etwa einen Meter siebzig groß, ein wenig mollig, aber nicht unattraktiv. Und eine große Laptoptasche hatte sie bei sich gehabt.

»Sie war so nervös und hat sich so betont unauffällig benommen, dass sie dem Empfangschef des Hotels im Gedächtnis geblieben ist. Aufgrund ihres Aussehens und Gehabes hielt er sie für eine Palästinenserin. Und dann auch noch die große Tasche ... In solchen Fällen werden Israelis sehr schnell sehr aufmerksam.«

»Sie wissen aber nicht, wer die Frau war?«

»Noch nicht«, erwiderte Machatscheck behaglich. »Ruth hat aber das Kennzeichen ihres Wagens.«

Die geheimnisvolle Besucherin war vier Stunden geblieben und später auch noch einem der beiden Wachmänner vor der Drehtür aufgefallen.

»Sie hat sich ständig umgesehen und war so aufgeregt, dass ihr gleich zweimal der Autoschlüssel heruntergefallen ist. Daraufhin hat der Mann sich das Kennzeichen notiert. Er dachte, sie sei vielleicht eine Terroristin, die im Hotel eine Bombe gelegt hat. Oder eine Diebin.«

Die israelische Journalistin Ruth Yanunu hatte Machatscheck vor Jahren bei einer Recherche in Beirut kennengelernt. Später hatte er ihr geholfen, einen großen Korruptionsskandal aufzudecken, in den auch deutsche Firmen verstrickt waren wie Siemens und die MTU.

»Deshalb ist sie mir noch einige Gefälligkeiten schuldig«, freute sich Machatscheck.

Zurück an meinem Schreibtisch, wählte ich die Nummer von Anita Traber. Sie war zu Hause und bestätigte mir ohne Zögern, dass Juli während der Jahre in Berlin einen Boris gekannt hatte und dass dieser rotblond war. Den Nachnamen wusste sie nicht mehr.

»Boris war einer aus ihrer BWL-Clique. Mit denen hatte ich nicht so viel zu tun.«

»Hatten die beiden eine Beziehung?«

»Glaub ich nicht. Die zwei waren bloß befreundet. Juli war damals sowieso …«

»Was war sie?«

»Ist nicht wichtig. Boris hätte auch gar nicht in ihr Beuteschema gepasst.«

Was ich für wichtig hielt, entschied ich immer noch selbst. »Hatte sie zu der Zeit einen anderen Freund?«

»Ähm. Nein.«

»Frau Traber, ich bitte Sie. Ihre Freundin ist tot, einer ihrer früheren Liebhaber ebenfalls, und jede Kleinigkeit kann mir vielleicht helfen, den Mörder zu finden.«

»Den Mörder?«, fragte sie erschrocken. »Wieso auf einmal Mörder? Und welcher Liebhaber?«

In knappen Worten klärte ich sie darüber auf, was in den vergangenen vierundzwanzig Stunden geschehen war.

»Also, hatte sie damals einen Freund oder nicht?«

»Wir haben damals vieles ausprobiert.« Anita Traber wählte ihre Worte plötzlich sehr sorgfältig. »Vor allem Juli. Alle möglichen und unmöglichen Drogen, Bungee-Jumping, Sex mit zwei Kerlen gleichzeitig, Sex mit Handschellen. Wir waren jung, Gott, was waren wir alternativ und offen für jeden Blödsinn. Und Juli war wahrhaftig nicht die Frau, die irgendwas anbrennen lässt.«

Zum zehnten Mal an diesem verfluchten Vormittag versuchte ich, Kai Meerbusch zu erreichen. Immer noch war sein Handy aus. Wieder wartete ich, bis die Voicebox ansprang, und bat dringend um Rückruf. Auch wenn aus meiner Sicht einiges dafür sprach, noch war nicht bewiesen, dass er es war, der Linus Köhler die Kehle durchgeschnitten hatte.

Dennoch löste ich nun eine bundesweite Fahndung nach ihm aus.

»Vor allem natürlich Facebook und Instagram«, sagte Klara Vangelis, als sie auf den mittleren meiner drei Besucherstühle sank. »Wenn sie an dem Abend wirklich in einem Lokal war, dann müssten im Internet Bildchen und sogar Filmchen zu finden sein, auf denen sie zu sehen ist.«

»Okay …?«

»Jeder postet doch heutzutage ständig Fotos im Internet, vor allem wenn er nicht zu Hause ist.«

Abgesehen von mir und einigen anderen altmodischen Menschen.

»Ihr Vorschlag klingt mir sehr nach Nadel im Heuhaufen.«

Sie lächelte, nickte verständnisvoll. »Aber es ist immer noch einfacher und aus meiner Sicht auch Erfolg versprechender, als hundert Lokale abzuklappern, und die eine Bedienung, die Frau von Lembke tatsächlich gesehen hat, hat ausgerechnet heute ihren freien Tag.«

»Wie viele Leute brauchen Sie dafür?«

»So viele wie möglich.«

Wir einigten uns auf zwei: Laila Khatari, eine junge Kollegin, die erst vor wenigen Monaten zu uns gestoßen und im Internet praktisch zu Hause war. Und als zweiten Rolf Runkel, einen älteren Kollegen, der nicht gerade durch geistige Brillanz glänzte, jedoch ein verlässliches Schlachtross war, das so schnell nichts aus der Ruhe brachte. Allerdings war er das exakte Gegenteil eines Digital Native.

»Nemzow hier«, sagte eine überraschend helle Männerstimme nachmittags um kurz nach drei am Telefon. »Ich soll mich bei Ihnen melden. Es geht um Juli?«

Erst nachdem er endlich sein Handy wieder eingeschaltet hatte, hatte er erfahren, dass seine frühere Studienkollegin nicht mehr lebte. Ich klärte ihn in wenigen Sätzen auf.

»Sie sagen, ermordet?«, fragte der Ingenieur nach längerem Schweigen. »Und Sie haben noch keinen Schimmer, von wem?«

»Eventuell von ihrem Mann. Beweise dafür gibt es aber bisher nicht.«

»Und wieso? Was wäre das Motiv?«

»Dazu möchte ich am Telefon nichts sagen. Wir müssen uns treffen. Lieber heute als morgen.«

Erneut schwieg Nemzow lange. Ich hörte einen Motor brummen, leise Musik.

»Ich fahre gerade auf München zu«, sagte er schließlich. »War in Österreich in den Bergen. Klärt den Kopf, und man kommt mal wieder ein bisschen runter vom Stress. Ich könnte einen Umweg über Heidelberg machen, und wir trinken zusammen irgendwo einen Kaffee?«

Das fand ich im Prinzip eine gute Idee. Mein Mittagessen war, wie zurzeit üblich, karg und fettarm gewesen, und mein Magen verlangte schon wieder hörbar nach Nachschub. Allerdings schien Nemzow die Entfernung zwischen München und Heidelberg und auch den Verkehr auf der A 8 zu unterschätzen. So einigten wir uns auf ein frühes gemeinsames Abendessen irgendwo in der Nähe der Polizeidirektion.

Kurz darauf erreichte mich der erste Anruf aus Ludwigshafen: Die dortigen Kriminaltechniker hatten inzwischen in Linus Köhlers Wagen eine Vielzahl von Spuren gesichert, die allerdings zum größten Teil noch nicht ausgewertet waren.

»An der Rückenlehne vom Beifahrersitz sind Haare gewesen«, sagte eine schon etwas älter klingende Kollegin. »Außerdem massenhaft Textilfasern und Hautspuren. Und neben dem Wagen haben wir im weichen Boden einen Fußabdruck wie aus dem Lehrbuch gefunden.«

Raub als Motiv konnte schon jetzt ausgeschlossen werden. Nichts schien zu fehlen, weder Geld noch Papiere oder Kreditkarten. Augenzeugen hatten sich bislang keine gemeldet. Falls überhaupt jemand beobachtet hatte, wie der Täter in den Jaguar stieg, dann würde er vielleicht erst am Abend erfahren, dass er als Zeuge in einem Mordfall gesucht wurde.

»Was für Haare?«, fragte ich.

»Zwei Sorten sind relativ frisch. Die einen sind schwarz, zwischen drei und fünf Zentimeter lang, und es ist irgendeine Chemie dran. Wahrscheinlich Haarspray oder ein Festiger.«

Ich atmete tief ein. »Ich kann Ihnen mit ziemlicher Sicherheit sagen, von wem die stammen.«

Dann hatte Juli also kürzlich in Köhlers Wagen gesessen. Obwohl er behauptet hatte, man habe sich nach dem Geschäftsessen gleich getrennt.

Die anderen Haare waren hellbraun und passten in jedem Detail zu Kai Meerbusch.

»Das Spurenmaterial von uns haben Sie schon gekriegt?«

»Ist angekommen, ja. Im Wagen haben wir auch massenhaft frische Fingerspuren gefunden. Der Täter hat sich anscheinend um gar nichts gekümmert. Dem war's total egal, ob er geschnappt wird oder nicht.«

Die Tatwaffe hatten die Kollegen noch nicht gefunden.

»Bisher kann ich nur sagen, dass es ein Messer war. Ein sauscharfes Messer, meint der Arzt, der das Opfer am Tatort untersucht hat. Und übrigens, das ist vielleicht auch interessant für Sie ...«

Linus Köhler hatte, kurz nachdem er sein Haus in Speyer verlassen hatte, einen Anruf erhalten. Das Gespräch hatte nicht einmal eine Minute gedauert und war das letzte seines Lebens gewesen.

»Und die Nummer gehört zu diesem Typ, von dem Sie mir das Spurenmaterial geschickt haben. Diesem Kai Irgendwas.«

Wenige Minuten nach dem Telefonat mit Meerbusch war Köhler gestorben. Mit größter Wahrscheinlichkeit getötet von Juliana von Lembkes Witwer, der seit Neuestem offenbar Amok lief. Vermutlich hatte er nicht glauben wollen, dass seine Frau lediglich eine geschäftliche Besprechung mit Köhler hatte. Und vielleicht waren seine Zweifel nicht so unbegründet, wie ich vor wenigen Minuten noch geglaubt hatte.

Wie er an Köhlers Adresse und Handynummer gekommen war, würde noch zu klären sein. Eines aber war jetzt schon sicher: Kai Meerbusch war keineswegs so weltfremd und lebensuntüchtig, wie er sich mir gegenüber gegeben hatte. Und den Namen seines Opfers hatte ausgerechnet ich ihm verraten. Hätte ich ihn gestern nicht genannt, hätte ich Meerbusch nicht so unterschätzt, dann wäre der Geschäftsführer der TurboTec GmbH jetzt möglicherweise noch am Leben.

14

»Wie kann ich helfen?«, fragte Dr.-Ing. Boris Nemzow, als wir uns am frühen Abend an meinem Schreibtisch gegenübersaßen. »Was kann ich tun?«

Das gemeinsame Abendessen hatte ich kurzfristig wegen Zeitmangels abgesagt und durch ein Gespräch in meinem Büro ersetzt.

Der Ingenieur und Firmengründer war ungefähr so groß wie ich, etwas über eins neunzig, aber vermutlich zwanzig Kilo schwerer, obwohl er gewiss kein Gramm überflüssiges Fett spazieren trug. Sein Händedruck war der eines Holzfällers. Darauf, dass dieser muskelbepackte Riese einen Doktortitel führte, Multimillionär war und eine kleine, seit Neuestem höchst erfolgreiche Hightechfirma leitete, wäre man nie im Leben gekommen. Nemzow wirkte eher, als wären seine Hobbys Wrestling und Bodybuilding, als könnte er problemlos einen doppelt so schweren Gegner niederringen oder einen nicht mehr benötigten Kleiderschrank unzerlegt aus dem Fenster werfen. Zur Not sogar mit dem Liebhaber seiner nicht vorhandenen Frau darin.

»Sie stand Ihnen nah«, begann ich im Ton einer Tatsachenfeststellung.

»Wenn Sie so wollen. Ja, irgendwie schon.«

Das Thema war ihm offensichtlich unangenehm.

»Sie haben zusammen studiert, habe ich gehört.«

»Lange her. Aber auch das stimmt.«

»Man sagte mir, sie seien schon damals befreundet gewesen.«

»Befreundet?« Er seufzte. »Was heißt das schon? In dem Alter hat man tausend Freunde.«

Unverändert im Plauderton schoss ich meine erste Rakete

ab: »Sie waren vor einigen Wochen zusammen in Tel Aviv und später in Teheran.«

»Das …« Nun machte er große Augen. »Wie kommen Sie denn darauf?«

Wortlos schob ich mein Handy über den Tisch, auf dem das Foto des Azadi-Towers und er selbst zu sehen waren.

Er schob das Handy so hastig von sich, als würde er sich davor ekeln. »Wie kommen Sie an dieses Bild?«, fragte er aufgebracht. »Ach so, ja, Juli hat es geknipst, ich erinnere mich.«

»Darf ich erfahren, zu welchem Zweck Sie dort waren?«

Nemzow zögerte, zog eine unbehagliche Grimasse und sagte schließlich: »Urlaub. Kleiner Kurztrip zu zweit. Wir waren beide noch nie im Iran gewesen. Und, Scheiße, ja, wir hatten seit einer Weile eine Beziehung. Darauf wollen Sie ja wohl hinaus mit Ihrer Fragerei. Ich bin im Moment ziemlich durch den Wind, verdammt. Dass sie tot ist. Dass Juli tot ist. Wir … Ich …«

»Sie haben sie geliebt«, half ich ihm sanft auf die Sprünge.

»Ja, verflucht!«, platzte er nach einem letzten Zögern heraus. »Und wie! Damals in Berlin war ich auch schon in sie verschossen. Konnte aber nicht bei ihr landen. Außer einem Quickie im Ecstasy-Rausch ist nichts gelaufen. Hat mich ziemlich runtergezogen, diese Sache damals. Unter anderem wegen Juli habe ich das BWL-Studium dann geschmissen und bin nach Hannover. Nicht nur, allerdings. BWL war nicht wirklich mein Ding. Technik hat mir am Ende doch mehr gelegen.«

Er schnaufte heftig. »Und dann treffe ich sie nach so vielen Jahren wieder, höre, sie ist verheiratet, hat eine mordsmäßige Karriere hingelegt, und auf einmal, völlig aus dem Nichts, macht es peng!«

»Sie hat nichts anbrennen lassen, hat jemand kürzlich zu mir gesagt …«

»Juli war kein Kind von Traurigkeit, wahrhaftig nicht.

Aber ich, ich bin sonst überhaupt nicht so. Dachte auch, aus dem Alter sei ich allmählich raus, wo man sich Hals über Kopf in eine Frau verknallt.«

»War die Liebe denn gegenseitig?«

»Ich denke schon. Aber bei Juli hat man nie so ganz gewusst, was Sache war. Es ging los, als sie aus heiterem Himmel anrief und um einen Gesprächstermin bat wegen einer eventuellen Kooperation. Zwei Tage später war ich in Düsseldorf. Der Termin war erst mal nur informell und nicht in der Firma, sondern in einer der Altbierkneipen in der Innenstadt. Nach dem dritten Glas ist sie dann damit herausgerückt, dass die ORMAG Interesse hätte, meinen Laden zu übernehmen. Und nach dem fünften Bierchen sind wir zusammengerutscht und regelrecht übereinander hergefallen. Sie hat natürlich gespürt, dass ich scharf auf sie war, immer noch. Ich bin dann nur aus diesem Grund einen Tag länger geblieben, und wir sind praktisch nicht aus dem Bett gekommen. Völlig durchgedreht waren wir, von jetzt auf gleich. Ich habe ... wir hatten beide so etwas noch nie erlebt. Dieser Trip nach Teheran – das war das zweite Mal, dass wir länger als ein paar Stunden zusammen waren, und es war ... der flammende Irrsinn war es. Eine Leidenschaft, wie ... Ich habe so was noch nie erlebt, wirklich nie. Und ich fürchte, es wird das letzte Mal gewesen sein ...«

»Frau von Lembke hatte es also auch erwischt?«

Er nickte heftig. »So sehr, dass sie nach Teheran entschlossen war, ihrem Kai endlich die Rote Karte zu zeigen. Sie hat sich ja zu Tode gelangweilt mit diesem Warmduscher.«

»Das hat sie dann aber doch nicht getan.«

»Sie hatte es mir fest versprochen, mehr als nur einmal. Aber dann hatte sie wohl auf einmal wieder Skrupel. Hat vielleicht gefürchtet, er könnte sich was antun. Sich vor den Zug schmeißen, im Erdgeschoss aus dem Fenster springen, was weiß denn ich.«

»Wann haben Sie sie zum letzten Mal gesehen?«

»An dem Tag, als wir von Teheran zurückkamen. In Istanbul. Da haben wir noch mal übernachtet, und …« Wieder schluckte er. »Von Istanbul sind wir mit verschiedenen Flügen nach Deutschland zurück. Sie nach Düsseldorf, ich nach Hannover.«

»Bevor Sie im Iran waren, waren Sie drei Tage in Tel Aviv.«

Nemzow begann, müde zu grinsen. »Kompliment, Sie haben Ihre Hausaufgaben gemacht.«

»Darf ich wissen, wozu?«

»Juli hatte dort was zu erledigen. Hat aber nur einen halben Nachmittag gedauert. Die restliche Zeit haben wir Sightseeing gemacht. Jerusalem, Akkon. Wenn wir nicht gerade im Bett lagen, natürlich.«

»Das, was sie zu erledigen hatte, war beruflich?«

Nemzow wandte den Blick ab, sah zum gekippten Fenster, vor dem ein Vögelchen aufgebracht zwitscherte. »Sie wollte jemanden treffen, ja. War aber vertraulich, deshalb war ich nicht dabei. Ich bin dann so lange spazieren gegangen.«

»Mehr wissen Sie nicht?«

Gleichmütig schüttelte er den Kopf. Schien mit seinen Gedanken noch halb in schönen Erinnerungen zu stecken.

»Und jetzt ist sie tot, Scheiße noch mal!«, wütete er plötzlich los und ballte die Fäuste. Dann durch zusammengebissene Zähne: »Ich könnte … ich könnte …«

»Was könnten Sie?«

»Den Kerl totschlagen«, sagte er mit so grimmigem Blick, dass ich wusste, er meinte es ernst. »In Stücke reißen könnte ich den, der ihr das angetan hat! Und mir, mir hat er es auch angetan.« Er zwang sich zur Ruhe, wischte sich mit der flachen Hand über die Stirn. »Ich bin sonst ein friedlicher Typ, ehrlich, aber hier … Ich kenne mich selbst nicht wieder!«

Schon vor der Reise in den Nahen Osten hatten Juli und ihr Mann geplant, einige Tage zusammen nach Italien zu fahren. »Bei dieser Gelegenheit wollte sie es ihm schonend beibringen. Sie wollte mir schreiben, wenn alles geklärt ist.«

Was sie nicht getan hatte. Die erlösende Nachricht war ausgeblieben.

»Ist wohl nicht so gelaufen wie geplant, keine Ahnung. Wir hatten seither keinen Kontakt mehr.«

Kleiner Schwenk: »Wo waren Sie am neunten und zehnten März, Herr Dr. Nemzow?«

Wortlos zückte er sein großes Handy, wischte kurz darauf herum. »Am Neunten hatte ich einen Termin bei Julis Boss in Düsseldorf, diesem Professor Kratt. Es gab noch ein paar organisatorische Details zu klären. Kratt wollte, dass wir nach Düsseldorf umziehen. Am liebsten hätte er sich meinen Laden komplett einverleibt und zu einer Division der ORMAG gemacht. Für mich hatte er sich so was wie eine hübsch vergoldete Zwangsjacke vorgestellt. Ich wollte aber so selbstständig wie möglich bleiben, auch wenn sie mit siebzig Prozent beteiligt sind. Es gibt Telefon, es gibt E-Mail, es gibt Skype. Heutzutage ist es doch scheißegal, wo man arbeitet. Aber dieser Herr Kratt ist in solchen Dingen leider ein bisschen altmodisch. Er hat es gerne ordentlich und aufgeräumt.«

»Wie haben Sie sich geeinigt?«

»Gar nicht. Juli sollte entscheiden. So sind sie ja im Grunde alle, diese Topmanager: Sobald es was zu entscheiden gibt, was Unangenehmes, dann wird delegiert. Oder man holt sich Berater ins Haus, denen man später die Schuld in die Schuhe schieben kann. Eigentlich sollte Juli auch dabei sein, aber die war ja nun mal in Italien. Am Tag darauf, am Zehnten, war ich zu Hause. Habe einen Tag Homeoffice gemacht und mit meinem Anwalt die neuen Arbeitsverträge meiner Leute durchgesehen. Nein, Unsinn, stimmt gar nicht. Er ist nicht gekommen, hatte sich beim Einsteigen in seinen Lamborghini das Knie verdreht. Wir haben uns dann erst zwei Tage später getroffen.«

»Aber Sie sind an dem Tag trotzdem zu Hause geblieben.«

»Das brauche ich manchmal, um den liegen gebliebenen Mist aufzuarbeiten, zu dem man sonst nie kommt.«

»Sie leben allein?«

Seine Augen wurden wieder groß. »Sie denken doch nicht im Ernst …?«

»Wann und wie sind Sie am Neunten von Düsseldorf nach Hannover gefahren?«

Die Augen wurden wieder kleiner. Sehr klein sogar. »Ist das etwa ein Verhör hier? Sollte ich besser meinen Anwalt anrufen?«

»Wir führen nur ein informelles Gespräch. Wäre es eine offizielle Einvernahme, dann wären wir nicht allein.«

Er schnaubte heftig. Atmete tief ein und aus. »Am Mittwochabend bin ich zurückgefahren. Mit dem Wagen. Ist ja nicht gerade eine Weltreise von Düsseldorf nach Hannover.«

Das Vögelchen zwitscherte immer noch. Es klang zugleich aufgeregt und einsam. In der Ferne hupte ein großer Lkw. Reifen quietschten.

»Kann das jemand bestätigen?«

Boris Nemzow zog die buschigen Brauen zusammen. »Ich bin die ganze Strecke durchgefahren. Habe nicht getankt, nicht gepinkelt, Kaffee hatte ich in Düsseldorf schon genug getrunken. Mein Gott, das sind keine zwei Stunden. Um kurz vor elf war ich zu Hause. Ob ein Nachbar mich gesehen hat? Keine Ahnung. Meine Alarmanlage, die speichert jede Tür, die im Haus auf- oder zugeht.«

»Ich brauche Ihnen nicht zu sagen, dass sich solche Daten leicht fälschen lassen.«

»Aber was für einen Grund hätte ich haben sollen?«, fragte er mehr verzweifelt als aufgebracht. »Wieso sollte ausgerechnet ich Juli … Ich meine, das ist doch kompletter Schwachsinn!«

»Enttäuschte Liebe hat schon vielen Menschen den Verstand vernebelt und andere das Leben gekostet. Ich habe eine Augenzeugin, die den Täter gesehen hat. Er hat verblüffend viel Ähnlichkeit mit Ihnen.«

Nemzow senkte den Blick. »Sie hat sich überhaupt nicht mehr gemeldet. Hat mich einfach am langen Arm verhungern lassen. Das fand ich ziemlich übel. Nein, voll scheiße fand ich das. Ich sitze da wie der größte Depp der Welt, und Madame befindet es nicht mal für nötig, wenigstens mal ein ›Hallo‹ ins Handy zu tippen. Was wollte sie überhaupt in Heidelberg?«

»Eine Freundin besuchen. Und einen Ihrer Vorgänger.«

Nun sah er wieder auf. »Vorgänger?«

»Ein Mann, mit dem sie vor Jahren mal eine Beziehung hatte. Er ist übrigens seit heute Morgen tot. Ebenfalls ermordet.«

Jetzt wurden seine Augen beängstigend groß. »Heilige Scheiße!«, stieß er keuchend hervor. »Was geht denn jetzt ab?«

»In diesem Fall wissen wir allerdings schon, wer es war.«

»Sagen Sie mir, wer?«

»Eigentlich darf ich das nicht, aber in diesem Fall mache ich eine Ausnahme: Wir haben Kai Meerbusch in Verdacht.«

Nach dem Anruf aus Ludwigshafen hatte ich Sönnchen gebeten, die Autovermietungen in und um Heidelberg abzutelefonieren. Gleich bei der ersten war sie fündig geworden: Meerbusch hatte eine Stunde nach unserem Gespräch und der Gegenüberstellung mit Ursula bei Hertz einen Wagen angemietet. Einen schwarzen Ford Mondeo, den er bisher nicht zurückgebracht hatte, obwohl er nur für zwölf Stunden gebucht war.

»Im Moment läuft er noch frei herum. Sie sollten in den nächsten Tagen ein bisschen auf sich aufpassen.«

Nemzow lachte rau. »Meerbusch macht mir keine Angst, aber danke für den Hinweis. Außerdem kennt er ja nicht mal meinen Namen. Juli wird ihm den bestimmt nicht verraten haben. Was sagt eigentlich diese Freundin zu alldem?«

»Sie haben sich dann doch nicht getroffen. Aber sie haben telefoniert, am Nachmittag. Frau von Lembke hat zu ihr gesagt, es hätte sie ziemlich erwischt.«

Er sah mich forschend an. »Erwischt?«

»Sie hatte sich verliebt.«

Vielleicht zum ersten Mal in ihrem turbulenten, so kräftezehrenden Leben mit Haut und Haaren. In einem Leben, das sonst für so nutzlose Dinge wie Emotionen und Liebesglück wenig Raum ließ.

»Das heißt ... Dann wollte sie doch ...?« Nemzow starrte mich fassungslos an, wusste nicht, ob er lachen oder weinen sollte. »Dann wollte sie sich doch trennen?«

»Ich vermute es«, sagte ich, und in diesem Moment kam mir ein Gedanke, der mir einen Schauer den Rücken hinabjagte.

Hektisch wühlte ich in den Papieren auf meinem Tisch, fand endlich, was ich suchte, schob ein Blatt zu Nemzow hinüber.

»Wie würden Sie das hier verstehen?«

Erneut zog er die Brauen zusammen und überflog den kurzen Text voller Fehler, las ihn laut vor: »Lieber Kai, ich kann so nicht weiterleiten. Ich halte es eindach nicht Meer aus. Es hat keinen zweckmehr. Biete verzeih mir, wenn du ...«

Er ließ das Blatt sinken, sah mir ratlos ins Gesicht.

»Diese Nachricht hat sie kurz vor ihrem Tod an ihren Mann geschrieben. Wie man sieht, in Eile und nicht zu Ende. Vermutlich ist sie dabei gestört worden, sonst hätte sie noch die Tippfehler rausgemacht.«

Unendlich langsam schüttelte Nemzow das schwere Haupt. »Die hat sie immer dringelassen, die Tippfehler. Hauptsache, der andere versteht, was gemeint ist. Sie war auch beim Telefonieren immer rekordverdächtig zeiteffizient. Aber was bedeutet das hier, Ihrer Meinung nach?«

»Bis eben habe ich es als Abschiedsnachricht verstanden. Als Ankündigung ihres Selbstmords.«

»Und jetzt denken Sie …«

»Sie wollte ihm mitteilen, dass sie ihn verlassen wird.«

»Wäre nicht gerade Julis Art, so was zu regeln«, murmelte er immer noch bis ins Mark erschüttert. »Und wieso hat sie das Ding abgeschickt, bevor sie mit Tippen fertig war?«

»Wie gesagt, ich nehme an, sie ist gestört worden und hat aus Versehen auf Senden gedrückt.«

»Etwa von dem Typen, der …?«

Ich nickte.

»Finden Sie das Schwein«, presste Boris Nemzow nach langem Schweigen hervor. »Finden Sie ihn, und sperren Sie ihn weg. Für immer. Wenn Sie ihn wieder rauslassen, dann bringe ich ihn um, das schwöre ich Ihnen. Und wenn ich irgendwie helfen kann. Mit Geld, mit Informationen, bei der Festnahme, lassen Sie es mich wissen.«

»Sie können mir wirklich helfen. Erstens hätte ich gerne eine Speichelprobe von Ihnen.«

Er blickte ein wenig verwundert, sagte jedoch ohne Zögern: »Kein Problem.«

»Zweitens hätte noch ein paar Fragen zu Ihrer Firma. Können Sie einem Laien wie mir erklären, was Sie eigentlich machen? Bisher weiß ich nur, dass es irgendwie mit Robotern zu tun hat.«

In den folgenden Minuten erhielt ich einen Crashkurs in künstlicher Intelligenz, lernenden Maschinen und adaptiven Regelungskonzepten. Ich erfuhr, dass Roboter auch heutzutage immer noch unvorstellbar dumme Gesellen waren, denen man jeden noch so kleinen Handgriff mühsam beibringen musste. Dass sich dies jedoch mithilfe der von meinem Gegenüber entwickelten Algorithmen in naher Zukunft ändern würde.

»Bald werden Maschinen wie Kinder lernen durch Zugucken und Nachmachen. Durch Herumprobieren und Übertragen von schon Gelerntem auf neue Aufgabenstellungen.«

»Klingt ziemlich atemberaubend. Und ein bisschen beängstigend.«

»Der Clou dabei ist, der eigentliche Kracher: Alles, was ein solcher Roboter einmal gelernt oder herausgefunden hat, kann und weiß innerhalb von Sekunden über die Cloud jeder andere Roboter derselben Bauart ebenfalls. Diese Maschinen werden nicht, wie wir Menschen, mit jeder Generation alles wieder von Grund auf neu lernen müssen. Sie können es einfach, weil irgendein Kollege irgendwann, irgendwo es einmal gelernt hat.«

Schöne neue Welt. Furchtbare neue Welt.

»Und was ist, wenn Roboter lernen, etwas Böses zu tun?«

Nemzow lachte bitter. »Das ist dann keine Frage der Technik, Herr Gerlach, sondern eine der Politik. So wie man für den Autoverkehr Regelwerke entwickelt hat, wird man auch für Roboter entsprechende Vorschriften erlassen müssen. Und im Gegensatz zu uns Menschen, die wir gerne mal ein bisschen zu schnell fahren oder bei der Steuer mogeln, werden die Maschinen sich immer und ohne Ausnahme an die Regeln halten.«

»Wenn sie richtig programmiert sind.«

»Das ist dann wieder eine Aufgabe für uns Ingenieure, Sie haben recht. Aber ich bin überzeugt, dass wir das hinkriegen. Es gab einmal einen Herrn Asimov, einen russischen Science-Fiction-Autor, der sich schon vor einem halben Jahrhundert Gedanken um dieses Thema gemacht und die berühmten ›three laws of robotics‹ aufgestellt hat. Das erste Gesetz lautet sinngemäß: Ein Roboter darf niemals einen Menschen verletzen oder ihm auf andere Weise Schaden zufügen.«

»Die ORMAG hat also vor, ins Robotergeschäft einzusteigen?«

Nemzow zögerte eine Winzigkeit zu lange, bevor er antwortete: »Kann man so sagen, ja.«

»Etwas präziser vielleicht?«

Sekundenlang sah er auf seine stark behaarten Holzfällerpranken. Dann sagte er: »Ich musste Geheimhaltungsvereinbarungen unterschreiben, sorry, Herr Gerlach. Aber ich kann mir beim besten Willen nicht vorstellen, dass das alles etwas mit Julis Tod zu tun hat. Das Projekt, für das die ORMAG mich und meine Leute braucht, wird ja nicht beendet, nur weil Juli jetzt nicht mehr dabei ist.«

»Sie war aber schon die treibende Kraft dahinter?«

Wieder dauerte es mit der Antwort. »Menschen sind ersetzbar«, sagte Nemzow schließlich unwillig. »Manche leichter, manche schwerer, aber ersetzbar ist jeder von uns.«

»Wer könnte ein Interesse an ihrem Tod haben?«

Müde hob Nemzow die breiten Hände. Ließ sie auf die Schenkel fallen. Seufzte. Etwas ging ihm in diesen Sekunden durch den Kopf, es war ihm anzusehen.

Aber er schwieg.

Im ersten Moment dachte ich, die Wohnung sei leer und verlassen. Ich machte Licht im Flur, blätterte die Post durch. Werbung für Autos, Werbung für Kreuzfahrten, etwas von der Krankenversicherung, die vermutlich schon wieder teurer wurde, eine Rechnung vom Zahnarzt, Werbung für noch mehr Autos. Offenbar hatte sich in der Welt inzwischen herumgesprochen, dass mein geliebter Peugeot 504 Kombi, inzwischen achtzehn Jahre alt, demnächst den wohlverdienten Autoruhestand antreten würde, ob mir das nun gefiel oder nicht.

Ich beschloss, die beiden wichtigen Briefe erst übermorgen zu öffnen, am Samstag, warf die Werbung ungelesen ins Altpapier, betrat die Küche, öffnete den Kühlschrank, hörte hinter mir ein leises Geräusch. Unwillkürlich fuhr ich herum, ging in Abwehrhaltung. Immerhin lief mit Kai

Meerbusch ein unberechenbarer Irrer frei herum, und wer konnte wissen, was in seinem verwirrten Kopf vorging.

Aber kein Killer mit langem Messer kam herein, sondern Louise, blass wie die Kacheln an der Wand, der Blick herzzerreißend traurig und erschöpft. Die schwarz gefärbten Haare hingen ihr wirr am Kopf herum. Mit leerer Miene kam sie auf mich zu, kippte mir in die Arme.

Ich streichelte ihren mageren Mädchenrücken. Drückte sie fest an mich.

»Stress mit Mick?«

Sie schniefte, weinte aber nicht. »Bin so fertig, Paps.«

»Ich habe dich gewarnt.«

»Aber es ist ... Ich muss doch ... Ich liebe ihn doch.«

»Immer noch?«

Zaghaftes, vielleicht schon zweifelndes Nicken.

»Wo ist er?«

»In die Stadt wollte er, ein paar Kumpels treffen. Um vier wollte er zurück sein. Spätestens. Mir bei den Matheaufgaben helfen.«

»Sein Handy?«

War aus.

Ich hielt sie immer noch fest. »Niemand macht einen Entzug ohne Rückfall. Er muss lernen, wie schnell es einen wieder erwischt.«

Obwohl man felsenfest überzeugt ist, es bleibe bei diesem einen Schuss, bei diesem einen Glas. Man will sich ja nur davon überzeugen, dass man es nicht mehr braucht, dass man darüber hinweg ist. Und rums, schon ist der Absturz da, der Fall zurück in den Abgrund der Sucht. In diesen zugleich herrlichen und widerlichen Zustand, in dem man nichts denken muss, in dem die Probleme dieser so furchtbar komplizierten und oft beängstigenden Welt Lichtjahre entfernt sind. Auf einem fernen Stern, in einem Paralleluniversum. Wenigstens für eine kurze Weile.

»Er kommt wieder«, versuchte ich meine Tochter zu trösten. »In zwei, drei Tagen, einer Woche spätestens. Suche ihn nicht. Er muss es selbst wollen. Hast du schon was gegessen?«

»Kein Hunger.«

»Oh doch. Du hast sogar mächtigen Hunger. Hast du Lust auf Rührei mit Speck?«

»Von mir aus.«

Ich stellte die Pfanne auf den Herd, schlug fünf Eier in eine Schüssel, gab Milch dazu und Salz und Pfeffer. Und obwohl es nun wahrhaftig keinen Grund dafür gab, fühlte ich mich plötzlich wohl.

»Wo steckt eigentlich Sarah?«, fragte ich über die Schulter. Louise hatte sich inzwischen mit einem großen Glas Orangensaft an den Tisch gesetzt und trank gierig.

»Bei Henning. Ihre Vespa spinnt mal wieder. Henning meint, dieses Mal ist es die Zündung.«

Seit Ende November war meine Älteste stolze Besitzerin eines pinkfarbenen Motorrollers und des dazu nötigen Führerscheins. Henning war ihr zwei Jahre älterer Halbbruder, der zu unser aller Freude ein goldenes Händchen für alles hatte, was nach Technik aussah. Vorrangig für Computer, aber offenbar auch für motorisierte Zweiräder, was ich noch gar nicht gewusst hatte.

Louises Motorisierungspläne waren in den Hintergrund getreten, die Führerscheinprüfung auf irgendwann verschoben. Wegen Mick, ihrem drogensüchtigen Freund, mit dem sie sich quälte, dass es mir in der Seele schmerzte. Andererseits, hätte er sie nicht gehabt, sein Mädchen, das ihn glühend liebte, sich abrackerte und aufrieb für ihn, dann wäre er vielleicht endgültig verloren gewesen.

»Er kommt wieder, Louise. Ich bin ganz sicher. Er schafft es. Ihr schafft es.«

Fast alles in diesem Satz war das Gegenteil dessen, was ich dachte.

15

Am Freitagmorgen – ich war gerade zu Fuß auf dem Weg ins Büro und wartete an der Ampel am Römerkreis auf Grün – meldete sich wieder einmal das Machatscheck-Handy.

»Einer der Ingenieure, die Frau von Lembke eingestellt hat, heißt Eric Sundstrom, ist Amerikaner und kommt von Lockheed Martin.«

Ich brauchte einen Moment, um vom Privat- in den Dienstmodus zu schalten. »Von dieser amerikanischen Rüstungsschmiede?«

»Richtig. Einen Zweiten konnte ich inzwischen auch identifizieren. Ruben Levinger heißt er und ist Israeli. Er hat am Technion in Haifa studiert und promoviert. Das Thema seiner Dissertation versucht Ruth noch für mich herauszufinden. Eigentlich müsste die Arbeit in jeder Unibibliothek Israels zu finden sein, aber irgendetwas scheint damit nicht ganz zu stimmen.«

Ein aufgemotzter BMW donnerte an mir vorbei. Ich wartete kurz, bis das Brüllen des Motors verklang, weil der Fahrer an der nächsten roten Ampel eine Vollbremsung hinlegte.

»Und die anderen?«

»Die scheinen eher Subalterne zu sein. Deutsche, teilweise von aufgelösten Abteilungen der ORMAG übernommen. Levinger und Sundstrom sind eindeutig die Topleute.«

Im Gegenzug berichtete ich ihm von meinem Gespräch mit Nemzow am Vorabend.

»Irgendwie …« Ich kratzte mich erst am Kopf, dann an der Nase. »Für mich klingt das Ganze mehr und mehr danach, als wollte die ORMAG ins Rüstungsgeschäft einsteigen.«

»Sie haben mich bei unserem Treffen in Stuttgart gefragt, was mein Interesse an dieser Sache ist. Eben haben Sie es ausgesprochen. Ich beobachte die ORMAG schon seit Monaten, auch noch aus einem anderen Grund, aber erst durch Sie komme ich ihnen endlich auf die Schliche. Gestern habe ich lange mit einem alten Freund telefoniert, der im Thema Robotik ein wenig bewandert ist. Er hat mir bestätigt, was ich bisher nur gerüchteweise gehört hatte. Dass die ORMAG nämlich bei der Übernahme der Firma dieses Dr. Nemzow nicht die einzige Interessentin war. Auch Boston Dynamics hat mitgeboten.«

Die Ampel wurde grün. Zusammen mit etwa zwanzig anderen trabte ich los. Boston Dynamics, erfuhr ich, war eines der weltweit führenden Unternehmen im Feld der humanoiden, also menschenähnlichen Roboter. Die Firma arbeitete seit Jahrzehnten eng mit dem Pentagon zusammen.

»Sicherlich nicht, um Haushaltsgeräte zu entwickeln«, meinte Machatscheck seltsam enthusiastisch. »Soldaten, lieber Herr Gerlach, werden in absehbarer Zukunft keine Menschen mehr sein, sondern Kampfmaschinen.«

»Terminator«, fiel mir dazu ein.

»Das ist das große Geschäft der kommenden Jahrzehnte. Vermutlich aus diesem Grund sucht die ORMAG zurzeit händeringend Ingenieure, Techniker und Informatiker. Aber im Internet taucht nirgendwo diese AT-Abteilung auf.«

»Und wie passt der Trip nach Teheran ins Bild?«, fragte ich, als ich kurz darauf die Polizeidirektion betrat.

»So, wie Sie die Frau schildern, hat sie Dr. Nemzow nicht nur zum Vergnügen mitgenommen.«

»Sie denken, sie hat ihn als Fachmann an ihrer Seite gebraucht?«

»Vielleicht war man schon dabei, Kundschaft für das neue Produkt zu akquirieren. Oder ein Joint Venture anzubahnen.«

»Rüstungskram darf an den Iran nicht verkauft werden.«

»Embargos gelten nicht für die Ewigkeit. Und nicht alle halten sich daran.«

»Wenn es so ist, wenn sie wirklich so etwas planen, wer könnte etwas dagegen haben?«

»Oh, da fallen mir einige ein«, erwiderte Machatscheck grimmig. »Zuvörderst natürlich die Konkurrenz. Für Rüstung werden weltweit unfassbare Summen ausgegeben. Und wo es um viel Geld geht, spielt Moral meist nur noch eine untergeordnete Rolle.«

»Irgendwelche Geheimdienste vielleicht?«, rätselte ich, inzwischen auf der Treppe. »Die Russen? Die Amis? Die verstehen auch keinen Spaß, wenn es um ihre Sicherheit geht. Man müsste herausfinden, was genau sie vorhaben.«

»Kampfroboter sind mit Sicherheit das nächste große Geschäft in dieser Branche. Und alles passt auf einmal ganz wunderbar zusammen.«

»Aber wieso dann dieser dilettantische Mord an Frau von Lembke? Ein professioneller Killer wäre völlig anders vorgegangen«, überlegte ich weiter. »Der hätte das Ganze als Unfall inszeniert. Oder von mir aus als plötzlichen Herzstillstand.«

»Vielleicht drängte die Zeit?«

Das allein konnte es nicht gewesen sein. Auch wenn fast Mitternacht war und Nebel herrschte, hatte der Täter Glück gehabt, dass er nicht gesehen wurde. Beziehungsweise, er war ja sogar gesehen worden, aber die Zeugin war leider nicht gerade das, wovon Ermittler träumen.

»Vielleicht war es so dringend, dass sie schlicht keine Chance hatten, einen ordentlichen Plan auszuarbeiten?«, spann Machatscheck den Faden hartnäckig weiter.

»Sie haben gestritten.« Ich durchquerte mein Vorzimmer, nickte Sönnchen zu, die gerade mit jemandem telefonierte, der ein äußerst sympathischer Zeitgenosse zu sein schien. »Meine Zeugin ist zwar alles andere als verlässlich, aber so viel glaube ich ihr: Täter und Opfer haben gestritten. Es hat ein Handgemenge gegeben, bevor er sie ins Wasser gestoßen hat. Und sie hat ihn wahrscheinlich geduzt. All das spricht gegen einen Profi als Täter.«

Sollte Ursula doch alles nur geträumt haben?, fragte ich mich, als ich das Handy auf meinen Schreibtisch legte. Hatte sie einen ganz anderen Streit beobachtet und Frau von Lembkes Handtasche einfach irgendwo gefunden? Dagegen sprachen die gute Beschreibung, die sie uns von Juli geliefert hatte, und die Faserspuren, die wir an genau der Stelle gefunden hatten, an der sie laut Ursula über das Geländer gekippt war.

Als ich mich setzte und begann, den Papierstapel zu sichten, den Sönnchen mir für heute bereitgelegt hatte, wurde mir bewusst, dass ich vergessen hatte, Machatscheck nach dem zweiten Grund für sein Interesse an der ORMAG zu fragen.

In meinem E-Mail-Postfach erwarteten mich Neuigkeiten aus Ludwigshafen. Die kurzen schwarzen Haare an der Kopfstütze von Köhlers Jaguar stammten tatsächlich von Juli. Weshalb hatte sie in seinem Wagen gesessen? Und weshalb hatte er in diesem Punkt gelogen? Hatte sie ihn doch wieder verführt? Einfach nur so, zum Spaß, wie es hin und wieder ihre Art gewesen zu sein schien? Obwohl sie doch angeblich frisch verliebt war? Hatte Köhler anschließend die Panik überfallen, die Sorge um seine Ehe? War er nachts nach Heidelberg gefahren, um sie zu bitten ... ja, was? Worum hätte er bitten sollen? Juli war gewiss nicht die Sorte Frau gewesen, die ihre Affären an die große Glocke hängte.

Oder war alles viel, viel einfacher? Die beiden hatten zusammen das Lokal verlassen, immer noch ins Gespräch vertieft, sie war in Köhlers Wagen gestiegen, um noch einige letzte Sätze loszuwerden. Dann Küsschen links, Küsschen rechts und Ende der Veranstaltung? Noch immer hatte sich kein Zeuge gemeldet, der gestern Morgen bei Schifferstadt etwas Verdächtiges beobachtet hatte, las ich in der Mail.

Den Vormittag verbrachte ich wieder einmal mit Aktenkram und in Besprechungen, mit Statistik und noch mehr Aktenkram. Obwohl inzwischen jeder Zettel digitalisiert wurde, schien die Menge an Papier, das über meinen Tisch wanderte, immer noch eher zu- als abzunehmen. Zu Mittag aß ich heute nicht Obst und Gemüse am Schreibtisch, sondern eine dicke, fette Bratwurst mit Pommes und Fertigsoße in der Kantine. In meinem Büro zurück, dachte ich zum wohl tausendsten Mal über Julis Tod nach. Von der Statur her käme Köhler durchaus als Täter in Betracht. Er war nicht so groß, wie Ursula ihn beschrieben hatte, aber kräftig. Und neben Juli wirkte vermutlich fast jeder Mann groß.

Das Telefon erlöste mich schließlich von meiner fruchtlosen Grübelei.

»Hab ihn!«, rief Balke fröhlich.

»Wen?«

»Diesen angeblichen Axel Schmidt.«

Gegen mein ausdrückliches Verbot hatte sein Cousin die Gesprächsaufzeichnung noch mehr Bekannten und Verwandten vorgespielt, und so unwahrscheinlich es auch klang: Jemand hatte die Stimme wiedererkannt. Eine ehemalige Mitschülerin, der sein leichtes Lispeln im Ohr geblieben war.

»Bastian Heidolph heißt unser Mann«, sprudelte Balke. »Geboren 1969 in Dannenberg, aufgewachsen in Uelzen, Abi 1988, und weiter bin ich noch nicht gekommen.«

Ich wusste nicht recht, ob ich mich nun freuen oder ärgern sollte. So tat ich einfach beides. »Erteilen Sie Ihrem Cousin eine förmliche Rüge«, sagte ich streng, »richten Sie ihm meinen herzlichen Dank aus und lassen Sie bitte, bitte ab sofort die Finger von der Sache.«

Das Internet wusste wenig über Bastian Heidolph aus Dannenberg. Ich entdeckte sein Foto auf den Seiten des Handballvereins Uelzen, wo er einige Jahre mit überschaubarem Erfolg in der Jugendmannschaft gespielt hatte. Viele

Jahre später tauchte er an der Leibniz-Universität Hannover als Alumnus der juristischen Fakultät auf. Weder auf Facebook noch bei Xing war er aktiv, aber am Ende wurde ich doch fündig: Ein Artikel in der *Rhein-Zeitung* aus dem Jahr 2013 erwähnte seinen Namen. Zusammen mit zwei anderen war er von der Stadt Koblenz wegen vorbildlicher Zivilcourage geehrt worden. Die drei Männer hatten spätnachts die Insassen eines verunglückten und lichterloh brennenden Pkw vor dem sicheren Tod gerettet. Heidolph war dabei sogar verletzt worden, hatte sich Verbrennungen und Schnittwunden zugezogen.

In Koblenz saß das Bundesamt für Ausrüstung, Informationstechnik und Nutzung der Bundeswehr. Die Behörde, die unsere Armee mit allem versorgte, was sie zur Erfüllung ihrer Aufgaben benötigte, von Klopapier über Kugelschreiber bis hin zu Fregatten, Düsenjägern und Mittelstreckenraketen. Außerdem arbeitete das Amt eng mit den Firmen zusammen, die in seinem Auftrag neue Waffensysteme entwickelten. Weshalb nicht auch mit der ORMAG?

Wir hatten hin und wieder beruflich miteinander zu tun, hatte Axel Schmidt alias Bastian Heidolph am Telefon gesagt. Mehr und mehr formte sich in meinem Kopf das Bild: Hightech, Rüstung, eine Welt, in der man eher in Milliarden als in Millionen rechnete. Ein fast unendlich großer und immer noch weiter wachsender Markt. Und jede Menge finstere Kräfte, Geheimdienste, von missgünstigen Regierungen oder neidischen Konkurrenten gedungene Mörder.

Zum zweiten Mal an diesem Tag legte das Machatscheck-Handy los. Ruben Levinger hatte in Haifa vor acht Jahren über Sensorsysteme für autonome Kraftfahrzeuge promoviert, hatte Ruth recherchiert. Was zunächst nicht unbedingt nach Rüstung und Kampfrobotern klang.

»Anschließend hat er noch zwei Jahre als Postdoc am Technion gearbeitet. Was er später getrieben hat, versucht Ruth gerade herauszufinden. So etwas wie eine Automobilindustrie gibt es in Israel ja nicht. Sie hat jetzt auch Blut geleckt und wird sich bald wieder melden.«

»Vielleicht war die Dame, die Frau von Lembke in Tel Aviv getroffen hat, eine Kollegin von Levinger?«, spekulierte ich. »Vielleicht hat er sie empfohlen, als Spezialistin für irgendwas?«

Für etwas, wozu der ORMAG das Know-how noch fehlte?

Um nicht in eine Sackgasse zu geraten, versuchte ich mich von unserer Theorie zu lösen, einen Schritt zurückzutreten, vorübergehend nicht an Militärtechnik zu denken. Juli – seit wann nannte ich sie im Stillen eigentlich so? – war nicht nur damit beschäftigt gewesen, mit Hochdruck und offensichtlich beträchtlichen Geldmitteln eine neue Abteilung aufzubauen. Strategie bedeutete in diesem Umfeld nicht nur Schöpfung von Neuem, sondern auch Zerstörung von Altem, obsolet Gewordenem. Dadurch hatten mit Sicherheit wieder zahllose Menschen ihre Arbeit verloren, nicht wenige vielleicht ihre Existenzbasis. Menschen, die nun allen Grund hatten, die Managerin zu hassen. Und in einem solchen Haifischbecken wie dem Vorstand eines Großunternehmens gab es gewiss noch eine Fülle anderer Möglichkeiten, sich Feinde zu machen.

Ein Gedanke platzte in mein Gehirn: Wer hatte eigentlich den Posten des Chief Strategy Officers innegehabt, bevor Juli ihn übernahm? Auf diese Frage wusste das Internet keine Antwort. Ausgeschiedene Mitarbeiter wurden auf den Seiten der ORMAG nicht aufgeführt.

Mit den Händen auf dem Rücken drehte ich noch einige Runden um meinen Blech-und-Plastik-Behördenschreibtisch. Aber ich konnte aus dem Fenster sehen und Kreise ziehen, sooft ich wollte. Es führte kein Weg mehr daran vorbei, ich musste mich in die Höhle des Löwen wagen. Ich musste endlich mit dem Management der ORMAG sprechen. Ich musste wissen, ob unsere Theorie richtig war, ob die Abteilung Advanced Technologies tatsächlich zu dem

Zweck gegründet worden war, den Machatscheck und ich inzwischen vermuteten.

Dieses Gespräch würde kein gemütliches Plauderstündchen werden. Bei den Summen, um die es mutmaßlich ging, spielten Anstand und Höflichkeit meist keine Rolle mehr.

Ich telefonierte kurz mit Vangelis, um zu hören, ob es von ihrer Seite etwas Neues gab. Aber auch sie war frustriert. Die wenigen Spuren, die wir im Fall Juliana von Lembke hatten, waren inzwischen abgeklärt, ihre Sonderkommission war mehr oder weniger arbeitslos, wurde bereits wieder verkleinert. Laila Khatari und Rolf Runkel durchsuchten noch immer das Internet nach Fotos, auf denen Juli zu sehen war, in irgendeiner Kneipe oder Bar sitzend und vielleicht im angeregten Gespräch mit ihrem baldigen Mörder.

»An der Pforte unten ist Besuch für Sie«, sagte Sönnchen, den Kopf im Türspalt. »Eine Frau Heinrich. Sie will unbedingt persönlich mit Ihnen reden. Ist extra von Leimen hergefahren, sagt sie.«

»Heinrich? Nie gehört.«

»Früher hat sie Rübenbauer geheißen, soll ich Ihnen ausrichten.«

Nun war mir klar, wer die unangemeldete Besucherin war.

»Okay.« Ich warf einen Blick auf die Uhr. »Sie soll hochkommen. Nach einer Viertelstunde klopfen Sie bitte und sagen irgendwas von einem Termin, zu dem ich dringend muss.«

»Ich will nicht, dass Sie schlecht über Juliane denken«, begann Julis Mutter, als sie mir bald darauf gegenübersaß. Ihre dunkelbraune, schon ein wenig abgewetzte Kunstlederhandtasche hatte sie achtsam neben den Stuhl gestellt. »Drum möchte ich Ihnen gern erzählen, wieso sie so ist, wie sie ist.«

Frau Heinrich, geschiedene Rübenbauer, war eine kleine, stämmige Frau mit ebenmäßigem, herzförmigem und für ihr Alter immer noch erstaunlich faltenarmem Gesicht, das verblüffend viel Ähnlichkeit mit dem ihrer Tochter hatte. Wenn ich bedachte, dass Juli vierundvierzig Jahre alt war, als sie starb, musste die Mutter schon deutlich jenseits der sechzig sein. Auch die Haarfarbe war dieselbe, nur dass bei meiner unangemeldeten Besucherin schon die eine oder andere silberne Strähne schimmerte. Das schwarze Kleid, das sie trug, war schlicht und zeugte nicht von ausgefallenem Geschmack. Es war offenkundig, dass meine etwas atemlose und sehr nervöse Besucherin nicht viel Geld für ihr Äußeres ausgeben konnte oder wollte. Was mich ein wenig wunderte, denn schließlich war ihre Tochter eine reiche Frau gewesen. Die Mutter würde vermutlich den größten Teil des Vermögens erben und demnächst Millionen auf dem Konto haben. Worüber sie sich vielleicht noch keine Gedanken gemacht hatte.

»Ich denke nicht schlecht von Ihrer Tochter«, sagte ich freundlich. »Jeder Mensch hat letztlich seine Gründe für das, was er tut.«

»Das stimmt.« Sie nickte so ernst, als hätte ich einen weltbewegenden Gedanken geäußert, strich mit fahrigen Bewegungen das leicht zerknitterte Kleid glatt. »Juliane hasst nämlich die Männer«, sagte sie sehr leise. »Seit sie ein Kind war, hasst sie die Männer.«

Sie sprach von Juli, als wäre sie immer noch am Leben, schien sich auch dessen nicht bewusst zu sein.

Ich legte die Unterarme auf den Schreibtisch, beugte mich ein wenig vor, um sie besser verstehen zu können.

»Ich weiß schon, das klingt jetzt komisch für Sie, weil sie dauernd diese Affären gehabt hat. Weil sie einfach nicht treu sein konnte. Es kommt von ihrem Vater, wissen Sie? Er ist schuld daran, dass alles so gekommen ist. Er hat mich ins Unglück gebracht und sein Kind am Ende auch.«

Sie verstummte, zwinkerte nervös an mir vorbei ins Nirgendwo. »Ich hab viel zu jung geheiratet«, flüsterte sie noch leiser als zuvor.

Schon drei Wochen nachdem sie ihren Hauptschulabschluss in der Tasche hatte, war sie zu Hause ausgezogen.

»Grad sechzehn bin ich gewesen und wollt bloß noch weg von daheim. Der Uwe ist der erste Kerl gewesen, der mir gefallen hat. Der erste richtige Mann, der sich für mich interessiert hat.«

Und es kam, wie es kommen musste: Die junge Frau – selbst fast noch ein Kind – wurde schwanger von Uwe Rübenbauer, eilig wurde geheiratet, das Töchterchen kam zur Welt, und es fehlte vorne und hinten an allem. Am meisten natürlich an Geld. Damals hatte die kleine Familie in Pfungstadt gelebt.

»In einem feuchten Kellerloch an der Eberstädter Straße. Meine Eltern braucht ich nicht zu fragen. Die hätten mir eh nichts gegeben. Und der Uwe, hab ich bald gemerkt, der ist ein Großmaul gewesen und ein Streuner. Hat lieber mit seinen Kumpels rumgehangen, als dass er arbeiten gegangen wär. Stark ist er gewesen wie ein Stier und gesund. Wenn er mal gewollt hat, dann hat er immer gleich Arbeit gefunden. Auf einer Baustelle, im Lager von der Brauerei, überall, wo man ordentlich hinlangen muss. Manchmal hat er das auch gemacht, ein paar Wochen hingeklotzt, und dann hat er wieder Geld gehabt. Aber mir hat er nicht viel davon gegeben. Das meiste hat er versoffen oder bei seinen blöden Sportwetten verplempert.«

Ihre Mutter hatte sie schließlich hinter dem Rücken des Vaters doch ein wenig unterstützt, obwohl auch die Eltern alles andere als wohlhabend waren.

»So hab ich die Kleine doch immer irgendwie satt gekriegt. Später hat manchmal eine Nachbarin auf sie aufgepasst, und ich konnt ein bisschen arbeiten gehen. Stundenweise beim Penny-Markt, der war gleich um die Ecke.«

»Wieso nennen Sie sie eigentlich Juliane und nicht Juliana?«

»Weil sie so heißt. Auf Juliane ist sie getauft.«

Als Juli in die Pubertät kam, hatte sie das e am Ende eigenmächtig gegen ein a ausgetauscht.

»Als Juliana hat sie sich vornehmer gefühlt. Als was Besseres. Das wollt sie nämlich immer sein: was Besseres.«

Julis Mutter verstummte, blickte auf ihre sehnigen, blassen Hände, denen anzusehen war, dass sie zeit ihres Lebens viel und hart hatten arbeiten müssen.

»Später hat der Uwe auch manchmal Geld gehabt, obwohl er gar nicht gearbeitet hat. Angeblich hat er es beim Wetten gewonnen. Aber das hat gar nicht gestimmt, hab ich bald gemerkt. Er und zwei von seinen Kumpels sind erwischt worden, bei einem Einbruch in eine Buchhandlung in Gernsheim. Sie haben Bewährung gekriegt und sind wieder geschnappt worden, und da hat er dann ein halbes Jahr gekriegt, ohne Bewährung. Ich selber konnt in der Zeit nicht viel arbeiten gehen. Juliane ist kränklich gewesen, und die Nachbarin war gestorben. Zu meiner Mutter konnt ich sie auch nicht geben, weil mein Vater dagegen war. Ich hab mir das Balg machen lassen, hat er immer bloß gemeint, und jetzt soll ich gefälligst gucken, wie ich damit zurechtkomm.«

Die kleine Juliane war ein aufgewecktes, hübsches, wenn auch ein wenig schüchternes Mädchen gewesen. Uwe Rübenbauer hatte seine Strafe abgesessen, hatte sich ernsthaft Arbeit gesucht und rasch auch gefunden.

»Im Gefängnis hat er den Staplerführerschein gemacht, und dann hat er bei der Metro im Lager gearbeitet. In der Zeit hat er auch nicht mehr so viel mit seinen Kumpels rumgehangen, abends ist er meistens daheim gewesen, und ich hab geglaubt, jetzt wird's besser. Und dann, die Juli war grad fünf geworden, und der Uwe hat sich einen Tag freigenommen, weil ich zum Arzt musst wegen einer Untersuchung. Und wie ich wieder heimkomm, da ist er ganz komisch, und die Kleine liegt in ihrem Bettchen und weint die ganze Zeit. Ich hab sie gleich gepackt und bin zum Kinderarzt mit ihr. Der hat sie untersucht und gesagt, der Uwe hätt was mit ihr gemacht. Zum Glück hat er sie nicht schwer verletzt, aber er hat ihr sehr wehgetan, und von da an hat sie jedes Mal geschrien wie am Spieß, wenn er auch nur in ihre Nähe gekommen ist.«

Die Ehe war an diesem Vorfall zerbrochen, Uwe Rübenbauer hatte alles abgestritten, jedoch in die Scheidung eingewilligt.

»Kein Mann hat das Kind auf den Arm nehmen dürfen, ohne dass sie sich gewehrt und gesträubt hätt wie von Sinnen.«

Julianes Vater hatte sein altes Leben wieder aufgenommen, war die meiste Zeit arbeitslos und immer wieder im Gefängnis. Und natürlich hatte er so gut wie nie Unterhalt für seine Tochter bezahlt.

»Dann ist er in diese Zahnarztpraxis eingestiegen, diesmal ohne seine Kumpels, aber da ist gar kein Geld gewesen, kein Cent, dafür eine Alarmanlage, und der Zahnarzt hat im gleichen Haus gewohnt.«

Und Uwe Rübenbauer hatte ihm mit einem Stuhl den Schädel eingeschlagen.

Wieder verstummte Julis Mutter, wagte immer noch nicht, mir ins Gesicht zu sehen. Durch das gekippte Fenster hörte ich Menschen lachen und Verkehr rauschen. Im Vorzimmer summte Sönnchen eine fröhliche Melodie, die nach Italien klang, vielleicht von Adriano Celentano.

Frau Heinrich atmete tief ein und fuhr fort: »Wie sie in die Schule gekommen ist, da ist es besser geworden. Zwar hat sie immer noch Angst vor Männern gehabt, aber nicht mehr so arg wie früher. Und zum Glück hat sie bis zur vierten Klasse eine Lehrerin gehabt.«

»Weiß sie, was ihr passiert ist?«

»Damals hat sie es nicht gewusst. Kinder verdrängen so was. Aber der Schrecken, der bleibt ihnen. Mit acht hat sie auf einmal angefangen zu stottern und nachts wieder ins Bett gemacht. Sie hat Therapie gekriegt, die Lehrerin hat viel Verständnis gehabt, und irgendwie hat sie dann doch die Versetzung in die dritte Klasse geschafft.«

Ihre kleine Tochter war in diesen Jahren immer schwieriger geworden. Aufsässig, faul und verlogen.

»In der Schule hat sie keine Freundinnen gefunden, Hausaufgaben hat sie abgeschrieben oder gar nicht gemacht. Außerdem hat sie geklaut. Meistens Geld, aber auch in Läden. Aber komischerweise hat sie auf einmal mit Jungs gekonnt. Sie hat sich angezogen, als wär sie selber einer, ein Junge. Wollt kein Mädchen mehr sein. Hat nicht mehr mit Puppen gespielt, sondern Fußball mit den Buben aus der Nachbarschaft. Wenn einer sie gehänselt hat, dann hat sie sich geprügelt. Und immer ist ein anderer da gewesen, der zu ihr gehalten hat.«

Als Juli in die Pubertät kam, hatte sich erneut vieles verändert.

»Sie hat sich die Haare wieder wachsen lassen. Aber sie hat sich immer noch geweigert, Röcke anzuziehen oder Kleider. Dabei ist sie so ein hübsches Ding gewesen. So zart und schlank.«

Rasch hatte sie begriffen, dass die Jungs auf sie flogen, dass sie sie um den Finger wickeln konnte, gerade mit ihrer burschikosen, oft provozierenden, ganz unmädchenhaften Art.

»Aber ihre Freunde haben andauernd gewechselt. Keiner hat es länger als ein paar Wochen mit ihr ausgehalten. Sie hat sich einen Spaß draus gemacht, die Burschen heißzumachen, hat sie gereizt, bis sie ganz wild gewesen sind, und dann hat sie sie abserviert und sich den Nächsten geangelt. Wissen Sie, Herr Gerlach …« Zum ersten Mal sah Julis Mutter mich an, eindringlich, um Verständnis bittend. »Ich glaub halt, sie hat immer die Bestätigung gebraucht. Dass sie gemocht wird, dass die Männer sie gern haben. Aber sie hat jedes Mal gekniffen, wenn's ihr zu eng geworden ist.«

»Wie war sie in der Schule zu der Zeit?«

Meine Besucherin hob die Achseln, blickte wieder auf ihre Hände. »Sie ist nicht bei den Besten gewesen, aber auch nicht bei den Schlechten. Hat sich so durchgewurstelt, immer noch selten ihre Hausaufgaben gemacht. Trotzdem ist sie immer irgendwie zurechtgekommen.«

Als Juli fünfzehn war – längst besuchte sie ein Gymnasium –, hatte die Mutter eine Dreizimmerwohnung geerbt, in Leimen, von einem Onkel, und die schwierige Tochter musste auch noch die Schule wechseln.

»Das ist aber komischerweise gar kein Problem gewesen. Sie hat sich ganz schnell eingelebt. Finanziell ist es uns besser gegangen, weil ich keine Miete mehr zahlen musst. In der Elften ist sie in Mathe dann auf einmal total abgesackt. Sie hat einen neuen Lehrer gehabt, der sie nicht leiden konnt. Und da – ich hab gedacht, was ist denn jetzt los? – fängt das Kind auf einmal an zu büffeln und zu pauken, dass mir ganz schwindlig geworden ist vom Zugucken. Ich hab ihr ja schon lang nicht mehr helfen können. Sie musst sich alles selber beibringen …«

Und am Ende des Schuljahrs war Juliane – damals schon Juliana – Klassenbeste im Fach Mathematik.

»Und wie der Lehrer sie dann vor der Klasse gelobt hat, da hat sie ihn ausgelacht und so beleidigt, dass er sich sogar bei mir beschwert hat.«

Die geplagte Mutter verstummte wieder, blickte lange in ihren Schoß. Dann sah sie wieder auf und in mein Gesicht.

»Wissen Sie, Herr Gerlach, ich glaub halt, die Juliane hat alle Männer, mit denen sie es tun gekriegt hat, für das bestraft, was ihr Vater ihr angetan hat.«

Entweder hatte sie die Männer verführt und heißgemacht, um sie, wenn sie sich in sie verliebt hatten, in die

Wüste zu schicken. Oder sie hatte versucht, sie beruflich zu übertrumpfen und auf diese Weise zu demütigen.

»Und als feste Partner hat sie sich immer wieder so Typen wie diesen Kai gesucht.«

Männer, die ihr nicht gefährlich werden konnten. Die sich ihr unterordneten. Die sich duckten und ihr gehorchten – wie hatte Kai Meerbusch gesagt? – wie gut erzogene Haustiere.

»Seit wann war sie eigentlich mit Herrn Meerbusch verheiratet?«

»Gut fünf Jahre. Beim Kai hab ich anfangs gedacht, dieses Mal geht's gut. Diesmal hält es. Der war genau nach ihrem Geschmack. Sie ist ja früher schon mal verheiratet gewesen. Mit diesem Kerl, von dem sie den Nachnamen hat. Den hab ich aber nie kennengelernt. Aber mit dem Kai, ich glaub halt, das wär auch nicht mehr lang gut gegangen. Welcher Mann hält das denn aus? Ihre Seitensprünge? Dass sie jeden Tag fünfzehn, sechzehn Stunden gearbeitet hat, meistens auch am Samstag und am Sonntag?«

»Ich glaube, er hat Ihre Tochter wirklich geliebt. Da hält man vieles aus. Zumindest eine Zeit lang.«

»Einmal haben sie mich eingeladen zum Segeln. Der Kai hat nämlich ein Segelboot, von den Eltern her …«

Es klopfte an der Tür. Sönnchen streckte den Kopf herein. »Ihr Termin, Herr Gerlach.«

Ich winkte ab. »Fünf Minuten noch, danke.« Dann wandte ich mich wieder meiner Besucherin zu. »Sie waren zusammen segeln …«

»Es war mein Geburtstag, der sechzigste. Sie haben mich mittags mit dem Auto abgeholt, mit Julis großem Mercedes, und sind mit mir irgendwohin gefahren. Dort haben sie mich dann auf dieses Segelboot gesetzt, und wir sind eine Weile auf dem Rhein rumgeschippert. Mir hat das überhaupt nicht gefallen. Ich bin nicht gern auf dem Wasser. Ich mag das Geschaukel nicht, und dauernd hab ich Angst gehabt, wir gehen unter. Und außerdem, drum erzähle ich Ihnen das, sie haben die ganze Zeit nur gestritten. Das heißt, Juli hat mit Kai gestritten, der hat sich kaum gewehrt. Ständig hat sie ihm Zunder gegeben, was für eine Pfeife er ist, wie er Auto fährt, dass er nicht mal ein Seil richtig festbinden kann und so. Immer hat sie ihn nur runtergemacht.«

»Und er hat sich das gefallen lassen?«

»Nicht gemuckt hat er. Höchstens mal ein bisschen das Gesicht verzogen. Vielleicht wollt sie mir an dem Tag zeigen, wie toll sie ist. Dass *sie* mit den Männern Schlitten fährt und nicht umgekehrt. Dass die Kerle nach *ihrer* Pfeife tanzen und nicht umgekehrt, wie es bei mir gewesen ist.«

16

Am späten Nachmittag, Sönnchen hatte sich schon vor geraumer Zeit ins Wochenende verabschiedet, legte wieder einmal mein Telefon los.

»Mr Görlach?«, fragte eine kehlige Männerstimme.

»Ja. Am Apparat. Yes.«

»The head of the Heidelberg crime investigation unit?«

»Yes.«

»Is it true that Juli was killed?«

»Who are you? What's your name?«

»My name is Levinger«, raunte der Anrufer so leise, als hätte er Angst, unbefugte Ohren könnten mithören. »Ruben Levinger.«

Der Topingenieur, den Juli in Israel akquiriert hatte.

»Yes«, sagte ich zum dritten Mal. »Juli is dead. And it looks like she was killed.«

Der Mann am anderen Ende wurde noch leiser. »How? How did it happen?«

»I'm sorry. I'm not authorized to tell you. Not on the phone.«

Jetzt herrschte am anderen Ende erst einmal Stille. »My God!«, flüsterte der Israeli dann. »And – who's to blame?«

Wer für Julis Tod zur Verantwortung zu ziehen war, hätte ich auch zu gerne gewusst. Und hätte ich nicht Levingers hektischen, ein wenig nach Kettenraucher klingenden Atem gehört, dann hätte ich gedacht, er habe aufgelegt.

»I'm awfully sorry, Mr Görlach«, brachte er schließlich heraus. »And so is Eric, my colleague.«

Die beiden Führungsleute der geheimnisvollen Abteilung Advanced Technologies hatten Angst, was mich nicht wunderte.

»Are you afraid of becoming the killer's next victims?«

Wieder dauerte es mit der Antwort. Ich hörte ein kurzes, leises Gespräch, konnte jedoch nichts verstehen. Schließlich sagte der Israeli: »Could we meet, Mr Görlach? We need to talk urgently. Eric and I are really concerned about this.«

Nur zu gerne würde ich mich mit Levinger und Sundstrom, dem Amerikaner, treffen. Ihnen meine Fragen stellen, die sie angesichts ihrer Situation vermutlich bereitwilliger beantworten würden als die Bosse in Düsseldorf. Sicherlich kam ich auf diesem Weg sehr viel schneller an die Informationen, die ich brauchte, als über die Chefetage der ORMAG. Wir einigten uns auf ein Treffen in drei Stunden, um einundzwanzig Uhr, irgendwo auf halbem Weg zwischen Düsseldorf und Heidelberg.

»Maybe I'll bring a friend with me«, fiel mir im letzten Moment noch ein. »But don't worry, he is absolutely reliable.«

Es folgten einige Minuten hektische Telefoniererei, dann war geklärt, wo das Meeting stattfinden würde: in der Autobahnraststätte Hunsrück an der A 61. Ein bis zur vereinbarten Zeit gut erreichbarer, unauffälliger und angemessen anonymer Ort. Levinger hatte zwar eine weitere Strecke zu fahren als ich, meinte aber, mit seinem Porsche wäre es problemlos zu schaffen. Machatscheck hatte zurzeit in Jülich zu tun, war jedoch ebenfalls überzeugt, pünktlich zu sein.

Die beiden Ingenieure hätten verschiedener kaum sein können: Eric Sundstrom groß, behäbig, etwas übergewichtig, ruhig, zwischen vierzig und fünfzig Jahre alt, mit einem momentan etwas blassen Babygesicht. Levinger dagegen, der sogar einige Worte Deutsch sprach, war schmal, nervös, mit fiebrigem, unstetem Blick, vielleicht zehn Jahre jünger als der Amerikaner.

Als ich um sieben Minuten vor der vereinbarten Zeit das Lokal des Rasthofs betrat, saßen sie schon an einem abgelegenen Ecktisch, musterten mich mit misstrauischen Mienen. Sundstrom trug ein dunkelgraues Samtjackett zu Bluejeans, Levinger eine schwarze Lederjacke und eine farblich dazu passende Jeans. Beide hatten eine große Cola vor sich stehen, die von Sundstrom bestand zur Hälfte aus Eis. Machatscheck fehlte noch.

Ein wenig zurückhaltend schüttelten wir uns die Hände, die von Levinger war kalt und feucht, die von Sundstrom heiß und klebrig. Ich holte mir von der Selbstbedienungstheke einen doppelten Espresso und setzte mich zu den beiden ständig um sich blickenden Männern.

Als Erstes wollten sie ganz genau wissen, wie Juli zu Tode gekommen sei. Beide hatten sie offenbar gemocht und weit besser gekannt, als man es zwischen einem Vorstandsmitglied und Mitarbeitern in ihrer Position erwartet hätte. Juli hatte sie persönlich ausgewählt, erfuhr ich, auf die Dienste eines Headhunters verzichtet und ihnen am Ende die Wege nach Deutschland geebnet. Wie bei Angestellten dieser Liga üblich, hatte die Firma sich um alles gekümmert: um Häuser und Umzüge, um Schulen für die beiden Söhne von Sundstrom, einen fabrikneuen Porsche 911 Turbo für Levinger, der unverheiratet war. Als wir an diesem Punkt angelangt waren, tauchte Machatscheck auf, atemlos und mit roten Flecken im Gesicht. Ein Stau vor Köln habe ihn fast eine Stunde gekostet, schimpfte er, und danach sei er gefahren wie der Leibhaftige persönlich. Nachdem auch er sich mit einem doppelten Espresso versorgt hatte, konnten wir endlich zur Sache kommen.

Sundstrom war überraschend offen, was seine frühere Tätigkeit betraf. Er hatte bei Lockheed Martin eine Konstruktionsabteilung geleitet, an die zweihundertfünfzig Leute, die sich mit der Entwicklung eines Stealth-Bombers der übernächsten Generation befasste. Was Levinger vor seinem Wechsel zur ORMAG in Israel gearbeitet hatte, wollte er uns nicht verraten. Beide hatten ein sechsstelliges Begrüßungsgeld erhalten, um sie über die Abschieds- und Umzugsschmerzen hinwegzutrösten. Was sie in Düsseldorf verdienten, wagte ich nicht zu fragen.

Als ich wissen wollte, welcher Art das Projekt war, das die neue Abteilung in Angriff nehmen wollte, wurde auch der Amerikaner plötzlich einsilbig.

»Not so far from what we did before«, sagte er zu diesem Punkt nur. Levinger schwieg mit gesenktem Blick, schüttelte nur ein klein wenig den Kopf, was in diesem Fall wohl Zustimmung bedeutete.

»Gibt es einen bestimmten Grund dafür, dass Sie so beunruhigt sind?«, fragte ich auf Englisch.

»Well«, erwiderte Sundstrom und sah Levinger an.

Die Verträge mit ihren früheren Arbeitgebern hatten Klauseln enthalten, die es ihnen untersagten, nach dem Ausscheiden bei Konkurrenzfirmen anzuheuern oder sich auch nur im selben Gebiet zu betätigen. Allerdings fiel die ORMAG nach ihrer Ansicht nicht unter diese Ausschlussklausel, da sie bisher nichts produzierte, was zur gezielten Tötung von Menschen taugte.

An dieser Stelle übernahm Machatscheck das Fragen. Ob es Drohungen gegeben habe, wollte er hören, einen konkreten Grund für die Angst der beiden. Sein Englisch war sehr viel flüssiger als meines.

Die Ingenieure schüttelten die Köpfe wie Schuljungen, die ihre Hausaufgaben nicht gemacht hatten. Juli war bisher ihr einziger stabiler Kontakt in Deutschland gewesen. Mit jedem Anliegen, auch dem trivialsten, hatten sie sich an sie wenden dürfen. Sie hatte alles organisiert, Mittel in fast unbeschränkter Höhe beschafft für Computer, Server, Beamer, Software, Büro- und Laborausstattung. Bis zu fünfzig Ingenieure und Techniker hatten sie in den nächsten zwei Jahren einstellen wollen. Riesige Büroflächen waren angemietet worden. Flächen, die bislang noch größtenteils leer standen. Und jetzt war sie plötzlich nicht mehr da, die

Frau, die ihre schützende Hand über sie gehalten hatte, und es war nicht einmal sicher, ob die Abteilung weiter bestehen würde. Ob Julis Nachfolger nicht vielleicht andere Prioritäten setzen würde. Während die drei miteinander sprachen, weit nach vorn gebeugt und so leise, dass man sich gerade noch verstand, kam ich zu der Überzeugung, dass hinter der Angst der Ingenieure mehr steckte als nur die Sorge um ihre berufliche Zukunft. Für die beiden stand offenkundig fest, dass Juli wegen ihres Projekts sterben musste.

Machatscheck wiederholte meine Frage, was genau denn die Aufgabe der Abteilung AT sei, ob es vielleicht um Militärtechnik gehe. Aber auch er erhielt keine Antwort. Ihre Arbeitsverträge verboten ihnen, darüber zu sprechen, wiederholten sie immer wieder. So groß schien die Angst dann doch nicht zu sein, dass man eine fristlose Kündigung wegen Geheimnisverrats riskieren wollte. Das habe nichts damit zu tun, ob das Projekt militärischer oder ziviler Natur sei, wurden wir aufgeklärt. Selbst wenn sie nur einen computergesteuerten Milchaufschäumer entwickeln würden, wäre es ihnen verboten, mit Fremden darüber zu sprechen.

Am Nachbartisch nahmen einige angeheiterte und äußerst gut gelaunte Holländer Platz, die Bier tranken und mit ihrem Lärmpegel ein Gespräch fast unmöglich machten. Etwas entfernt hörte ein kleiner, trotziger Junge nicht auf, sich seine Wut von der Seele zu schreien. Wir rückten noch enger zusammen.

Ich hakte noch einmal nach, drehte die Frage um, wollte wissen, ob sie uns nicht wenigstens bestätigen konnten, dass es *nicht* um Rüstung ging.

Die gesenkten Blicke und betretenen Mienen waren Antwort genug.

»Und was kann ich nun für Sie tun?«, lautete meine nächste, allmählich gereizte Frage. »Weshalb wollten Sie mich sprechen?«

Schweigen.

»Sie erwarten doch etwas von mir. Wozu sind wir sonst hier?«

Die beiden wussten offenbar selbst nicht recht, wozu dieses Treffen dienen sollte. Vielleicht hatten sie einfach nur jemanden gesucht, mit dem sie sprechen konnten.

»Sie gehen aber davon aus, dass Julis Tod etwas mit Ihrem Projekt zu tun hat?«

Es war, als hätten die zwei ungleichen Männer plötzlich die Sprache verloren.

»Wer könnte aus Ihrer Sicht Interesse an ihrem Tod haben?«

Mut- und ratlos zuckten sie wieder und wieder mit den Schultern. Sundstrom seufzte, gab sich schließlich einen Ruck, wiederholte aber nach einem warnenden Blick seines Kollegen wieder nur, dass sie Angst hatten und sich Sorgen machten.

Als wir das mühsame Gespräch beendeten, war es noch nicht einmal halb zehn, und ich hatte das deutliche Gefühl, meine Zeit verschwendet zu haben. Auch Machatscheck wirkte unzufrieden, kaute seit Minuten ständig auf der linken Backe herum. Zu viert traten wir in die Kälte einer sternklaren Nacht hinaus. Auf dem weitläufigen Parkplatz neben der Raststätte brummten große Diesel, um die Kühlaggregate in Betrieb zu halten. Lkw-Fahrer standen rauchend und in fremden, meist östlich klingenden Sprachen schwatzend unter dem Vordach, ohne uns zu beachten. Auf der nahen Autobahn herrschte immer noch reger Verkehr. Endlose Kolonnen von Lkws rauschten vorbei. Wir schüttelten Hände, verabschiedeten uns ein wenig frostig und verkrampft, und die beiden Ingenieure liefen mit gesenkten Köpfen davon.

»Was war das denn nun?«, fragte Machatscheck nach Sekunden.

»Sie wollten wissen, was genau passiert ist. Sie wollten wissen, wie viel ich weiß. Und sie haben wirklich Angst.«

»Letzteres war offenkundig. Mich würde allerdings sehr interessieren, vor wem eigentlich.«

Wir beobachteten, wie die beiden in Levingers Porsche stiegen. Der Boxermotor brüllte auf, und Sekunden später sahen wir den dunklen Sportwagen schon in Richtung Autobahn fahren und röhrend beschleunigen.

»Die zwei haben eine Menge aufgegeben für die neuen Jobs in Deutschland. Und kaum sind sie hier, ist auch schon …«

Erst sah ich nur den zuckenden Lichtschein, das dumpfe »Wumm« der Explosion kam einen Wimpernschlag später. Dann das grollende Echo. Eine Säule aus schwarzem Qualm schoss empor, der von Glut und brennenden Teilen durchsetzt war.

Auf der Autobahn leuchteten erste Bremslichter auf. Reifen quietschten.

Ein weiterer Knall, dieses Mal sehr viel leiser.

Der erste Auffahrunfall im sich bildenden Stau.

Wir brauchten kaum fünf Minuten bis zu der Stelle, wo Eric Sundstrom und Ruben Levinger gestorben waren. Der Porsche lag wie eine Riesenfackel brennend auf der linken Spur, die Räder nach oben. Von den Insassen war nichts zu sehen, aber es war sofort klar, dass es hier nichts mehr zu retten gab. Die Stelle, wo der Sprengsatz detoniert war, lag ein Stück zurück und war deutlich zu erkennen, da die nachfolgenden Fahrer sie instinktiv mieden. Dort war die Fahrbahn beschädigt, ein kleiner Krater hatte sich gebildet, um den herum der Straßenbelag hellgrau verfärbt war. Der Porsche war im wahrsten Sinn des Wortes in die Luft geflogen, auf dem Dach gelandet und noch dreißig, vierzig Meter weitergeschlittert.

Das Feuer knackte und knisterte. Es stank bestialisch nach brennendem Kunststoff und Gummi. Und, bildete ich mir ein, auch nach verbranntem Fleisch. Immer noch stieg fetter schwarzer Rauch auf.

Machatscheck, von der Rennerei noch völlig außer Atem, knipste unentwegt Handyfotos und murmelte Unverständliches vor sich hin. Einige Lkw-Fahrer hatten ihre Fahrzeuge verlassen und standen glotzend da, hielten ebenfalls ihre Handys in die Luft. Niemand hatte daran gedacht, eine Rettungsgasse freizuhalten. Besonders eilige oder clevere Pkw-Fahrer mogelten sich auf der Standspur an der Unfallstelle vorbei, nicht ohne ebenfalls einige Erinnerungsfotos zu schießen für ihre Lieben daheim.

Ich ging zu den Lkw-Fahrern und fragte, wer die Explosion beobachtet hatte. Nur zwei meldeten sich. Der Porsche sei auf der Überholspur gewesen, nicht einmal besonders schnell wegen des dichten Verkehrs, dann habe es diesen Blitz gegeben und den donnernden Knall. Das war schon alles, was die beiden Rumänen gesehen hatten, die nur sehr gebrochen Deutsch sprachen. Ich notierte mir Namen und Handynummern, obwohl ich wenig Hoffnung hatte, dass ihre Aussagen in irgendeiner Weise hilfreich für die Aufklärung dieses Doppelmords sein würden.

Es dauerte eine halbe Ewigkeit, bis der erste Streifenwagen kam, und als endlich auch die Feuerwehr anrückte, brannte der Porsche kaum noch. Das qualmende Wrack wurde mit weißem Schaum eingedeckt, und die Kollegen von der Autobahnpolizei versuchten weitgehend erfolglos, den Verkehr wieder in Gang zu bringen. Der ausgebrannte Wagen war natürlich noch viel zu heiß, als dass man sich um die Insassen hätte kümmern können beziehungsweise um das, was von ihnen übrig war.

Ich gab einer jungen Kollegin aus dem Streifenwagen den Zettel mit den Namen und Nummern der rumänischen Augenzeugen, die ihre Fahrt inzwischen fortgesetzt hatten.

»Und Sie glauben echt, das war ein Bombenanschlag?«, fragte sie. »Sie meinen, die hat einer in die Luft gesprengt?«

»Wonach sieht es denn für Sie aus?«, fragte ich erschöpft zurück.

Die Frage war nur, ob der Sprengsatz bereits am Bodenblech des Porsches geklebt hatte, als Levinger ihn auf dem Parkplatz abstellte, oder erst dort platziert wurde. Aber um diese Frage würde sich die Kripo aus Koblenz kümmern müssen. Und ich hatte wenig Hoffnung, dass sie Erfolg haben würden.

Wer auch immer dahintersteckte, war kein Amateur gewesen.

»Das waren keine Gangster«, hatte auch Machatscheck sofort vermutet. »Irgendjemand will auf Teufel komm raus verhindern, dass das neueste Projekt der ORMAG ein Erfolg wird.«

»Wir müssen uns jetzt mal ganz genau ansehen, was die bisher so herstellen«, sagte ich.

Machatscheck, der inzwischen offenbar genügend Bildmaterial hatte, nickte eifrig. »Möglicherweise können wir daraus schließen, was sie planen. Was man daraus basteln könnte, womit sich Panzer oder Flugzeuge wegknipsen lassen.«

»Wegknipsen?«

Er lachte leise. »So ist die Sprache in dieser Branche. Man spricht auch nicht von Menschen und Gerät, sondern von weichen und harten Zielen.«

Jeder Mörder dieser Welt dachte genauso. Bevor er daranging, jemanden mit Gewalt vom Leben in den Tod zu befördern, sprach er seinem Opfer die Menschenwürde ab. Was er anschließend tötete, war kein Artgenosse mehr, sondern ein Schwein, ein Nigger, ein Affe, ein Nazi, ein Kommunist – irgendetwas Verachtenswertes, nur kein Mensch.

Inzwischen lief der Verkehr wieder etwas flüssiger, wenn auch nur über den Standstreifen.

Ein hellgrauer Opel Kombi mit Blaulicht auf dem Dach hatte sich endlich zu uns durchgekämpft, bremste scharf. Zwei junge, sportliche Kommissare sprangen heraus, warfen sachverständige Blicke auf das immer noch qualmende Wrack, wandten sich dann an mich. Der größere der beiden fragte finster: »Zuhälter oder Drogenhändler? Worauf tippen Sie?«

»Ich fürchte, es ist ein bisschen komplizierter.« Ich zückte meinen Dienstausweis. »Das BKA habe ich schon angerufen. Die sollten demnächst hier sein.«

Als ich die Heidelberger Weststadt wieder erreichte, war Mitternacht längst vorüber und ich am Ende meiner Kräfte und Nerven. Der Schock wegen des Bombenanschlags hatte mich erst während der Rückfahrt richtig gepackt und geschüttelt. Wie leicht hätte es auch mich erwischen können. Was, wenn wir die Ingenieure zum Wagen begleitet hätten und die Bombe schon beim Anlassen des Motors hochgegangen wäre? Oder sollte sie per Fernsteuerung gezündet worden sein? Weshalb hatte derjenige, der auf den Knopf drückte, es nicht schon früher getan? Warum hatte er das Gespräch mit mir und Machatscheck nicht verhindert? Weil alles zu schnell gegangen war, vermutlich. Jemand hatte die beiden Ingenieure observiert, vielleicht auch ihre Telefone und Handys abgehört. Aber dann war plötzlich alles zu schnell gegangen, um das Treffen an der Autobahn noch zu verhindern.

Schon als ich in die nächtliche Kleinschmidtstraße einbog, in der Hoffnung, der Gott der freien Parkplätze möge mir heute ausnahmsweise gnädig sein, sah ich in der Ferne Blaulicht zucken. Je näher ich kam, desto klarer wurde mir, dass der Krankenwagen vor dem Haus stand, in dessen erstem Obergeschoss ich zusammen mit meinen Mädchen und seit Neuestem auch Michael wohnte. Erst als ich hinter dem Krankenwagen stoppte, entdeckte ich meine Töchter neben einem bewegungslos daliegenden, dunkel gekleideten Körper knien.

Mick war wieder da.

Vollgedröhnt bis zur Besinnungslosigkeit, sah ich, als ich näher kam.

Ich ließ den Peugeot stehen, wo er stand, und gesellte mich zu der kleinen Gruppe auf dem Gehweg. Ein beleibter Notarzt verabreichte Mick gerade eine Spritze. Zwei Sanitäter zogen eine Trage aus dem Heck des Krankenwagens, dessen Blaulichter immer noch blitzten. Hinter allen möglichen Fenstern sah ich trotz der späten Stunde Licht und Gesichter. Manche Nachbarn standen sogar auf dem Balkon, um besser sehen zu können.

»Der wird wieder«, meinte der Notarzt, der trotz seiner fülligen Statur einen erstaunlich fitten Eindruck machte. »Wir schaffen ihn jetzt erst mal ins Krankenhaus und ...« Er richtete sich auf, sah mich an. »Sind Sie der Vater?«

»Um Gottes willen!«, wehrte ich ab. »Ich kenne ihn eigentlich kaum.«

»An wen sollen wir uns dann wenden?«

Ich fummelte kurz an meinem Smartphone herum, diktierte dem Arzt Anschrift und Telefonnummer von Micks Eltern, die nun in Kürze einen äußerst unerfreulichen Anruf erhalten würden.

Der Bewusstlose, der in seinem Erbrochenen lag, wurde unsanft auf die Trage gehoben und in den Wagen bugsiert. Die Hecktüren knallten zu, und Sekunden später fuhr der Wagen davon. Erst als er um die Ecke war, schaltete der Fahrer das Martinshorn ein.

»Alles wird gut«, sagte ich zu meinen schreckensbleichen, stummen Töchtern. Beide hatten Tränen in den Augen, nicht nur Louise. »Und wenn er wieder auf den Beinen ist, muss er einen richtigen Entzug machen. Mit allem, was dazugehört. Das geht so nicht weiter.«

»Bin ich schuld?«, flüsterte Louise mit dunklen, immer noch feuchten Augen, als wir uns zehn Minuten später in der Küche wiedertrafen. Erfreulicherweise hatte ich nur fünfzig Meter von unserer Haustür entfernt eine freie Lücke gefunden, die groß genug war, um meinen Kombi aufzunehmen.

»Quatsch«, widersprach ich heftig. »Du wolltest ihm helfen.«

»Du hast mich gewarnt.«

»Und ich habe gehofft, dass ich mich irre. Es war sehr mutig von dir, es trotzdem zu versuchen. Und ich denke, Mick hat jetzt etwas Wichtiges gelernt.«

Sarah hatte ihn gefunden, als sie vor einer halben Stunde nach Hause kam. Sie roch ein wenig nach Alkohol, war in der Stadt gewesen, um Freunde zu treffen.

Ich holte den blauen Plastikeimer unter der Spüle hervor, ließ Wasser einlaufen, gab einen ordentlichen Schuss Putzmittel dazu.

»Was wird das?«, fragte Sarah.

»Wir müssen die Kotze wegmachen. Das kann nicht so bleiben.«

»Das mach ich«, sagte Louise sofort. »Das ist mein Job. Ich hab uns die Scheiße eingebrockt.«

Ich stellte das Wasser ab und wandte mich um. »Hier geht es nicht um Schuld. Du hast getan, was du für richtig gehalten hast. Und immerhin hast du Mick geholfen zu begreifen, was wirklich mit ihm los ist. Dass er sterben wird, wenn er sich nicht helfen lässt. Und zwar von Profis.«

17

Eigentlich hatte ich die Nacht in Theresas Bett verbringen wollen. Da ich jedoch so spät nach Hause gekommen war, hatten wir telefonisch vereinbart, uns erst am Samstagmorgen zum gemeinsamen Frühstück zu treffen und dann das Wochenende zusammen zu verbringen.

Als ich einige Minuten nach halb neun aufwachte, war um mich herum noch alles still. Gähnend schlurfte ich in die Küche, schaltete die Kaffeemaschine ein, schlappte ins Bad, um mir eine extralange, extraheiße Dusche zu gönnen, auf die ich mich seit gestern Abend freute.

Wenige Minuten vor zehn steckte ich meinen Schlüssel in das Schloss von Theresas Haustür. Um wacher zu werden und wieder einmal etwas für meine Fitness zu tun, war ich mit dem Rad gekommen. Dabei hatte ich festgestellt, dass über Nacht der Frühling ausgebrochen war. Die Sonne schien, die Luft war mild, an jeder Ecke duftete es nach frisch Gebackenem oder Blumen. Manche Bäume protzten schon mit frühlingshellem Laub. Die Vögel wollten sich gar nicht mehr beruhigen, und selbst die Menschen schienen plötzlich andere geworden zu sein. Manche lächelten mich an. Andere summten oder pfiffen vor sich hin.

Aus Theresas Flur wehte mir der Duft von Kaffee und frischen Croissants entgegen. Zusammen mit ihrem Schützling hatte sie den Tisch liebevoll gedeckt. Den in der Morgensonne leuchtenden Tulpenstrauß hatte Milena vorhin vom Wochenmarkt im nahen Handschuhsheim geholt, ebenso die backfrischen Brötchen und Butterhörnchen.

Theresa war wie ausgewechselt, schien gut geschlafen zu haben. Lange hatte ich sie nicht mehr so strahlend gesehen. Sie begrüßte mich mit einem innigen Kuss und einer

Umarmung, die Hoffnung auf ein rundum befriedigendes Wochenende machte. Vielleicht würde sich Milena nach dem Frühstück wieder unter irgendeinem Vorwand verkrümeln? Vielleicht hatte sie wieder etwas in der Stadt zu erledigen? Im Radio lief *Lemon Tree* von Fools Garden.

Milena lächelte mich wie üblich verlegen an. Auch wenn ich versuchte, freundlich zu ihr zu sein, spürte sie natürlich, dass ich ihre Anwesenheit lästig fand. Vielleicht hatte sie auch immer noch Angst vor mir, weil ihr in ihrem früheren Leben so viele Männer so wehgetan hatten, an Körper und Seele. Ich lächelte tapfer zurück. Ein wenig gezwungen, aber ich gab mir wirklich Mühe. Heute und morgen würde es ausnahmsweise keinen Streit geben wegen der kleinen Armenierin mit den dunklen, immer ein wenig zu ernsten Kinderaugen. Ich konnte mich nicht erinnern, dass sie jemals gelacht hätte.

Mit großer Geste stellte Theresa ein Frühstücksei der Größe XL vor mich hin, schenkte Kaffee ein, reichte mir den Korb voller duftender Backwaren, lächelte rätselhaft in sich hinein. Irgendetwas lag in der Luft, wurde mir bewusst. Die beiden tauschten Blicke, als teilten sie ein fröhliches Geheimnis. Aber noch schwiegen sie.

Im Radio kamen jetzt Nachrichten.

Wieder einmal ein Terroranschlag in Kabul, die EZB kündigte das baldige Ende der Nullzinsphase an, die Kanzlerin war voller Hoffnung, dass Deutschland seine Klimaziele doch noch erreichen werde, was vermutlich jeder Mensch, sie eingeschlossen, für ausgemachten Blödsinn hielt. Das Wetter würde so werden, wie sich das für ein schönes Wochenende gehörte. Von der Bombe auf der A 61 keine Silbe.

Das Frühstück zog sich hin, alles schmeckte herrlich, ich trank viel zu viel Kaffee und konnte einfach nicht aufhören zu essen, obwohl heute doch eigentlich Wiegetag war. Auch dass meine unentwegt vor sich hin schmunzelnde Göttin mich bei meiner Ankunft nicht sofort ins Bad und auf die

Waage genötigt hatte, ließ mich vermuten, dass eine aufregende Neuigkeit auf mich wartete. Eine Sensation, die vielleicht, nein, natürlich Milena betraf.

Die Blumen auf dem Tisch leuchteten in den verschiedensten Farben, hin und wieder, wenn Theresa sich zu mir herüberbeugte, klaffte ihr eleganter Morgenmantel aus verrucht rotem Satin auseinander und gewährte vielversprechende Einblicke.

Als alle satt und glücklich waren, ging Theresa in die Küche, kam mit einer Flasche Prosecco und drei schlanken, hohen Sektgläsern zurück.

Das wurde ja immer besser.

Ihre Augen blitzten jetzt mit der Sonne um die Wette.

»Ich habe endlich die Lösung gefunden«, verkündete sie feierlich, nachdem die Flasche entkorkt und die Gläser ordentlich gefüllt waren. Inzwischen standen wir alle, stießen an. Milena kicherte verlegen, wagte nicht mehr, mir in die Augen zu sehen.

»Ich weiß jetzt, wie Milena hierbleiben kann. Ganz legal und einfach. Heute Nacht ist es mir eingefallen.«

»Das ist ja schön.« Ich nippte noch einmal am angemessen kalten und trockenen Prosecco. »Ich bin gespannt.«

»Es ist so einfach. So unglaublich einfach und naheliegend, dass ich Monate brauchte, um darauf zu kommen.«

Wieder nahm ich einen Schluck. Versuchte, mich darüber zu freuen, dass Milena uns nun wohl für alle Ewigkeit mit ihrer Gesellschaft beglücken würde.

»Wir haben uns noch gar nicht gewogen«, fiel mir aus durchsichtigen Gründen gerade jetzt ein.

»Ist auf morgen verschoben. Heute ist ein zu schöner Tag dafür«, verkündete mein selbst ernannter Abnehm-Coach nonchalant. Jeden Samstagmorgen wurde normalerweise gewogen, das war Gesetz. Theresa überwachte die Prozedur mit der Strenge einer KZ-Aufseherin, trug die neuen Werte in eine Tabelle auf ihrem Notebook ein, verglich sie mit den berechneten Zielwerten, rügte oder lobte, je nachdem. Und manchmal, wenn sie mit uns zufrieden war und Milena außer Haus, hatten wir anschließend Sex. Zum Wiegen waren wir natürlich nackt, und vom Bad im Obergeschoss, wo die Waage stand, zu ihrem breiten Bett waren es nur wenige Schritte.

»Was ist denn nun die Lösung?«, fragte ich.

»Wir heiraten!«, erklärte Theresa triumphierend.

Ich ließ mein Glas sinken. »Bisher hast du immer gesagt, du bist noch nicht so weit, es ist noch zu früh, und wir sollten nichts überstürzen.«

»Du hast mich falsch verstanden, Alexander.«

»Falls du glaubst, wir könnten Milena adoptieren, dann … Äh, was?«

»Nicht du und ich – Milena und ich heiraten.«

Ich leerte mein Glas auf ex, nahm einen großen Schluck Kaffee hinterher, verbrühte mir die Oberlippe, schluckte den Strom von Flüchen herunter, der mir auf der Zunge lag.

»Sie ist bald volljährig«, fuhr Theresa selig fort. »Und seit Neuestem können auch in Deutschland gleichgeschlechtliche Paare heiraten, ganz offiziell und amtlich, und wenn sie erst mal mit einer Deutschen verheiratet ist, dann …«

»Das meinst du doch hoffentlich nicht ernst«, platzte ich heraus.

»Zwischen uns würde sich natürlich überhaupt nichts ändern. Wir könnten sogar Steuern sparen, glaube ich …«

»Theresa!«

Endlich erlosch ihr nervtötendes Strahlen. »Was hast du denn?«

»Das ist der idiotischste, bekloppteste, bescheuertste Plan, den ich je gehört habe. Wenn du wirklich vorhast, das durchzuziehen, dann, dann …«

»Was ist dann?«

In mir tobte ein Tornado von Frustration, Wut, Gekränktsein und Enttäuschung.

»Dann ist es vorbei«, sagte ich fest. »Ich habe sowieso allmählich die Nase voll von diesem Theater hier. Entscheide dich. Es muss nicht gleich sein, aber entscheide dich.«

Nun wurde auch sie zornig: »Ich will mich aber nicht entscheiden. Ich liebe dich, und ich liebe Milena, auf andere Weise natürlich. Und es wäre doch ein lächerlich kleines Opfer für dich. Wenn du magst, kannst du sogar unser Trauzeuge werden.«

Milena versuchte angestrengt, so zu tun, als bestände sie aus Luft.

Ich verspürte eine unbändige Lust, etwas an die Wand zu werfen. Etwas Großes, Schweres, Teures, das viel Krach und Scherben machte. Aber es war zum Glück nichts Passendes in Reichweite, denn womöglich hätte ich es nicht an die Wand, sondern Theresa an den Kopf geschmissen.

»Danke für das Frühstück«, sagte ich.

Noch dunklere Gewitterwolken zogen in ihrem Gesicht auf. »Das heißt?«, fragte sie drohend.

»Das heißt, dass ich jetzt gehe und versuche, mich abzuregen. Wir können ja irgendwann mal telefonieren. Wenn du wieder normal geworden bist, ruf einfach an.«

Ich verließ das Esszimmer, angelte im Vorbeigehen meine Jacke von der Garderobe, um nach Hause zu radeln. In mein richtiges Zuhause, zu meinen Töchtern. Die winzige Hoffnung begleitete mich zur Haustür, Theresa könnte mir nachlaufen, mir lachend um den Hals fallen, um Entschuldigung bitten für einen leider völlig danebengegangenen Scherz.

Aber sie kam nicht.

In herrlichstem Sonnenschein und mit finsterster Laune radelte ich über die Ernst-Walz-Brücke. Hoffte, sie würde anrufen. Hoffte, sie würde es nicht tun und mit ihrer blöden Milena selig werden. Heute war der erste Tag des Jahres, an dem man endlich wieder Sonnenwärme im Gesicht spürte. Die Vögel jubelten, die Luft duftete, der Neckar gleißte, die Natur feierte ein Fest. Und in meinem Kopf gärten die dunkelsten Gefühle und gemeinsten Gedanken um die Wette.

Als ich den Hauptbahnhof passierte, zwitscherten keine Spatzen, Meisen oder Amseln mehr über mir, sondern die Horde grüner Papageien, die aus irgendeinem unbegreiflichen Grund ausgerechnet den Heidelberger Bahnhofsvorplatz zu ihrem Lebensmittelpunkt erkoren hatten, veranstaltete das übliche Gekreische und hektische Geflatter. So hätte ich beinahe mein Handy überhört. Ich legte eine Vollbremsung hin, die um ein Haar zu einem Auffahrunfall mit einer flott fahrenden älteren Dame auf ihrem E-Bike geführt hätte, und zerrte das Handy aus der Jackentasche.

Aber es war nicht Theresa, sondern eine fremde Nummer. Am anderen Ende meldete sich ein Kriminalrat Güstrow vom BKA in Wiesbaden.

»Sie sind doch gestern dabei gewesen bei diesem Bombenanschlag, Herr Gerlach. Die Kollegin sagte mir, ich soll Sie auf dem Laufenden halten.«

Noch war nichts bewiesen, aber die Bauart der Bombe, die chemische Zusammensetzung des Sprengstoffs, die Art der Zündung – vieles sprach für meine Vermutung, dass ein Geheimdienst hinter dem Anschlag steckte.

»Möglicherweise der Mossad, sagen die Kollegen von der Technik. Die haben so was Ähnliches in der Vergangenheit schon ein paarmal gemacht«, fuhr Güstrow fort. »Zuletzt in Miami mit einem stinkreichen Palästinenser, der die Hamas finanziert. Damals haben sie aber nur den Gärtner erwischt, und der arme Kerl war ausgerechnet auch noch Jude.«

Die Explosion war per Funk ausgelöst worden, mithilfe eines Handys vermutlich.

»Und der Sprengstoff war PBX, wahrscheinlich aus der Ukraine. Haben Sie vielleicht eine Idee, Herr Gerlach, was dahinterstecken könnte? Eines der Opfer war Israeli, okay. Aber was kann der Mossad gegen den Mann haben?«

Die Papageien machten sich einen Spaß daraus, regelmäßig im Tiefflug über mich hinwegzuflattern und dabei ganz besonders laut zu kreischen. Immerhin versuchten sie nicht auch noch, mit den Endprodukten ihrer Verdauung meinen Kopf zu treffen.

»Eine Menge, fürchte ich.« Ich erklärte dem Kollegen in Wiesbaden die von mir vermuteten Hintergründe, die allmählich keine Vermutungen mehr waren.

»Der Arbeitgeber der Opfer macht irgendwelches Militärzeugs, und den Israelis passt das nicht?«

»Der zweite Tote, der Amerikaner, hat früher Stealth-Bomber entwickelt. Ich nehme an, Levinger hat in Israel auch für eine Rüstungsfirma gearbeitet, und vielleicht haben die beiden das eine oder andere Betriebsgeheimnis mitgebracht. So was schätzt keine Regierung der Welt.«

»Das muss aber was ganz Abgespacetes sein, was die vorhaben. Weiß man schon, worum es geht?«

»Ich hoffe, ich werde es bald herausfinden.«

Als ich nach Hause kam, war die Wohnung wieder einmal verwaist. Sarah war bei einer Schulfreundin, um für einen Französischtest zu lernen, erinnerte ich mich. Diese hatte einen türkischen Namen, den ich schon wieder vergessen hatte. Von Silke, der früheren Busenfreundin meiner Mädchen, hatte ich schon länger nichts mehr gehört, wurde mir bewusst. Vermutlich hatte man sich wieder einmal für immer zerstritten. Louise hatte keine Nachricht hinterlassen, war aber vermutlich im Krankenhaus, um Michael zu besuchen. In der Post fand ich einen langen, handgeschriebenen Brief von seiner Mutter. Dass er seit Neuestem bei uns wohnte und versuchte, von den Drogen loszukommen, machte sie glücklich. Der Brief strahlte unendliche Erleichterung und Dankbarkeit aus. Wie alle Eltern drogenabhängiger Kinder hatte Frau Waßmer in den vergangenen Jahren eine Hölle von Ängsten, Hoffnungen, Selbstvorwürfen und immer neuen, immer noch schlimmeren Enttäuschungen durchlebt. Von dem Rückfall, davon, dass ihr Sohn gerade in der Klinik lag, hatte sie noch nichts gewusst, als sie den Brief schrieb. Kurz überlegte ich, sie anzurufen, um ihr beizustehen. Aber ich entschied mich dagegen. Ich hatte zurzeit eigene Sorgen, und mir war elend genug zumute.

Mit der Wochenendausgabe der *Rhein-Neckar-Zeitung* setzte ich mich auf den Küchenbalkon, genoss die Frühlingssonne, die weiche, duftende Luft, blätterte ohne großes Interesse die Zeitung durch. Julis Tod wurde längst nicht mehr erwähnt. Zwei Wochen sind eine Ewigkeit im schnelllebigen Nachrichtengeschäft. Dafür fand ich einen großen Artikel über den Mord an Linus Köhler, in dem mögliche Augenzeugen dringend gebeten wurden, sich zu melden.

Als ich das Ende der Zeitung erreicht hatte, ging ich wieder hinein. Die Sonne schien immer noch, aber ein kühler Wind war aufgekommen und stellte klar, dass der Frühling gerade erst begann und von Sommer noch lange keine Rede sein würde.

Während ich meiner Maschine bei der Zubereitung eines großen Cappuccinos zusah, dachte ich zum ersten Mal seit fast zwei Stunden wieder an Theresa. Wie konnte ein intelligenter Mensch sich nur so verrennen? Ich verstand ja, dass Milenas Schicksal ihr naheging. Ich verstand, dass sie sich verantwortlich fühlte. Aber sie war, verflucht noch eins, nicht ihre Mutter! Milena war eine vielleicht noch nicht erwachsene, aber schon sehr selbstständige Frau, die nebenbei, wie ich fand, Theresas Fürsorge ziemlich unverfroren ausnutzte. Eines jedenfalls würde nicht geschehen, das schwor ich mir: Ich würde nicht der sein, der reumütig anrief und um Verzeihung bat.

Ich hatte auch meinen Stolz.

Mit dem duftenden Kaffeebecher setzte ich mich an unseren runden Küchentisch aus in Würde gealtertem Kiefernholz und wählte die Handynummer von Boris Nemzow. Vielleicht wurde er gesprächiger, wenn er hörte, dass nun auch Levinger und Sundstrom tot waren. Aber sein Handy war ausgeschaltet. Versuchsweise rief ich in seiner Firma an. Dort nahm jemand das Telefon ab, obwohl Samstag war, der junge Mann, mit dem ich vorgestern schon einmal das Vergnügen gehabt hatte.

»Boris ist nicht hier«, erklärte er mir kühl. »Er macht heute Homeoffice.«

»Dann geben Sie mir bitte seine Festnetznummer.«

»Das darf ich nicht. Die ist ausschließlich für private Zwecke oder Katastrophenfälle.«

»Das hier ist ein Katastrophenfall.«

»Sagen Sie …«

»Dann rufen Sie ihn in Gottes Namen an, und sagen Sie ihm, er soll sich bei mir melden. Es ist wirklich dringend.«

Wenige Augenblicke später rief Nemzows junger Mitarbeiter zurück.

Sein Chef saß gerade beim Frühstück mit Gästen und würde bald von sich hören lassen. Auch in Hannover schien die Sonne.

Als ich später den Kaffeebecher in die Spülmaschine stellte und überlegte, ob ich meine Laufsachen anziehen und eine Runde drehen sollte, meldete sich mein Handy. Wieder war es nicht Theresa, die mich um Verzeihung anflehen wollte. Der Anrufer war auch nicht Boris Nemzow. Die angezeigte Nummer begann mit 0041 – die Schweiz.

»Herr Gerlach?«, fragte eine seltsam dumpfe Männerstimme. »Von der Kripo?«

»Woher haben Sie diese Nummer, und mit wem habe ich das Vergnügen?«, fragte ich unfreundlich zurück.

»Das tut beides nichts zur Sache.« Der Anrufer sprach Hochdeutsch ohne jede Dialektfärbung. Ungefähr so wie

Nemzows Mitarbeiter. Und er hatte die merkwürdige Eigenart, mitten in seinen Sätzen immer wieder an den unpassendsten Stellen Pausen einzulegen.

»Wenn Sie unbedingt einen ... Namen brauchen, dann nennen Sie mich Schulze. Es geht um Frau von ... Lembke und ihre Pläne für die ... ORMAG. Ich weiß dazu einige Dinge, die Sie ... interessieren dürften.«

Er sprach schnell und abgehackt, verschluckte immer wieder halbe Worte und ganze Silben.

»Ich höre.«

»Nicht am Telefon. Können wir uns treffen? Und was ... wäre mein ... Gewinn dabei?«

»Wenn das, was Sie mir zu erzählen haben, wirklich so interessant ist, dann können wir uns jederzeit und überall treffen. Ihr Gewinn wird das Gefühl sein, der Gerechtigkeit einen Dienst erwiesen zu haben.«

»Schöne Gefühle sind mir zu ... wenig. Ich gehe immerhin ein ... beträchtliches Risiko ein.«

»Was haben Sie sich denn vorgestellt?«

»Fünfstellig.«

Um ein Haar hätte ich gelacht. »Ausgeschlossen. Ich kann nicht einfach so Geld ausgeben, wie Sie sich das vielleicht vorstellen. So was muss ich mir erstens genehmigen lassen, und dazu brauche ich zweitens ein paar Informationen darüber, worum es überhaupt geht. Und woher Sie Ihr Wissen haben.«

Für Sekunden herrschte am anderen Ende betroffenes Schweigen. »Also gut«, fuhr der Unbekannte dann fort. »Ich weiß, woran die Abteilung AT arbeitet. Genügt das fürs Erste?«

»Kennen Sie den Namen Nemzow?«

»Boris? Natürlich.«

»Linus Köhler?«

»Auch.«

»Ruben Levinger?«

»Den ganz besonders.«

»Sie wissen, dass die beiden tot sind? Und Eric Sundstrom ebenfalls?«

»Das auf der Autobahn letzte Nacht, das waren Eric und Ruben?«, keuchte der Anrufer. »Himmel, was …?«

»Sind Sie ein Angestellter der ORMAG?«

»Bin ich nicht. Zum Glück.«

»Die Leute, mit denen wir es zu tun haben, verstehen keinen Spaß.«

»Das ist mir auch klar. Deshalb bin ich ja zurzeit im Ausland und rufe Sie mit falschem Namen und von einer Zelle aus an.«

»Es ist in Ihrem Interesse, reinen Tisch zu machen. Auch zu Ihrer eigenen Sicherheit.«

Der Anrufer zögerte. Schnaufte. Sagte schließlich: »Ich bleibe dabei – ohne Geld läuft nichts.«

»Wie Sie meinen. Ich werde am Montag mit meinem Chef reden und mit der Staatsanwaltschaft. Wie erreiche ich Sie, wenn ich weiß, was ich Ihnen anbieten kann?«

»Ich rufe Sie an, sagen wir, am Montag gegen Mittag? Dann werde ich Ihnen auch den Treffpunkt nennen.«

»Sie fühlen sich bedroht?«

»Ich glaube nicht, dass ich auch auf der Abschussliste stehe. Dazu bin ich zu unwichtig. Aber ich habe kein Interesse, es darauf ankommen zu lassen.«

18

Nachmittags um halb vier lag ich auf dem Sofa und versuchte, einen italienischen Krimi zu lesen, den ich im Regal gefunden hatte. Aber meine Gedanken schweiften immer wieder ab. Nemzow hatte sich noch immer nicht gemeldet, und ich hatte keine Lust mehr, ihm hinterherzutelefonieren. Auch Kripochefs haben hin und wieder ein Recht auf Freizeit. Wieder einmal brummte mein Handy, und dieses Mal stand endlich »Theresa« auf dem Display. Sie hatte allerdings nicht den Hauch eines schlechten Gewissens, merkte ich schon an ihren ersten Worten.

»Hast du heute Abend was vor, was sich nicht verschieben lässt?«, fragte sie kühl.

»Im Prinzip ... Ich muss mich um Louise kümmern.« In angemessen frostigem Ton erzählte ich ihr, was in den vergangenen Tagen geschehen war. »Ich kann sie in der Situation nicht allein lassen.«

Meine Töchter seien zu zweit, entgegnete Theresa ungerührt. Sie seien praktisch erwachsen. »Die kommen ohne dich klar. Wie lange brauchst du, um für eine Nacht zu packen?«

»Äh ... wie? Zehn Minuten. Wieso?«

»Ich hole dich ab.«

Dreizehn Minuten später hörte ich die kräftige Hupe von Theresas babyblauem japanischem Kleinwagen. In großer Ruhe zog ich meinen Mantel über, schlüpfte bedächtig in die Schuhe, ergriff meine Tasche ohne Eile und stieg betont langsam die Treppen hinab. Keinesfalls sollte es so aussehen, als hätte ich die ganze Zeit nur auf ihr Kommen gewartet.

»Was hast du vor?«, fragte ich, als ich meine Tasche auf die Rückbank des Toyota warf und mich auf den Beifahrersitz setzte.

»Wir hauen ab«, verkündete sie und trat aufs Gas, dass der Wagen hüpfte. »Wir verschwinden bis morgen Abend von der Bildfläche. So wie früher manchmal.«

Nicht der leiseste Anflug von Reue klang da mit, keine Unsicherheit, kein Versuch, um Verständnis zu werben. Aber so war sie nun einmal, meine Göttin. Und hol mich der Teufel, irgendwie liebte ich sie ja auch deshalb. Weil sie niemals unterwürfig war. Weil es eine Beziehung auf Augenhöhe war. Was leider hie und da zu kleineren Reibereien und größeren Zerwürfnissen führte.

»Wohin fahren wir?«

»Irgendwohin, wo uns niemand findet.«

»Wer sollte uns suchen?«

»Wir nehmen das erste Hotel, das uns gefällt ...«

»... und ein freies Zimmer hat.«

»... und für die nächsten vierundzwanzig Stunden gibt es nur dich und mich und sonst nichts auf der Welt, okay? Keine ungelösten Fälle, keine traurigen Töchter ...«

»Keine Milena.«

»Deal?«

Sie hielt mir die rechte Hand hin und grinste mich verrucht an.

»Deal.«

Ich schlug ein. Plötzlich fühlte ich mich, als wären wir Verbrecher auf der Flucht. Als täten wir etwas ganz und gar Verbotenes. Meinen Töchtern hatte ich WhatsApp-Nachrichten geschickt und versprochen, mein Handy für den Fall des Falles eingeschaltet zu lassen.

»Du bist total unmöglich«, seufzte ich.

»Du auch«, erwiderte sie fröhlich.

»Dann passen wir ja gut zusammen.«

Theresa fuhr in Richtung Süden, die Römerstraße hinunter, rechts und links blieben die alten amerikanischen Kasernen zurück. Bald erreichten wir Leimen und verließen es wieder, und nirgendwo sahen wir ein Hotel, das uns passte. Mitten in Wiesloch musste Theresa an einer Ampel halten.

»Rechts, links, geradeaus?«, fragte sie.

»Links«, sagte ich aufs Geratewohl. Von Minute zu Minute fühlte ich mich leichter. Alles, was mir in den vergangenen Tagen auf der Seele gelegen hatte, blieb zurück, wurde kleiner und immer kleiner, bis es bald keine Rolle mehr spielte. Auch meine Fahrerin war wie ausgewechselt.

Wir gerieten auf bucklige, herrlich kurvige Sträßchen, die teilweise so schmal waren, dass man Ausweichstellen hatte anlegen müssen für den seltenen Fall, dass es Gegenverkehr gab. Es ging auf Hügel hinauf und in Senken hinab und nach der nächsten Kurve gleich wieder aufwärts. Wir freuten uns an der Aussicht, überlegten, ob wir nun eigentlich noch im Odenwald oder schon im Kraichgau waren. Theresa meinte, es könne vielleicht der Odengau sein, ich plädierte eher für Kraichwald. Wir kamen durch Mauer, wo schon am Ortsrand darauf hingewiesen wurde, dass hier vor Zeiten der Homo heidelbergensis ausgegraben wurde. Als studierte Historikerin schloss Theresa messerscharf, der Mann müsse der Gründer Heidelbergs gewesen sein, was mir sofort einleuchtete, da man es ja schon an seinem Nachnamen erkennen konnte. Den Vornamen »Homo« fanden wir beide befremdlich.

So alberten wir herum wie in unseren besten Zeiten, spielten noch einige Male das Rechts-links-geradeaus-Spiel, landeten am Ende in Neckarbischofsheim, einem Städtchen, das weder am Neckar lag noch einen Bischof vorweisen konnte, und auch mit dem Heim sah es zunächst nicht gut aus. Das einzige Hotel, das wir fanden, nannte sich Schlosshotel und sagte uns nicht zu. Da wir die Herumkurverei jedoch allmählich leid waren, betrat ich kurz entschlossen ein winziges italienisches Eiscafé und fragte die kleine Schwarzhaarige hinter der Theke, ob es im Ort nicht noch andere Übernachtungsmöglichkeiten gebe.

Es existierte tatsächlich noch ein zweites Hotel, erfuhren wir, aber die junge Frau schlug uns vor, bei ihrer Tante Gianna abzusteigen, die eine kleine Ferienwohnung in ihrem großen Haus hatte. Diese wurde normalerweise für nur eine Nacht nicht vermietet, fand sie telefonisch und mit weichem süditalienischem Akzent heraus, heute jedoch ausnahmsweise schon, weil wir so nette Gäste waren. Minuten später waren wir dort, wurden von der kugelrunden Tante aufs Herzlichste begrüßt und in die Wohnung geleitet, wo für alle Fälle schon eine Flasche Nero d'Avola bereitstand. Sobald wir die strahlende und in einem fort auf uns einredende Tante vor die Tür komplimentiert hatten, warfen wir unser Gepäck in die Ecke, rissen uns die Kleider vom Leib, fielen zusammen aufs himmlisch weiche Bett, und alles war wie früher. Als wir uns noch heimlich treffen mussten. Weit weg von Heidelberg, irgendwo, wo uns hoffentlich niemand erkannte.

Später saßen wir beim Griechen an der Hauptstraße, ich vor einer Akropolisplatte, Theresa über einem kein bisschen kleineren Atheneteller, und fanden alles einfach wunderbar.

Anschließend bummelten wir durch das verträumte Örtchen, das touristisch wenig zu bieten hatte, hörten dem Krebsbach ein Weilchen beim Plätschern zu, begutachteten einige architektonisch völlig uninteressante Gebäude, entdeckten am Hirschen ein mindestens hundertfünfzig Jahre altes kleines Emailleschild, das in uralter Schrift den Weg zum Postamt wies, freuten uns, dass tatsächlich nur wenige Schritte weiter eine Postagentur residierte, fanden mehr durch Zufall zu unserer Wohnung zurück, verschlossen die Tür hinter uns und fielen erneut übereinander her. Es war warm, in der Ferne grummelte ein kleines, gemütliches Gewitter, hin und wieder fielen vereinzelte, große Regentropfen, die uns in keiner Weise störten.

Und ich dachte tatsächlich erst am Sonntagnachmittag zum ersten Mal wieder an Juli und den elenden Schlamassel, den sie mir eingebrockt hatte.

Die Kollegin Ilzhöfer war nicht im Haus, erfuhr ich, als ich am Montagmorgen versuchte, sie zu erreichen. Minuten später rief sie aus dem Streifenwagen zurück, in dem sie gerade erfolgreich im friedlichen Stadtteil Wieblingen für Ruhe und Ordnung sorgte.

»Das hat dieses komische Programm vom Kollegen Balke so ausgerechnet«, erklärte sie mir vergnügt. »Wir haben keine Ahnung, wieso wir ausgerechnet hier rumgurken müssen, wo nie irgendwas los ist, und nicht zum Beispiel am Emmertsgrund. Aber wenn's dem Computer so gefällt …«

»Ich muss unbedingt noch mal mit Ursula reden«, sagte ich.

»Oje«, lautete die plötzlich gar nicht mehr fröhliche Antwort. »Das wird nichts.«

Ursula hatte bereits nach zwei Nächten auf dem Hof bei Eppelheim das Weite gesucht.

»Alle neuen Sachen hat sie mitgenommen, die meine Mama ihr geschenkt hat. Zwei Flaschen Schnaps hat sie geklaut, die mein Papa von seinen eigenen Pflaumen hat brennen lassen. Und das Schlimmste ist, sie hat den alten Leutchen auch noch Geld gestohlen. Fast zweihundert Euro. Ich könnt echt heulen, sag ich Ihnen. Da will man einmal nett sein zu jemandem, der's nötig hat, und das ist dann der Dank.«

Dabei hatte sie ihren Eltern noch eingeschärft, alles wegzuschließen, was Wert hatte.

»Aber mein Papa, dieser Kraichgauer Querschädel, hat gemeint, er kennt sich mit Menschen aus, und die Ursel ist eine von den Guten.«

Boris Nemzow war auch heute nicht in seiner Firma, erfuhr ich aus Hannover. Dieses Mal hatte eine Frau das Telefon abgenommen, die ein wenig angespannt klang. Zwar kam es hin und wieder vor, dass ihr Chef erst am späten Vormittag auftauchte, da er die frühen Morgenstunden gerne für Aufgaben nutzte, für die er seine volle Konzentration benötigte.

»Aber er war die ganze letzte Woche weg, und hier türmen sich allmählich die Probleme. Schon dreimal hat einer der oberen Bosse aus Düsseldorf angerufen, und Boris ist nicht da.«

Die dritte Nummer, die ich wählte, war eine im Polizeipräsidium Ludwigshafen. Inzwischen war man dort überzeugt, dass tatsächlich Kai Meerbusch, der sensible Künstler, Linus Köhler abgeschlachtet hatte. Den Wagen, den er am Abend vor der Tat in Heidelberg angemietet hatte, hatte am Samstag eine Polizeistreife mit steckendem Zündschlüssel in der Nähe des Duisburger Hauptbahnhofs gefunden.

»Das Lenkrad voller Blut, der Fahrersitz auch ein bisschen«, erklärte mir die Kollegin, mit der ich schon am Freitag telefoniert hatte. »Der Türgriff innen und außen, der Mann muss komplett übergeschnappt sein.«

Im Fußraum vor dem Beifahrersitz hatte ein ebenfalls blutverschmiertes Messer gelegen, die Tatwaffe.

»So ein sündteures japanisches Küchenmesser. Hat er wohl extra von daheim mitgebracht.«

Die Villa im Norden Düsseldorfs, wo er wohnte, wurde schon seit Freitagnachmittag rund um die Uhr observiert. Bislang hatte er sich dort jedoch nicht blicken lassen.

Nach den Stunden mit Theresa fühlte ich mich, als lägen zwei Wochen Urlaub hinter mir. Den ganzen Sonntag über hatte die Sonne geschienen, wir hatten einen langen Spaziergang gemacht und waren erst am späten Nachmittag ein wenig erschöpft, aber bester Dinge nach Heidelberg zurückgekehrt. Als unterwegs das Machatscheck-Handy trillerte, hatte ich es nicht angerührt. Am Ende hatte Theresa versprochen, ihre Hochzeitspläne noch einmal zu überdenken. Und am Abend hatte ich so gute Laune gehabt, dass ich ohne jeden Anlass meinen Vater anrief, um eine halbe Stunde mit ihm zu plaudern.

Auch heute schien die Sonne. Der Wetterbericht hatte für den Nachmittag fast frühsommerliche Temperaturen angekündigt, und Sönnchen sprühte nur so vor guter Laune, als sie mir meinen Morgencappuccino hinstellte.

»Schönes Wochenende gehabt?«, fragte sie mit wohlwollendem Blick. »So entspannt hab ich Sie ja lang nicht mehr gesehen, Herr Gerlach. Daheim alles wieder in Ordnung?«

Sie selbst war gestern mit ihrem Mann im Schwetzinger Schlosspark gewesen. »Sind aber fast totgetrampelt worden, so voll war's.«

Wir schwatzten ein wenig, dann ging sie an ihren Schreibtisch zurück, und ich machte mich an die Vorbereitung der Montagmorgen-Runde mit meinen engsten Mitarbeitern.

Noch bevor ich den ersten Schluck aus meinem Becher nehmen konnte, rief Machatscheck an. Ruth hatte die unbekannte Frau identifiziert, die Juli im Hotel besucht hatte.

»Sie heißt Dalia Warshel und ist Informatikerin.«

Die Suche war etwas kompliziert gewesen, da der Wachmann vor dem Hotel beim Notieren des Kennzeichens von Frau Warshels SUV zwei Ziffern vertauscht hatte.

»Zum Glück fährt sie aber einen seltenen Typ von Hyundai, von dem es in ganz Israel nur einunddreißig Stück gibt.«

»Informatik …«, sagte ich langsam. »Dann war es wohl wirklich ein Vorstellungsgespräch.«

»Passen Sie auf, es kommt noch besser: Ruth hat die Frau gestern in Haifa besucht. Sie war nicht gerade gesprächig, und die ganze Sache war ihr über alle Maßen unangenehm. Und als Ruth sie endlich weichgeklopft hatte, da klingelt es an der Tür, zwei Männer in Zivil stürmen herein und verhaften Frau Warshel ohne Angabe irgendwelcher Gründe. Ruth wollten sie auch gleich mitnehmen, aber als sie ihren Presseausweis vorzeigte, haben sie dann doch die Finger von ihr gelassen und sie nur zum Stillschweigen vergattert.«

»Woraufhin sie Sie umgehend angerufen hat.«

Machatscheck lachte leise. »Um in einem so komplizierten Land wie Israel eine ernst zu nehmende Journalistin zu sein, braucht es hin und wieder sehr viel Mut.«

Wieder kam ich nicht zur Vorbereitung der Besprechung, die in einer halben Stunde beginnen sollte, denn kaum hatte ich das alte Nokia-Handy zur Seite gelegt, klopfte Rolf Runkel an meine Tür. Er sah bemitleidenswert aus, übernächtigt und erschöpft. Die vergangenen Abende hatte er damit zugebracht, die Lokale in Neuenheim und Handschuhsheim abzuklappern und jedem, den er dort antraf, Julis Foto unter die Nase zu halten.

»Hab's dann doch lieber zu Fuß gemacht«, erklärte er mir. »Das mit Instagram und so, das ist nichts für mich alten Esel. Ist aber alles vergebliche Liebesmüh gewesen.« Runkel seufzte schwer. »Da hängen so viele junge Leute rum, die sich einen feuchten Furz darum scheren, was um sie herum passiert. Die meisten hocken am Tisch mit ihren Freunden zusammen, und was machen sie den ganzen Abend? Aufs Handys glotzen, das machen sie. Schreiben ihrem Kumpel, der neben ihnen hockt, Nachrichten, statt dass sie mal das Maul aufmachen und einfach miteinander reden.«

»Wissen Sie, wie es Laila geht mit den Fotos im Internet?«

»Genauso beschissen. Das bringt alles nichts, Chef. Überhaupt nichts bringt das. Das arme Mädchen hat schon viereckige Augen, und vorhin hat sie fast geheult vor Verzweiflung, weil sie einfach nichts findet. Jeden Tag hat sie bis spätnachts vor ihrem PC gehockt. Wenn Sie mich fragen, Chef, dann ist diese Frau von Lembke an dem Abend bei jemandem daheim gewesen und nicht in einer Wirtschaft.«

»Wir brechen das Ganze ab«, entschied ich. »Tut mir leid, dass Sie sich die Mühe umsonst gemacht haben.«

Er lächelte mich schief an und stemmte sich aus dem Stuhl.

»Und bitte«, fügte ich noch hinzu. »Schicken Sie Vangelis und Balke zu mir. Wir ziehen die Montagsbesprechung vor.«

Minuten später saßen wir zu dritt in meinem Büro. Klara Vangelis im hellgrauen, figurbetonten Kostüm, dezent geschminkt, adrett und ausgeschlafen wie immer. Balke dagegen sah aus, als hätte er mit einem Trupp schlecht gelaunter Hooligans Streit gesucht. Er humpelte, ein großes Pflaster klebte an der Stirn, darunter leuchtete ein blaues Auge, anstelle des üblichen T-Shirts trug er heute ein langärmliges Hemd. Vermutlich, um Verletzungen an den Armen zu verbergen.

»Kleinen Unfall gehabt am Wochenende?«, fragte ich mitfühlend.

Anfangs wollte er nicht recht mit der Sprache heraus, aber schließlich gestand er widerwillig, dass er das schöne Wetter am Samstag ebenfalls für einen Ausflug genutzt hatte. Mit dem Mountainbike. In den Odenwald.

»Endlich mal wieder richtig auspowern«, brummte er missmutig. »Aber dann, dieses Scheißschloss, das ich mir gekauft habe ...«

Das moderne, mitdenkende Fahrradschloss, welches das Rad aufschloss, sobald der Besitzer sich mit dem Handy in der Tasche näherte, und es vollautomatisch verriegelte, wenn er sich wieder entfernte.

»Das Problem ist nur«, gestand Balke entnervt, »wenn unterwegs irgendwann der Handyakku leer ist ...«

Dann brach die Verbindung zwischen Schloss und Handy ebenfalls ab. In Balkes Fall hatte das Schloss, wie es seine Aufgabe war, entschlossen in die Speichen gegriffen. In diesem Fall jedoch leider bei voller Fahrt.

Selbst die sonst weitgehend humorlose Klara Vangelis konnte sich ein winziges Grinsen nicht verkneifen.

»Ich brauche Ihre Hilfe«, eröffnete ich den offiziellen Teil der Besprechung. »Mir platzt bald der Kopf.«

Ich berichtete meinen beiden Mitarbeitern von den neuesten Entwicklungen.

»Köhler können wir abhaken, der Fall ist geklärt. Hinter der Sache mit Levinger und Sundstrom steckt wahrscheinlich der Mossad, und darum kümmert sich das BKA. Bleibt die Frage, wer hat Frau von Lembke auf dem Gewissen?«

Die beiden hörten mir aufmerksam zu, obwohl sie bisher wenig Neues erfahren hatten. »Wir müssen inzwischen davon ausgehen, dass diese neue Abteilung für die Entwicklung irgendwelcher Hightechwaffen gegründet wurde. Und dass irgendjemand, möglicherweise sogar mehrere Kräfte unabhängig voneinander, mit aller Macht verhindern will, dass dieses Projekt ein Erfolg wird. Köhler hat mir gegenüber durch die Blume zugegeben, dass eine Kooperation zwischen seiner Firma TurboTec mit der ORMAG im Gespräch war, wenn nicht sogar eine Übernahme. Vermutlich sollten sie auch mitwirken an diesem geheimnisvollen neuen Produkt.«

»Und das war sein Todesurteil?«, fragte Vangelis mit schmalem Blick.

»Sein Todesurteil war, dass er ein paarmal mit Juli im Bett war. Beziehungsweise auf der Besuchercouch in ihrem Büro.«

»Juli?«, fragte Balke grinsend. »Sie sind inzwischen per Du?«

»Ich träume nachts von ihr«, gestand ich und rieb mir stöhnend die Augen.

Auf die Frage, wie Meerbusch mit Köhler in Kontakt gekommen war, präsentierte Klara Vangelis eine ebenso überraschende wie überzeugende Antwort: »Wir haben herausgefunden, dass er sich schon an dem Abend, als seine Frau sich mit Köhler traf, einen Mietwagen genommen hat. Um halb zehn hat er ihn wieder zurückgegeben, und er ist nur siebenunddreißig Kilometer damit gefahren.«

»Sie meinen, er ist seiner Frau einfach gefolgt?«

Sie schüttelte die schwarzen Locken. »Als er den Wagen übernommen hat, war es halb acht. Da war sie schon anderthalb Stunden weg. Ich denke, er hat dasselbe gemacht wie Frau Köhler am Freitag: Er hat ihr Handy geortet. Seine Frau hatte ihm erzählt, sie trifft ihre Freundin irgendwo in Heidelberg, und dann sieht er, dass sie in Wirklichkeit in einem Lokal bei Oftersheim sitzt.«

»Er fährt hin, wartet auf dem Parkplatz, bis sie wieder rauskommt ...«, sagte ich langsam. Um dann mit anzusehen, wie seine Frau in den Wagen des vermeintlichen Nebenbuhlers stieg.

Vangelis nickte. »Und später ist er Köhler einfach bis Speyer hinterhergefahren.«

»Aber die Handynummer?«, fragte ich in die Runde. »Woher hatte er die?«

Balke zuckte mit den Achseln. »Er wird unter irgendeinem Vorwand in der Firma angerufen haben. Oder Köhlers Frau. Dumm ist er ja nicht.«

»Bei Frau von Lembke«, kam ich zum eigentlichen Thema zurück, »ist die Sache leider nicht so eindeutig.«

Noch einmal überlegten wir gemeinsam, ob Meerbusch nicht doch als Täter infrage kam. Er hätte die Gelegenheit gehabt. Und er hatte ausreichend Eifersucht und Wut im Bauch.

»Es war aber wohl kein Mord«, spann ich den losen Faden weiter. »Eher Körperverletzung mit Todesfolge. Wenn nicht sogar ein Unfall. Aber das bringt uns alles nicht weiter. Deshalb habe ich Sie zu mir gebeten. Wir brauchen einen neuen Ansatz.«

»Sie hat den Typ gekannt«, wiederholte Balke leise, was wir schon wussten, »sie hat ihn geduzt und sich – wenn wir dieser Pennerin glauben – nicht vor ihm gefürchtet. Sonst hätte sie sich auf keinen Streit eingelassen, mitten in der Nacht an einer so verlassenen Stelle, sondern hätte Krawall gemacht und zugesehen, dass sie wegkam. Hundert Meter weiter wäre sie in der Stadt gewesen, unter Leuten.«

»Ich tippe trotzdem auf den Mann«, sagte Vangelis. »Offenbar ist er ja nicht das Sensibelchen, für das wir ihn alle gehalten haben.«

Das Einzige, was nicht passte, war nach wie vor Ursulas Täterbeschreibung, die allerdings sehr vage gewesen war.

»Und Ursula ist seit Neuestem leider auch von der Bildfläche verschwunden.«

»Falls der Täter weiß, dass sie ihn gesehen hat …«, sagte Vangelis und wurde ein wenig blass. »Und wenn sie annimmt, er hat sie auch gesehen …«

Stöhnend legte ich das Gesicht in die Hände. An diesen Aspekt hatte ich noch keine Sekunde lang gedacht. War Ursula gar nicht geflüchtet, weil sie das Leben mit anderen Menschen unter einem Dach nicht ertragen konnte, sondern weil sie um ihr Leben fürchtete?

»Immerhin hat sie gegen einen Mörder ausgesagt, der immer noch frei herumläuft«, warf Balke ein. »Da würde ich auch kalte Füße kriegen, ehrlich gesagt.«

»Wir schreiben sie zur Fahndung aus«, entschied ich. »Zu ihrer eigenen Sicherheit. Hoffentlich ist der Täter nicht schneller als wir.« Noch einmal blickte ich auffordernd in die kleine Runde. »Weitere Vorschläge? Kreative Ideen? Neue Hypothesen?«

Betretenes Kopfschütteln. Bei Balke begleitet von einer leidenden Grimasse.

»Dann machen wir Folgendes«, sagte ich. »Solange Meerbusch auf der Flucht ist und die Ergebnisse der DNA-Analyse nicht da sind, konzentrieren wir uns auf den beruflichen Aspekt. Sie wird genug Kollegen und Untergebene gehabt haben, mit denen sie per Du war und die später Grund hatten, sie zu hassen.«

»Danke, dass Sie uns so schnell empfangen haben.« Ich drückte die knochige Hand von Ralph Hilpert, einem hageren Mann in den Fünfzigern, der seit Kurzem kommissarischer Geschäftsführer der TurboTec GmbH in Ludwigshafen-Oggersheim war.

»Sie haben es ja auch ganz schön dringend gemacht«, meinte er halb vorwurfsvoll, halb verlegen. »Es geht um den Tod von Linus, nehme ich an?«

Nach unserem morgendlichen Brainstorming hatte ich sein Sekretariat angerufen und um einen Termin noch am Vormittag gebeten. Jetzt war es elf Uhr, und vor den Fenstern herrschte wieder einmal Sonnenschein. Zur Verstärkung hatte ich Klara Vangelis mitgebracht. Wir setzten uns auf altmodische Polsterstühle an Hilperts rechteckigem Besprechungstisch aus Nussbaumfurnier, an dem bequem zehn Personen Platz fanden. Kaffee und Kekse standen schon bereit.

»Ihr Vorgänger hat mit Frau von Lembke Gespräche wegen einer möglichen Übernahme geführt«, eröffnete ich das Gespräch.

»Sondierungen!«, widersprach der frischgebackene Geschäftsführer eilig. »Lediglich Sondierungen. Man stand noch ganz am Anfang.«

»Es existieren also noch keine Verträge zwischen Ihrem Haus und der ORMAG?«

Entschiedenes, fast schon panisches Kopfschütteln, verkniffene Miene. »Überhaupt nicht, nein. Es ist …«

Hilpert nippte an seinem Kaffee, offenkundig um Zeit zu schinden. Vermutlich versuchte er in diesen Sekunden zu erraten, wie viel ich wusste und was davon er zugeben durfte und was besser nicht.

»Vielleicht können Sie mir wenigstens sagen, worum es gegangen wäre bei dieser Zusammenarbeit?«, fragte ich, um ihm nicht zu viel Zeit zum Nachdenken zu lassen.

»Es sollte möglicherweise wirklich mehr werden als eine

bloße Kooperation. Meines Wissens hat Frau von Lembke auch schon mit den Eigentümern Gespräche geführt.«

Der Plan war also tatsächlich gewesen, auch die TurboTec der ORMAG einzuverleiben.

»Das wäre für die Firma gut, es wäre auch für unsere Mitarbeiter gut ...«

Und wahrscheinlich wäre es auch für Köhler selbst von Vorteil gewesen. Ich hatte keinen Dunst, wie so etwas gewöhnlich ablief. Aber er hätte durch diesen Deal vermutlich auf absehbare Zeit seinen Job gesichert und vielleicht sogar mit einer feinen Erhöhung seiner Bezüge rechnen dürfen.

»Wozu brauchte die ORMAG eine Firma wie die Ihre? Wozu braucht sie solche Pumpen, wie Sie sie herstellen?«

»Das ... kann ich nicht sagen.«

»Können Sie nicht, oder dürfen Sie nicht?«

Schweiß trat auf Hilperts hohe Stirn. »Nun, ich darf es nicht. Selbstverständlich musste Linus eine ausführliche Geheimhaltungserklärung unterschreiben, bevor die Gespräche auch nur begannen. Vereinbarungen, an die auch ich gebunden bin.«

»Sie wissen demnach, worum es gehen sollte?«

»Ich ...« Gequält blickte der so überraschend beförderte Mann in seine fast leere Tasse. »Ich bin wirklich nicht befugt, Ihnen darüber Auskunft zu geben, bitte haben Sie Verständnis.«

»Wer wäre denn befugt?«

»Nun, die Herrschaften in Düsseldorf selbstverständlich. Weshalb wenden Sie sich nicht einfach an die?«

Ich hatte noch keinen Schluck getrunken, löffelte nun ein wenig Zucker in meine Tasse und überließ vorübergehend Klara Vangelis das Feld.

»Eine ganz andere Frage, Herr Hilpert«, begann sie mit liebenswürdigem Ernst. »Haben Sie vielleicht irgendeine Theorie, wer oder was hinter diesem Anschlag auf der Autobahn stecken könnte?«

»Nun, jemand möchte verhindern, dass gewisse Pläne der ORMAG Realität werden?«, spekulierte Hilpert vorsichtig und mit einem schnellen Seitenblick auf mich.

»Dann müssten Informationen darüber nach außen gedrungen sein, was die vorhaben.«

Er nickte mit gesenktem Blick. Überhaupt zog er es seit der kurzen Begrüßung vor, meinem Blick möglichst auszuweichen.

»Ich weiß so gut wie nichts, bitte glauben Sie mir. Ich denke ständig darüber nach, aber es ist … Frau von Lembke muss in irgendein verflixtes Wespennest gestochen haben. Vielleicht ohne es zu ahnen. Vielleicht auch absichtlich. Ich weiß nur, was Linus mir hin und wieder erzählt hat. Dass er und die Inhaber große Hoffnungen in die Sache setzten. Unsere Geschäfte sind in den vergangenen Jahren nicht mehr so gelaufen, wie sie sollten. Wir werden demnächst wieder Personal abbauen müssen, wenn es uns nicht gelingt, neue Märkte zu erobern und neue Geschäftsfelder zu erschließen.«

»Okay, dann ein anderes Thema«, übernahm ich wieder die Gesprächsführung. »Als Frau von Lembke hier Chefin war, wurden ebenfalls in großem Umfang Leute entlassen …«

»Das ist richtig.« Hilpert war merklich erleichtert, sich wieder auf sicherem Terrain zu befinden. Vermutlich wusste er viel mehr über die Gespräche mit der ORMAG, als er zugeben mochte. Möglicherweise, um seinen frisch gewonnenen Chefposten nicht gleich wieder in Gefahr zu bringen.

»Da hat es doch bestimmt viel böses Blut gegeben. Ihr Vorgänger hat mir erzählt, jemand hätte sogar Frau von Lembkes Auto angezündet.«

»Absolut. Sehr viel böses Blut. Es sind auch noch andere Dinge vorgefallen. Ein regelrechter Aufstand war das damals. Es gab Demonstrationen, teilweise gewalttätig. Müllcontainer wurden angezündet, Autos umgeworfen, Schaufensterscheiben eingeschlagen. Es waren auch viele Leute dabei, die mit uns gar nichts zu tun hatten. Die von auswärts kamen. Das waren sogar die Schlimmsten.«

»Gab es jemanden hier im Haus, der sich besonders hervorgetan hat?«

»Lenze«, sagte Hilpert, ohne eine Sekunde zu überlegen. »Ulrich Lenze war Betriebsratsvorsitzender, ein Radikaler, wie er im Buche steht, Kommunist bis in die Knochen. Er hat die Leute aufgehetzt, spontane Streiks organisiert, Aktionen, Flugblätter. Damals hat er in Lampertheim gewohnt. Wo er heute steckt, weiß ich nicht. Ich hoffe, sehr weit weg von hier.«

19

Auf die Minute pünktlich um halb fünf bremste der ICE im Düsseldorfer Hauptbahnhof. Vor dem Bahnhofsgebäude wartete eine Armada von Taxis auf Kundschaft. Noch während der Rückfahrt von Ludwigshafen nach Heidelberg hatten Vangelis und ich beschlossen, dass es nun an der Zeit war, in der Höhle des Löwen für ein wenig Unruhe zu sorgen.

Während das Taxi sich im Stop-and-go durch den beginnenden Feierabendverkehr quälte, versuchte ich zum ich weiß nicht wievielten Mal Boris Nemzows Handy zu erreichen. Immer noch war es ausgeschaltet. So versuchte ich mein Glück wieder in seiner Firma.

Diesmal nahm der schnippische junge Mann das Telefon ab, mit dem ich schon öfter gesprochen hatte. Nemzow war noch immer nicht zur Arbeit erschienen.

»Wir sind allmählich sehr beunruhigt hier. Montags um vierzehn Uhr ist immer unsere wöchentliche Projektbesprechung. Da ist Anwesenheitspflicht für alle. Eigentlich auch für Boris.«

»Er hat auch nicht angerufen?«, fragte ich erschrocken.

»Er geht nicht einmal mehr ans Festnetz. Wir sind im Moment völlig hilflos. Telefonisch ist er nicht erreichbar, Mails beantwortet er sonst nach spätestens fünf Minuten …«

»Alarmieren Sie umgehend die Polizei. Sagen Sie den Kollegen, dass Sie mit mir gesprochen haben. Sie sollen mich anrufen, sobald sie im Haus sind. Meine Handynummer sehen Sie?«

»Frau Waigandt erwartet Sie jetzt«, verkündete eine leicht magersüchtig wirkende, platinblonde Dame am Empfang mit umwerfendem Lächeln. »Elfter Stock. Die Lifts sind gleich hier links.«

Frau Waigandt war in der Zentrale der ORMAG für Kommunikation und Öffentlichkeitsarbeit zuständig, wie wir zuvor schon erfahren hatten. Da wir unangemeldet gekommen waren, hatten wir ein Weilchen im kühlen Foyer des zwölfstöckigen Glas- und Stahlhochhauses warten müssen, das keine hundert Meter vom Ufer des Niederrheins entfernt in den lichtgrauen Himmel ragte. Dass ich unser Kommen nicht angekündigt hatte, war natürlich kein Versehen, sondern Berechnung. Ich wollte die hohen Herren unvorbereitet treffen. Das Problem war nun allerdings, dass die Herrschaften aus dem obersten Stockwerk derzeit überhaupt nicht zu sprechen waren. Der komplette Vorstand hatte sich zu einer Klausurtagung nach Bad Honnef zurückgezogen.

Der Lift war nobel. Edles, rötlich schimmerndes Holz, ein wandfüllender, dezent getönter Spiegel, alles blitzblank gewienert. Jedes Detail der großzügig bemessenen Kabine verkündete die frohe Botschaft: »Uns geht's gut! Wir sind erfolgreich! Sei demütig!«

Sogar die Luft im Aufzug schien nicht einfach nur gewöhnliche Luft zu sein, sondern das, was vom Glück begünstigte Menschen atmen. Menschen, die Einfluss haben, Macht, Geld und Größe.

Frau Waigandt war keineswegs groß. Ein wenig mollig, trotz hoher Absätze nur einen halben Kopf größer als Klara Vangelis, das glatte, halblange und sandfarbene Haar schon dezent angegraut, stand sie herzerwärmend lächelnd vor uns, als die Aufzugtüren lautlos auseinanderglitten. Sprühend vor Sympathie und Lebensfreude drückte sie erst die Hand meiner Begleiterin, dann meine.

»Es tut mir so leid, dass Sie warten mussten. Wir hatten gerade noch einen kleinen Dreh für den WDR.«

Zwei stille Herren und eine rheinisch-fröhlich schäkernde

Frau hatten wir vor wenigen Minuten beobachtet, als sie mit Metallkoffern und einer schweren Kamera beladen das Gebäude verließen.

»Ich hoffe, man hat Ihnen wenigstens einen Kaffee angeboten?«

»Hat man«, bestätigte ich ebenfalls lächelnd. »Er war übrigens vorzüglich, der Kaffee.«

Sogar einige Kekse hatte die Dame mit der Mannequinfigur für uns organisiert, was mir sehr entgegenkam, da ich heute noch kaum etwas gegessen hatte.

»Sie erlauben, dass ich vorangehe?« Frau Waigandt wandte sich um, sagte über die Schulter: »Ich habe uns einen kleinen Besprechungsraum reservieren lassen. Dort haben wir unsere Ruhe.«

Das Haus hatte bisher eigentlich nicht den Eindruck auf mich gemacht, als müsste man hier um seine Ruhe fürchten. Nur selten hörte ich Geräusche oder Stimmen hinter einer der vielen geschlossenen Türen am langen, mit weichem Teppichboden ausgelegten Flur. Gedämpftes Licht aus Einbaustrahlern, an den Wänden moderne Kunst. Man fühlte, dass die Chefetage nah war.

Der Raum, den wir betraten, hatte Fenster nach zwei Seiten. Die Aussicht auf den sich breit und träge durch die flache Landschaft windenden Strom war überwältigend. Bis zum Horizont sah ich Frachtschiffe ihre Bahnen ziehen nach Rotterdam oder stromaufwärts vielleicht nach Duisburg oder weiter nach Köln oder Karlsruhe.

Wie ein gut programmierter Betreuungsroboter unentwegt plaudernd, bot unsere Gastgeberin Plätze an und noch mehr Kaffee, auf den wir jedoch verzichteten.

Schließlich waren die Begrüßungsfreundlichkeiten überstanden, und wir kamen zur Sache.

»Sie werden es schon vermutet haben«, begann ich in förmlichem Ton, »es geht um Ihre Mitarbeiterin Frau von Lembke.«

Die Pressesprecherin nickte, nun ebenfalls ernst. Sie schien die Betroffenheit nicht nur zu spielen. »Juli ist tatsächlich ermordet worden? Kein Zweifel mehr möglich?«

»Nach Lage der Dinge hat sie nicht Selbstmord begangen. Das muss aber nicht bedeuten, dass sie ermordet wurde.«

»Ermordet«, wiederholte Frau Waigandt in einem Ton, als wäre das schreckliche Wort in diesem Wohlfühlambiente ganz und gar fehl am Platz. »Sie war ein so sympathischer, offener, zugewandter Mensch. Wer tut denn so etwas?«

»Wir hoffen, dass Sie uns dabei helfen können, genau das herauszufinden.«

»Juli, wie soll ich sagen, sie hatte so viel vor, und nun also, aus heiterem Himmel …«

»Sie haben spontan auch keine Erklärung dafür?«

Entschiedenes, fast empörtes Kopfschütteln. »Wie geht es denn Julis Mann damit?«

»Nicht gut, leider. Anfangs haben wir übrigens einen privaten Hintergrund vermutet. Aber seit nun auch Ihre Herren Sundstrom und Levinger ums Leben kamen …«

Frau Waigandt nickte erneut, legte das kleine, ein wenig pausbäckige Gesicht in ihre sorgfältig manikürten Hände mit zinnoberrot lackierten Nägeln. »Wir sind alle noch völlig fassungslos«, sagte sie nach Sekunden aufgewühlt und nahm die Hände wieder herunter. »Unter Schock, geradezu. Der Vorstand ist in höchstem Maße beunruhigt.«

»Was in den vergangenen Tagen geschehen ist, lässt uns vermuten, dass die Todesfälle etwas mit Ihrer neuen Division Advanced Technologies zu tun haben. Beziehungsweise mit deren Aufgabengebiet. Die Abteilung wurde auf Betreiben von Frau von Lembke gegründet, ist das richtig?«

»Was genau geplant war, weiß ich leider nicht. Ich müsste mich erst kundig machen. Vielleicht wäre es hilfreich, wenn ich Ihnen zunächst einen kurzen Überblick über den Konzern gebe? Nur zwei, drei Slides?«

Einmal mehr viele Worte, wo ein einfaches Ja genügt hätte.

Gegen eine Einführung in die Struktur des Unternehmens war jedoch nichts einzuwenden. Mit bebenden Händen klappte Frau Waigandt ihren ultraflachen Laptop auf, ergriff die Fernbedienung für den Riesenbildschirm, der hinter ihr an der Wand hing. An den restlichen Wänden hingen hier keine Gemälde, sondern großformatige und repräsentativ gerahmte Fotos komplexer und teilweise futuristisch anmutender Industrieanlagen.

Als die Pressesprecherin den Mund öffnete, um mit ihrem Vortrag zu beginnen, legte mein Handy los, das ich auf den Tisch gelegt hatte. Eine unbekannte Nummer wurde angezeigt. Ich murmelte eine Entschuldigung und verließ eilig den kleinen Besprechungsraum, um auf dem Flur zu telefonieren.

»Auf dem Esstisch im Wohnraum liegt ein dicker Packen Papiere«, sagte ein behäbig sprechender Mann mit dem schönen Namen Siebenmorgen. »Obenauf ein sündteures Apple-Notebook. Auf dem Couchtisch stehen Rotweingläser, zwei. Beide nicht ganz ausgetrunken.«

»Sprechen Sie vom Couchtisch von Herrn Nemzow?«

»Ach, entschuldigen Sie. Ich dachte, Sie wären schon im Bilde.«

Der Anrufer gehörte zur Hannoveraner Kripo und hatte das Haus erst vor wenigen Minuten betreten.

»Dr. Nemzow ist nicht hier«, fuhr er fort. »Und sein Wagen auch nicht.«

»Zwei Weingläser bedeutet, er hat Besuch gehabt?«

»So sieht es aus. Und leider scheint es kein besonders freundlicher Besuch gewesen zu sein.«

Die Kollegen hatten Blutspuren gefunden. Jemand, vermutlich Nemzow, war auf der Couch niedergeschlagen worden.

»Mit der halb vollen Rotweinflasche, von hinten. Hat

eine ziemliche Schweinerei gegeben. Die Flasche ist dabei zerbrochen. Überall ist Wein, dazwischen auch Blut. Und es gibt deutliche Schleifspuren zum Flur, dort ein paar Stufen hinunter und weiter bis in die Garage.«

»Hat es einen Kampf gegeben?«

»Danach sieht es nicht aus. Dr. Nemzow scheint den Täter gekannt zu haben. Der übrigens nicht die geringste Vorsicht hat walten lassen. Wir haben seine Fingerabdrücke auf dem Glas, am Flaschenhals. Alles mit bloßem Auge erkennbar. Die KT kommt gerade herein, sehe ich.«

Demnach war der Täter entweder ein Volltrottel oder ein Mensch in höchster Erregung und Verzweiflung. Oder – dritte Möglichkeit – jemand, der so abgebrüht war, dass es ihn ganz einfach nicht interessierte, ob man seine Spuren fand oder nicht. Weil er längst wieder außer Landes sein würde, wenn seine Tat entdeckt wurde. Ich tippte auf Variante zwei – auf Kai Meerbusch.

Nemzows verschwundener Wagen war ein schwarzer Audi A 8. In dessen Kofferraum hatte der Täter sein bewusstloses oder vielleicht auch schon totes Opfer abtransportiert, meinte der Kollege in Hannover aus den Schleifspuren lesen zu können. Ich bat ihn, sich aus Heidelberg schnellstens Meerbuschs Fingerabdrücke schicken zu lassen und mich ansonsten auf dem Laufenden zu halten. Dann ging ich wieder in den Besprechungsraum.

Vieles von dem, was uns Frau Waigandt in den folgenden Minuten berichtete, hatte ich schon im Internet gelesen oder von Machatscheck gehört, aber ich gönnte ihr das kleine Vergnügen, mit Stolz und großem Eifer Zahlen, Strukturen und Ziele des weltumspannenden Multitechnologiekonzerns zu erläutern, in der Hoffnung, zwischen den Zeilen manches zu erfahren, was sie uns vielleicht nicht unbedingt erzählen wollte.

»Wir sind zurzeit in siebenunddreißig Ländern mit Verkaufsniederlassungen vertreten. Produktionsstandorte haben wir in neun Ländern, in jedem Erdteil mindestens einen. Tendenz weiter steigend.«

Insgesamt beschäftigte die ORMAG etwas über fünfzigtausend Mitarbeiterinnen und Mitarbeiter, knapp die Hälfte davon in Deutschland. Der Umsatz hatte im vergangenen Jahr knapp vier Milliarden Euro betragen. Über den Gewinn, den man damit erzielt hatte, schwieg Frau Waigandt sich vornehm aus.

»Aufgestellt sind wir zurzeit in sieben Divisionen. Die Kleinste ist die CT, Consumer Technologies, hauptsächlich weiße Ware …«

Jeder dieser Unternehmensbereiche machte pro Jahr mindestens hundert Millionen Umsatz. Dagegen war die neue Abteilung AT, Nummer acht auf ihrer Liste und derzeit noch in Klammern, natürlich ein Winzling. Nicht einmal ein Baby, sondern noch ein Embryo.

»In der Vergangenheit wurden vermutlich auch Abteilungen geschlossen«, sagte ich, um allmählich zur Sache zu kommen.

Entrüstet schüttelte die Pressesprecherin den Kopf. »Geschlossen wurde überhaupt nichts. Manches wurde abgestoßen, weil es nicht mehr zu unseren Core Competencies passte. Aber geschlossen wurde nichts, das kann ich Ihnen versichern. Insgesamt strebt die ORMAG eine agile, dynamische Struktur an, die es uns erlaubt, auf Veränderungen der Global und vor allem auch der Emerging Markets …«

Auch das hatte ich schon irgendwo gelesen: Die ORMAG war in den knapp drei Jahrzehnten ihres Bestehens vor allem durch kluge Zukäufe zukunftsträchtiger Unternehmen gewachsen. Und was sich nicht wie erwartet entwickelte, wurde nach wenigen Jahren wieder abgestoßen. In diesem Moment fiel mir wieder ein, dass Machatscheck von einem zweiten Grund gesprochen hatte, der dazu führte, dass er sich schon seit Monaten mit dem Konzern befasste. Ich musste ihn nachher gleich anrufen.

»Daneben steht bei uns immer, ich unterstreiche, immer der Mensch im Vordergrund. Unser Vorstand ist stets um das Wohl unserer Mitarbeiter bemüht.«

Fast hätte ich aufgelacht. Schließlich bedeutete »stets bemüht« in Arbeitszeugnissen, dass der ausscheidende Mitarbeiter sich zwar ordentlich angestrengt, jedoch nichts zustande gebracht hatte.

»Dann hätten wir hier die MS und die HS …«, ging es weiter.

MS stand für Mobile Systems, HS bedeutete Hebesysteme. Hin und wieder sprach man im Haus offenbar doch noch Deutsch.

»Mobile Systeme, sagten Sie. Also bauen Sie auch Autos?«

»Nicht wirklich.« Frau Waigandt schenkte mir ein nachsichtiges Lächeln. »Wir sprechen hier überwiegend von fahrerlosen Flurförderfahrzeugen.«

Aus den angekündigten zwei oder drei Folien wurden mindestens zwanzig, aus wenigen Minuten eine Viertelstunde.

»Habe ich nicht richtig aufgepasst«, sagte ich, als der Bildschirm endlich dunkel wurde, »oder stand auf Ihren Folien wirklich nirgendwo etwas von Rüstung und Wehrtechnik?«

»Schön, dass Ihnen das aufgefallen ist.« Nun begann sie wieder zu strahlen wie vorhin am Lift. »So etwas würde den Leitlinien des Unternehmens diametral zuwiderlaufen. Die ORMAG hat sich in ihren Basic Guidelines explizit dem Frieden committet.«

»Und Sie wissen also absolut gar nichts über die Aufgaben der neuen Division? Nicht einmal Gerüchte, was man sich so in der Kantine erzählt?«

Ihr Strahlen wurde um eine Winzigkeit kühler. »Nein, wirklich nicht, leider. Selbstverständlich geht es um etwas Zukunftsträchtiges, was ja aus dem Namen schon hervorgeht. Und ebenso selbstverständlich ist es, dass so etwas unter strengster Geheimhaltung abläuft. Im Unternehmen wissen im Grunde nur Personen in der Führungsetage mehr darüber als ich.«

Klara Vangelis war in den vergangenen Minuten immer unruhiger geworden, ergriff nun das Wort und stellte in ungewöhnlich scharfem Ton die Frage, die ich am Vormittag dem Geschäftsführer der TurboTec gestellt hatte: »Können Sie nichts sagen, oder dürfen Sie nicht?«

Nun wurde Frau Waigandt ernst. »Ich kann nicht, weil ich nichts weiß«, erklärte sie dezent empört. »Alles, was die AT betrifft, ist nur und ausschließlich Vorstandsangelegenheit. Im Wesentlichen hat das Juli zusammen mit Professor Kratt betrieben, unserem CEO.«

Dem Boss der Bosse.

»Hat er Frau von Lembke ins Unternehmen geholt?«, fragte Vangelis weiter und keine Spur verbindlicher.

»So ist es. Sie kannten sich von früher, soweit ich weiß. Sie waren von Beginn an per Du.«

»Aus der Zeit, als sie noch Chefin der TurboTec war?«

»Die Details entziehen sich meiner Kenntnis.«

Ich übernahm wieder: »Wäre es möglich, Professor …«

»Kratt.«

»… kurz mit ihm zu sprechen?«

Das war leider unmöglich, denn der Vorstand weilte ja seit heute Mittag in Bad Honnef.

»Die Klausur wird noch bis morgen Abend andauern, und ich darf nur im äußersten Notfall …«

»Sind drei tote Mitarbeiter nicht Notfall genug?«, fragte ich kalt.

»Ich werde Jana anrufen«, versprach sie nach einer Schrecksekunde. »Jana ist die persönliche Assistentin von Prof. Kratt und hält während der Klausur den Kontakt zur Außenwelt.« Ihr Lachen klang ein wenig schrill und gezwungen.

»Ihr Chef soll mich anrufen«, erklärte ich in amtlichem

Ton. »Wenn es irgend geht, heute noch. Wir ermitteln in drei Mordfällen, die mit Ihrem Haus verknüpft sind, und außerdem hat es inzwischen möglicherweise noch einen weiteren Toten gegeben.«

In knappen und kühlen Worten berichtete ich von den Ereignissen in Hannover. Vangelis zog die Brauen zusammen, Frau Waigandt erblasste dramatisch. »Dr. Nemzow?«, hauchte sie fassungslos. »Boris? Das ist jetzt ... hoffentlich nicht Ihr Ernst!«

Wenn sie sogar Nemzows Vornamen kannte, dann wusste sie mit Sicherheit sehr viel mehr über die neue Abteilung, als sie zugeben wollte. Wie bestellt surrte mein Handy in die Stille hinein. Dieselbe Nummer wie vorhin. Erneut ging ich hinaus.

Nemzows Audi war inzwischen zur Fahndung ausgeschrieben, berichtete Hauptkommissar Siebenmorgen.

»Die Kollegen von der KT meinen, dass es in der vergangenen Nacht geschehen ist. Wir versuchen gerade zu klären, wie der Täter hergekommen ist. Ein herrenloses Fahrzeug steht im Viertel nicht herum. Mit der Taxizentrale habe ich eben selbst gesprochen. Sie hatten gestern Abend acht Fahrten, die näher als einen Kilometer an den Tatort führten. Die Fahrer werden gerade kontaktiert.«

Nemzow musste den Täter wirklich gekannt haben, wenn er ihm zu Ehren sogar eine Weinflasche entkorkt hatte. Einen Primitivo Salento, erfuhr ich jetzt, Jahrgang 2013. Es war eine teure, dickwandige Flasche gewesen, die beim Schlag auf den Hinterkopf des Opfers dennoch zerbrochen war.

»Wenn er tot wäre«, grübelte ich ins Blaue hinein, »was hätte der Täter für einen Grund, die Leiche mitzunehmen?«

Diese Frage hatten sich die Kollegen vor Ort natürlich auch schon gestellt. Und so wenig wie ich eine Antwort darauf gefunden.

Ich kehrte ins Besprechungszimmer zurück.

»Frau von Lembke hat sich mit der strategischen Neuausrichtung des Konzerns beschäftigt«, sagte ich, während ich mich wieder setzte.

Frau Waigandt nickte mit jetzt fast furchtsam dreinblickenden grünblauen Augen.

»In welche Richtung sollte es denn gehen? Was sind die neuen Geschäftsfelder, die sie ins Auge gefasst hat?«

»Nun, Elektromobilität zum Beispiel. Wir sind dabei, in Mexiko ein großes Werk zur Herstellung von Lithium-Akkus aufzubauen, vorrangig für den US-Markt. Das Thema autonomes Fahren ist derzeit ebenfalls hip und wird in Zukunft noch sehr viel hipper werden. Hier haben wir Kompetenzen aus dem Bereich Flurförderfahrzeuge vorzuweisen.«

Und dafür brauchte man unter anderem leistungsfähige Soft- und Hardware zur Bilderkennung, wurden wir aufgeklärt, eine Vielzahl unterschiedlichster Sensoren, ganz neue Regelungskonzepte. War das da vorne ein Verkehrsschild oder nur Reklame? Ging da ein Mensch über die Fahrbahn, oder war es ein Schatten? Kam mir ein breiter Lkw auf der schmalen Straße entgegen oder ein kleiner Fiat, an dem ich, ohne zu bremsen, vorbeikam? Tausende solcher Fragen waren während der Fahrt in jeder Sekunde zu klären. Und all dies schien mir schon auf den ersten Blick wunderbar zu den Zukäufen und Personaleinstellungen in den vergangenen Monaten zu passen. Levinger hatte sogar über Sensorsysteme für autonome Autos promoviert, erinnerte ich mich. Nemzow beschäftigte sich mit Regelungssachen. Nur Sundstrom passte nicht recht ins Bild. Ebenso wenig die TurboTec.

Wenn man so ein neues Thema ins Auge gefasst hatte, sah man sich nach Firmen um, oft Start-ups aus dem Umfeld der Universitäten, die über das notwendige Wissen verfügten.

»Für ein Unternehmen unserer Struktur und Größe ist es weder möglich noch sinnvoll, das Know-how in akzeptabler Zeit selbst aufzubauen.«

Ich versuchte, die eloquente Dame, die ihre Selbstsicherheit inzwischen wiedergewonnen hatte, mit einem Themenwechsel erneut aus dem Konzept zu bringen:

»Hatte Frau von Lembke im Unternehmen Feinde?«

»Wenn Sie ohne Karriere im Unternehmen gleich zum Vorstandsmitglied aufsteigen, dann bleiben zwangsläufig Menschen zurück, die nicht gut auf Sie zu sprechen sind. Solche, die sich ebenfalls Hoffnungen gemacht haben, Neider, erfahrene Mitarbeiter, denen die ganze Richtung plötzlich nicht mehr passt. In Julis Position können Sie nicht jedermanns Freund sein.«

»Hat es besonders krasse Fälle gegeben? Drohungen vielleicht sogar?«

»Nicht, dass ich wüsste.«

»Wie standen die anderen Vorstandsmitglieder zu ihr?«

»Nun …« Sie senkte den Blick, es wurde wieder gefährlich. »Selbstverständlich gab es Widerstände, teilweise heftige Diskussionen. Das ist völlig normal bei größeren Veränderungen.«

»Könnte man auch sagen, Streit?«

»Das könnte man sagen, durchaus. Aber wie ich eben schon ausführte, es ist nicht ungewöhnlich, dass es bei Entscheidungen, die letztlich den ganzen Konzern betreffen, hin und wieder etwas lauter wird. Aber Juli hatte den CEO im Rücken und außerdem den Aufsichtsrat, der schon seit Längerem eine Verjüngung des Vorstands anmahnt.«

»Hat sich die Situation in letzter Zeit verschärft?«

Frau Waigandts Miene wurde nun endgültig leidend. »Meines Wissens nicht«, behauptete sie, ohne mich anzusehen.

»Es wurden also auch leitende Leute entlassen«, behauptete Vangelis mit grimmigem Blick.

»Selbstverständlich. Man hat sich aber immer einvernehmlich getrennt. So etwas geschieht nun mal hin und wieder. In jedem Unternehmen.«

»Und manche davon haben wahrscheinlich Frau von Lembke die Schuld daran gegeben«, setzte ich nach.

»Wenn es so war, dann weiß ich nichts davon.«

»Was ist aus den Herrschaften geworden?«, wollte Vangelis wissen. Das böse Funkeln in ihren Augen verriet, dass sie dasselbe dachte wie ich: Wir sollten hier für dumm verkauft werden. Frau Waigandt gab immer gerade so viel zu, wie wir ohnehin schon wussten oder zumindest vermuteten.

»Das entzieht sich naturgemäß meiner Kenntnis«, erwiderte sie spitz.

Die Herrschaften seien in jedem Fall weich gefallen, fügte sie ein wenig friedlicher hinzu, und würden im Alter nicht hungern müssen.

Vor Juli hatte ein Dr. Pietro Cavallo den Posten des CSO innegehabt, erfuhren wir erst auf ausdrückliche Nachfrage.

»In diesem Zusammenhang hat es in der Tat einige unschöne Szenen gegeben«, gab die Pressesprecherin zu, die uns vermutlich längst auf die Rückseite des Mondes wünschte, jedoch nicht wagte, uns zu belügen. »Dr. Cavallo ist Italiener und hat ein – nun ja – durchaus südländisches Temperament. Und er war schon ein wenig gekränkt. Vorsichtig ausgedrückt.«

Der heißblütige Südeuropäer hatte sogar versucht, gerichtlich gegen seine Entmachtung vorzugehen. Frau Waigandt versprach, mir die aktuelle Adresse des Ex-Managers zu beschaffen. »Falls wir die im Computer haben, natürlich.«

»Halten Sie es für vorstellbar, dass jemand von der Konkurrenz, jemand, den die ORMAG zum Beispiel kürzlich aus dem Geschäft gedrängt hat, so wütend auf Frau von Lembke war, dass er sozusagen zum letzten Mittel griff?«

»So etwas entzieht sich naturgemäß meiner Kenntnis«, wiederholte sie fast wörtlich ihren Satz von vorhin.

Sie fuhr sich durchs glatte Haar, schien sich zu ärgern, weil es ihr einfach nicht gelingen wollte, die Initiative wieder an sich zu reißen. »Nun gut …« Kurz kaute sie noch auf der Unterlippe, sah immer noch an mir vorbei. »Mir ist zu Ohren gekommen, Juli sei in den Vorstandssitzungen gefürchtet gewesen. Sie hat den Herren wohl oft mächtig Zunder gegeben, wie man so schön sagt. Aber, wie schon erwähnt, sie hatte zu jedem Zeitpunkt die Rückendeckung von Prof. Kratt.«

Wir machten ihrem Elend ein Ende, und die Pressesprecherin war über die Maßen erleichtert, als sie uns beim Lift verabschiedete. Meine Hoffnungen ruhten nun auf dem Telefonat mit Prof. Kratt und noch mehr auf Dr. Cavallo. Der CEO konnte schwerlich behaupten, von allem nichts gewusst zu haben. Und Cavallo, im Streit ausgeschieden, hatte keinen Grund, etwas zu verschweigen. Vielleicht im Gegenteil sogar große Lust, seinen Zorn mit mir zu teilen.

20

Als unser Zug den Kölner Hauptbahnhof verließ und im Fußgängertempo über die Hohenzollernbrücke rumpelte, gingen wir zusammen das Gesprächsprotokoll durch, das Vangelis inzwischen anhand ihrer Notizen angefertigt hatte. Nebenbei schimpften wir noch ein wenig auf die aalglatte Pressesprecherin, die so viel geredet und so wenig gesagt hatte. Während Vangelis das Protokoll in ihr Tablet tippte, googelte ich Prof. Kratt. Bevor er vor zwölf Jahren zum Chef der ORMAG avancierte, war er Mitglied des Vorstands der ZF in Friedrichshafen gewesen, verantwortlich für Produktentwicklung. Die Firma stellte Zahnräder und Getriebe her, beschäftigte sich seit einiger Zeit jedoch ebenfalls mit dem Thema autonomes Fahren.

Kurz bevor der ICE im Bahnhof Limburg zum Stillstand kam, rief der Mann an, dessen Foto ich vor Kurzem noch auf meinem Handy betrachtet hatte.

»Sie wollten mich sprechen, Herr Gerlach«, sagte Prof. Kratt in gemütlichem Altherrenton. »Was kann ich für Sie tun?«

»Es geht um Ihre neue Abteilung Advanced Technologies.«

»Da geschehen zurzeit schreckliche Dinge, ich weiß. Erst Juli, ich kann es noch gar nicht fassen, und dann die anderen ... Die Namen habe ich gerade nicht parat, aber dennoch. Eigentlich sollte Juli jetzt hier bei uns sein und uns inspirieren, und nun das ...«

»Was mir bisher niemand sagen konnte: Was genau ist eigentlich die Aufgabe der neuen Abteilung?«

»Wie der Name schon sagt, neue Technologien. Das bedeutet Scouting, Aufgreifen von Megatrends, aber durchaus auch eigene Neuentwicklungen. Die Welt der Technik dreht sich heute sehr, sehr schnell. Da muss man gehörig strampeln, um den Ball nicht zu verlieren. Das lässt sich nicht mal eben so nebenbei erledigen. Um diese Themen müssen sich hoch qualifizierte Leute intensiv und kontinuierlich kümmern.«

»Ein konkretes Ziel gibt es demnach gar nicht?«

»Wenn, dann ist es mir nicht bekannt. Sie müssen wissen, ich habe Juli da völlig freie Hand gelassen.«

»Sie erwarten doch hoffentlich nicht, dass ich das glaube?«, platzte ich heraus.

Im Gegensatz zu seiner Pressesprecherin ließ der Professor sich nicht aus dem Konzept bringen. »Die Technik ist nicht gerade mein Spezialgebiet«, behauptete er sonnig. »Wir brauchen aber gerade im Bereich der Technik neue Ideen. Wir haben immer noch zu viel Oldschool-Kram im Portfolio.«

Das wurde ja immer bunter. Bei der ZF war der Mann für die Entwicklung neuer Produkte verantwortlich gewesen, und nun wollte er mir weismachen, er verstünde nichts von Technik.

»Halten Sie es für möglich, dass Frau von Lembke auch militärische Produkte ins Auge gefasst hat?«

»Völlig ausgeschlossen. So etwas verbieten unsere Unternehmensleitlinien. Wie kommen Sie denn auf eine so abwegige Idee?«

»Es würde immerhin erklären, warum jemand mit allen Mitteln verhindern möchte, dass Ihre neue Abteilung erfolgreich wird.«

Prof. Kratt atmete tief durch. »Da haben Sie leider nicht unrecht«, gab er zu. »Aber wenn Juli wirklich so etwas geplant haben sollte, dann hat sie es hinter meinem Rücken und ohne mein Wissen getan.«

»Wie ist das eigentlich abgelaufen? Ich meine, wie muss ich mir das als einfacher Beamter vorstellen?«

»Nun, gute Ideen entstehen meist in entspannten Situationen, beim Plaudern, beim Kaffeeklatsch. In diesem Fall, meine ich mich zu erinnern, war es bei der Eröffnung unseres neuen Werks bei Amsterdam. Richtig, ich entsinne mich, während der Rückfahrt. Wir sprachen über Banalitäten, waren beide ein wenig beschwipst. Und auf einmal sagt Juli: ›Kurt, gib mir fünfzig Millionen und fünf Jahre und freie Hand, und ich stelle dir etwas auf die Beine, dass du aus dem Staunen nicht mehr herauskommst.‹«

Der Großraumwagen unseres ICE war zum Glück nur zur Hälfte besetzt, sodass Vangelis und ich zwei Plätze mit einem Tisch dazwischen ergattert hatten und niemand neben uns saß, der zuhören konnte. Dennoch sprach ich jetzt mit gedämpfter Stimme.

»Sie hatte also zu diesem Zeitpunkt schon eine konkrete Idee?«

»Die hatte sie wohl, ja. Ich fragte sie, wie groß die Wahrscheinlichkeit denn sei, dass es am Ende etwas zum Staunen geben wird. Ihre Antwort lautete: ›Hundert Prozent‹. Sie hatte sogar schon Kontakte zu den notwendigen Spezialisten geknüpft. Zwei, drei Monate später kam sie dann noch einmal zu mir und hat die Übernahme eines Start-ups vorgeschlagen und um die dafür nötigen Mittel gebeten.«

»Dr. Nemzow?«

»Mag sein. Namen kann ich mir leider sehr schlecht merken, es ist ein Elend mit mir. In Hannover sitzen die, das weiß ich noch, und Juli meinte, was die können, brauchen wir unbedingt. Weiter ins Detail ist sie nicht gegangen. Und es ist übrigens auch nicht meine Aufgabe, mich um Details zu kümmern.«

Wieder einmal gab ich einen Schuss ins Blaue ab: »Humanoide Roboter vielleicht?«

»Sie haben schon mit Dr. Nemzow gesprochen?«, fragte der CEO milde überrascht und verriet damit, dass er wirklich mehr wusste, als er zugeben wollte.

Längst war es Nacht geworden. Ich betrachtete mein Spiegelbild in der Fensterscheibe des jetzt mit fast dreihundert Stundenkilometern durch die Finsternis rasenden Zuges. War ich wirklich so blass und abgekämpft, wie ich aussah, oder lag es an der Beleuchtung?

»Um ehrlich zu sein, Herr Professor Kratt, ich kann das alles nicht recht glauben, was Sie mir gerade erzählen.«

»Was?«, fragte er erstaunt. »Was können Sie nicht glauben?«

»Dass ein Unternehmen solche Summen ausgibt, ohne dass nach dem Zweck gefragt wird. Ohne dass vielleicht sogar der Aufsichtsrat sein Okay geben muss.«

»Verehrter Herr Gerlach, Sie tragen selbst Führungsverantwortung, wenn ich richtig informiert bin. Deshalb sollten Sie es eigentlich wissen: Wenn Sie Ihren leitenden Mitarbeitern keine Freiräume lassen, etwas zu bewegen, etwas zu verändern, dann werden sie sehr bald nicht mehr Ihre Mitarbeiter sein. Wenn Sie diesen Leuten keine Luft zum Atmen lassen, wenn sie ihre Kreativität nicht ausleben dürfen, dann suchen die sich einen Ort, wo sie sich besser verwirklichen können. Oder, und das ist fast noch schlimmer, sie gehen in die innere Kündigung. Dazu war Juli allerdings nicht der Typ. Die hätte mir die Brocken mit Getöse hingeschmissen und innerhalb weniger Tage, wenn nicht Stunden woanders einen adäquaten Job gefunden.«

»War das Ganze Teil des Deals, als Sie sie angeworben haben?«

»So war es, ganz richtig. Juli hatte bereits ein Unternehmen höchst erfolgreich geführt, wie Sie sicherlich wissen. Sie hat es in schwierigen Zeiten und unter widrigen Umständen wieder profitabel gemacht. Aber ich hätte sie nicht für uns gewonnen, hätte ich ihr nicht die Chance geboten, selbstständig Entscheidungen großer Tragweite zu treffen, sich zu verwirklichen. Spuren zu hinterlassen.«

Theresa schlief schon, als ich mich neben sie legte, gab mir friedlich murmelnd einen flüchtigen Gutenachtkuss, drehte sich auf die andere Seite und schlief sofort wieder ein. Ich dagegen lag noch lange wach, grübelte sinn- und erfolglos herum, schlief später unruhig, träumte von einstürzenden Hochhäusern und entgleisenden Zügen. Jedes Mal, wenn ich kurz aufwachte, war ich froh, sie neben mir zu spüren, ihren ruhigen Atem zu hören.

Am nächsten Morgen ging es früh weiter.

Der erste Anruf des Tages, der mich noch auf dem Weg zur Direktion erreichte, kam wieder aus Hannover.

»Wir haben das Taxi«, berichtete Kollege Siebenmorgen mit einer Stimme, als wäre auch er gestern spät ins Bett gekommen. »Und den Täter kennen wir auch. Die Fingerabdrücke, die Ihre Leute mir geschickt haben …«

Wie viele abgelegte oder aktuelle Liebhaber seiner Frau wollte Meerbusch denn noch zur Strecke bringen? Und zum zweiten Mal die Frage: Wie hatte er Nemzow gefunden? Woher kannte er den Namen seines Nebenbuhlers? Hatte er ihn in einem unbeobachteten Moment im Handy seiner Frau entdeckt? Oder ein zärtliches Telefonat mitgehört? Jedenfalls hatte er gewusst, wer sein jetziger Nebenbuhler war. Und nun war die nächste Katastrophe da.

Da die Fahndung nach Meerbusch ohnehin auf Hochtouren lief, konnte ich nur abwarten, bis er oder Nemzows Wagen irgendwo gesichtet wurde.

Als das Handy das nächste Mal zu tirilieren begann, stieg ich gerade die Treppen zu meinem Büro hinauf. Dieses Mal verstand ich erst nach zweimaligem Nachfragen, wer der Anrufer war.

»Hilpert hier. Wir sprachen gestern über Herrn Lenze, der Frau von Lembke das Leben so schwer gemacht hat. Zwischenzeitlich habe ich erfahren, dass seine Frau ebenfalls bei uns angestellt war, in der Buchhaltung. Leider musste auch sie im Zuge der Umstrukturierung freigestellt werden.«

Was bedeutete, dass die Familie wahrscheinlich von heute auf morgen vor dem Nichts stand.

»Und sechs Monate nach ihrem Ausscheiden hat die Frau sich dann unglücklicherweise auch noch das Leben genommen. Vermutlich hätte sie es früher oder später ohnehin getan. Aber …«

»… ihr Mann sieht das wohl anders.«

Hilpert hatte inzwischen die aktuelle Anschrift von Ulrich Lenze herausgefunden. Der ehemalige Betriebsratsvorsitzende wohnte immer noch in Lampertheim, einer kleinen Stadt nördlich von Mannheim. Dort besaß er ein Haus, in dem er seit seiner Geburt lebte.

»Ein Mitarbeiter, mit dem ich in der Angelegenheit gesprochen habe – ich musste ihm versprechen, seinen Namen nicht zu nennen –, sagte mir, Lenze habe nach dem Tod seiner Frau begonnen zu trinken. Und zwar nicht zu knapp.«

Vor der Tür zu meinem Büro erwartete mich die Kollegin Ilzhöfer mit Mordlust im Blick.

»Ursula?«, fragte ich ahnungsvoll.

Sie nickte grimmig.

»Grad hat mich eine Kollegin angerufen, aus Heilbronn. Sie sagt, da treibt sich seit ein paar Tagen eine Pennerin rum, die gern teuren Whisky trinkt.«

Gemeinsam betraten wir mein Vorzimmer.

»Steht heute Vormittag irgendwas in meinem Kalender, das sich nicht verschieben lässt?«, fragte ich Sönnchen.

Mit gerunzelter Stirn blickte sie über den Goldrand der schmalen Brille hinweg, die sie seit Neuestem beim Arbeiten trug, auf ihren Monitor.

»Bloß dieser Herr Schulze um halb zwölf. Den Rest krieg ich irgendwie geregelt.«

»Schulze, richtig.« Ich griff mir an den Kopf, sah Kollegin Ilzhöfer an. »Halb zwölf? Das schaffen wir.«

»Sie wollen jetzt aber nicht nach Heilbronn?«, fragte sie entsetzt.

»Ich will nicht. Ich muss.«

Schon wieder in der Tür, sah ich noch einmal zurück. »Irgendwas Wichtiges in meinem Posteingang?«

Wieder der prüfende Blick über den Brillenrand. Kopfschütteln.

Immer noch keine Spur von Boris Nemzow oder Kai Meerbusch.

Zehn Minuten später waren die Kollegin und ich auf der Autobahn. Schulze, der sich so geheimnisvoll gebärdende Informant, hatte mich wie angedroht gestern Mittag angerufen. Ich hatte ihm – ohne Rücksprache mit Kaltenbach oder der Staatsanwaltschaft – zu verstehen gegeben, dass ich keine zehntausend Euro für seine angeblich so wertvollen Geheimnisse bezahlen würde. Daraufhin hatte er zu handeln begonnen, war erst auf siebentausend heruntergegangen, dann auf fünf, und bald war mir klar geworden, dass es ihm im Grunde nicht um Geld ging, sondern darum, sein Wissen mit mir zu teilen, um der ORMAG zu schaden. Offenkundig hatte er eine Stinkwut auf die Firma, und so hatten wir uns schließlich darauf geeinigt, dass ich seine Zugfahrkarte bezahlen würde, zweite Klasse von Basel, wo er sich zurzeit vor wem auch immer versteckte, nach Heidelberg und zurück.

Während der Fahrt telefonierte die Polizeiobermeisterin neben mir hin und wieder mit ihrer Kollegin in Heilbronn. Nach und nach erfuhren wir Einzelheiten. Die Obdachlose mit Hang zu hochpreisigen Alkoholika hielt sich seit Kurzem in Heilbronn auf, trieb sich meist in der Innenstadt herum, oft bei der Kilianskirche oder am Neckar.

»Die Ursel mag Kirchen, und den Neckar mag sie anscheinend auch«, meinte meine Beifahrerin mit bösem Lachen. »Ich könnt mich ohrfeigen, also echt! Wie blöd muss man sein, so jemandem auch noch helfen zu wollen?« Zornig sah sie mich von der Seite an. »Und wieso sind Sie jetzt auf einmal so an ihr interessiert?«

»Ich brauche sie noch mal. Nüchtern. Für ein kleines Experiment.«

Wir waren schon anderthalb Stunden durch die Heilbronner Innenstadt geirrt, als wir Ursula schließlich fanden. Zwischen der Kaiserstraße und der Lohtorstraße am Neckarufer, unter einer noch blattlosen, großen Kastanie, schmutzig, stinkend, aber immerhin bei Bewusstsein. Im Arm wiegte sie eine grüne Flasche wie ein Baby, summte eine kleine Melodie dazu.

»Ein Laphroaig«, stellte meine Begleiterin augenrollend fest. »Bloß zehn Jahre alt. Anscheinend guckt Madame seit Neuestem aufs Geld.«

Hin und wieder hatten wir von Streifenwagenbesatzungen per Handy Hinweise erhalten, die jedoch letztlich alle in die Irre führten. Entweder war Ursula schon nicht mehr dort, wo die Kollegen meinten, sie gesehen zu haben, oder es war eine andere Frau gewesen. Diejenige, die jetzt vor uns lag und ihre fast leere Whiskyflasche in den Schlaf wiegte, war die Richtige.

»Ich hole den Wagen«, sagte ich zur immer noch finster dreinblickenden Kollegin Ilzhöfer. »Sie passen bitte auf, dass sie nicht wegläuft.«

»Die?« Sie lachte kalt. »Die kommt doch keine drei Meter weit, so vollgesoffen, wie sie ist. Aber keine Angst, wenn sie versucht aufzustehen, schieße ich ihr ins Bein.«

Es war unverkennbar, dass sie große Lust verspürte, genau das zu tun.

Ich lief zur Bahnhofstraße zurück, wo ich unseren Dienstwagen im absoluten Halteverbot abgestellt hatte, überzeugte eine uniformierte Mitarbeiterin des Stadtordnungsamts davon, dass der schwarze Opel Kombi der Heidelberger Polizeidirektion gehörte und ein Knöllchen deshalb vollkommen unangebracht war. Ihre Miene blieb streng und zweifelnd, aber schließlich ließ sie ihr Strafmandatscomputerchen sinken und schlenderte, leise vor sich hin schimpfend, zum nächsten Falschparker.

Zehn Minuten später lag Ursula auf dem Rücksitz, über den die wütende Kollegin vorsorglich eine blaue Kunststoffplane gelegt hatte, und schlief fast sofort ein. Weitere zehn Minuten später standen wir auf der A 6 im Stau, und Ursula erbrach sich zum ersten Mal. Die Flüche, die die Polizeiobermeisterin Ilzhöfer nun von sich gab, waren von der Art, dass ich sie hier nicht wiedergeben möchte.

Nach mehreren Halten an Autobahnparkplätzen und Raststätten erreichten wir mit zerrütteten Nerven und in einem trotz weit offener Fenster heillos stinkenden Wagen Heidelberg. Als wir gerade diskutierten, ob wir die unter akuter Alkoholvergiftung leidende Säuferin in eine Zelle sperren oder doch besser gleich in eine Klinik schaffen sollten, kam Ursula wieder zu sich und begann unverzüglich, ihre beiden Retter zu beschimpfen.

Pünktlich um halb zwölf saß ich ein wenig atemlos, verschwitzt und vermutlich nicht allzu gut riechend im Metropolis, dem einzigen richtigen Lokal, das es im Heidelberger Hauptbahnhof gab. Das mit viel dunklem Holz modern und geschmackvoll eingerichtete Etablissement war ruhig und noch schwach besucht und kein Herr Schulze weit und breit. Ein Erkennungszeichen hatten wir nicht verabredet. Er werde mich schon finden, hatte er am Telefon gemeint. Nachdem ich eine Viertelstunde vergeblich gewartet hatte und kurz davorstand, die Rechnung für mein Mineralwasser zu verlangen, klingelte mein Handy.

»In Mannheim die Bahn verpasst«, keuchte der Geheimniskrämer. »Zehn Minuten, dann bin ich bei Ihnen.«

Bald darauf sah ich tatsächlich einen dicklichen, strohblonden, mittelalten und hektisch um sich blickenden Mann das Lokal betreten. Ich winkte, er entdeckte mich, lief zu mir, sank auf den Stuhl an der anderen Seite des quadratischen Tischchens. Er trug einen für die Temperatur viel zu warmen rehbraunen Wollmantel, Schweißperlen standen auf seiner blassen Stirn. Das Gesicht war nichtssagend, weder schön noch hässlich, die Lippen ein wenig zu weich und voll, die Augen zu glubschig. Wir schüttelten uns flüchtig die Hände, ohne uns zu erheben.

Mein Gegenüber sah noch ein letztes Mal über seine Schulter, kam zu der Überzeugung, dass niemand ihn verfolgt hatte oder so nah saß, dass er unser Gespräch belauschen könnte. Außer zwei gut gelaunten Biertrinkern an der Theke und einer in ein dickes Buch vertieften älteren Dame an der Stirnwand waren wir ohnehin die einzigen Gäste.

Die Bedienung kam zu uns, und Schulze orderte, immer noch schwer atmend, einen Latte macchiato.

»Nun«, begann er im Verschwörerton, als sie sich weit genug entfernt hatte, und beugte sich über den Tisch. »Die ORMAG.«

»Erst einmal würde mich interessieren, wie es kommt, dass Sie Insiderwissen haben.«

»Ich bin Ingenieur und war bis vor einigen Monaten noch bei einer Firma angestellt, die damals mit der ORMAG in Übernahmeverhandlungen stand. Der Firma ging es nicht gut, und inzwischen geht es ihr noch viel schlechter. Sie ist in Familienbesitz und hat schon seit Jahren Probleme, mit der Konkurrenz Schritt zu halten. Die Übernahme ist letztlich gescheitert, und das hat mich den Job gekostet. Und einige andere auch.«

»Was stellt die Firma her?«

Schulze zögerte, sah auf den leeren Tisch aus kaffeebraunem Holz. »Flugzeuge. Segelflieger und Ultralight-Propellermaschinen. Aber auch noch kleinere Dinger. Große, ferngesteuerte Modelle für reiche Hobbyflieger, hauptsächlich im Nahen Osten. Unsere Modelle haben Spannweiten von zwei Metern und mehr. Eine Weile hatten wir sogar einen Eurofighter im Maßstab eins zu fünf im Angebot mit echten

Strahltriebwerken. Aber das Teil war dann doch zu teuer, sogar für saudische Prinzen. Weit über fünfzigtausend, hat sich nur drei- oder viermal verkauft, und wir hatten eigentlich nichts als Stress damit. Vor allem mit den Triebwerken. Dabei waren die gar nicht von uns, sondern von einem Zulieferer hier ganz in der Nähe.«

Es dauerte einige Sekunden, bis bei mir der Groschen fiel: »Sitzt dieser Zulieferer vielleicht in Ludwigshafen?«

Verblüfft sah er mich an. »Sie kennen die TurboTec?«

Dass man in Oggersheim auch Flugzeugtriebwerke baute, hatte man mir vornehm verschwiegen. Vielleicht war es nur ein letztlich gescheiterter Versuch gewesen, einen neuen Markt zu erobern, vielleicht waren es aber auch genau diese Triebwerke, die die TurboTec für die ORMAG interessant machten. Allmählich war ich doch froh, trotz des Ärgers mit Ursula zum Bahnhof gefahren zu sein. Die Bedienung stellte den Latte macchiato vor Schulze hin, ich orderte ein zweites Wasser für mich. »Und wie kommt es, dass die ORMAG sich auf einmal für Flugzeuge interessiert?«

Noch während ich die Frage aussprach, formte sich in meinem Kopf ein Bild: kleine Flugzeuge, Triebwerke von der TurboTec, eine selbstlernende Steuerungssoftware von Boris Nemzow, ein Flugzeugentwickler von Lockheed Martin, ein hoch bezahlter Spezialist für Sensorsysteme aus Israel …

»Sagt Ihnen der Name Ruben Levinger etwas?«, fragte ich.

Schulze nickte eifrig, spürte wohl, dass ich begann, ihm Glauben zu schenken. »Ich hatte mehrere Gespräche mit Ruben. Technische Gespräche.«

»Wofür hat die ORMAG ihn eigentlich angeworben? Was ist sein Spezialgebiet?«

»Sie wissen nicht, dass Ruben früher bei Rafael war, in Haifa?«

Rafael Advanced Defense Systems war *die* Waffenschmiede Israels, wurde ich belehrt.

»Die sind technologisch so top, dass sogar das Pentagon hin und wieder bei ihnen anklopft. Mit Lockheed Martin arbeiten sie übrigens auch in gleich mehreren Projekten eng zusammen.«

Mit der Firma also, für die Eric Sundstrom früher Stealth-Bomber entwickelt hatte. Der Kreis schloss sich.

»Wissen Sie auch, womit genau Levinger sich in Israel beschäftigt hat?«

Schulze beugte sich noch weiter über den Tisch, hätte dabei um ein Haar sein Glas umgestoßen und raunte mit bedeutungsvoller Miene: »So was wie Cruise Missiles.«

Sogenannte Bummelraketen, die ohne menschlichen Eingriff über Hunderte von Kilometern ihr Ziel fanden und es mit noch vor wenigen Jahren unvorstellbarer Treffsicherheit vernichteten.

»Und so was will die ORMAG jetzt auch bauen?«

»Bis ins letzte Detail haben sie uns natürlich nicht eingeweiht. Manches habe ich mir nur zusammengereimt. Aber ein bisschen mussten sie natürlich schon die Hosen runterlassen, bevor wir über technische Details reden konnten. Und zum Glück war Ruben ein Angebertyp, der seine Klappe nicht halten konnte.«

Mir fiel auf, dass mein Gegenüber heute nicht so abgehackt und mit ständigen Pausen an den falschen Stellen sprach, sondern flüssig und fast übertrieben schnell. Als wollte er die Angelegenheit möglichst zügig hinter sich bringen.

»Mir hat man erst gestern gesagt, die Unternehmensstatuten der ORMAG würden die Herstellung von Waffen ausdrücklich verbieten.«

Schulze lachte hysterisch auf, verstummte sofort wieder, sah erneut hektisch um sich. »Diese Statuten sind das Papier nicht wert, auf dem sie gedruckt sind. Wenn der Laden ins Schlingern kommt, dann gilt immer nur die eine Regel: Geld verdienen – scheißegal, womit. Werden die

Statuten eben an die Realitäten angepasst, so what? Die letzte Ausrede ist dann immer: Es ist ja nur zur Verteidigung. Es ist ja keine Angriffswaffe. Und die allerletzte, die immer geht: Wenn wir es nicht machen, dann machen es andere.«

»Ich nehme an, der Bund wollte die Entwicklung mitfinanzieren«, sagte ich und dachte dabei an Bastian Heidolph, den geheimnisvollen Anrufer aus Berlin, der einige Zeit beim Beschaffungsamt der Bundeswehr in Koblenz gearbeitet hatte.

Schulze nickte aufgeregt. »So läuft das normalerweise. Solche Projekte verschlingen Unsummen, das stemmt keine Firma aus eigener Kraft ...« Befriedigt verzog er den Mund und schmatzte.

Den benötigten Flugzeugbauer hatte Juli am Ende in Tschechien gefunden.

»Die waren billiger zu kriegen als wir.«

»Cruise Missiles gibt es aber doch schon.«

»Ich sagte doch, etwas Ähnliches wollen sie machen. Was genau?« Er zuckte mit den Achseln. »Wäre vielleicht noch ein zweiter Latte für mich drin?«

Ich winkte der Bedienung, die hinter dem Tresen mit dem Schlaf kämpfte, und deutete auf das leere, mit Milchschaum verschmierte Glas meines Gasts.

»Haben Sie auch Frau von Lembke kennengelernt?«

Er schüttelte fast panisch den Kopf. Seine Nervosität schien eher zu- als abzunehmen. Und der Schweiß auf der Stirn wurde nicht weniger. »Sie hat das Kaufmännische mit den Eigentümern verhandelt. Mit uns Fußvolk hat nur Ruben gesprochen. Sonst niemand.«

»Wer könnte ein Interesse daran haben, das Projekt zum Scheitern zu bringen?«

Wieder lachte Schulze übertrieben laut. »Suchen Sie sich was aus: die Amis, die Israelis, die Chinesen, die Russen, alle, die selbst Waffen produzieren. Dazu natürlich die, gegen die sie eingesetzt werden könnten: wieder die Russen, der IS, der Iran, Libyen – Sie haben die Wahl.«

Er beruhigte sich wieder, wurde ernst.

»Sie selbst haben keine Idee dazu?«, fragte ich. »Wenigstens eine Vermutung?«

»Wäre vielleicht noch ein Butterhörnchen mit Marmelade drin? Ich habe heute noch nichts gegessen. Und gestern nicht viel.«

Erneut winkte ich der Bedienung, bestellte bei dieser Gelegenheit auch gleich einen Cappuccino für mich und nach kurzem Zögern ein zweites Croissant.

»Ich denke, sie arbeiten in Haifa an etwas Ähnlichem. Ruben hat mir gegenüber mal anklingen lassen, dass er die meisten technischen Probleme sowieso längst gelöst hat. Dass er praktisch alles schon im Kopf hat. Ständig hat er einem das Gefühl gegeben, er wäre der große Checker, und alle anderen sind dumme Trottel, mit denen er sich nur notgedrungen abgibt.«

»Die Israelis also.«

»Einen Beweis kann ich Ihnen nicht liefern, sorry. Aber Rafael hat wahrscheinlich schon Hunderte von Millionen in das Projekt investiert, und jetzt kommen die Deutschen daher und kaufen ihnen ihren besten Mann weg. Die Israelis wollen nicht, dass irgendwelche Militärgeheimnisse außer Landes kommen, da sind die verdammt empfindlich. Man darf nicht vergessen, sie befinden sich seit Jahrzehnten im Kriegszustand. Da tickt man wahrscheinlich ein bisschen anders als bei uns hier nach einem halben Jahrhundert Frieden.«

21

Ulrich Lenzes Haus in Lampertheim war zweistöckig, stand wie die Nachbarhäuser mit dem Giebel zur Straße, war nicht gerade schäbig, aber doch ein wenig heruntergekommen. An manchen Stellen bröckelte der Putz, die Fensterrahmen hätten einen frischen Anstrich vertragen können.

Als ich am Rand der vierspurigen Wormser Straße etwas benommen aus meinem Dienstwagen kletterte, schlug die Glocke einer fernen Kirche ein Uhr. Um mich herum roch es nach Dieselabgasen und Gebratenem, und mir wurde bewusst, dass ich außer einem Fläschchen Wasser, zu viel Kaffee und einem Croissant heute noch nichts zu mir genommen hatte.

Der Eingang des Hauses befand sich an der Seite, und um ihn zu erreichen, musste man erst ein Tor durchqueren, das in einen etwa zwei Meter hohen Bretterzaun eingelassen war. Dieser erstreckte sich bis zum vielleicht fünfzehn Meter entfernten, sehr ähnlich aussehenden Nachbarhaus. Am leicht rostigen Blechbriefkasten neben dem Tor stand kein Name, am Klingelknopf einer, den ich nicht entziffern konnte, da die Tinte über die Jahrzehnte verblasst war. Aber die Hausnummer war die richtige.

Hinter mir donnerte ein schwerer Lkw in Richtung Mannheim, dass der Boden bebte, ein zweiter, ein dritter. Mit hoher Geschwindigkeit ratterte ein Rettungshubschrauber über mich hinweg, der vermutlich ebenfalls nach Mannheim unterwegs war.

Ich drückte den Knopf, hörte einen überraschend wohlklingenden Gong aus dem Inneren des kleinen Hauses und fast im selben Moment eine kehlige Männerstimme hinter mir sagen: »Sie wollen zu mir?«

Ulrich Lenze entsprach nicht dem Bild, das ich mir von ihm gemacht hatte. Er war einfach, aber sauber gekleidet, trug einen angegrauten Dreitagebart. Seine Haltung und Bewegungen waren kraftvoll, als würde er viel Sport treiben. Dem Alkohol hatte er offenbar inzwischen wieder abgeschworen. Das ebenfalls schon grau melierte Haar war kurz geschnitten, die dunkelbraunen Augen blickten klar und wach. Und im Moment nicht unbedingt freundlich.

»Herr Lenze?«

»Wer will das wissen?«

Ich zückte meinen Dienstausweis.

Ohne wirklich hinzusehen, zog er die Stirn kraus. Sein Blick wurde noch ablehnender. »Die Bullerei, so, so. Es geht um die Tussi aus Düsseldorf, nehm ich an? Kommen Sie rein.«

Er hob einen schon etwas verschlissenen Jutebeutel vom Lenker seines alten Fahrrads mit Nabenschaltung, schob einen Schlüssel ins Schloss der Lattentür, die in den Hof seines Heims führte. Das Rad, mit dem er gekommen war, ließ er unabgeschlossen an der Hauswand stehen.

»Wollt mir grad was zu essen richten. Haben Sie auch Hunger?«

»Wenn es keine Umstände macht«, sagte ich.

»Viel kann ich Ihnen aber nicht anbieten«, sagte mein Gastgeber, als wir kurz darauf in seiner niedrigen und stickigen Küche standen. »Ist kein Sternerestaurant hier. Was halten Sie von Pfannkuchen mit Pilzsoße?«

Der surrende Kühlschrank war klein und nicht mehr der Jüngste, der Herd hatte nur zwei Platten, das Küchenbüfett schien noch von den Urgroßeltern zu stammen, der Tisch wackelte. Wenn ein Lkw vor den zwei geschlossenen Fenstern vorbeirumpelte, klirrten Geschirr und Gläser im Schrank.

»Pfannkuchen ist prima«, sagte ich lächelnd. »Und danke übrigens für die Einladung.«

Ohne mein Lächeln zu erwidern, nahm er eine gelbe Kunststoffschüssel aus dem unteren Teil des Schranks, Mehl aus dem oberen, eine Zehnerpackung Eier und eine braune Papiertüte voller Champignons aus der Tragetasche. Die Eier waren frisch von einem Bauernhof am Ortsrand, erfuhr ich, die Champignons und der Rest des Einkaufs vom Bioladen an der Glefsweilerstraße.

»Kann zwar nicht mit Geld um mich schmeißen, aber für was Anständiges zu fressen langt's bisher immer noch.«

»Sie sind arbeitslos?«, fragte ich.

»Wenn Sie was trinken wollen, Gläser sind im Schrank, Wasser kommt aus der Leitung, und im Kühlschrank müsste auch noch Apfelsaft sein. Selber gekeltert.«

Durch die kleinen Fenster schien die Sonne herein, zeichnete schiefe Kreuze auf den sauberen und offenbar regelmäßig gewachsten Dielenboden. Lenze begann, mit routinierten Bewegungen den Teig zuzubereiten. Ich holte mir ein Glas aus dem Schrank, füllte es mit Wasser, setzte mich an den Tisch.

»Ja, ich bin immer noch arbeitslos«, sagte Lenze, während er rührte. »Wundert Sie das? Was hat man Ihnen erzählt über mich? Dass ich saufe? Dass ich kleine Kinder fresse?«

»Sie waren damals ziemlich sauer auf Frau von Lembke, das hat man mir erzählt.«

»Von einem Tag auf den anderen haben wir beide ohne Job und Einkommen dagestanden, meine Silvi und ich. Und außer uns noch hundert andere. Als hätte es nicht gereicht, wenn man einen von uns vor die Tür setzt, nein, gleich beide mussten es sein. Und was dann später mit Silvi passiert ist, wissen Sie ja wahrscheinlich auch schon.«

Ich nippte an meinem Glas. »Es muss furchtbar gewesen sein für Sie.«

»Ja, da haben Sie recht«, antwortete er gleichmütig, während er die Kochplatte einschaltete, eine große, gusseiserne

Pfanne daraufstellte und begann, die Pilze zu putzen und in einen Topf zu schnippeln. »Weiß Gott, das waren schlimme Jahre damals. Aber die Zeit heilt fast alle Wunden, sagen die Weisen, und mir ist klar geworden, dass die Firma wirklich den Bach runtergegangen wäre, wenn sie keine Leute entlassen hätte. Die Lembke hat ihren Job gemacht, heute versteh ich das. Und dass meine Silvi sich das so zu Herzen nimmt, konnt ja keiner ahnen. Sie ist übrigens nicht die Einzige gewesen, die sich umgebracht hat. Es hat noch zwei andere Fälle gegeben.«

Ich fragte mich, ob Lenze, der ständig mit dem Rücken zu mir sprach, ehrlich zu mir war oder nur eine gut einstudierte Rolle spielte.

»Klar bin ich immer noch sauer auf sie«, fuhr er fort, während er eine Zwiebel in Würfel schnitt und ein großes Stück Butter in einen Topf gab. »Wie würd's denn Ihnen gehen?«

Er stellte zwei Teller mit Blümchenrand auf den Tisch, holte Besteck aus einer Schublade und kippte Teig in die Pfanne. Nach einigen schweigend verstrichenen Minuten wurde der erste Pfannkuchen gerecht geteilt, auf jede Hälfte gab es eine Kelle von der Pilzsoße, der Koch setzte sich mir gegenüber und begann unverzüglich zu essen.

»Aber ich hab sie nicht umgebracht«, sagte er nach dem zweiten Bissen und sah mir dabei, ohne zu blinzeln, in die Augen. »So gern ich es früher getan hätte – ich war's nicht. Sie werden sich einen anderen suchen müssen, tut mir leid.«

Der Pfannkuchen erinnerte mich an meine Kinderzeit und schmeckte so gut, wie ein Pfannkuchen nur schmecken kann.

»Nur der Vollständigkeit halber«, sagte ich, als mein Teller leer war. »Wo waren Sie denn in der Nacht vom neunten auf den zehnten März?«

Erst jetzt wandte Lenze den herausfordernden Blick ab. »Am Neunten bin ich bei einer Freundin gewesen, am

Nachmittag und am Abend. Sie wohnt nur ein paar hundert Meter von hier. Fragen Sie sie ruhig, sie wird es Ihnen bestätigen. Irene heißt sie, Irene Raile. Ich kann Ihnen auch die Telefonnummer geben.«

»Wie kommt es, dass Sie sich nach fast drei Wochen noch so genau erinnern?«

»Weil ich damit gerechnet hab, dass Sie früher oder später hier aufkreuzen«, fuhr Lenze mich an. Dann schwieg er kurz und sprach ruhiger weiter. »Der Georg, das ist Irenes Mann, der liegt im Sterben. Krebs. Überall ist er schon, der Krebs. Die Ärzte haben ihn aufgegeben, und jetzt liegt er da in seinem Bett und kriegt kaum noch was mit und wartet auf das Ende. Georg ist ein guter Freund von mir. Vielleicht der beste, den ich je gehabt hab. Er ist übrigens auch bei der TurboTec gewesen und auch gefeuert worden. Und jetzt kann man nicht mal mehr mit ihm reden. Immer erwischt es die Netten zuerst, während die Dreckbacken ihr Leben in vollen Zügen genießen. Auf unsere Kosten feiern die da oben ihre Partys, füllen sich ihre sowieso schon randvollen Taschen, ruinieren fröhlich die Umwelt, und wir einfachen Leute sollen uns nicht mal ein bisschen aufregen dürfen?«

Lenze erhob sich. Die Pfanne zischte leise und qualmte, als er Teig für den zweiten Pfannkuchen hineinkippte. Leise fluchend, drehte er die Platte herunter.

»Niemand sagt, dass Sie sich nicht aufregen dürfen. Und an dem Abend sind Sie also bei Ihrem Freund und seiner Frau gewesen. Bis wann ungefähr?«

»Mindestens bis Mitternacht, wahrscheinlich länger. Ich helfe Irene manchmal ein bisschen. Mit Anträgen und so. Sie ist total hilflos in solchen Sachen. Früher hat so was alles der Georg gemacht. Und manchmal braucht sie auch einfach wen zum Reden, damit sie nicht verrückt wird. An dem Abend war's so. Wir haben zusammengehockt und geredet.«

»Ich werde wirklich mit ihr sprechen.«

»Sie glauben mir nicht?«

»Es gehört leider zu meinem Beruf, nichts zu glauben.«

Der zweite Pfannkuchen wurde zerteilt und auf die Teller geklatscht. Lenze setzte sich wieder mir gegenüber und funkelte mich drohend an.

»Dann fragen Sie sie, verdammt! Rufen Sie sie an, na los! Das Telefon steht im Flur.«

»Gibt es sonst noch jemanden, der Ihre Aussage bestätigen könnte?«

Zögernd nahm er die Gabel zur Hand, begann zu essen, hörte wieder auf damit. Ruckartig hob er den schweren Kopf und sah mir so finster und starr in die Augen, dass es mich Überwindung kostete, den Blick nicht abzuwenden.

»Jetzt passen Sie mal auf, Sie Klugscheißer. Ich hab ja nicht mal gewusst, dass die Hexe in der Gegend war. Und ich hab mich auch nicht dafür interessiert. Glauben Sie im Ernst, ich versaue mir auch noch den Rest meines Scheißlebens, bloß um mich an ihr zu rächen? Halten Sie mich für dermaßen bescheuert?«

Erst nach vielen Sekunden senkte er den Blick und aß weiter.

»Es gibt also außer Ihrer Freundin niemanden, der bestätigen kann, dass Sie in der Tatnacht nicht in Heidelberg waren.«

»Ich war's nicht, Herr Gerlach«, sagte er mit fester Stimme und ohne vom Teller aufzusehen. »Ich würd Ihnen den Gefallen ja gern tun, aber ich war's halt nun mal nicht.«

»Dürfte ich ein, zwei Fotos von Ihnen machen?«

»Wenn's der Wahrheitsfindung dient. Wofür brauchen Sie die denn, bitte schön?«

»Es gibt eine Augenzeugin. Sie hat den Täter gesehen.«

Dieser Umstand schien ihn nicht weiter zu beunruhigen. Ulrich Lenze, der ehemalige Betriebsratsvorsitzende der TurboTec GmbH, war entweder ein begnadeter Schauspieler oder wirklich unschuldig.

Zurück im Büro, bat ich noch einmal Klara Vangelis und Sven Balke zu mir. Balke hatte die Installation und Inbetriebnahme von Kaltenbachs Verbrechensverhütungssoftware inzwischen erledigt. Messbare Erfolge hatten sich bislang nicht eingestellt.

»Das dauert, meint unser großer Häuptling«, sagte er breit grinsend. »Muss sich alles erst einschleifen.«

Sein gestern noch blaues Auge tendierte inzwischen mehr zu Lila. Das Pflaster an der Stirn war kleiner geworden.

Aus Hannover gebe es immer noch nichts Neues, berichtete Vangelis. Weder von Meerbusch noch von seinem Opfer eine Spur.

»Wahrscheinlich liegt der Audi längst am Grund irgendeines Sees mit zwei Leichen drin«, meinte Balke mit galligem Humor. »Schätze, dieser Irre hat von Anfang an einen erweiterten Selbstmord geplant.«

Ich setzte mich gerade hin und kam zum eigentlichen Thema des Gesprächs.

»Ich wollte mit Ihnen noch mal über diesen Bastian Heidolph sprechen. Was wissen wir inzwischen über den Mann?«

Balke hatte in den vergangenen Tagen nebenher noch ein wenig recherchiert, war jedoch nicht wirklich weitergekommen.

»Bei diesem Amt in Koblenz haben sie den Namen angeblich noch nie gehört, und beim Verteidigungsministerium ist es genauso. Der Typ ist jedenfalls nicht irgendein kleiner Beamter. Der muss was Höheres sein.«

»Gehört seit Neuestem nicht auch der MAD zum Verteidigungsministerium?«, fragte ich mit gerunzelter Stirn. Der Militärische Abschirmdienst, einer der drei Geheimdienste der Bundesrepublik Deutschland.

»Man kann ja wohl schlecht einfach da anrufen und fragen, ob sie einen Mitarbeiter namens Heidolph auf ihrer Lohnliste haben«, sagte Vangelis.

»Anrufen kann man schon«, widersprach Balke wütend. »Aber die sagen einem nichts.«

Er hatte es natürlich schon versucht.

»Eigentlich müssten die doch Interesse an einem Informationsaustausch haben«, überlegte Vangelis. »Die möchten doch bestimmt auch wissen, was hier läuft. Sonst hätte dieser angebliche Axel Schmidt Sie ja gar nicht erst angerufen.«

»Weshalb sind Sie eigentlich so hinter diesem Typ her?«, wollte Balke mit gerunzelter Stirn wissen.

»Weil ich denke, dass er mir eine Menge zu den Hintergründen des ganzen Elends erzählen kann.«

Und vielleicht konnte ich auf diesem Weg herausfinden, ob das, was ich am Vormittag bei Cappuccino und Croissant gehört hatte, einigermaßen der Wahrheit entsprach.

»Bei denen haben bestimmt sämtliche roten Lampen geblinkt, als sie hörten, dass Frau von Lembke tot ist«, meinte Vangelis.

»Und nach allem, was seither passiert ist, haben sie in Berlin jetzt todsicher Alarmstufe rot«, war Balke überzeugt.

»Wieso melden sie sich dann nicht bei uns? Warum arbeiten sie nicht mit uns zusammen?«

»Weil es viel zu geheim ist«, mutmaßte Balke. »Und weil sie außerdem arrogante Arschlöcher sind.«

Oder weil man in Berlin ohnehin wusste, was wir taten? Was wir dachten und planten?

»Wer mit dem Tod Geschäfte machen will …«, sagte Vangelis leise.

»Braucht sich nicht zu wundern, wenn er übers Ohr gehauen wird«, ergänzte Balke grimmig.

Mein Telefon unterbrach unser zunehmend sinnloses Geplauder. 0511 – Hannover.

»Ich habe hier etwas«, begann eine Kollegin mit rauchiger Stimme, deren kompliziert klingenden Namen ich nicht verstanden hatte. »Möglicherweise ist es interessant für Sie.«

Boris Nemzows schwarzer Audi war in der Nacht von Sonntag auf Montag, nur wenige Stunden nachdem der Besitzer niedergeschlagen worden war, wegen überhöhter Geschwindigkeit geblitzt worden.

»Die Radarfalle steht in einem Ort namens Lampertheim. Das ist doch bei Ihnen in der Nähe, nicht wahr?«

Lampertheim? Was bedeutete das nun wieder? Machten Meerbusch und Lenze etwa gemeinsame Sache?

»Schicken Sie mir das Foto«, sagte ich eilig, »und die genaue Position des Blitzers.«

Noch bevor ich den Hörer aufgelegt hatte, machte mein Laptop »Piep«.

Der Fahrer des nachts um halb drei in einer Ortsdurchfahrt geblitzten Audi war Kai Meerbusch. Mit achtundsiebzig Stundenkilometern war er auf der B 47 unterwegs gewesen, in Richtung Westen, in einem nördlichen Vorort Lampertheims mit dem hübschen Namen Rosengarten.

»Wo wollte er hin?«, fragte Balke. »Was hat er vor?«

»Wahrscheinlich hast du recht.« Vangelis seufzte und strich sich eine vorwitzige Locke hinters Ohr. »Wahrscheinlich hat er nach einer Stelle gesucht, wo er in den Rhein fahren kann.«

»Wenn er die Karre wirklich versenkt hat, dann kann es Monate dauern, bis wir ihn finden«, mutmaßte Balke.

Aber weshalb hatte er es nicht gleich irgendwo bei Hannover getan? Auch dort gab es Wasser. Wozu erst die weite Fahrt, um sich am Ende dann doch das Leben zu nehmen?

»Die entscheidenden zwei Fragen sind jetzt: Wo steckt er? Und ist Nemzow noch am Leben?«, fasste ich zusammen.

Wir wussten zu wenig über Kai Meerbusch, wurde mir klar. Vielleicht fanden wir die Antwort auf die erste Frage, wenn wir uns seine Lebensgeschichte ansahen. Möglicherweise hatte er irgendeinen Bezug zu Worms, das nur wenige hundert Meter von dem Blitzer entfernt lag, am anderen

Rheinufer. Oder er besaß irgendwo in der Pfalz ein Wochenendhaus oder hatte Freunde dort. Wir teilten sein bisheriges Leben unter uns auf. Ich würde mich um die ersten zwei Jahrzehnte kümmern, Balke um das dritte, Vangelis um den Rest.

Und nebenbei würde ich versuchen herauszufinden, ob sich irgendwann in der Vergangenheit seine Wege mit denen von Ulrich Lenze gekreuzt hatten. Das böse Gefühl ließ mich nicht mehr los, Meerbusch katastrophal unterschätzt zu haben. Hätte ich ihn von vornherein ernster genommen, dann wäre Linus Köhler vielleicht noch am Leben. Und Boris Nemzow in Freiheit.

Zur Welt gekommen war Kai Meerbusch am dritten August 1980 in Viersen, einem Städtchen nördlich von Mönchengladbach. Als er zwölf Jahre alt war, waren seine offenbar gut betuchten Eltern nach Heppenheim verzogen. Wie es schien, war der Vater keinem Beruf nachgegangen, sondern hatte von seinem ererbten Vermögen gelebt. Kai, das einzige Kind, wurde nach dem Wohnortswechsel nach Salem geschickt, auf das Internat der Vornehmen und Reichen am Bodensee. 1999 hatte er die Nobelschule mit einem mittelprächtigen Abitur verlassen.

»Kai Meerbusch-von Lembke – Maler, Bildhauer und Schauspieler«, las ich auf seiner selbst gebastelt wirkenden und lange nicht aktualisierten Homepage. Hier gab es Fotos seiner Werke zu besichtigen, überwiegend konfuses, buntes Gekleckse ohne erkennbaren eigenen Stil, dem selbst ich als Laie die Talentfreiheit des Schöpfers ansah. Auch seinen aus Gips, Draht und Straßenfunden gefertigten Plastiken konnte ich nichts abgewinnen. Als Schauspieler hatte er es bisher lediglich zu unbedeutenden Nebenrollen an drittklassigen Theatern gebracht, obwohl er von 2004 bis 2007 immerhin eine Schauspielschule in Köln besucht hatte.

Beim Meldeamt der Stadt Heppenheim an der Bergstraße

geriet ich glücklicherweise an eine ebenso kompetente wie kooperative Dame, die mir ohne Belehrungen über Dienstwege und zeitraubende Umstände Auskunft gab: »Der Vater ist 2014 gestorben, die Mutter zwei Jahre später.«

»Da Kai der einzige Sohn ist, hat er vermutlich das Haus geerbt?«

»Muss ich kurz klären. Ich rufe Sie zurück.«

Eine Viertelstunde später wusste ich, dass im Grundbuch tatsächlich Kai Meerbusch als Besitzer der Villa am Westhang des Odenwalds eingetragen war.

»Über den Daumen zwei Millionen«, schätzte meine wackere Informantin den Wert der Immobilie. »Ich kenne die Ecke da oben recht gut und glaube, ich kenne sogar das Haus. Meine Freundin wohnt nämlich auch im Starkenburgweg. Ihr Mann ist Chefarzt am hiesigen Krankenhaus.« Ihr letzter Satz klang ein wenig wie: Die hat es besser getroffen als ich.

»Was ist jetzt mit dem Haus? Steht es leer?«

Dieses Mal dauerte die Unterbrechung keine fünf Minuten.

»Meine Freundin sagt, es ist vermietet, an ein Architekturbüro.«

Das, so vermutete die Freundin, pro Monat zwischen zwei- und dreitausend Euro Miete bezahlte. Der talentfreie Künstler war finanziell also nie von seiner Frau abhängig gewesen. Vermutlich hatten ihm die Eltern auch noch andere Vermögenswerte hinterlassen. Ich überlegte, wie viel ich überhaupt noch von dem glauben durfte, was er mir erzählt hatte. Offenbar war er zwar ein miserabler Maler, aber kein schlechter Schauspieler. Die Rolle des verzagten, lebensuntüchtigen Witwers hatte er jedenfalls sehr überzeugend gespielt.

Noch einmal wählte ich die Nummer des Heppenheimer Meldeamts, geriet dieses Mal jedoch an einen mürrischen älteren Herrn, der nichts von so neumodischen Dingen wie

Kundenorientierung hielt. Nach einigem Grummeln und Maulen verband er mich mit Frau Schmieder, mit der ich bisher gesprochen hatte.

»Eine letzte Frage noch. Hat Ihre Freundin die Meerbuschs gekannt?«

»Die Eltern ja, den Sohn nur vom Sehen.«

»Dürfte ich sie anrufen und ein bisschen ausfragen?«

Frau Schmieder lachte hell. »Esther freut sich über jede Abwechslung. Soll ich Ihnen was sagen? Das Leben von so einer Chefarztgattin kann manchmal ganz schön langweilig sein.«

Augenblicke später hatte ich Esther Bachhaus in der Leitung, die sich tatsächlich über meinen Anruf freute.

»Ich lese so irre gerne Krimis«, sprudelte sie los. »Ich finde das so aufregend jetzt ...«

Kai Meerbuschs Haus stand keine hundert Meter von ihr entfernt auf der anderen Straßenseite.

»Ich stehe am Küchenfenster und kann es sehen. Was kann ich tun? Wie kann ich Ihnen helfen bei Ihren Ermittlungen? Soll ich rübergehen und einfach mal klingeln?«

»Das ist nicht nötig. Was können Sie mir denn über die Meerbuschs erzählen?«

»Erzählen?«, wiederholte sie, immer noch aufgeregt. »Nicht so viel, leider. Ganz nett sind sie gewesen. Wenn man sich gesehen hat, was nicht so oft vorkam, dann haben sie immer freundlich gegrüßt. Sie hatten wenig Kontakt hier und wollten wohl auch keinen. Der alte Herr war ja schon über siebzig und nicht mehr so gut zu Fuß. Die Frau, die war jünger, Anfang, Mitte fünfzig vielleicht. Wenn es stimmt, was man sich erzählt, dann war sie seine zweite Frau. Wenn sie mal wegmussten, sind sie immer mit dem Wagen gefahren. Die Einkäufe und so, das hat alles ein Mädchen besorgt, eine Russin. Und für den Garten hatten sie auch wen. Ich glaube, der war Syrer.«

»Den Namen des Mädchens kennen Sie nicht zufällig?«

»Ich nicht, aber ... Moment, ich rufe mal rasch wen auf dem Handy an, bleiben Sie dran ... «

Bald darauf war ich mit Natascha Chalkova verbunden, die inzwischen eine Stellung in einer anderen Villa am Starkenburgweg gefunden hatte.

Ich hörte das Klackern harter Absätze, im Hintergrund Verkehrsrauschen und Kindergeschrei.

Der alte Herr hatte viel Zeitung gelesen, erfuhr ich in den folgenden Minuten, und dabei klassische Musik gehört. Feine Leute seien sie gewesen, die Meerbuschs, und Fernseher hatte der Herr des Hauses so wenig geschätzt wie Internet und Mobiltelefone.

Ihr Deutsch war völlig akzentfrei.

Wenn Kai Meerbuschs Vater das Bedürfnis hatte, sich mit jemandem auszutauschen, dann hatte er das Festnetztelefon benutzt oder einen Brief geschrieben.

»Mit Füller und auf teurem Papier. Aber sie haben ja nicht mehr so viele Kontakte gehabt, beide nicht.«

Wenn der alte Herr überhaupt telefonierte, dann meist mit seiner Bank.

»Wegen seinen Aktien. So viel weiß ich: Sie waren reich, die Meerbuschs, richtig reich.«

»Wissen Sie eigentlich, weshalb sie nach Heppenheim gezogen sind?«

»Das war wegen des Bruders der Frau. Er war schwer krank und ein paar Jahre älter als sie. Ihm hat die Villa ursprünglich gehört. Er ist dann bald gestorben, und sie hat alles geerbt. Wer hat, dem wird gegeben, so steht es schon in der Bibel. Nicht nur die Villa haben sie geerbt, auch noch ein Segelboot und den Volvo. Den haben sie allerdings verkauft. Sie hatten ja selbst einen Bentley. Eines muss ich sagen: Sie haben mich immer anständig bezahlt. Und freundlich sind sie gewesen. Nicht so von oben herab wie manche andere.«

»Haben Sie den Sohn auch gekannt?«

»Kai ist nur selten zu Besuch gekommen, und dann hat es meistens Streit gegeben. Mit dem Vater. Der hat den armen Jungen immer runtergemacht. Weil er schlecht in der Schule war. Später, weil er nichts Richtiges arbeitet. Weil er nichts aus seinem Leben macht. Er hat mir oft leidgetan, der arme Kai. Eigentlich ist er nämlich ein Netter. Ein Seelchen, das keiner Fliege was zuleide tun kann.«

So hatte ich ihn bis vor Kurzem auch eingeschätzt. Selten hatte ich mich in einem Menschen so getäuscht. Nie im Leben hätte ich Meerbusch zugetraut, jemandem die Kehle durchzuschneiden oder einen Kerl wie Boris Nemzow k.o. zu schlagen und einfach zu entführen.

Sollte er vielleicht doch der Mörder seiner Frau sein? Irgendeinen Berührungspunkt mit Ulrich Lenze hatte ich bisher nicht finden können. Was nicht bedeutete, dass es keinen gab.

Wenn nur endlich Ursula wieder ansprechbar wäre!

Wenn doch endlich wieder Klarheit und Ordnung in meinem Kopf herrschte!

Eine halbe Ewigkeit saß ich an meinem Schreibtisch, grübelte ergebnislos, tigerte in meinem Büro herum und grübelte weiter, sah aus dem Fenster und grübelte immer noch.

Während die Zeit verrann.

Vielleicht Boris Nemzows Lebenszeit.

Falls er nicht längst tot war.

Inzwischen gab es in Deutschland keinen Polizisten mehr, der nicht die Fahndungsfotos gesehen und die Nummer von Nemzows Audi im Kopf hatte. Vor allem die Kollegen in Lampertheim, Worms und Umgebung hielten jetzt die Augen offen.

Ich zwang mich, vorübergehend an etwas anderes zu denken. Oft kamen einem die guten Ideen ja gerade dann, wenn man gar nicht an das zu lösende Problem dachte. Morgens in der Dusche, an roten Ampeln, auf langen Autobahnfahrten. Oder bei langweiliger Schreibtischarbeit. So kramte ich geistesabwesend in meinen Papieren und Akten herum, sichtete Protokolle, legte sie woandershin und bald darauf wieder zurück, tat nichts wirklich Sinnvolles, gönnte meinen Gedanken weiter Auslauf, weil ich ohnehin zu nichts Vernünftigem in der Lage war.

Sollte ich etwas übersehen haben? Etwas Wichtiges, eine entscheidende Kleinigkeit, die mir helfen könnte, Nemzow zu retten?

Von Stunde zu Stunde sank die Wahrscheinlichkeit, dass er noch am Leben war. Ein Mann, der einem vermeintlichen Nebenbuhler die Kehle durchschneidet, wird einen wirklichen Nebenbuhler nicht lange verschonen. Höchstens, um ihn noch ein wenig zu quälen und zu foltern, bevor er ihn tötet …

Ich schloss die Fenster, da es draußen allmählich wieder kühl wurde. In der einsetzenden Dunkelheit hatten viele der Autos, die in endlosem Strom den Römerkreis umrundeten, bereits die Scheinwerfer eingeschaltet.

Ich setzte mich wieder, versuchte, Bilanz zu ziehen, während ich jede Sekunde darauf wartete, dass das Telefon Alarm schlug.

Immerhin wusste ich nun endlich, dass die ORMAG tatsächlich plante, ins Rüstungsgeschäft einzusteigen. Sich auch ein Stückchen von dem gigantischen Kuchen zu holen, einen kleinen Teil des Geldes, das auf dieser verrückt gewordenen Welt unentwegt aus dem Fenster geworfen wurde. Über vier Milliarden, hatte ich kürzlich gelesen, jeden Tag. Siebenmal die Woche, dreihundertfünfundsechzigmal pro Jahr.

Noch einmal sah ich mir auf meinem Laptop Rosengarten aus der Vogelperspektive an, das Örtchen, wo Kai Meerbuschs Spur sich verlor. Aber nichts tat sich in meinem Kopf, kein Geistesblitz, keine Erleuchtung, kein Garnichts.

Meerbusch hatte die A 67 vermutlich an der etwa fünf

Kilometer entfernten Ausfahrt Lorsch verlassen und war in Richtung Rheinland-Pfalz gefahren, zu einer der wenigen Brücken weit und breit, die den Strom überspannte. Zu welchem Zweck? Mit welchem Ziel? Falls er nicht geplant hatte, sich gemeinsam mit seinem Opfer zu ertränken, was gab es jenseits des Rheins, wo er sich verstecken konnte? Ein Haus oder eine Wohnung in Worms, der uralten Stadt, die schon im Nibelungenlied eine Rolle spielte? Besaß er womöglich nicht nur die Villa, sondern auch ein Sommerhaus irgendwo in der nördlichen Pfalz oder in Rheinhessen? Vielleicht am Osthang der Pfälzer Berge, gemütlich zwischen Weinbergen gelegen mit Blick aufs meist dunstige Rheintal?

Auch Klara Vangelis und Sven Balke hatten bisher keine Goldader gefunden, erfuhr ich, als ich sie anrief. Nichts, was uns weiterbrachte.

Tausend und eine Möglichkeit. Und nicht der winzigste Hinweis, kein Fingerzeig, keine neue Idee, nicht der blasseste Hauch einer Spur. Ich hätte schreien können, irgendjemanden verprügeln, etwas zerschlagen. Aber es half ja nichts. Ich musste warten. Und denken. Und weiter warten, bis vielleicht doch irgendeine Erleuchtung vom Himmel fiel.

Der Rhein.

Viel Wasser, viel Geschichte.

Fische.

Schwimmen.

Seit einiger Zeit gab es wieder Lachse im sagenumwobenen Strom der Deutschen. Und man konnte wieder baden darin, nachdem es jahrzehntelang wegen der Wasserverschmutzung verboten gewesen war.

Schiffe gab es natürlich auch.

Frachtkähne, Motorjachten und Kreuzfahrtschiffe, alles Mögliche.

So erwog ich dieses und jenes und wieder etwas anderes,

noch Verrückteres, und alles war Unsinn und führte zu nichts.

Um halb acht klappte ich frustriert den Laptop zu und machte mich zutiefst unzufrieden und wütend auf den Weg nach Hause.

22

Michael war wieder da. Inzwischen habe er eingesehen, dass er einen Therapieplatz brauchte, schwor er. Dieser Platz war jedoch nicht leicht zu finden. Den halben Nachmittag hatte Louise herumtelefoniert, aber überall hieß es, frühestens in zwei, drei Wochen könne ihr Freund aufgenommen werden. So hatten sie notgedrungen beschlossen, weiterzumachen wie bisher. Die beiden hatten sichtlich Angst, ich könnte meine Drohung wahr machen und ihn vor die Tür setzen. Vermutlich sah ich auch furchterregend aus, nach diesem schrecklichen Tag.

Wo Sarah steckte, wusste Louise nicht. Irgendwann im Lauf des Nachmittags war sie verschwunden, ohne zu hinterlassen, wohin, und bisher nicht wieder aufgekreuzt.

Nach einem kargen und einsamen Abendbrot in der Küche setzte ich mich ins Wohnzimmer und versuchte, auf andere Gedanken zu kommen. Aber wie meist in solchen Situationen, konnte ich mich gerade jetzt, wo ich Entspannung am nötigsten hatte, auf nichts konzentrieren. Ich zappte die Fernsehsender durch, vorwärts, rückwärts und wieder vorwärts, aber überall kamen nur dämliche Spielshows, alberne Reality-Scheintragödien, aufgeregte Krimis, Talkshows mit empörten Gästen, deren Gezänk ich nicht zu folgen vermochte. Am Ende landete ich bei einer Sendung über Thunfische. Hier ging es wenigstens friedlich zu, es gab schöne, ruhige Bilder, getragene Musik und keine menschlichen Dramen.

Aber auch den Thunfischen dieser Welt ging es nicht gut. Die Bestände waren überfischt, fast überall, und der Appetit der Menschheit auf das dunkle, feste Fleisch der armen Tiere war ungebrochen. In Japan wurden inzwischen unvorstellbare Mengen davon in riesigen Hallen tiefgekühlt, um sie irgendwann zu verkaufen, wenn die Preise aufgrund zunehmender Knappheit ins Astronomische gestiegen waren. Auch eine Methode, mit Umweltproblemen umzugehen. Aber es gab Hoffnung. Millionen und Abermillionen künstlich aufgezogener Thunfischbabys wurden Jahr für Jahr im offenen Meer ausgesetzt.

Dann kam Werbung.

Ein stolzes Schiff mit grünen Segeln fuhr auf mich zu, ein von sonnengebräunten jungen Menschen bevölkerter Viermaster, der strammen Wind hatte und für Bier warb und …

Segeln!

Das war es!

Juli hatte ihre Mutter zu einem Segeltörn auf dem Rhein genötigt, ein, wie es geklungen hatte, höchst unwillkommenes Geburtstagsgeschenk. Das Boot gehörte vermutlich Kai Meerbusch, wahrscheinlich geerbt von seinem Onkel.

Und wer ein Segelboot besaß, der hatte vielleicht auch …

Es war eine Möglichkeit. Mehr nicht. Aber immerhin eine Möglichkeit. Eine winzige Chance.

Acht Minuten vor zehn.

Ich schaltete den Fernseher aus.

Der Zettel mit Frau Heinrichs Telefonnummer lag auf meinem Schreibtisch in der Direktion. Vermutlich vergraben unter Aktenbergen.

Ich rief dort an, und zu meiner Verblüffung meldete sich Rolf Runkel, der zu dieser unchristlichen Zeit noch im Büro saß. Er begriff rasch, was ich wollte und dass es eilig war, und kurze Zeit später kannte ich die Nummer, die ich brauchte.

Mit fliegenden Fingern tippte ich sie ins Handy. Zehn Uhr war schon vorüber, aber einen Versuch war es wert.

Es tutete und tutete.

Entweder war Julis Mutter noch nicht zu Hause, oder sie lag schon im Bett und hatte ein Kissen aufs Telefon gelegt.

Oder sie hatte einfach keine Lust, so spät noch mit einem Unbekannten zu telefonieren.

Ich bat Runkel, eine Streife zu Frau Heinrichs Adresse zu schicken.

Zehn nach zehn.

Die Streife schien keinen weiten Weg gehabt zu haben, denn ich musste nicht lange auf den Rückruf warten.

»Wir wären jetzt da. Oben ist noch Licht. Sollen wir läuten?«

»Ja, bitte, läuten Sie.«

»Und wenn sie aufmacht?«

»Dann fragen Sie sie, ob sie noch weiß, wo genau das Segelboot gelegen hat.«

»Welches Segelboot?«

»Fragen Sie sie einfach. Sagen Sie, es geht um das Geburtstagsgeschenk.«

»Ein Segelboot zum Geburtstag? Na, das lässt sich hören.«

Zwei Minuten später der nächste Anruf.

»Sie kann sich nicht erinnern. Wollen Sie vielleicht selber mal …?«

Der Kollege reichte sein Handy an Julis Mutter weiter, die jedoch so aufgeregt war wegen des nächtlichen Polizeibesuchs, dass kein vernünftiges Wort aus ihr herauszubringen war.

Hastig zog ich meinen Mantel über, schlüpfte in die Schuhe, lief an einer sehr verdutzt guckenden Sarah vorbei die Treppen hinab.

Kurze Zeit später raste ich in meinem treuen alten Peugeot Kombi in Richtung Leimen, überholte wie ein Irrer, hupte und blinkte. In meinem Kopf nur noch ein Gedanke: Nemzow retten. Vielleicht, hoffentlich, mit sehr viel Glück …

Viele Verkehrsteilnehmer waren einsichtig, machten dem Verrückten hinter ihnen Platz. Andere blieben absichtlich auf der linken Spur, um dieser Nervensäge eine Lektion in den Grundregeln der deutschen Straßenverkehrsordnung zu erteilen. Zwei, drei Kreuzungen überquerte ich bei roter Ampel, dann kam schon Leimen in Sicht. Rechts das Industriegebiet, voraus der Ort. Inzwischen hatte ich das Handy am Ohr, das mir das fehlende Navi ersetzte.

»Rechts in die Schwetzinger«, sagte der Kollege ruhig, der immer noch bei Frau Heinrich war. »Dann gleich links in die Danziger und die nächste wieder rechts, das ist die Breslauer.«

Julis Mutter und zwei schwergewichtige Streifenpolizisten erwarteten mich an der Wohnungstür im ersten Obergeschoss. Die Frau trug einen teuer aussehenden sonnengelben Morgenmantel – wohl ein Geschenk, das mehr nach ihrem Geschmack gewesen war als der Segelausflug. Nach ihrem wirren Haar und dem zerknautschten Gesicht zu schließen, hatte sie tatsächlich schon geschlafen.

Seit ich mich an ihren Segeltörn erinnert hatte, waren trotz aller Hektik und Raserei siebenunddreißig Minuten verstrichen.

Frau Heinrich musterte mich verschlafen-neugierig. »Sie sind ja ganz aus dem Häuschen, Herr Gerlach! Wollen Sie was trinken? Ein Bierchen vielleicht? Oder einen Kaffee?«

Ich verabschiedete mich dankend von den Kollegen und betrat hinter Frau Heinrich die Wohnung, in der es nach gebratenen Zwiebeln roch. Unter dem teuren Morgenmantel lugte der zerschlissene Saum eines weißen Nachthemds hervor.

»Sie müssen mir helfen, Frau Heinrich«, sagte ich, als wir die altmodisch eingerichtete, aber mit blitzneuen Geräten ausgestattete Küche betraten. »Sie haben mir erzählt, dass Sie segeln waren.«

»Ja, klar hab ich das.« Ihre Miene verfinsterte sich sofort. »Ich hab überhaupt nicht verstanden, was die anderen von mir gewollt haben. Gut, dass Sie gekommen sind. Mit Ihnen kann man vernünftig reden. Wollen Sie nicht doch einen Kaffee? Oder lieber eine Cola?«

»Danke, nein.« Ich setzte mich an den Tisch. »Ich muss gleich wieder los. Aber vorher muss ich Sie unbedingt etwas fragen. Wo genau war das Segelboot, wissen Sie das noch?«

»Auf einem See ist es gewesen. Auf einem kleinen See.«

»Ich habe gedacht, Sie sind auf dem Rhein gesegelt?«

Sie wählte den Stuhl mir gegenüber und schüttelte den Kopf.

»Ein kleiner See, von dem aus man auf den Rhein fahren kann. Mehr weiß ich nicht. Bloß dass es fürchterlich gewesen ist. Der ganze Nachmittag, alles nur fürchterlich, vom Anfang bis zum Ende. Nie wieder kriegt mich wer auf so ein Boot, das sag ich Ihnen.«

»Können Sie sich noch an die Fahrt zu dem See erinnern?«

»Der Kai ist gefahren. Und die Juliane hat neben ihm gehockt und die ganze Zeit an ihm rumkritisiert. Wir sind mit dem Mercedes von der Juliane gefahren, weil der Porsche für drei Leute zu eng ist.«

Offenbar hatte Juli neben dem Firmenwagen einen privaten Porsche besessen. Aber vielleicht gehörte der ja auch Kai Meerbusch, diesem verlogenen Schlitzohr, diesem Heimlichtuer.

Ich bat nun doch um ein Glas Wasser, trank gierig.

»Versuchen Sie bitte, sich genau zu erinnern. Es ist wirklich sehr wichtig.«

»Also …«, begann sie gedehnt und immer noch irritiert von dem merkwürdigen Überfall. »Sie haben mich daheim abgeholt, also hier, am Vormittag, und dann sind wir gleich auf die Autobahn.«

»Auf die A 5?«

Sie nickte. »Die nach Frankfurt.«

»Sie sind Richtung Norden gefahren?«

»Aber bloß bis zum Heidelberger Kreuz. Da ist der Kai dann nach Mannheim abgebogen.«

»Haben Sie eine Landkarte? Eine Straßenkarte?«

Seufzend begab sie sich auf die Suche. Ein zerfledderter Diercke-Weltatlas war jedoch am Ende das Einzige, was sie mir anbieten konnte. Das gute Stück war wohl schon an die fünfzig Jahre alt und vermutlich nicht mehr ganz aktuell.

»Einen schönen Hausmantel haben Sie übrigens«, sagte ich lächelnd, als sie sich wieder setzte. »Von Ihrer Tochter?«

Statt sich über mein Kompliment zu freuen, verdrehte sie die Augen. »Das ist wenigstens mal was gewesen, was ich brauchen kann. Sonst schenkt sie mir immer nur Küchenmaschinen, mit denen ich nichts anfangen kann, oder Klunker, die ich nie trage. Meine ganze Nachttischschublade ist voll mit dem Zeug. Wahrscheinlich könnt ich mir ein Auto davon kaufen. Vielleicht stifte ich es irgendwann mal für Waisenkinder in Afrika.«

Nebenher blätterte ich eilig den Atlas durch auf der Suche nach einer Karte von Südwestdeutschland.

»Haben Sie denn kein Handy?«, fragte Frau Heinrich.

Seufzend zückte ich mein Smartphone, hatte Augenblicke später die gewünschte Straßenkarte vor mir und folgte mit dem Finger der Strecke, die Kai Meerbusch am Geburtstag seiner schlecht gelaunten Schwiegermutter gefahren war.

Leider wusste Frau Heinrich wenig über die Fahrtroute, da sie bald eingenickt war.

»Ein schwüler Tag ist es gewesen, die Sonne hat gestochen, und dauernd hab ich gedacht, ich krieg gleich Kopfweh, und bestimmt gibt's ein Gewitter. Wir sind alle drei ganz nervös gewesen. Und wie ich mal wieder aufgewacht bin, da war die Juliane immer noch am Schimpfen. Weil der Kai irgendwas falsch gemacht hat oder wegen einem anderen Auto, ich weiß nicht, und dann sind wir über die Rheinbrücke gefahren.«

»Über welche?«

»Ja, welche?«, fragte Frau Heinrich ratlos zurück. Sie sah an meinem linken Ohr vorbei, schnaufte von der Anstrengung des Nachdenkens. »Die zwischen Mannheim und Ludwigshafen war's nicht, die kenn ich nämlich gut. Die bei Speyer auch nicht. Da hätt man den Dom sehen müssen.«

»Waren Sie immer noch auf der Autobahn?«

»Die Straße ist vierspurig gewesen. Dann wird's wohl eine Autobahn gewesen sein. Vielleicht war's die Brücke nach Frankenthal rüber?«

»Und weiter?«

Weiter war das geplagte Geburtstagskind erneut eingeschlafen.

»Und wie ich zum zweiten Mal aufgewacht bin, da sind wir schon da gewesen.«

»Das Segelboot hat also nicht in einem Hafen gelegen?«

»Nein, ein See war's, sag ich doch. Rundrum haben Häuser gestanden, und fast alle haben so Stege gehabt. Und da hat es dann gelegen, dieses blöde Boot, an so einem Steg.«

»Bei einem von den Häusern?«

»Eines von den Größten da herum.« Sie nickte ernst und vielleicht gerade doch ein wenig stolz auf ihre Juliane, die es so weit gebracht hatte.

»Hat das Haus vielleicht Ihrem Schwiegersohn gehört?«

»Könnt gut sein. Er hat den Schlüssel gehabt. Er ist rein und hat ein paar Sachen geholt. Einen Benzinkanister, so einen kleinen, roten, und einen großen blauen Sack. Da sind die Segel drin gewesen, in dem Sack.«

Inzwischen hatte ich ihn auf der Karte gefunden, den Eicher See, am linken Rheinufer auf der Höhe von Gernsheim idyllisch in einer Schleife des Stroms gelegen, zehn, vielleicht fünfzehn Kilometer nördlich von Worms.

»Dieses Haus«, sagte ich angespannt und legte das Handy zur Seite. »Denken Sie bitte genau nach. Fällt Ihnen noch irgendwas dazu ein?«

»Weiß war's«, sagte sie mit krauser Stirn. »Aus Stein. Nicht aus Holz wie die Nachbarhäuser. Und zwei Stockwerke hat's gehabt und ein richtiges Dach mit Ziegeln drauf.«

»Irgendwas Besonderes ist Ihnen nicht aufgefallen?«

Lange dachte sie nach, dieses Mal mit gesenktem Blick. »Der Briefkasten«, fiel ihr schließlich ein. »Da ist ein Briefkasten gewesen, neben der Tür. Und der ist rot gewesen, ziemlich groß und knallrot, der Briefkasten.«

Fünf Minuten später war ich wieder in Richtung Norden unterwegs und telefonierte mit Rolf Runkel.

»Haben Sie eigentlich Ihren Dackel noch?«, fragte ich.

»Den Pumuckl? Ja klar, der ist putzmunter. Wieso?«

Als wir auf der Nibelungenbrücke mit Blaulicht und Trara den Rhein überquerten, zeigte die Uhr am Armaturenbrett halb zwölf, und es herrschte kaum noch Verkehr. Runkel saß am Steuer, Pumuckl hatte es sich im Fond gemütlich gemacht und schlief, nachdem er anfangs einige Male lautstark gegen die Störung seiner Nachtruhe protestiert hatte.

Während mein verblüffter Mitarbeiter nach Hause fuhr, um den Dackel zu holen, hatte ich einen der beiden Mercedes-Kombis der Polizeidirektion mit Dingen beladen, die wir in dieser Nacht möglicherweise brauchen würden wie Schutzwesten, Maschinenpistolen, Taschenlampen und Ersatzbatterien.

Runkel war schon als junger Streifenpolizist immer am liebsten im Mercedes herumgefahren, gestand er mir. Ein kleiner Luxus, den sich ein Hauptkommissar im Privatleben üblicherweise nicht leisten kann.

Das Navi leitete uns auf die B 9, in Richtung Norden, vorbei an allerlei auch nachts hell erleuchteter Industrie. Eine Weile ging es nah am Rheinufer entlang, dann bog der Fluss ab, und nach einigen weiteren Minuten rasender Blaulichtfahrt tauchte im Licht der aufgeblendeten Scheinwerfer die Abzweigung nach Eich auf. Mit leicht überhöhter Geschwindigkeit verließ Runkel die Bundesstraße, kam ein wenig ins Schlingern, fing den Wagen ab, schaltete Martinshorn und Blaulicht aus.

Schon als wir in Heidelberg vom Parkplatz fuhren, hatte ich überlegt, die Kollegen in Worms zu alarmieren, Verstärkung anzufordern. Aber ich hatte mich dann doch dagegen entschieden. Die Gefahr war zu groß, dass jemand etwas nicht richtig verstand, mit Blaulicht und Getöse anrückte und Kai Meerbusch aufschreckte. Der sich vielleicht, aber auch nur vielleicht in einem gemauerten weißen Haus mit rotem Briefkasten irgendwo am Ufer des Eicher Sees versteckt hielt. Vielleicht, aber auch nur vielleicht in Gesellschaft seines immer noch atmenden Opfers. Ich wollte behutsam vorgehen. Wenn ich Nemzow retten wollte, dann musste ich seinen Entführer überraschen. Ich durfte ihm keine Gelegenheit geben, mit Boris Nemzow am Ende so zu verfahren wie mit Linus Köhler.

Wir näherten uns – jetzt im Schritttempo und mit Standlicht – dem kleinen See, um den herum Hunderte von Wochenendhäusern standen. Welches davon Kai Meerbusch gehörte, hatte ich auf die Schnelle und zu dieser Uhrzeit nicht herausfinden können. Schon kamen die ersten Häuser in Sicht, nicht wenige davon – vermutlich zur Abschreckung von Einbrechern – erleuchtet. Runkel parkte den Wagen am Straßenrand hinter einem Wohnmobil, in dem ebenfalls noch Licht brannte.

Pumuckl, ein rassereiner Rauhaardackel, erwachte in dem Moment, als sein Herrchen den Motor abstellte, und wedelte freudig erregt mit dem Schwanz.

»Und Sie glauben echt, der Hund nützt uns irgendwas?«, fragte Runkel.

»Leute, die einen Dackel ausführen, sind unauffälliger als solche, die mitten in der Nacht spazieren gehen. Das Haus muss übrigens in der vordersten Reihe stehen, direkt am Wasser.«

Was die Menge der infrage kommenden Gebäude deutlich verringerte. Aber dennoch war es ein Sisyphusprojekt, das ich mir vorgenommen hatte.

Etwa hundert Meter vor uns sah ich zwischen den Bäumen hindurch mattsilbern den kleinen See schimmern.

Runkel hielt jetzt eine winzige LED-Taschenlampe in der Hand, Pumuckl zerrte unternehmungslustig an der Leine, ich klappte den Kragen meines Mantels hoch, und wir marschierten los.

Ich hatte mich auf eine langwierige Sucherei eingestellt, aber verblüffenderweise standen wir bereits nach wenigen Minuten vor dem richtigen Haus. Es lag fast an der Spitze einer kleinen Halbinsel, die in den See hineinragte, rechts und links standen Holzhäuser.

»Das ist es«, flüsterte ich. »Weiß, zweistöckig, Walmdach, Briefkasten, das ist es.«

Aus dem Haus drang kein Lichtschein, und natürlich blieben wir nicht davor stehen und glotzten, sondern schlenderten weiter bis zum Ende der schmalen asphaltierten Straße, wo Pumuckl eifrig schnüffelnd einige Markierungen setzte. Dann machten wir kehrt, gingen ein zweites Mal an dem Haus mit dem Briefkasten vorbei, dessen Farbe beim schwachen Licht unmöglich auszumachen war. In der Nacht sind nicht nur Katzen grau.

»Sieht unbewohnt aus«, murmelte Runkel, der nur hin und wieder die Taschenlampe kurz aufblitzen ließ, damit wir nicht vom stockdunklen Weg abkamen und gegen einen Zaun liefen. »In einer Viertelstunde ungefähr geht der Mond auf. Dann wird's ein bisschen heller.«

»Stopp!«, sagte ich leise, als wir schon einige Schritte am Haus vorbei waren. »Ich hab was gesehen.«

Wortlos überreichte mir Runkel sein Lämpchen.

Auf dem Weg zurück wagte ich nicht, es einzuschalten, tastete mich bei fast völliger Dunkelheit am Zaun entlang. Erst als ich vor dem Haus stand, machte ich für zwei, drei Sekunden Licht und hoffte inständig, dass nicht in einem der Nachbarhäuser gerade jemand mit fliegenden Fingern die Notrufnummer wählte.

In den wenigen Sekunden hatte ich genug gesehen: Der Zaun bestand aus massiven, nur einen guten Meter hohen Eisenstäben, es gab ein zweiflügliges Tor, das zu einer befestigten Einfahrt führte, die vor einem breiten, jetzt geschlossenen Garagentor endete. Dort, wo der Straßenrand in die Einfahrt überging, war ein Streifen Sand, etwa zwanzig Zentimeter breit. Und darin war deutlich die Spur eines großen Wagens zu sehen, der vor nicht allzu langer Zeit durch das Tor und vermutlich in die Garage gefahren war.

Ich ging zurück.

»Wann hat es zuletzt geregnet?«, fragte ich Runkel leise.

Schnaufend sah er zum fast schwarzen Himmel hinauf, an dem viele Wolken und nur wenige Sterne waren. »Samstagnacht, glaub ich. Wieso?«

»Da sind Reifenspuren. Noch ziemlich frisch.«

»Und jetzt?«

»Jetzt alarmieren wir die Kollegen in Worms. Und bis die da sind, überlegen wir uns einen Schlachtplan.«

Wir erreichten unseren Wagen und setzten uns ins Warme. Der Dackel machte es sich zufrieden auf der Rückbank bequem und schlief fast sofort wieder ein. Ich beneidete ihn ein wenig.

Als zwanzig Minuten später der erste Streifenwagen mit Wormser Kennzeichen anrückte, war mein Plan fertig.

»Das MEK in Mainz hab ich schon mal voralarmiert«, erklärte mir Frau Hohlweg, eine stämmige Oberkommissarin in Uniform, als wir uns die Hände schüttelten. »Im Fall des Falles können die in einer halben Stunde hier sein.«

»Und Sie denken, die sind wirklich in dem Haus?«, fragte ihr deutlich älterer Kollege mit kritischer Miene.

Ich berichtete den beiden von der Reifenspur.

»Und wie geht's jetzt weiter?«, fragte die Oberkommissarin, die, obwohl jünger als ihr Kollege und rangniedriger, das Wort führte.

»Wir machen es selbst.« Ich deutete auf Runkel und mich.

»Mit der Kavallerie anzurücken ist mir zu gefährlich, und außerdem dauert es zu lange. Wenn das Opfer überhaupt noch lebt, dann haben wir keine Minute zu verlieren.«

»Und wie kommen Sie ins Haus?«, wollte Frau Hohlweg wissen. »Ohne dass einer aufwacht, falls wer drin ist?«

Das war eine sehr gute Frage.

»Das Haus hat todsicher Sicherheitsschlösser«, war ihr Kollege überzeugt. »Hier herum wird öfter eingebrochen. Das kriegt ihr nicht mit einer umgebogenen Büroklammer auf.«

»Sie haben nicht zufällig passendes Werkzeug dabei?«, fragte ich.

Kopfschütteln. »Aber ein Kumpel von mir«, sagte der Kollege nach einigen stillen Sekunden. »Der ist Lockpicker, so als Hobby. Er hat sogar schon Wettbewerbe gewonnen.«

»Rufen Sie ihn an«, bat ich ihn eilig. »Fragen Sie ihn, ob er nicht Lust hat, sein Talent mal im richtigen Leben auszuprobieren.«

»Haben Sie zufällig ein Richtmikrofon dabei?«, fragte ich, an seine Kollegin gerichtet, während er das Handy ans Ohr nahm und einige Schritte zur Seite trat.

Hatten sie natürlich nicht. Und auch keine Nachtsichtausrüstung. Auch wir verfügten nicht über solche Dinge, obwohl sie hin und wieder nützlich gewesen wären. Diese Hightechgeräte vom Landeskriminalamt anzufordern war normalerweise sinnlos, da man sie im Fall des Falles sofort brauchte und nicht erst in zwei Tagen, wenn die Paketpost kam.

Aber auch die Kollegin Hohlweg kannte Leute und hatte eine gute Idee: »Es ist aber ein bisschen illegal. Es geht um einen Verwandten von mir, und ich will nicht, dass er später Ärger kriegt.«

»Wenn es uns hilft, dann werde ich die Sache in einer Stunde wieder vergessen haben.«

Sie hatte einen Onkel, und der besaß ein Nachtsichtgerät.

»Er ist Jäger und hat's ein paarmal benutzt, obwohl's eigentlich verboten ist. Das Ding stammt noch von den Amis, und er hat's auf irgendeinem Flohmarkt billig gekriegt.«

23

Noch bevor das Nachtsichtgerät und der Mann mit dem merkwürdigen Hobby eintrafen, kam der Notarztwagen, den ich sicherheitshalber angefordert hatte.

Schließlich war alles bereit.

Runkel und ich trugen inzwischen schwarze Kevlarwesten und schwere Helme mit Klappvisieren und hatten uns Maschinenpistolen umgehängt. Im letzten Moment steckte Runkel zur Sicherheit noch seine Dienstwaffe in den Hosenbund. Meine lag wieder einmal friedlich in der linken unteren Schublade meines Schreibtischs. Das Licht im Wohnmobil vor uns brannte immer noch. Hin und wieder bewegte sich eine Gardine.

»Der Akku ist ein bisschen mau, soll ich Ihnen ausrichten«, erklärte mir Kollegin Hohlweg, als ich das Nachtsichtgerät über den Helm stülpte. »Aber ein paar Minuten tut's schon noch.«

»Und Sie sind sich sicher, dass das jetzt eine gute Idee ist?«, fragte ihr Mitstreiter zweifelnd und saugte an der krummen Pfeife, die er sich vor geraumer Zeit angesteckt hatte.

»Ich bin mir nicht mal sicher, dass er überhaupt in dem Haus ist«, versetzte ich unfreundlich. Natürlich hatte er recht. Natürlich war ich keineswegs überzeugt, die richtige Entscheidung getroffen zu haben. Aber ich musste es riskieren. Nichts zu tun war in diesem Fall die schlechteste aller Möglichkeiten.

»Der Mann ist nicht ganz bei Verstand«, fügte ich ruhiger hinzu. »Aber er ist kein Kämpfer. Wahrscheinlich ist er nicht mal bewaffnet. Und ich will mir morgen nicht vorwerfen müssen, dass das Opfer tot ist, bloß weil ich ordentlich den Dienstweg eingehalten habe.«

Auch unserem Türöffner, einem spindeldürren, übernervösen Mann Anfang dreißig, hatte ich eine Schutzweste verordnet, die er mit Stolz und vor Abenteuerlust fiebrigem Blick trug.

»Und Sie kriegen das wirklich hin, obwohl es bei dem Haus stockdunkel ist?«, fragte ich ihn noch einmal.

»Hab ich schon tausendmal mit geschlossenen Augen gemacht«, verkündete er großspurig und steckte sein Werkzeugtäschchen in die Gesäßtasche seiner Jeans.

Im Gänsemarsch zogen wir los. Ich vorneweg, gefolgt von unserem Helfer. Von Beruf sei er Steuerberater, erzählte er uns, und seine zweite große Leidenschaft sei Gleitschirmfliegen, außerdem sei er verheiratet, habe schon drei Kinder und ein großes altes Haus in Osthofen drüben, und von Beruf sei er Steuerberater, und falls ich einmal Probleme mit dem Finanzamt haben sollte …

Ich bat ihn, den Mund zu halten, und er verstummte gehorsam. Den Schluss unseres kleinen Zuges bildete Rolf Runkel, den vermutlich nur seine Treue zu mir und ein über Jahrzehnte verinnerlichtes Pflichtbewusstsein daran hinderten, Helm, Weste und MP hinzuschmeißen und den Rückzug anzutreten.

Langsam, vorsichtig und nun auch fast lautlos schlichen wir voran. Das Sträßchen war verteufelt uneben und voller Schlaglöcher, die ich oft erst im allerletzten Moment bemerkte. Hin und wieder spendete der pünktlich aufgegangene, aber immer noch tief stehende Halbmond ein wenig Licht, sodass wir uns für kurze Zeit besser orientieren konnten. Meist machte der pflichtvergessene Geselle es sich jedoch hinter irgendeiner weichen Wolke bequem.

Links von uns standen Bäume, darunter oft Büsche, die die Sicht auf den See versperrten. Dieser mochte fünfhundert Meter lang und zweihundert Meter breit sein. Und am gegenüberliegenden Ende mündete er in den Rhein, wusste ich seit Neuestem.

Ein kühles Lüftchen wehte vom Wasser her und brachte mich zum Frösteln. Es roch nach Fäulnis und Landwirtschaft. Irgendwo schnatterte eine Ente panisch los, als hätte sie einen Albtraum gehabt. Einige Meter lang roch es nach frischer Farbe.

Das Haus kam in Sicht.

Immer noch waren alle Fenster dunkel, sämtliche Rollläden herabgelassen.

Auch in den umliegenden Häusern kein Lebenszeichen.

Vom Wasser her hörte ich kräftiges Plätschern und Platschen, als würden große Vögel einen stummen Kampf austragen.

Das Tor im Zaun fassten wir vorsichtshalber nicht an. Während Runkel und ich mit durchgeladenen MPs sicherten, stieg der Lockpicker behände über den zum Glück nicht allzu hohen Zaun, schlich geduckt zur Haustür, die sich an der Seitenwand befand, ging dort in die Knie, zückte sein Mäppchen, und Sekunden später war die Tür offen. Obwohl ich höchstens drei Meter von ihm entfernt stand, hatte ich nicht einmal ein Klicken gehört. Ständig blickte ich um mich, aber in den vier, fünf Häusern, die ich sehen konnte, regte sich immer noch nichts, schimmerte keine Spur von Licht. Einmal bellte in der Ferne ein großer Hund, ein anderer, kleinerer antwortete. Vielleicht Pumuckl, der sich nicht ganz ohne Grund Sorgen um sein Herrchen machte.

Der Lockpicker flankte elegant über den Zaun, winkte zum Abschied, und Sekunden später hatte die Finsternis ihn verschluckt. Der Mond hatte sich wieder hinter eine Wolke verzogen, was für unsere Zwecke im Moment nicht ungünstig war.

Wir warteten noch ein wenig, um sicher zu sein, dass im Haus niemand aufgewacht war. Aber kein Licht wurde eingeschaltet, kein Geräusch war zu hören. Mehr und mehr fragte ich mich, ob ich mich hier nicht gerade zum Narren machte, zum heimlichen Gespött der Heidelberger Polizei, indem ich schwer bewaffnet ein menschenleeres Haus eroberte.

Das Nachtsichtgerät trug ich zwar auf dem Helm, hatte es jedoch hochgeklappt und noch nicht eingeschaltet, um den Akku zu schonen. Ich nickte Runkel zu, den ich jetzt kaum noch sehen konnte, und stieg ein wenig unbeholfen über den Zaun. Runkel folgte mir schnaufend, mit noch weniger Eleganz als ich und vermutlich unentwegt lautlos fluchend. Da wir ohne Mondlicht praktisch blind waren, setzte ich meine Schritte noch vorsichtiger als zuvor, um nicht in ein Loch zu treten, eine blecherne Gießkanne umzustoßen oder auszurutschen. Runkel tastete manchmal nach meinem Rücken, um mich nicht zu verlieren und nicht auf mich aufzulaufen. Ich fühlte die raue Hauswand vor mir, folgte ihr bis zur Tür. Irgendwo in der Nähe raschelte etwas. Ein kleines Tier, eine Maus vielleicht, dann war es wieder still. Noch einmal hörte ich das Plätschern auf dem See. In der Ferne geisterten Autoscheinwerfer herum, ein Motor brummte leise. Weit im Süden hing ein rötlicher Schimmer am Horizont. Worms vermutlich.

Wir warteten, bis unser Atem sich beruhigt hatte, dann schob ich die schwere, moderne Tür auf, Zentimeter für Zentimeter. Sie quietschte nicht, knarrte nur an einer Stelle ein klein wenig.

Kein Schuss fiel.

Niemand begann zu brüllen.

Drinnen herrschten Grabesstille und eine noch schwärzere Nacht als draußen. Behutsam setzte ich den ersten Schritt über die Schwelle, klappte das Nachtsichtgerät herunter und schaltete es ein. Grünliches Licht flimmerte vor meinen Augen, und es dauerte einige Sekunden, bis ich mich an die neue Optik gewöhnt hatte. Wir befanden uns in einem kleinen Flur. Vor mir eine verglaste Tür, halb offen. Ich fühlte Runkel hinter mir, hörte seinen leisen Atem. Zwei lautlose Schritte, noch einer, vorsichtig schob ich die nächste Tür auf, bis es nicht weiterging. Dahinter ein Wohnraum mit Kochnische. Ein Tisch im bayerischen Landhausstil, vier Stühle, in der Ecke zwei Sessel und ein rundes Tischchen mit einer leeren Vase darauf, kein Mensch. Rechts die nächste Tür, diese geschlossen. Sacht presste ich die Schulter dagegen, damit das Schloss nicht knackte, als ich die Klinke drückte. Dahinter eine Treppe, schmal und steil. Ich versuchte, mir den Grundriss des Hauses vorzustellen. In meinem Rücken musste jetzt die Garage sein, vielleicht ein Vorratsraum, eine Toilette. Oben befanden sich vermutlich die Schlafräume und das Bad.

Ich ging in die Hocke, tastete mit der Linken nach dem Handlauf – in der Rechten die schussbereite Maschinenpistole. Runkel hielt sich wie ein Kleinkind an meiner Schutzweste fest, da er im Gegensatz zu mir nun vollkommen blind war. Auch er hatte seine MP in der Hand.

Mit kleinen Schritten bewegte ich mich vorwärts, erreichte die erste Stufe. Die Treppe war aus nacktem Beton. Was gut war, denn Holz knarrte manchmal, Stahl konnte klingen, wenn man unachtsam auftrat. Beton hingegen machte keine Geräusche, wenn man aufpasste.

Noch ein letztes Mal verharrte ich, hielt den Atem an, lauschte mit äußerster Konzentration. Das Bild im Nachtsichtgerät wackelte, flimmerte kurz, wurde wieder stabil. Ich spürte Runkel hinter mir, die Wärme seines Körpers. Auch er schien nicht mehr zu atmen.

Von oben war nichts zu hören.

Oder doch?

Hatte da nicht etwas geraschelt? Als hätte sich jemand im Schlaf gewälzt?

Schon wieder – dieses Mal folgte ein Seufzer, kaum wahrzunehmen, aber eindeutig. Als hätte jemand dort oben unruhige Träume.

Wir waren richtig hier.

Bei aller Anspannung atmete ich lautlos auf. Ich würde

morgen nicht die Witzfigur der Kurpfalz sein. Zögernd hob ich den rechten Fuß, setzte ihn auf die unterste Stufe. Meine linke Hand blieb am Geländer.

Stufe für Stufe stiegen wir hinauf. Am oberen Ende der Treppe angelangt, zückte ich die große Taschenlampe, die sich zur Not auch als Schlagwaffe benutzen ließ. Wieder dieses Stöhnen, jemand, vermutlich Meerbusch, schlief offenbar wirklich schlecht. Er hatte ja auch weiß Gott jeden Grund dafür.

Vor mir wieder ein Flur. Drei geschlossene Türen. Aufs Geratewohl steuerte ich die gegenüberliegende an. Diese quietschte ein wenig, als ich sie vorsichtig, vorsichtig öffnete. Der Raum, in den ich blickte, war groß und unübersichtlich. Sah nach Rumpelkammer aus. Alte Möbel standen herum, Säcke, Getränkekisten, ein Tisch, mittendrin ein schief stehender Schrank. Nichts, was mein Nachtsichtgerät als Wärmequelle anzeigte.

Die nächste Tür führte in einen deutlich kleineren Raum, und ich roch sofort, hier war jemand. Links wieder ein Schrank, rechts ... Das grüne Bild flackerte kurz, wurde dunkel, kam für eine halbe Sekunde zurück, erlosch endgültig.

Das Seufzen und Schmatzen kam aus dem Teil des Raums, den die jetzt offene Tür verdeckte. Die Frage war nun: Meerbusch oder Nemzow? Schlief hinter der Tür das Opfer, dann konnte es passieren, dass ich den Täter weckte, der vielleicht im dritten Raum schlief. Ohne noch weiter nachzudenken, entschied ich, es zu riskieren. Unsere Chancen standen fünfzig zu fünfzig.

Runkel stand immer noch hinter mir. Ich klappte meine nutzlos gewordene Hightech-Sehhilfe hoch, griff nach hinten, packte meinen Mitstreiter am Ärmel, zog ihn neben mich. Tippte ihn an, ein zweites Mal, ein drittes.

Gleichzeitig sprangen wir nach vorn, zwei unfassbar grelle Lampen flammten auf, und wir brüllten beide los, was unsere Lungen hergaben.

»Polizei!«

»Keine Bewegung!«

»Waffen weg!«

Um noch mehr Eindruck zu machen und Verwirrung zu stiften, schoss ich eine kurze Salve in die Betondecke. Wurde selbst fast taub davon.

»Polizei!«, brüllte ich noch einmal, geblendet von der brutalen Helligkeit. »Waffen runter! Keiner rührt sich!«

Dann, endlich, sah ich ihn: Es war Meerbusch, auf einem einfachen Bett liegend, zu Tode erschrocken ins Licht blinzelnd.

All das dauerte nicht einmal fünf Sekunden.

Kai Meerbusch fuhr hoch, hockte schlaftrunken und völlig desorientiert auf seinem Bett, starrte verständnislos in unsere Richtung, natürlich ohne etwas sehen zu können. Seine Hände waren leer.

Für zwei, drei lange Sekunden geschah nichts.

»Ganz langsam aufstehen«, sagte ich dann ruhig. »Ich bin's, Herr Meerbusch. Gerlach.«

»Ach!«, war das Erste, was er herausbrachte, und es klang fast enttäuscht.

Er machte keine Anstalten, meinem Befehl zu folgen.

Ich wiederholte ihn in schärferem Ton.

Immer noch rührte er sich nicht.

Beide Hände in Schulterhöhe saß er da und blinzelte sein blödes Blinzeln.

Runkel schaltete die Deckenbeleuchtung ein. Die Taschenlampen erloschen. Meerbusch glotzte uns immer noch an wie zwei gerade erst materialisierte Aliens.

Wenige Zehntelsekunden bevor er sich bewegte, ahnte ich schon, dass etwas geschehen würde. Etwas in seiner Miene, in seiner Körperhaltung hatte sich verändert. Die rechte Hand zuckte nach unten, zum Kopfkissen.

Zwei Schüsse fielen praktisch gleichzeitig. Auch Runkel hatte seine MP inzwischen auf Einzelfeuer gestellt.

Kai Meerbusch kippte lautlos nach hinten.

»Behalten Sie ihn im Auge«, sagte ich zu Runkel. »Rufen Sie den Krankenwagen. Ich suche Nemzow.«

Er war nicht im dritten Raum, einem größeren Schlafzimmer mit Doppelbett, bei Tageslicht vermutlich mit Seeblick. Er war nicht in der Rumpelkammer. Er war nirgendwo im Haus. Als Letztes betrat ich durch einen Zugang von der Küche aus die Garage. Dort stand der große, dunkle Audi. Ich drückte den Lichtschalter, Neonröhren flackerten sirrend auf.

Ich öffnete den zum Glück unverschlossenen Kofferraum.

Und da lag er.

Zusammengekrümmt, mithilfe einer irrwitzigen Menge Paketklebeband gefesselt, aber nicht geknebelt. Die Augen geschlossen. Ein grauenhafter Gestank von menschlichen Exkrementen und Erbrochenem quoll mir entgegen. Ich tastete nach Nemzows Hals, fühlte keinen Puls, hielt das Ohr an seine Nase, spürte keinen Atem.

Vor dem Haus quietschten Bremsen, klappten Autotüren, Stimmen waren zu hören, kurz darauf schwere Schritte in der Küche.

»Hier!«, rief ich. »Ich brauche jemanden hier! Sofort!«

Zwei Menschen in roten Jacken stürmten herein.

»Bisschen lebt er noch«, meinte eine Sanitäterin Sekunden später. »Er ist nur völlig dehydriert. Wir hängen ihn erst mal an den Tropf, um ihn zu stabilisieren. Der wird schon wieder.«

Die eine Kugel hatte Meerbusch in die rechte Schulter getroffen. Die zweite war nah an seinem Kopf vorbeigezischt und steckte jetzt in der Wand. Von wem welche Kugel stammte, würde später zu klären sein. Oder auch nie.

»Er schnauft noch«, brummte der sehr erleichterte Rolf Runkel, als ich das Schlafzimmer wieder betrat. »Puls ist auch okay.«

Meerbusch hatte vorübergehend das Bewusstsein verloren. Vermutlich aufgrund des Schocks durch die eindringende Kugel. Nicht so sehr aus Gründen der Sicherheit, sondern eher, weil ich mich so lange darauf gefreut hatte, legte ich ihm persönlich die Handschließen an. Dabei stellte ich fest, dass unter seinem Kopfkissen keine Waffe versteckt war.

Bald wurde es eng in dem kleinen Raum. Die resolute Notärztin verband Meerbusch mit Unterstützung eines dramatisch übergewichtigen, aber dennoch erstaunlich agilen Sanitäters. Meerbusch war inzwischen wieder bei Bewusstsein, jedoch nicht ansprechbar. Mit mattem Blick stierte er vor sich hin.

Beim Abtransport des Verletzten gab es Probleme. Nach wie vor war er völlig apathisch, zwar erstversorgt und sachkundig verbunden, aber natürlich musste auch er in eine Klinik gebracht werden. Die Treppe war jedoch für einen Liegendtransport zu steil und schmal, auf seinen eigenen Beinen konnte oder wollte er nicht stehen, schien nicht einmal zu begreifen, was man von ihm verlangte. Manchmal brabbelte er irgendwelches sinnloses Zeug. Schließlich wurde er von dem kräftigen Sanitäter und einem athletisch gebauten Kollegen resolut auf die wackeligen Beine gestellt und aus dem Zimmer in Richtung Treppe bugsiert. Runkel und ich standen im Flur und sahen zu. Am oberen Rand der Treppe verharrten die Sanis kurz und beratschlagten, wie sie am besten vorgehen sollten.

Meerbusch wandte den Kopf, sah mich an, mit ganz und gar leerem Blick. Da war keine Trauer, keine Enttäuschung, kein Vorwurf oder gar Erleichterung, dass es endlich vorbei war. Nicht einmal ein Anzeichen dafür, dass er mich erkannte. Ob er mich hasste oder nicht.

In diesem Blick war einfach nichts.

Dann war er so plötzlich verschwunden, als wäre er niemals da gewesen.

Es wurde gebrüllt.

Etwas Schweres rumpelte die steile Treppe hinab.

Nun wurde auch geflucht.

In derbstem Pfälzisch.

Die beiden Sanitäter stürmten hintereinander nach unten.

Kai Meerbusch war tot. Genickbruch, diagnostizierte die inzwischen ein wenig erschöpfte Ärztin. Es war ein Suizid gewesen, waren sich alle einig. Er hatte sich die Treppe hinabgestürzt, um zu sterben. Vermutlich war schon der Griff unters Kopfkissen eine Herausforderung gewesen, seinem sinnlos gewordenen Leben ein halbwegs würdiges Ende zu machen. Er musste seine Juliana wirklich über alles geliebt haben. Trotz der vielen Erniedrigungen und Beleidigungen, die er hatte ertragen müssen, trotz ihrer ständigen Seitensprünge und Nebenbeziehungen.

Als es draußen zu dämmern begann, atmete Boris Nemzow schon wieder fast normal. Inzwischen lag er, vom Klebeband befreit, auf einer Trage in der Küche. Sein Blutdruck war immer noch extrem niedrig, er war nach wie vor bewusstlos, aber die Infusion wirkte. Er habe die Konstitution eines Ackergauls, meinte die Ärztin, die inzwischen wieder einen fitteren Eindruck machte. Ihr längliches, blasses Gesicht voller Sommersprossen wurde von silberblonden Locken umrahmt, die in den ersten Strahlen der Morgensonne leuchteten.

»Was sollte der ganze Scheiß eigentlich?«, fragte Runkel gähnend, als der Notarztwagen abfuhr und endlich Ruhe einkehrte.

»Er wollte Nemzow umbringen. Auf die fieseste Weise, die man sich vorstellen kann.«

»Einfach verrecken lassen? Okay, er hat's mit seiner Frau getrieben, das versteh ich ja. Hat er womöglich geglaubt, er hätte sie auch umgebracht?«

»Ich weiß nicht, ob er in letzter Zeit noch viel gedacht und geglaubt hat. Vielleicht wollte er sich einfach an irgendjemandem rächen für sein Elend, und Köhler und Nemzow waren die Einzigen, die ihm eingefallen sind.«

»Und dann hat er sich hier auf dieses versiffte Bett geschmissen und gewartet, bis der andere verreckt ist. Und weiter?«

»Ich glaube, es hat für ihn kein Weiter mehr gegeben.«

»Es war ihm egal, was mit ihm passiert?«

»Es war ein erweiterter Selbstmord um drei Ecken.«

»Meine Fresse.« Runkel kratzte sich ausführlich am kantigen Kopf. Sagte noch einmal mit Betonung auf jeder Silbe: »Meine Fresse!«

Ich trat ans Fenster, das irgendjemand irgendwann geöffnet hatte, sah auf den See hinaus. Die Sonne hatte sich kurz nach dem Aufgehen hinter Wolken verkrochen, als könnte sie den Anblick nicht ertragen. Graues Licht flutete herein. Kühle, feuchte, sehr saubere Luft. Im Westen zeigte die Wolkendecke erste Lücken.

Vielleicht würde heute ein schöner Tag werden.

24

So spät wie noch nie war ich neben Theresa ins Bett gesunken, mit wohlwollendem Gemurmel und einem schlaftrunkenen Küsschen begrüßt worden und sofort in Tiefschlaf gefallen. Gegen Mittag war ich wieder zu mir gekommen, hatte mit meiner Göttin zusammen ein spätes Frühstück genossen sowie den Umstand, dass Milena nicht im Haus war. Anschließend war ich zur Direktion geradelt, um mein Experiment mit Ursula vorzubereiten und das Protokoll der Ereignisse der vergangenen Nacht zu tippen.

Gegen halb vier betrat Ursula nüchtern, wieder einmal frisch gebadet und in sauberer Kleidung mein Büro.

»Wie geht's Ihnen denn heute?«, fragte ich freundlich, als wir uns die Hände schüttelten.

»Voll super!« Sie strahlte und ließ mehr Zahnlücken denn je sehen. »Kein Alk mehr, das hab ich mir geschworen. Macht einen voll kaputt, das Dreckszeug. Und das Geld, das wo ich geklaut hab, das zahl ich auch zurück. Ab heute arbeite ich wie ein Pferd. Wie ein Pferd werd ich arbeiten, jawohl, und nichts mehr saufen. Kein Alk, nie mehr! Bloß noch Wasser oder Saft oder Kaffee oder so.«

Sie stank nicht mehr nach Alkohol, Erbrochenem und altem Schweiß, sondern duftete nach feiner Seife und – bildete ich mir zumindest ein – immer noch ein wenig nach Bauernhof und Landluft.

Sekunden später klopfte es, und Laila Khatari trat ein, mit ihrem üblichen herzerfrischenden Lächeln im runden Gesicht. Sie war in Mossul geboren, im Norden des Irak, jedoch schon als Kleinkind nach Deutschland gekommen. Ihr schwarzes Haar trug sie – zufällig fast genau wie Juli – kurz geschnitten. Und weil ich sie darum gebeten hatte, trug sie heute hohe Schuhe, ein kurzes knallrotes Mäntelchen und eine schwarze Tuchhose. An der rechten Schulter baumelte am langen Riemen eine große Handtasche in derselben Farbe.

Ursula riss die Augen auf, als sähe sie den Geist ihrer seit fünfzig Jahren toten Urgroßmutter.

»So ungefähr hat sie ausgesehen?«, fragte ich.

Sie war immer noch sprach- und fassungslos.

»Stimmt die Größe?«

»Die … Die sieht ja genauso aus wie die andere!«

»Stimmt die Größe?«

Ursula nickte erschüttert.

So weit deckte sich ihre Aussage also mit der Realität. Ich begann, wieder Hoffnung zu schöpfen, gab Laila ein Zeichen. Sie ging hinaus und kam in Begleitung von Sven Balke wieder zurück. Das Violett um sein rechtes Auge war noch eine Nuance dunkler geworden, das Humpeln deutlich schwächer. Er trug weiße Sneakers, stark ausgebleichte Jeans und eine schwarze, mit unzähligen Nieten verzierte Lederjacke, die ihm an den Schultern zu eng war.

»Und er?«, fragte ich mit Blick auf Ursula. »Passt es auch? Wenigstens einigermaßen?«

Dieses Mal musste ich eine ganze Weile auf ihre Antwort warten. »Die Jacke, ich mein fast, die ist ein bisschen … weiß auch nicht. Und mehr Haare hat er gehabt. Viel mehr Haare wie der da.«

»Was ist mit der Größe?«

Sie runzelte die Stirn. Ihr Blick pendelte von Balke zu Laila und wieder zurück. »Ich glaub …«, sagte sie leise. »Ich glaub, er ist größer gewesen. Ein bisschen.«

»Wie viel?«

»So …« Sie hielt ihre flache Linke hoch. »So viel ungefähr.«

»Und was soll ich jetzt hier?«, fragte Ursula ungnädig, als wir eine halbe Stunde später zu viert auf der Alten Brücke standen. »Was wird das?«

»Das werden Sie schon sehen«, sagte ich. »Setzen Sie sich bitte genau da hin, wo Sie in der Nacht auch gesessen haben.«

Gehorsam nahm sie auf der Stufe zu Füßen Minervas Platz, blickte wichtig um sich, rutschte ein Stück nach rechts, wieder ein wenig nach links und sah schließlich erwartungsvoll zu mir auf.

Die Brücke war um diese Uhrzeit natürlich keineswegs menschenleer, wie sie es zur Tatzeit gewesen war, sondern dicht bevölkert von Touristen aus allen Ländern dieser Erde. Interessierte Japaner schlenderten herum, staunende Chinesen, abgeklärte Amerikaner, die alles schon gesehen hatten, verzückte, dunkelhäutige Menschen, die vielleicht aus Südamerika stammten, farbenfroh gekleidete Inderinnen mit Punkten auf der Stirn und Ehrfurcht im Blick. Und alle mussten sie genau jetzt auf der Brücke herumtappen, beeindruckte Blicke auf das behäbig am Hang liegende Schloss werfen und zehn Millionen Selfies knipsen. Anschließend konsultierten sie ihre Reiseführer, um nachzulesen, was als nächster Programmpunkt vorgeschrieben war. Und mittendrin standen beziehungsweise saßen wir und wollten eine Mordszene nachstellen.

Ursula war sich der Wichtigkeit ihrer Rolle voll bewusst, saß mit geradem Rücken vor der römischen Göttin der Wissenschaft und wartete auf das, was nun kommen würde.

Seit der Nacht, in der Juli starb, waren drei Wochen vergangen. Große Hoffnung setzte ich deshalb nicht mehr in diese Aktion. Aber was blieb mir übrig?

Ich ging neben meiner einzigen Augenzeugin in die Hocke, gab Laila einen Wink, die zusammen mit Balke am Nordende der Brücke wartete. Mit zügigen, wegen der hohen Schuhe kleinen Schritten ging sie los. Das Tackern der Absätze kam näher. Sie bewegte sich erstaunlich sicher auf den cremeweißen Stilettos.

»Sagen Sie ›Stopp‹, wenn sie da ist, wo es passiert ist«, sagte ich leise zu Ursula.

»Sie ist aber schneller gewesen«, erwiderte sie aufgedreht. »Viel schneller.« Sie zögerte, zwinkerte ins Nirgendwo. »Von dem Gerenne bin ich aufgewacht, glaub ich. Tacktacktack hat's gemacht. Tacktacktack, ich hör's noch ganz genau!««

Ich bat Laila, noch einmal zurück zum Startpunkt zu gehen. Wir brauchten drei Anläufe, bis Ursula zufrieden war. Beim dritten Versuch rannte die arme Kommissaranwärterin fast und riskierte mindestens einen verstauchten Knöchel, wenn nicht Schlimmeres. Aber was tut eine deutsche Polizistin nicht alles im Dienste der Wahrheit.

Ursula beobachtete die Kollegin mit Anteilnahme, nickte, als diese noch knapp zehn Meter von uns entfernt war.

»Da«, sagte sie. »Da ist sie gewesen.« Die falsche Juli blieb stehen wie angefroren. »Aber irgendwas ... Irgendwas stimmt nicht.«

Angestrengt kniff Ursula die Augen zu, schüttelte den Kopf. »Am Anfang, ich hab sie gar nicht sehen können. Ich hab bloß die Schritte gehört.«

»Es war Nacht«, warf ich ein. »Es war dunkel.«

Verbissenes Kopfschütteln. Noch mehr Nachdenken. Plötzlich riss sie die Augen wieder auf. »Neblig! Total neblig ist es gewesen! Drum hab ich das Schloss auch gar nicht sehen können. Weil's so neblig gewesen ist.«

»Sehr gut«, lobte ich sie. »Und jetzt kommt der Mann. Wie weit ist er hinter ihr gewesen?«

Erneut schloss sie für Sekunden die Augen. »Wie ich die zwei gesehen hab, ist er schon da gewesen. Hat sie an der Schulter gepackt. Und sie hat sich umgedreht. Und geschimpft hat sie wie ein Rohrspatz. Er soll sie loslassen, hat sie geschrien. Verpissen soll er sich, der Saftsack, der vollgeschissene.«

»Das hat sie so gesagt? Er soll sich verpissen?«

»Glaub schon, ja. Lass mich. Verpiss dich. So Sachen halt.«

»Und das mit dem Saftsack?«

»Das hat sie nicht gesagt. Das ist von mir.«

»Wie hat sie ihn stattdessen genannt?«

»Weiß ich nicht mehr. Knalltüte vielleicht. Oder Knallkopf.«

»Sie hat ihn geduzt, das haben Sie schon beim ersten Mal gesagt ...«

Erstaunt sah sie mich an. »Wenn mir einer blöd kommt, dann sag ich ja auch nicht ›Sie Arschloch‹ zu dem.«

»Hat sie ihn nur so geduzt, oder hatten Sie den Eindruck, dass die zwei sich gekannt haben?«

Ihr Blick irrte ab. »Kann ich nicht sagen. Jedenfalls hat sie ihn nicht leiden können, das hab ich gleich gemerkt.«

Ich winkte Balke, er kam zögernd näher auf seinen weißen Sportschuhen, wie der Täter sie angeblich getragen hatte, rief ihm einige Regieanweisungen zu, die er gehorsam grinsend ausführte.

»Welche Schulter?«, fragte ich die Zeugin. »An welcher Schulter hat er sie gepackt?«

»An der ... rechten. Genau, die rechte war's. Glaub ich jedenfalls.«

Dann war der Täter wohl Rechtshänder gewesen. Wieder eines dieser oft so frustrierend winzigen Puzzleteilchen.

»Hab gedacht ... Erst hab ich gedacht, die Drecksau, jetzt klaut der ihr die Handtasche. Aber dann hat sie sich umgedreht, und sie haben sich gestritten. Ich glaub, wenn ich's mir recht überleg, sie haben vorher auch schon gestritten. Sie ist ihm davongelaufen und ...«

»Und?«

»Und ... weiß nicht, vielleicht hat er doch keine Jacke angehabt, sondern einen Mantel, aber keinen ganz langen, wissen Sie? Eher so einen halblangen vielleicht. Jedenfalls hat er sie eingeholt und festgehalten, und dann hat sie die Handtasche gepackt und hat sie ihm um die Ohren gehauen. Links und rechts um die Ohren gehauen. Recht so, hab ich gedacht. Gib's ihm nur ordentlich, diesem Pisser, gib's ihm.«

Das Um-die-Ohren-Hauen reproduzierte Laila nur symbolisch, aber dennoch wurden nun die ersten Menschen auf das seltsame Schauspiel aufmerksam. Beobachteten mit verblüfften Mienen den pantomimischen Zweikampf. Sahen sich um, ob vielleicht irgendwo eine Filmkamera zu entdecken war. Laila stolperte beim Rückwärtsgehen über die Stufe, die die Fahrbahn vom vielleicht einen Meter breiten Gehweg trennte, fing sich wieder, wedelte weiter mit der Handtasche vor Balkes Nase herum. Die Stelle, wo ihr Rücken schließlich das Stahlgeländer berührte, war keinen Meter von dem Punkt entfernt, wo meine Kriminaltechniker Faserspuren von Julis Mantel und Hautpartikel von ihrer linken Hand gefunden hatten.

Allmählich begann ich Ursula zu bewundern für die Präzision, mit der sie sich an ein Ereignis erinnerte, das sie vor drei Wochen buchstäblich bei Nacht und Nebel und überdies im Halbschlaf und in wahrscheinlich volltrunkenem Zustand beobachtet hatte.

»Weiter?«, fragte ich halblaut.

Weiter hatte der Täter dann beide Schultern seines Opfers gepackt, das nun nicht mehr weiter zurückweichen konnte. Er hatte die Frau geschüttelt, unentwegt auf sie eingeredet, mit gedämpfter Stimme, sodass Ursula nichts von dem verstehen konnte, was er sagte. Die Frau dagegen war immer zorniger und lauter geworden.

»Moment!«, sagte Ursula, begleitet von einer konfusen Handbewegung zur Stirn. »Irgendwas ist noch gewesen … weiß nicht. Fällt mir grad nicht ein.«

»Die Frau hat mit dem Rücken am Geländer gestanden, der Mann hat sie an beiden Schultern gehalten und geschüttelt.«

Sie nickte mit abwesender Miene. Schien mir plötzlich nicht mehr zuzuhören. Irgendetwas ging in ihrem Kopf vor, aber es kam nichts.

Ich beschloss, noch einmal zum Anfang der Szene zurückzugehen. »Und sie hatten also schon Streit, bevor sie auf die Brücke gekommen sind?«

Über diesen Punkt musste wieder ein Weilchen ernst nachgedacht werden. »Sie ist dem Typ davongelaufen, ganz klar. Sonst wär sie auch nicht so gerannt. Tacktacktack, tacktacktack, ich hör's noch, als wär's gestern gewesen. Dann hat sie ihm die Tasche in die Fresse gehauen, aber hallo! Die hat sich gewehrt wie eine Katze. Die hat keine Angst vor dem Schisser gehabt. Überhaupt keine. Das ist nämlich gut. Wenn man Angst hat vor den Kerlen, dann werden sie erst recht frech. Wenn man ihnen ordentlich Kontra gibt, dann ziehen sie den Schwanz ein. Die meisten jedenfalls.«

»Hat sie nicht geschrien? Normalerweise würde man in so einer Situation doch um Hilfe schreien.«

Ursula nickte sachverständig. »Wenn sie glauben, man hat Schiss vor ihnen, dann kriegen sie Oberwasser und werden erst recht frech.«

»Kommen wir noch mal zu dem Mann. Sie haben wirklich nichts von dem verstanden, was er gesagt hat?«

»Der hat keinen Krach machen wollen. Der hat bloß mit ihr reden wollen. Aber sie nicht mit ihm.«

»Das heißt«, sagte ich langsam. »Das ist jetzt ganz wichtig: Er hat ihr nichts tun wollen.«

»Glaub nicht. Aber wütend ist er trotzdem gewesen, sauwütend, das hab ich genau gemerkt. Wie der sie rumgeschubst hat, so grob. Und die Tasche, die hat sie ihm andauernd in die Fresse gehauen, und das hat dem überhaupt nichts ausgemacht. Er hat bloß versucht, ihre Arme festzuhalten, damit sie ihn nicht mehr hauen kann. Aber das hat nicht geklappt. Sie hat sich immer wieder losgemacht.«

»Seine Stimme, war die eher tief oder eher hoch?«

»So mittel«, meinte Ursula nach längerem Grübeln. »Nicht so tief, aber auch nicht hoch. So dazwischen halt. Ganz normal.«

Allmählich taten mir die Füße weh. Die Hockposition war auf die Dauer doch verdammt unbequem. Und es kostete mich immer mehr Mühe, nicht ständig zu gähnen. Die lange Nacht steckte mir in den Knochen, die vielen Aufregungen und Anstrengungen der vergangenen Tage. Seufzend setzte ich mich neben Ursula. Laila und Balke standen immer noch am Geländer, alberten herum und warteten auf weitere Anweisungen von der Regie.

»Machen Sie bitte mal die Augen zu«, sagte ich. Ursula gehorchte. »Denken Sie ganz fest nach.« Ihre Miene wurde wieder verkniffen von der Anstrengung des Erinnerns. »Er hat versucht, sie festzuhalten, aber sie hat getobt und gekämpft und weiter auf ihn eingeschlagen.«

Energisches Nicken.

»Sie ist rückwärtsgegangen, bis es nicht mehr weiterging.«

»Sie wollt weg von dem. Dass er sie nicht mehr packen kann.«

»Aber so richtig Angst hat sie nicht gehabt vor ihm.«

Entschiedenes Kopfschütteln.

»Dann war da das Geländer, und sie konnte nicht mehr weiter.«

Plötzlich öffnete Ursula den Mund und sagte mit immer noch geschlossenen Augen: »Er hat sie ihr weggenommen!«

»Die Tasche?«

»Sie wollt sie ihm wieder wegreißen, er hat sie aber nicht losgelassen. Eine Weile haben sie so rumgemacht, und dann hat sie ihm mit der anderen Hand ins Gesicht gehauen und ...«

Der Pulk der Neugierigen um uns herum wurde größer und größer. Ständig klickten jetzt Kameras.

»Und?«

»Immer lauter ist sie geworden. Vielleicht hat sie's doch ein bisschen mit der Angst gekriegt. Irgendwas hat sie gesagt. Ein Name war's, glaub ich.« Die Miene wurde zur Grimasse, als spielte sie die Konzentration nur noch. »Den Rest hab ich nicht mitgekriegt, aber der Name ... wenn ich bloß auf den kommen tät.«

Ich wartete geduldig, ob noch weitere Erinnerungen aus dem tiefen Meer des Vergessens auftauchten. Aber es kam nichts mehr.

Also neuer Anlauf: »Der Mann war groß, richtig?«

Das Geheimnis eines erfolgreichen Verhörs ist die Wiederholung. Wieder und wieder und noch einmal die immer gleichen Fragen, bis zum Erbrechen. Und gar nicht selten geschieht dann kurz vor dem Erbrechen etwas. Etwas manchmal Entscheidendes.

Ursula blieb dabei, dass der Täter einige Zentimeter größer als Balke war. »Und ein Starker ist er gewesen, breiter wie der da. Kein Student oder so. Wie die mit dem umgesprungen ist, so klein, wie sie gewesen ist, alle Achtung!«

»Was hat er angehabt?«

»Ich glaub fast, vielleicht doch kein Mantel«, meinte sie jetzt wieder. »Eher so wie der da.« Hilflos deutete sie auf Balke. »Jacke halt. Vielleicht ein bisschen länger?«

Offenbar hatte die wehrhafte kleine Frau mehr Eindruck auf meine Zeugin gemacht als der Mann, der sie bedrängte.

Ich beschloss, die Zügel etwas lockerer zu lassen. »Wieso waren Sie überhaupt mitten in der Nacht auf der Brücke? Es war doch bestimmt furchtbar kalt. Und feucht auch, bei dem Nebel.«

»So halt. Weil's mir hier gefällt. Man kann das Schloss sehen. Es ist ein schönes Schloss, find ich. Und der Neckar macht so Geräusche dazu. Andere Leute hocken abends vor der Glotze, ich hock hier.« Mit theatralischer Geste wies sie um sich. »Das ist meine Glotze.«

Zwei junge Männer, die aussahen, wie ich mir Isländer vorstellte oder Finnen, begannen nun auch noch, ein Handyfilmchen von uns zu drehen. Ich verscheuchte sie mit einer unwirschen Handbewegung.

»Müd bin ich gewesen«, erinnerte sich Ursula jetzt. »Saumüd. Und gefroren hab ich. Hab gedacht, Ursel, hab ich gedacht, jetzt machst du die Flasche noch leer, und dann gehst du und haust dich hin.«

»Sie haben einen festen Schlafplatz?«

»Unter der Czernybrücke lieg ich immer.« Sie stöhnte dramatisch. »Aber seit die ganzen Russen und Rumänen da sind, ist mein Platz oft besetzt, wenn ich komm. Dann gibt's jedes Mal Zoff. Dann muss ich erst einen treten und anspucken, und meistens geht er dann. Manchmal hauen sie auch zurück. Je nachdem.«

»Hier haben Sie aber nicht geschlafen?«

»Bloß so gedöst. Ist saugefährlich, wenn man bei der Kälte einpennt.«

»Sonst war niemand auf der Brücke?«

»Manchmal schon. Leute sind rübergelaufen. Von der Stadt her. Besoffene. Pärchen, die wo einen Platz zum Vögeln gesucht haben, obwohl, bei der Kälte ... Normale Leute auch. Sind aber nicht mehr viele gewesen.«

»Während die zwei gestritten haben, ist niemand vorbeigekommen?«

»Glaub nicht. Hat ja auch nicht so lang gedauert, dann ist sie schon weg gewesen.«

»Der Name, den sie gerufen hat, ist er Ihnen wieder eingefallen?«

Betretenes Achselzucken. »Ich komm einfach nicht drauf.«

»Wie ist es dann weitergegangen?«

»Sie haben mit der Tasche rumgemacht, sie hat ihm ein paar Maulschellen verpasst, dass es geknallt hat, und auf einmal, zack, ist sie nicht mehr da gewesen. Erst hat er ganz blöd geguckt, hat nicht gewusst, was er machen soll. Und dann ist er fort. Wie der Teufel ist er fort.«

»Er hat nicht mal übers Geländer geguckt?«

»Weiß nicht. Doch. Vielleicht.«

»Er ist weggelaufen ...«

»Auf einmal ist er fort gewesen wie nix. Der Nebel hat ihn einfach aufgefressen.«

Balke und Laila hatten sich inzwischen mit dem Rücken am Geländer auf den Boden gesetzt und plauderten angeregt. Ich hörte ihr helles Lachen und – seltener – sein dunkles. Unter uns rauschte der Fluss, in dessen eiskaltem Wasser Juli einen schnellen, gnädigen Tod gestorben war. Und Ursula hatte plötzlich einen Blick, als wäre ihr soeben noch etwas eingefallen.

»Ist noch was?«, fragte ich hoffnungsvoll.

»Er ist noch mal umgekehrt«, murmelte sie leise und dieses Mal mit nur halb geschlossenen Augen. »Der Nebel hat ihn wieder ausgespuckt, und der Typ hat sich gebückt ...«

»Wo?«

»Da, wo sie ihm zum ersten Mal die Tasche in die Fresse gehauen hat. Er hat sich gebückt und was aufgehoben.«

»Was könnte das gewesen sein?«

»Weiß nicht. Er hat ...« Forschend sah sie mir ins Gesicht. Sah weg. Sah mich wieder an. »Ich glaub fast, am Anfang hat er eine Brille aufgehabt. Und die hat sie ihm von der Nase gehauen. Und dann ist er noch mal gekommen und hat sie aufgelesen, seine Brille. Er hat sie sich aber nicht mehr aufgesetzt. Nein, aufgesetzt hat er sie nicht mehr.«

Ein kantiges, auch im trügerischen Licht der Brückenbeleuchtung gut sichtbares dunkles Gestell hatte die Brille des Täters gehabt.

Wer von unseren mehr oder weniger Verdächtigen trug eine Brille?, überlegte ich, als ich wieder am Schreibtisch saß. Köhler hatte eine getragen, aber die hatte ein dünnes Stahlgestell und kleine, schmale Gläser. Auch Boris Nemzow trug vermutlich hin und wieder eine Brille. Ich meinte, entsprechende Abdrücke an seiner Nase gesehen zu haben. Seine Figur und Größe passten perfekt auf Ursulas Beschreibung. Aber weshalb sollte ausgerechnet er die Frau, in die er sich gerade erst verliebt hatte, über die Brüstung stoßen? Weil sie sich nicht mehr bei ihm gemeldet hatte? Weil er sich verraten fühlte?

Nur um nichts zu übersehen, betrachtete ich noch einmal die Fotos auf den Internetseiten der ORMAG. Etwa die Hälfte der führenden Leute dort waren Brillenträger. Wieder die Hälfte davon trug eine Sehhilfe mit dunklem, markantem Horngestell.

Bei Facebook fand ich auch Fotos von Dr. Pietro Cavallo, dem Mann, den Juli von seinem Vorstandsposten verdrängt und den ich aus Zeitmangel immer noch nicht kontaktiert hatte. Auch er trug eine Brille, allerdings mit vergoldetem Metallgestell. Die Bilder zeigten ihn markig dreinschauend am Steuer einer vermutlich großen Motorjacht, entspannt beim Frühstück auf einer südlichen Terrasse voller Blumen und Palmen, als Bonvivant zusammen mit bunt und teuer gekleideten Menschen bei einer Vernissage. Auf keiner der Aufnahmen wirkte er wie ein mit seinem Karriereknick hadernder Manager. Zudem schien er kaum größer zu sein als Juli und kugelrund.

Ulrich Lenze, der gefeuerte Betriebsratsvorsitzende, brauchte offenbar keine Brille. Jedenfalls hatte ich keine an ihm gesehen, und auch auf den wenigen Fotos, die das weltweite Netz von ihm bereithielt, trug er keine. Vielleicht brauchte er sie nur zu bestimmten Gelegenheiten? Oder trug sie aus Eitelkeit so gut wie nie? Lenze hätte ein perfektes Motiv gehabt, die Statur passte, er und Juli hatten sich von früher gekannt und möglicherweise auch geduzt.

Ich beschloss, am nächsten Morgen seiner Freundin und Alibigeberin einen Besuch abzustatten.

25

Irene Raile öffnete mir die Tür, kaum dass ich den Finger vom Klingelknopf genommen hatte. Sie war mittelgroß und mager und sah mich an wie jemand, der längst am Ende seiner Kräfte, Nerven und Hoffnungen angekommen war.

»Guten Morgen«, sagte sie mit brüchiger Stimme. »Kommen Sie rein. Danke, dass Sie vorher angerufen haben.«

Es war fünf Minuten nach acht, als ich ihr Haus betrat. Auch heute schien wieder die Sonne.

Das Reihenhaus im Norden Lampertheims war schon älter. Es wirkte von außen schlicht, der Vorgarten war verwildert. Auch innen verriet jedes Möbelstück, jedes Bild an der Wand, jedes Accessoire: Hier führten Knappheit und Bescheidenheit das Regiment.

»Wir müssen leise sein«, sagte die Frau des Hauses mit verhaltener Stimme, während sie vor mir her auf dicken wollenen Strümpfen den Flur durchquerte und eine Tür öffnete. »Er schläft. Das ist gut, dass er schläft. Ein Segen ist es. Für ihn und für mich auch.«

Es roch nach gebratenem Speck und Desinfektionsmittel. Und ein wenig, bildete ich mir ein, auch nach nahem Tod. Ich fühlte mich unbehaglich in diesem Haus, unruhig, auf eigentümliche Weise fast bedroht.

Wir betraten das lange nicht mehr aufgeräumte Wohnzimmer. Zeitschriften lagen herum, über einer Stuhllehne ein Packen Bügelwäsche, auf dem Sofa ein gelber Kunststoffkorb voller Kleidungsstücke, die vielleicht auf die Waschmaschine warteten. Durch ein breites Fenster und eine verglaste Terrassentür blickte man in den Garten hinter dem Haus, der etwas gepflegter wirkte als das Gegenstück auf der Straßenseite. Die Büsche waren ordentlich beschnitten, die Bäume gepflegt, das Laub des vergangenen Herbsts in einer Ecke auf einen Haufen geharkt.

»Das hat der Uli gemacht«, sagte Frau Raile, der mein Blick nicht entgangen war. »Den Garten, mein ich. Er kommt oft und hilft mir. Ich weiß gar nicht, wie ich ohne ihn zurechtkommen würd. Ich ... es geht bald nicht mehr. Bald geht es nicht mehr ...«

Mit leerer Miene sah sie an mir vorbei. Sie sprach nicht zu mir, wurde mir bewusst, sie klagte das Leben selbst an, das ihr dieses Übermaß an Leid zumutete. Schließlich setzte sie sich neben den Wäschekorb auf das Sofa, und ich nahm mir einen Stuhl vom Esstisch, da die beiden Sessel von allerlei Gerümpel blockiert waren. Auf dem Couchtisch, zwischen bunten Heftchen voller Filmstars, Fürsten und Königinnen, rauschte ein Babyfon leise vor sich hin.

»Das hat mir auch der Uli besorgt«, flüsterte sie. »Jetzt muss ich nicht mehr dauernd die Treppe rauf und runter.«

Ihrem strähnigen Haar hätte die Zuwendung eines Friseurs gutgetan. Das ohnehin schmale Gesicht war eingefallen, die Augen matt, die Haut so blass, als hätte sie lange keine Sonne mehr gesehen. Unter der bunt geblümten Kittelschürze lugte ein knielanger grauer Wollrock hervor.

Für Sekunden war nur das Rauschen des Babyfons zu hören. Eine beklemmende Stille herrschte plötzlich, die mir das Atmen schwer machte.

»Der Georg«, fuhr Frau Raile schließlich fort, »früher ist er immer so fleißig gewesen. So stark, so viel Halt hat er mir gegeben. Und dann wird er auf die Straße gesetzt von dieser Hexe, mit über fünfzig rausgeworfen wie ein räudiger Hund, und finden Sie heutzutage mal eine Arbeit mit über fünfzig. Dann ist er auch noch krank geworden, vor sieben Jahren war's, und seither ... ach Gott!«

»Ich will Sie nicht lange stören«, sagte ich leise und ohne

jeden Grund schuldbewusst. »Eigentlich habe ich nur zwei kurze Fragen zu Ihrem Freund Ulrich Lenze.«

»Dann fragen Sie, und dann gehen Sie wieder. Ich will nicht heulen, wenn jemand dabei ist.«

»Ich mache es ganz kurz. Erste Frage: Trägt er manchmal eine Brille?«

»Beim Autofahren, ja.«

»Und wie sieht sie aus, die Brille?«

»So ein Horngestell hat sie, ein braunes, glaub ich. Genau weiß ich es gar nicht, weil er sie meistens nicht aufhat. Und ich hab auch weiß Gott andere Sorgen als die Brille vom Uli.«

»Die nächste Frage ist ein bisschen komplizierter: War er am neunten März bei Ihnen? Am Abend? Es war ein Mittwoch.«

Mitten im Chaos auf dem staubigen Couchtisch stand eine ungewöhnlich prächtige Kristallvase, in der einige Tulpen die Köpfe hängen ließen und ihrem Tod entgegendursteten.

»Lieber Gott, das ist ja ewig her! Wie soll ich denn jetzt noch … Warten Sie, ich hol meinen Kalender.«

Mühsam stemmte sie sich vom Sofa hoch, ging mit leicht schwankenden Schritten aus dem Zimmer, kam Augenblicke später mit einem schmalen Terminkalenderchen in der Hand zurück, wie es manche Firmen zum Jahreswechsel an unwichtige Kunden verschenken. Ihrer stammte von einer Apotheke im Ort.

»Mittwoch …«, murmelte sie. »Mittwoch … Ah da.« Sie nahm das Ding nah vor die Augen. »Zeumer, Hanau. Beim Dr. Zeumer sind wir gewesen, am Nachmittag. Den hat mir eine Nachbarin empfohlen. Ein Bruder von ihr hat auch Krebs gehabt, und der Dr. Zeumer hat ihn geheilt. Mit so Natursachen. Diese Ärzte, die anderen Ärzte, die können ja alle nichts. Sie vergiften einen mit Chemiezeug, das einen noch kränker macht, als man sowieso schon ist, verordnen

Bestrahlungen, die einen fast umbringen, und am Ende geht's einem immer noch schlechter als vorher. Der Uli hat uns hingefahren, nach Hanau. Ich hab zwar auch den Führerschein, aber ich fahr nicht mehr gern, seit … Dauernd bin ich übernächtigt, wissen Sie, und so elendig erschöpft, da fahr ich lieber keine langen Strecken mehr. Nicht, dass noch mehr Unglück passiert.«

Umständlich nahm sie wieder Platz. Legte den dünnen Kalender mit braunem Plastikeinband auf den Couchtisch aus furnierter Pressspanplatte. Eine der Tulpen ließ lautlos ein Blütenblatt fallen. »Um zwei sind wir los, um vier haben wir den Termin gehabt. Und dann hat er gewartet, bis alles erledigt war. Damals ist es dem Georg noch viel besser gegangen. Und ich dummes Huhn hab gedacht, es geht ihm so furchtbar schlecht. Da hab ich noch nicht gewusst, wie schlecht es einem Menschen gehen kann. Und die Hexe, die ist an allem schuld. An allem ist nur sie schuld, das sagt der Uli auch.«

»Wann waren Sie wieder daheim?«

Sie überlegte mit gesenktem Blick. »So gegen acht? Der Uli hat mir geholfen, den Georg wieder raufzubringen und ins Bett zu legen. Ich kann das nicht mehr allein, seit er so gar keine Kraft mehr hat, und fremde Leute im Haus, das will ich nicht.«

Für einige Sekunden schwieg sie. Dann sah sie mich verwirrt an, als wäre sie gerade aus einem unruhigen Traum erwacht. Erinnerte sich an das Thema unseres Gesprächs.

»Ich hab uns dann noch eine Kleinigkeit zum Essen gerichtet, und das haben wir gegessen, der Uli und ich. Und ein Gläschen Wein haben wir getrunken, und dann ist er auf sein Rad gestiegen und heimgefahren. Wieso fragen Sie das überhaupt?«

»Wann ungefähr?«

Ein verständnisloser Blick war die einzige Antwort auf meine Frage.

»Wann ist er auf sein Rad gestiegen?«

Erschöpft schloss sie die Augen. »Zwölf? Halb eins? Vielleicht ist's auch noch später gewesen. So genau weiß ich das nicht mehr. Ist doch kein Wunder, dass ich das nicht mehr weiß. Spät, jedenfalls.«

»War er irgendwie anders an dem Tag?«

»Wie, anders?«

»Ist er wegen irgendwas wütend gewesen, zum Beispiel?«

»Gar nicht«, erwiderte sie, ohne eine Sekunde zu überlegen. »Wieso sollt er denn wütend sein? Und auf wen?«

»Zum Beispiel auf die Frau, die Sie eine Hexe nennen.«

Sie nickte, tief in Gedanken. »Früher sind wir alle wütend gewesen, furchtbar wütend, ja. Aber jetzt nicht mehr. Schon lang nicht mehr. Bringt ja nichts, wenn man sich dauernd aufregt. Macht einen nur krank. Sieht man ja jetzt am Georg, wohin das führt. Es ist, wie es ist, sagt der Uli auch immer. Die Hexe ist am Leben, und der Georg muss sterben. So ist das.«

»Frau von Lembke lebt nicht mehr.«

Ihr Blick wurde ungläubig, verwirrt.

»Haben Sie das etwa nicht gewusst?«

»Tot ist sie? Seit wann denn?«

»Seit der Nacht, von der wir gerade reden. Jemand hat sie umgebracht.«

Jetzt wurde sie heftig: »Aber der Uli nicht! Es gibt viele Leute hier herum, die sie ins Unglück gebracht hat. Der Uli kann doch so was gar nicht. Der tut doch keinem was zuleide.«

»Er ist wirklich erst gegen Mitternacht weggegangen?«

»Ja, das stimmt.«

»Wieso wissen Sie das noch so genau?«

»Weil ...« Unbehaglich sah sie auf ihre abgearbeiteten Hände. »Weil, ich weiß es halt noch, mein Gott!«

»Besitzt Ihr Freund ein Auto?«

»Der Uli hat schon lang kein Auto mehr. Das kann er sich gar nicht leisten von seinem bisschen Rente.«

»Er ist wirklich mit dem Rad gefahren und hat sich nicht Ihren Wagen ausgeliehen?«

Jetzt wurde sie böse. »Was wollen Sie eigentlich von mir?« Mit jedem Wort wurde die unglückliche Frau lauter und schriller. »Was unterstellen Sie dem Uli denn? Dass *er* die Hexe umgebracht hat?« Sie erhob sich, schrie mich mit hochrotem Kopf und geballten Fäusten von oben herab an. »Ich tät's ja verstehen, wenn er es gemacht hätt, weiß Gott, das tät ich! Aber er hat's nicht gemacht! Weil er nämlich hier bei mir gewesen ist! Bis nach zwölf ist er bei mir gewesen, und da ist sie ja schon tot gewe…«

Mitten im Wort wurde ihr klar, dass sie sich verraten hatte. Sie hatte sehr wohl gewusst, dass die Frau nicht mehr lebte, der sie die Schuld an ihrem Elend gab.

Um vierzehn Uhr dreißig saßen wir uns gegenüber – auf der einen Seite des Tischs Ulrich Lenze und sein schon etwas betagter und friedlich dreinschauender Anwalt, auf der anderen Klara Vangelis und ich. Lenze sah schlecht aus, viel schlechter als bei unserem ersten Treffen vor zwei Tagen. Vermutlich hatte er seither nicht mehr besonders gut geschlafen. Zunächst hatte er sich geweigert, zu mir zu kommen, hatte mich am Telefon sogar beleidigt und angebrüllt. Erst meine Drohung, ich könne problemlos einen Haftbefehl erwirken und ihn in Handschellen abholen lassen, hatte ihn zur Besinnung gebracht. Und ihn dazu veranlasst, vorsorglich gleich einen Rechtsbeistand mitzubringen. Das mit dem Haftbefehl war natürlich ein wenig geflunkert gewesen. Andererseits auch nicht völlig aus der Luft gegriffen. Ursulas Täterbeschreibung passte zu gut auf ihn, er trug zumindest hin und wieder eine Brille, und sein Alibi für die Tatnacht hatte sich am Morgen in Luft aufgelöst.

Ich schaltete die Tonaufzeichnung ein, sagte das vorgeschriebene Sprüchlein auf mit Datum, Uhrzeit, Namen aller Anwesenden und dem Grund der Einvernahme.

»Sie haben Juliana von Lembke gehasst, haben Sie bei unserem ersten Gespräch gesagt.«

Mit nicht zu deutender Miene nickte Lenze. Sein Mund war verkniffen, die Gesichtsfarbe fahl, fast grau, aber er sah mir ins Gesicht, hielt meinem Blick stand. Es würde nicht leicht werden, war mir schon jetzt klar.

»Das ist alles eine Ewigkeit her«, sagte er. »Ich hab mich abgeregt. Hab irgendwann eingesehen, dass sie nichts anderes machen konnte. Dass sie Leute feuern musste. Sie hat auch ihre Zwänge gehabt, als Chefin. Marx hat schon geschrieben, dass der Mensch tut, was die Umstände erfordern. Dass er keine Wahl hat, normalerweise. Jeder von uns tut, was er tun muss.«

»Ihr Freund Georg ist sterbenskrank, und seine Frau gibt Frau von Lembke die Schuld daran.«

»Ist es ein Wunder? Es zerreißt einem das Herz, ihn so daliegen zu sehen. Können Sie sich das denn nicht vorstellen?«

»Doch, das kann ich mir sogar sehr gut vorstellen, und das ist ja gerade das Problem. Wo waren Sie in der Nacht vom neunten auf den zehnten März? Bei Ihren Freunden waren Sie höchstens bis acht, halb neun.«

»Daheim«, erwiderte er trotzig und sah mir immer noch stur in die Augen. »Daheim bin ich gewesen.«

»Und warum haben Sie vorgestern etwas anderes behauptet?«

»Weil ... Scheiße noch mal, natürlich hab ich gewusst, dass sie tot ist. Dass sie umgebracht worden ist. Und hab mir mein Teil gedacht. Dass Sie mich bestimmt verdächtigen werden. Dass es besser ist, wenn ich ein Alibi hab.«

»Es war leider ein schlechtes Alibi.«

Endlich schlug Lenze die Augen nieder. »Die Irene kann so was nicht. Schon früher hat sie nie lügen können. Und jetzt, wo sie so dermaßen runter ist mit den Nerven, bringt sie ständig alles durcheinander.«

»Zu Hause waren Sie also. Was haben Sie da gemacht?«

»Gearbeitet. Will mir im Keller eine Sauna einrichten. Dafür hab ich schon mal die Stromleitung verlegt.«

»Und leider kann das niemand bezeugen.«

Kopfschütteln. Blick auf die Knie. Nervöse Augen und Hände.

Ich sah den Anwalt an, einen Mann jenseits der sechzig, der nicht unbedingt den engagiertesten Eindruck auf mich machte. Dann wandte ich mich wieder an den Verdächtigen.

»Herr Lenze, was Sie mir hier auftischen, ist alles ein bisschen dürftig.«

Verstockte Miene. Keine Reaktion.

»Wissen Sie, wie wir in so einem Fall vorgehen? Wenn ein Mord geschieht? Als Allererstes fragen wir uns: Wer hat ein Motiv? Und zweitens dann: Wer hat die Gelegenheit gehabt, es zu tun? Auf beide Fragen lautet meine Antwort: Sie. Außerdem haben wir in diesem Fall zum Glück eine recht ordentliche Täterbeschreibung …«

»Ich war's aber nicht, Scheiße noch mal!«, fiel Lenze mir ins Wort. »Hab ja nicht mal gewusst, dass sie in Heidelberg war, an dem Abend. Woher hätte ich das überhaupt wissen sollen?«

»Oh doch, Sie haben es gewusst. Ich habe vorhin ein paar von Ihren früheren Kollegen angerufen. Und einer davon, Horst Anschütz heißt er, hat gesagt, Sie hätten es gewusst. Er arbeitet immer noch bei der TurboTec und hat zufällig erfahren, dass sein Chef sich an dem Abend mit Frau von Lembke treffen wollte. Daraufhin hat er Sie angerufen. Weil er wusste, dass Sie sie immer noch bis aufs Blut hassen.«

Alarmiert sah Lenze auf, erwiderte jedoch nichts.

»Ich kann ganz leicht feststellen lassen, ob er Sie angerufen hat und wann. Aber wir können es uns auch einfacher machen und Zeit sparen.«

Er schloss die Augen. Riss sie wieder auf. Schloss sie erneut. Und schließlich, nach langem Zögern und Grimassenschneiden, nickte er. Der Anwalt neben ihm wirkte allmählich, als fände er die Veranstaltung ziemlich langweilig.

Ich beugte mich vor, legte die Unterarme auf den Tisch. »Ich will Ihnen sagen, wie es gewesen ist: Sie haben gewusst, dass sie in der Nähe ist, haben sich ein Auto geliehen, von wem, werden wir noch rausfinden, sind nach Heidelberg gefahren und haben sie gesucht und gefunden. Später sind Sie Frau von Lembke gefolgt, bis sie auf der Brücke war. Dort haben Sie sie gepackt und beschimpft und schließlich über das Geländer in den Neckar gestoßen. So weit alles richtig?«

»Nichts«, erwiderte Lenze mit rauer, aber wieder fester Stimme. »Gar nichts ist richtig. Ich bin daheim gewesen, hab bis elf oder so im Keller gewerkelt, und dann bin ich ins Bett gegangen.«

»Nur dumm, dass niemand das bestätigen kann.«

Es klopfte, Rolf Runkel kam herein, legte einen Zettel vor mich hin, verschwand wieder.

»Sie brauchten gar kein Auto zu leihen«, fuhr ich fort, nachdem ich seine Notiz entziffert hatte. »Auf Sie ist ein Motorrad zugelassen, eine Siebenhundertfünfziger BMW.«

»Aber nicht jetzt.« Plötzlich klang Lenze fast wehleidig. »Sie hat nur eine Saisonzulassung. Von April bis Oktober. Jetzt ist März.«

»Sie glauben nicht, wie viele Leute jeden Tag auf nicht zugelassenen Motorrädern durch die Gegend fahren.«

»Das ist aber eine Unterstellung«, sagte der Anwalt mit einer Miene, als hätte ich ihn bei seinem wohlverdienten Mittagsschläfchen gestört. »Sie müssen schon Beweise auf den Tisch legen, Herr Gerlach. So geht das nicht.«

Wie bestellt klopfte es erneut, Runkel brachte den nächsten Zettel. Ein Nachbar bestätigte, dass Lenze hin und wieder auch im Winterhalbjahr auf seinem Motorrad unterwegs war. Selten nur, aber es kam vor. Ob er auch am Abend des neunten März weggefahren war, wusste der wachsame Nachbar leider nicht.

»Was sagen Sie dazu?«, fragte ich den Mann, der mit jeder Minute verdächtiger wurde.

»Das ... Es stimmt, ja. Aber ich bin ... am Neunten bin ich den ganzen Abend nicht mehr aus dem Haus, Himmelarsch.« Er schluckte schwer. Und schluckte noch einmal. Dann veränderte sich seine Miene abrupt. »Da fällt mir ein: Ich hab einen Kumpel angerufen, an dem Abend, vom Festnetz, so um neun, halb zehn. Einen ehemaligen Kollegen, den hat die Lembke übrigens auch gefeuert. Er ist Elektriker, und ich hab nicht mehr gewusst, ob man an den Steckdosen die Phase links oder rechts auflegt.«

Vangelis notierte sich den Namen des Mannes, ging hinaus, kam nach nicht einmal einer Minute zurück.

»Ihr Kollege bestätigt den Anruf«, sagte sie zu Lenze. »Er weiß aber nicht mehr, an welchem Abend es war.«

»Am neunten März war's. Seine Frau hat an dem Tag Geburtstag gefeiert. Rufen Sie ihn noch mal an, er wird es Ihnen bestätigen. Sie haben eine kleine Party gehabt, er wird sich daran erinnern.«

Augenblicke später war geklärt, dass Lenze zumindest in diesem Punkt die Wahrheit sagte. Aber auch wenn er abends um neun von zu Hause aus telefoniert hatte, konnte er gegen Mitternacht problemlos in Heidelberg gewesen sein.

»Und wie stellen Sie sich das vor?«, fragte er mit böse funkelndem Blick. »Heidelberg hat hundertfünfzigtausend Einwohner. Dazu noch zigtausend Touristen. Wie hätte ich sie denn bitte schön überhaupt finden sollen?«

Dieser Punkt ging leider an ihn. Aber vielleicht war er Köhler nach Oftersheim gefolgt, später Juli nach Handschuhsheim? Oder er hatte auf anderem Weg erfahren, wo sie sich aufhielt. Er hatte sie gesucht, um sie zur Rede zu stellen. Um sie zu beschimpfen, vielleicht auch ein wenig von der Angst spüren zu lassen, die sie so vielen anderen eingejagt hatte. Die Situation war eskaliert, und am Ende hatte sie im Fluss gelegen.

Der Haken an meiner schönen Theorie war nur: Ich hatte nicht den Hauch eines Beweises.

Erst jetzt bemerkte ich, dass Vangelis eine Liste mitgebracht hatte, die sie jetzt vor mich hinlegte. Es war ein Computerausdruck der Telefonate, die am fraglichen Abend über Lenzes Festnetzanschluss geführt worden waren.

Um neun Uhr elf hatte er seinen Freund, den Elektriker angerufen und bei der feuchtfröhlichen Geburtstagsparty gestört. Um neun Uhr achtundvierzig war er selbst angerufen worden. Von einer Handynummer.

Ich schob die Liste zu Lenze hinüber. »Wer war das?«

»Das? … Falsch verbunden. Irgendeine Frau. Weiß nicht … falsch verbunden halt.«

»Und was hat sie gesagt, die Frau?«

»Was weiß denn ich?«, brauste er auf. »Irgendwas wie: Wer ist da? Oh, Entschuldigung, verwählt. Passiert Ihnen so was nie, verdammt?«

»Doch, natürlich passiert es hin und wieder.« Ich atmete tief durch, beugte mich wieder vor. »Aber ich muss für gewöhnlich nicht fünf Minuten lang telefonieren, um so was zu klären. Sie lügen doch, Herr Lenze …«

»Also, jetzt mal langsam«, mischte sich der Anwalt erneut ein, diesmal energischer.

»Meine Kollegin wird diese Nummer jetzt anrufen, und dann werden wir ja sehen, ob stimmt, was Sie sagen.«

Lenze schien in den letzten Sekunden noch blasser geworden zu sein. Er nagte auf der Unterlippe. Vangelis hatte sich schon halb erhoben und sah abwechselnd ihn und mich fragend an.

»Sie müssen hier nichts sagen«, sagte der Anwalt eindringlich zu seinem Mandanten. »Sie haben das Recht …«

»Es stimmt«, murmelte Ulrich Lenze, ohne ihn zu beachten. »Eine frühere Kollegin. Sie ist damals auch im Betriebsrat gewesen und hat die Hexe in Heidelberg gesehen. In Handschuhsheim. Zufällig.«

»Und deshalb hat sie Sie angerufen?«

Lenze sank immer weiter in sich zusammen. »Uli, hat sie gesagt, stell dir vor, wen ich grad gesehen hab. Willst du sie immer noch umbringen? Ich kann dir sagen, wo sie jetzt ist.«

»Und wo war sie?«

»In der Burgstraße. Da ist sie grad aus ihrem Mercedes gestiegen.«

»Und diese Freundin heißt?«

»Anne Rottluff. Ihr neuer Job bei der ABB ist auch schon wieder wackelig, hat sie mir gesagt. Und da heißt es immer, die Wirtschaft brummt und wächst, und wir werden alle reich durch diese Scheißglobalisierung …«

Erneut ging Vangelis hinaus, um zu telefonieren.

»Und da haben Sie sich auf Ihre BMW geschwungen und sind nach Handschuhsheim gefahren«, sagte ich ruhig.

»Erst wollt ich nicht«, behauptete er mit gesenktem Blick. »Dann wieder doch. Aber umbringen wollt ich sie nicht, auf keinen Fall.«

»Haben Sie sie gefunden?«

»Ich hab sie ja nicht mal gesucht, Herrgott. Nach ein paar Kilometern bin ich wieder umgekehrt. Was für ein Blödsinn, hab ich gedacht. Was bringt es, wenn du sie anschreist? Wird dadurch vielleicht irgendwas besser? Wird davon der Georg wieder gesund und meine Silvi wieder lebendig? Dann bin ich wieder heimgefahren und hab mich ins Bett gelegt. Und verdammt lang nicht einschlafen können.«

»Und das soll ich Ihnen jetzt glauben.«

»Glauben Sie es, oder glauben Sie es nicht. Ist mir egal. So war's.«

»Was haben Sie angehabt?«

Verdutzt sah er auf. Brauchte einige Sekunden, um meine

einfache Frage zu verstehen. Schweiß stand jetzt auf seiner Stirn.

»Meine Lederjacke, eine Jeans, Motorradstiefel, Handschuhe. Und den Helm natürlich. Den Helm sowieso.«

»Welche Farbe hat die Jacke?«

»Schwarz. Und die Jeans ist blau.«

»Dunkel- oder hellblau?«

»Eher hell.«

Vangelis kam wieder herein, nahm Platz. Lenzes ehemalige Kollegin hatte den Anruf bestätigt. Inzwischen sah er aus, als stünde er kurz vor dem Zusammenbruch. Kurz vor dem Geständnis.

Eine Weile versuchte ich erfolglos, Lenze durch ständiges Wiederholen der entscheidenden Fragen zu verwirren. Aber er blieb bei seiner Aussage.

»Anderes Thema«, sagte ich schließlich. »Sie tragen manchmal eine Brille.«

»Ist, glaub ich, nicht verboten.«

»Wie sieht die aus?«

»Sie hat runde Gläser und ein Horngestell. Eigentlich passt sie gar nicht zu mir. Sieht viel zu nobel aus. Ich bin kein Intellektueller, sondern Arbeiter. Aber die Silvi hat mir das Ding eingeredet, und … na ja, jetzt hab ich sie halt.«

»Haben Sie auch eine Zweitbrille?«

»Wozu sollte die gut sein?«

»Falls die andere mal kaputtgeht.«

»Hab ich nicht. Nie gehabt.«

»Okay«, sagte ich langsam und überflog noch einmal meine Notizen. »Das war's für heute.«

Für einen Haftbefehl reichte es noch nicht. Es bestand keine Fluchtgefahr, und einen dringenden Tatverdacht würde die Staatsanwaltschaft nach Lage der Dinge nicht sehen.

»Ich hätte gerne noch eine Speichelprobe von Ihnen, dann können Sie gehen«, sagte ich also.

»Speichelprobe?«, fragte er achselzuckend. »Kein Problem.«

»Und planen Sie für die nächsten Tage mal keine Urlaubsreise. Morgen machen wir eine Gegenüberstellung mit einer Zeugin, die den Täter gesehen hat. Kann sein, dass sich dann später noch die eine oder andere Frage ergibt.«

»Urlaub?« Ulrich Lenze lachte grimmig, hatte sich schon halb erhoben. »Von welchem Geld soll ich denn Urlaub machen? Können Sie mir das bitte schön mal verraten? Sie haben doch keine Ahnung, wie's im richtigen Leben zugeht, Sie … Beamter, Sie!«

26

Ich war müde.

Nicht, wie man müde ist, wenn man eine oder zwei Nächte zu wenig geschlafen hat. Sondern so, als könnte ich einen längeren Urlaub vertragen. Alles wuchs mir zurzeit über den Kopf, an jeder Front herrschte Krise, aus jeder Ecke grinste mich ein Problem an.

Die ersten Ergebnisse der DNA-Untersuchungen waren gekommen. Boris Nemzow hatte Julis Mantel aller Wahrscheinlichkeit nach niemals berührt. Kai Meerbusch hingegen schon, jedoch an den falschen Stellen. Er hatte seiner Frau wohl zwei-, dreimal in den Mantel geholfen. Bei Ulrich Lenze waren mir nach der Vernehmung mehr und mehr Zweifel gekommen, ob ich wirklich auf der richtigen Spur war.

Wieder einmal stand ich vor einer unüberwindlich hohen Wand und wusste nicht weiter. Inzwischen war vier Uhr vorbei, Sönnchen war beim Zahnarzt, und ich fühlte mich einsam und nutzlos.

Und nun klopfte auch noch jemand an meine Tür. Laila Khatari kam herein, und aus dem Glanz ihrer großen Pupillen zu schließen, brachte sie aufregende Neuigkeiten. Sie setzte sich mir gegenüber, blass, mit dunklen Ringen unter den Augen, sichtlich erschöpft, aber gleichzeitig fast platzend vor Stolz.

»Das hat mich so dermaßen genervt, dass wir im Internet nichts gefunden haben«, legte sie los. »Heute wird doch jeder Mist fotografiert und ins Netz gestellt. Jeder knipst sein Abendessen oder seinen Morgenkaffee, jeder macht jeden Tag zig Selfies und nervt die Welt damit. Da muss es doch irgendwas geben, hab ich gedacht. Man muss nur richtig danach suchen.«

Und so war sie auf die Idee gekommen, all die Lokale und Kneipen, die Rolf Runkel schon erfolglos abgeklappert hatte, noch einmal heimzusuchen. Allerdings mit einem anderen Ziel.

»Ich hab mir gedacht, die Stammtische, die treffen sich doch immer am gleichen Abend. Und gestern war Mittwoch, bin ich also abends losgezogen und hab die Leute einfach gefragt, ob sie am Neunten auch da gewesen sind. Und wenn sie Ja gesagt haben, dann hab ich sie gebeten, mir ihre Fotos von dem Abend zu schicken.«

Handyfotos, auf denen im Hintergrund vielleicht eine schwarzhaarige Frau zu sehen war.

»Und die hab ich dann alle durchgeguckt, und was soll ich sagen …« Die junge Kollegin wurde ein klein wenig größer auf ihrem Stuhl. »Vorhin kommt eine WhatsApp von einer Frau, die regelmäßig bei einem Stammtisch im Goldenen Anker ist. Sie treffen sich jeden Mittwoch, nur ausgerechnet gestern, wie ich da gewesen bin, hat sie keine Zeit gehabt. Aber eine von ihren Freundinnen hat ihr zum Glück davon erzählt, und jetzt gucken Sie sich das mal an, Chef.«

Mit großer Geste schob sie ihr Handy über den Tisch.

Grinsende, mehr oder weniger stark alkoholisierte und allesamt nicht mehr ganz taufrische Damen glotzten mich an, zogen Grimassen, eine streckte ihre breite, weiß belegte Zunge heraus. Lailas Zeigefinger deutete jedoch auf einen Kopf im Halbdunkel des Hintergrunds.

»Die da. Die an dem Tisch neben dem Kachelofen.«

Ich nahm ihr Smartphone in die Hand, um besser sehen zu können, vergrößerte das Bildchen.

»Das könnte sie sein«, gab ich zu. »Man sieht sie zwar bloß von hinten, aber die schwarzen Haare, den Mantel hat sie auf den Nachbarstuhl geschmissen, die Statur … Haben Sie den Bedienungen das Foto schon gezeigt?«

»Hab ich.« Laila nickte eifrig. »Bin vorhin gleich hingefahren, und eine hat sich erinnert, weil die Schwarzhaarige ihr so ein fettes Trinkgeld gegeben hat.«

»Und wer ist die Frau, die ihr gegenübersitzt? Ist das überhaupt eine Frau?«

»Weiß ich nicht. Die Bedienung hat es auch nicht gewusst.«

Die Person, von der wir sprachen, hatte dunkle Locken, war eher stämmig als schmal gebaut. Und sie schien zu lachen. Als hätte ihr Gegenüber ihr gerade ein Kompliment gemacht oder einen wirklich guten Witz erzählt.

»Sie haben sich gut gekannt, die zwei, meint die Bedienung. Anfangs hätten sie bloß geredet, ziemlich ernst sogar. Aber später sind sie dann voll gut drauf gewesen und auch ganz schön angeschickert. Am Schluss sind sie sich dann sogar regelrecht um den Hals gefallen und haben sich abgeknutscht.«

»Abgeknutscht?«

»Na ja, wie zwei gute Freundinnen das manchmal machen. Sie gucken auf einmal so …«, sagte Laila plötzlich irritiert. »Kennen Sie die andere etwa?«

»Ich bin mir nicht sicher, aber ich habe einen Verdacht.« Ich vergrößerte das Bild weiter, verkleinerte es wieder, hielt das Handy ein wenig schief und wieder gerade. Schließlich sah ich auf, gab es Laila zurück und fragte: »Lust auf einen kleinen Ausflug?«

»Herr Gerlach!« Anita Traber war sichtlich irritiert, als sie mir und meiner aufgekratzten Begleiterin ihre Haustür öffnete. Ihr Blick zuckte zwischen Laila und mir hin und her, als versuchte sie den Grund unseres Überfalls zu erraten. »Das ist jetzt aber … eine Überraschung.«

»Dürften wir kurz reinkommen? Es dauert nur eine Minute.«

Zögernd hob sie die rundlichen Achseln, ließ sie wieder sinken und ging dann wortlos vor uns her ins Wohnzimmer, das heute noch unaufgeräumter war als bei meinem ersten Besuch. Wir nahmen Platz. Ihre Miene war angespannt, war mir schon an der Tür aufgefallen. Und sie sah noch müder aus als vor zwei Wochen. Ein wenig erinnerte mich ihr Gesichtsausdruck an den von Irene Raile, deren Mann im Sterben lag.

»Ich will nicht lange um den heißen Brei herumreden«, begann ich, als alle saßen, und nickte Laila zu. Sie hielt ihr Handy bereits in der Hand, tippte kurz darauf und reichte es Frau Traber. Diese betrachtete das kleine Foto stirnrunzelnd und verständnislos.

»Es geht um die zwei Frauen im Hintergrund«, fügte ich hinzu.

Ihre Augen wurden schmal, die Stirn wurde faltig. Sie schien mit sich zu kämpfen, gab das Handy schließlich zurück.

»Ja«, gab sie leise zu, »das sind Juli und ich.«

»Warum haben Sie beim letzten Mal nicht die Wahrheit gesagt?«, fragte ich ohne Vorwurf.

Sie verzog den Mund, kämpfte irgendeinen Kampf mit sich selbst. »Es ... es tut mir leid ...«, murmelte sie schließlich. »Ich weiß auch nicht, wieso ...«

»Es ist doch keine Schande, dass Sie sich dann doch noch mit Ihrer Freundin getroffen haben.«

»Natürlich nicht. Aber ich ... ich wollte eben nicht in irgendwas reingezogen werden.«

»Sie haben sich abends mit Frau von Lembke getroffen, haben Wein getrunken und geredet und gelacht. Wie sollten Sie dadurch in etwas reingezogen werden?«

»Ich weiß es doch auch nicht.« Sie seufzte mit schuldbewusster Miene. »War mehr so ein Impuls. Weil sie doch tot war, so plötzlich, und ich vielleicht der letzte Mensch war, der sie lebend gesehen hat. Außer dem Kerl natürlich, der sie von der Brücke und ... Ach ...« Sie schluchzte auf, verbarg das Gesicht in den Händen, nahm sie wieder herunter, sah mich aus schwimmenden Augen an. »Es ist wahr, erst habe ich wirklich abgesagt, wegen Mäxchen, weil ich ihn nicht allein lassen konnte. Eigentlich ist er …« Sie räusperte sich, rutschte unbehaglich und nervös auf der Couch herum. »Er ist immer noch krank, um genau zu sein.«

»Wie ist es gekommen, dass Sie ihn dann doch allein gelassen haben?«

»Juli. Erst hat sie noch mal angerufen, am Abend. Aber ich hab ihr wieder gesagt, dass ich nicht kann. Dass es nicht geht, leider. Und dann hat sie auf einmal vor der Tür gestanden und mich so lange bequatscht, bis … Sie hat sich gewundert, dass ich so ein Theater mache, bloß weil ein Kind Schnupfen hat. Wollte wissen, wo Marco steckt, ob der nicht vielleicht für eine Stunde …«

Irgendwo im Haus begann das Kind zu wimmern, von dem die Rede war. Die Mutter verstummte, horchte, wollte schon aufspringen, aber da wurde es wieder still.

»Er hat Nachtschicht gehabt in der Woche, musste für die kranke Kollegin einspringen. Ich hätte Juli so gern getroffen, aber … Und dann steht sie auf einmal vor der Tür, ganz aufgedreht, und sagt, sie braucht mich, sofort, ich muss ihr einen Rat geben. Ich hab gesagt, einen Rat kann ich ihr genauso gut hier geben, aber das wollte sie aus irgendeinem Grund nicht. Da hab ich dann Marco angerufen, und er hat gemeint, ich soll mir keinen Kopf machen, das geht schon, dass ich mal für eine Weile weg bin. Auf der Station war nicht viel los an dem Abend, und Chris war ja auch noch da. Chris ist unser Ältester. Ich hab ihm erlaubt, Netflix zu gucken, bis ich wieder daheim bin, und dann sind wir los, wie früher, Mädelsabend.« Sie lachte kurz und traurig. »In den Goldenen Anker sind wir, damit ich nicht so einen weiten Weg habe, falls was ist. Es ist dann zum Glück alles ruhig geblieben. Das Handy hat nicht geklingelt.«

»Das muss aber ein schlimmer Schnupfen sein«, meinte Laila herzlich lächelnd. »Hat der Kleine Fieber gehabt?«

Frau Trabers Blick irrte ab, folgte einer Motte, die in ihrer Nähe herumflatterte, machte dieses Mal jedoch keine Anstalten, sie zu erschlagen.

»Ja«, sagte sie. »Es ist ihm wirklich nicht gut gegangen. Sonst hätte ich mir nicht so viele Gedanken gemacht.«

»Was für einen Rat wollte Ihre Freundin denn von Ihnen?«, fragte ich.

Wieder zögerte sie, bevor sie antwortete: »Sie hatte sich verliebt, ich hab's Ihnen beim letzten Mal schon gesagt. In diesen Boris, wegen dem Sie mich angerufen haben. Verliebt wie noch nie. Sie wissen ja, Juli und eine feste Bindung, das hat nicht zusammengepasst. Aber dieses Mal …«

»War es anders?«, half Laila der immer noch seltsam nervösen Frau auf die Sprünge.

Die nickte mit gesenktem Blick. »Komplett aus dem Häuschen ist sie gewesen. So hatte ich sie noch nie erlebt.«

»Und sie hat Sie gefragt, was sie jetzt machen soll?«, fragte Laila weiter. »Mit ihrem Boris?«

Anita Traber nickte zerstreut. »Juli, die alles erreicht hat, fragt mich um Rat. Mich, die ständig Sorgen hat, wie sie ihre Familie über die Runden bringen soll. Ausgerechnet mich fragte sie.«

»Und was haben Sie ihr geantwortet?«, fragte ich.

Jetzt sah sie mir fest und ein wenig aufgebracht in die Augen. »Dass sie Schluss machen soll mit ihrem blöden Kai, besser heut als morgen. Juli, hab ich gesagt, was dir passiert ist, passiert einem höchstens einmal im Leben. Ein zweiter Boris wird nicht kommen. Wenn er dich so glücklich macht, dann halt ihn um Himmels willen fest und schick den anderen in die Wüste. Hast dich lang genug rumgeplagt mit dieser Dumpfbacke.«

»Wie hat sie reagiert?«

»Total glücklich ist sie gewesen. Hat gesagt, sie macht es. Sie schreibt Kai gleich nachher eine Nachricht, weil, morgen bringt sie es vielleicht nicht mehr übers Herz. Aber vorher braucht sie noch ein Glas Wein, um sich Mut anzutrinken.«

»So hätte ich sie gar nicht eingeschätzt«, gestand ich. »Dass sie solche Skrupel hat.«

»Das war halt die andere Juli. Die, die mit ihren Gefühlen nicht klarkommt. Im Job konnte sie knallhart sein. Aber in Liebessachen ist sie ... wie soll ich sagen? Irgendwie ist sie da immer ein Kind geblieben.« Ihr Blick verschleierte sich. »So glücklich war sie auf einmal. So erleichtert. Um den Hals ist sie mir gefallen und hat mich abgeküsst, dass die Leute schon geguckt haben. Es ist mir ein bisschen peinlich gewesen. Auf der anderen Seite habe ich mich gefreut für sie. So glücklich ist sie gewesen. Und eine halbe Stunde später war sie tot.«

»Wann haben Sie sich verabschiedet?«

»Zwischen Viertel nach elf und halb zwölf ungefähr. Ich hab nicht auf die Uhr geguckt.«

»Was ich nicht begreife«, sagte ich. »Sie hat ihren Wagen stehen lassen, weil sie getrunken hatte, okay. Aber sie hätte doch ein Taxi nehmen können. Oder die Straßenbahn. Wieso hat sie sich zu Fuß auf den Weg zum Hotel gemacht? Das ist eine ziemliche Strecke ...«

»Auch noch auf hohen Absätzen«, warf Laila Khatari ein. »Mir täten zwei Wochen lang die Füße weh ...«

»Wissen Sie was?« Frau Traber lächelte wehmütig. »Genau das Gleiche hab ich auch zu ihr gesagt. Aber sie hat gemeint, wenn sie jetzt nicht laufen kann, dann platzt sie. Vor Glück. Dann zerreißt es sie einfach.«

»Haben Sie bemerkt, dass ihr jemand gefolgt ist?«

»Gar nicht, nein. Ich hab aber auch nicht mehr groß rumgeguckt. Es ist spät gewesen, Chris musste ins Bett. Auf dem Gehweg vor dem Lokal hat sie mich dann noch mal umhalst und abgeknutscht, und dann ist sie fort. In Richtung Stadt.«

»Haben Sie zufällig einen Mann auf einem Motorrad bemerkt?«

Sie wollte schon den Kopf schütteln, machte dann plötzlich runde Augen.

»Doch«, stieß sie hervor. »Da ist eines gewesen, ein Motorrad. Gegenüber, am Straßenrand. Und da hat einer drauf gesessen.«

»Hatten Sie den Eindruck, dass er sie beobachtet?«

»Kann ich nicht sagen. Ich hab in den Minuten anderes im Kopf gehabt. Denken Sie etwa, der ...?«

»Was für ein Motorrad es war, wissen Sie wohl nicht?«

»Ein großes.« Wehmütig lächelnd, sah sie über meinen Kopf hinweg nach draußen auf die von den letzten Sonnenstrahlen beschienenen, immer noch kahlen Bäume in ihrem Garten. »Ich könnt mir sogar einbilden, dass ich den Motor gehört hab. Er hat die Maschine angelassen und ist losgefahren. Ziemlich langsam übrigens. Das ist mal ein Netter, hab ich noch gedacht, der will so spätnachts die Leute nicht aufwecken.«

Als wir uns im Flur verabschiedeten, fiel mein Blick auf ein gerahmtes Foto, das neben dem Garderobenspiegel hing. Darauf war Anita Traber zu sehen mit einem vielleicht zehnjährigen Jungen an der Hand. Daneben stand ein großer, athletisch gebauter Mann, der den zweiten, einige Jahre jüngeren Sohn auf den Schultern trug.

»Das war an der Nordsee«, sagte die Mutter ohne Freude in der Stimme. »Sankt-Peter-Ording, unser letzter richtiger Urlaub. Damals ist Mäxchen schon unterwegs gewesen.«

Wieder war von oben das Wimmern zu vernehmen. Wieder erstarrte Frau Traber. Und wieder hörte es auf, ohne dass sie eingreifen musste.

Das ausgesprochen männliche Gesicht des Vaters verdeckte zur Hälfte ein wolliger dunkler Vollbart. Sein Blick verriet Willenskraft und einen robusten Optimismus.

Aus Gott weiß welchem Impuls heraus fragte ich: »Trägt Ihr Mann manchmal eine Brille?«

»Eine Brille?«, fragte sie erschrocken, als wäre dies eine völlig absurde Vorstellung. »Der Marco hat noch nie im Leben eine Brille gebraucht.«

Kurz darauf standen wir auf dem Gehweg, die Märzsonne schien, die Vögel sangen, es war ein herrlicher Tag. Und ich war unzufrieden. Laila sah mich verwundert an.

»Irgendwas nicht okay, Chef?«

Ich schüttelte den Kopf. Ging einen Schritt auf unseren Wagen zu, zögerte wieder. Sagte schließlich: »Ich geh noch mal rein zu ihr. Allein. Fragen Sie mich bitte nicht, wieso, aber ich habe das Gefühl, dieses Gespräch ist noch nicht zu Ende.«

»Ich warte dann im Auto auf Sie, okay?«

Dieses Mal dauerte es lange, bis Frau Traber mir die Tür öffnete.

»Was ist denn noch?«, fragte sie gequält.

Ihre Augen waren trocken, aber ich sah auch so, dass sie geweint hatte.

Sekunden später saßen wir wieder in ihrem Wohnzimmer.

»Es tut mir leid, dass ich Sie noch einmal belästigen muss, Frau Traber«, sagte ich. »Was ist mit Ihrem Sohn? Was verschweigen Sie mir? Und vor allem, warum?«

Wie vorhin legte sie das Gesicht in die Hände. Atmete einige Male tief ein und aus.

»Mäxchen hat nicht nur eine Erkältung, richtig?«

»Nein«, erwiderte sie, ohne die Hände herunterzunehmen. »Sie haben recht. Er wird ... er hat nur noch ein paar Monate. Ein halbes Jahr vielleicht, sagen die Ärzte.«

Max Traber, erst vor wenigen Wochen drei Jahre alt geworden, litt an einer seltenen Autoimmunkrankheit, die meist schon im frühen Kindesalter ausbrach und fast immer nach wenigen Jahren zum Tod führte.

»Ach herrje«, sagte ich mit belegter Stimme. »Jetzt verstehe ich, dass Sie keine Lust auf Kneipenbesuche hatten.«

»Das glaub ich nicht, Herr Gerlach«, widersprach sie in festem, aber nicht unfreundlichem Ton, »dass Sie das verstehen können. Ihre Kinder sind gesund, danken Sie Gott jeden Tag dafür. Und beten Sie, dass es so bleibt. Dass Sie so was nie erleben müssen.«

»Aber warum haben Sie das nicht gleich gesagt?«

»Weil ich nicht will, dass die Leute sich darüber das Maul zerreißen. Und weil ich ... ach, ich weiß ja, es klingt verrückt ... weil ich mich schäme.«

»Wieso denn das?«

»Ich kann ... ich will ... bitte, fragen Sie nicht weiter.« Wild schüttelte sie den Kopf. »Das muss ich mit mir selber ausmachen. Fragen Sie nicht weiter, bitte.«

Aber ich fühlte, dass wir noch immer nicht am Ende waren. Also fragte ich nichts mehr, sondern blieb einfach sitzen. Beobachtete das Gewitter aus Ängsten und Sorgen, zerstörten Hoffnungen und gescheiterten Rettungsversuchen, das über ihr jetzt wieder tränenfeuchtes Gesicht zog. Endlich öffnete sie den Mund wieder.

»Die Juli«, sagte sie mit dünner Stimme, »wie sie sich so gefreut hat über meinen Rat, auf einmal fragt sie, wieso ich mich denn nicht mit ihr freue. Wieso ich so traurig bin. Und da ... da hab ich es ihr gesagt.«

»Wie hat sie reagiert?«

»Geschockt. Sie ist auf einmal ... Auf einmal ist sie ganz anders gewesen. So eine Wärme hat sie gehabt. Und sie hat ihre Hand auf meine gelegt und gefragt, ob man denn da gar nichts machen kann.«

Man könne schon etwas machen, hatte die vom Schicksal so schwer gebeutelte Mutter geantwortet. Es gebe seit einiger Zeit Hoffnung aus den USA. Ein Institut an einer kleinen Universität in Houston arbeitete seit Jahren an einer Therapie mit Stammzellen. Erste Patientenversuche hatten in den vergangenen Monaten Erfolg versprechende Ergebnisse geliefert.

»Aber es ist alles noch im Forschungsstadium, und deshalb zahlt die Kasse nichts. Und die Behandlung kostet hunderttausend Dollar, mindestens, und das können wir uns natürlich nie und nimmer leisten.«

Juliana von Lembke, die eisenharte Managerin, hatte lange erschüttert geschwiegen und nur immer weiter die Hand ihrer Freundin gestreichelt. Und dann hatte sie erklärt, sie werde die Kosten übernehmen und Frau Traber solle sich gleich morgen um einen Termin in den USA bemühen.

»Egal, was es kostet, hat sie gesagt, sie zahlt es. Die Behandlung, die Flüge, das Hotel. Ich bin ... ich war ... Erst hab ich geheult, dann hab ich gekreischt vor Glück, und wir haben uns umarmt und noch mal Wein bestellt, und sie hat überlegt, ob sie vielleicht sogar eine Stiftung gründen soll für kranke Kinder, weil sie sowieso nicht mehr weiß, was sie mit ihrem vielen Geld anfangen soll ... Und dann lässt sie nichts mehr von sich hören. Lässt einfach nichts mehr von sich hören. Ich war so verzweifelt. Tausendmal hab ich versucht, sie zu erreichen, immer wieder, aber ihr Handy ist immer aus gewesen, und eine Woche später höre ich dann von Ihnen, dass sie tot ist.«

»Sie haben es tatsächlich erst von mir erfahren?«

»Natürlich.« Sie machte eine konfuse Handbewegung vor der Stirn. »Sie sind gekommen und haben es mir gesagt.«

»Sie haben in der Zwischenzeit nicht Himmel und Hölle in Bewegung gesetzt, um sie zu finden?«

»Na klar hab ich das«, erwiderte sie heftig. »Sogar in Düsseldorf hab ich angerufen. Aber sie wollten mir nichts sagen. Bloß, dass Juli nicht zu sprechen ist.«

»Lesen Sie keine Zeitungen? Hören Sie keine Nachrichten?«

»In letzter Zeit selten.« Langsam senkte sie den Kopf. »Ich

war … total gelähmt war ich auf einmal. Hab gedacht, sie hat es sich über Nacht anders überlegt. Vielleicht kann sie ihr Handy so einstellen, dass ich sie nicht mehr anrufen kann, hab ich gedacht. Sie ist so lustig gewesen am Abend, so gelöst, so froh, und natürlich hat sie viel zu viel getrunken. Und am nächsten Morgen, wie sie wieder nüchtern war, hab ich mir überlegt, da ist ihr eingefallen, was für einen Blödsinn sie mir versprochen hat, und sie hat sich nicht getraut, es mir zu sagen.«

»Haben Sie Ihrem Mann davon erzählt?«

»Marco? Was glauben Sie denn? Ich hab ihn sofort angerufen, wie ich wieder daheim war, und ihm alles brühwarm erzählt. Was meinen Sie, wie der sich gefreut hat!«

»Sie hätten auch den Mann Ihrer Freundin fragen können, was los war.«

»Kai? Wenn Juli nicht mehr mit mir reden wollte, was hätte mir der dann helfen können? Auf den hat sie doch sowieso nie …« Sie verstummte. Kämpfte gegen neue Tränen an. Schaffte es am Ende doch nicht ganz. »Wie zwei durchgeknallte Teenies haben wir uns aufgeführt. Wie früher, in Berlin, als ich noch kein krankes Kind gehabt hab und Juli noch keine Millionärin war. Alles hätte vielleicht gut werden können, und auf einmal ist sie tot. Wie wenn das Schicksal unser Feind wäre. Was hab ich denn verbrochen, dass ich so gestraft werden muss?«

27

Schon während des ersten Teils meines Gesprächs mit der verzweifelten Frau hatte mein Handy gebrummt. Ich hatte den Anruf weggedrückt. Als ich Anita Traber erneut gegenübersaß, hatte es eine Nachricht gemeldet. Nun, als ich wieder auf die schmale Straße hinaustrat, nahm ich den elektronischen Plagegeist endlich zur Hand, um zu sehen, was so dringend war. Theresa hatte nur drei Worte geschrieben: »Ruf an! Bitte!«

Milena war verschwunden, und meine Liebste schwamm in Tränen. »Ich war einkaufen, fürs Abendessen, und wie ich zurückkomme, ist sie nicht mehr da. Kein Brief, kein Wort. Sie ist einfach gegangen.«

»Vielleicht ist sie wieder mal in der Stadt, shoppen und dein Geld ausgeben?«

»Sie hat alles eingepackt, was ich ihr über die Monate gekauft habe. Und einer meiner Koffer fehlt, der große Rollkoffer.«

Das fand auch ich wirklich übel.

»Ich habe mich doch so … Sie hätte doch wenigstens …«

»Ich komme«, sagte ich. »Fünf Minuten. Bin ganz in deiner Nähe.«

Laila saß schon am Steuer unseres Dienstwagens. Ich warf mich auf den Beifahrersitz und lotste sie nach Neuenheim, das unmittelbar an Handschuhsheim angrenzte. Theresa erwartete mich in der Haustür, fiel mir in die Arme und schluchzte herzzerreißend. Die Verzweiflung schüttelte sie. Die Enttäuschung. Die Sorge um ihren entlaufenen Schützling. Vielleicht auch schon ein wenig Wut auf Milena, dieses diebische Luder.

Wir gingen hinein, setzten uns in den Wintergarten. Sie

wollte keinen Tee, keinen Kaffee, nichts essen, nicht schmusen, nicht allein sein. Lange gelang es mir nicht, meine zutiefst erschütterte Göttin zu beruhigen.

»Bestimmt geht's ihr gut«, versuchte ich ihr einzureden. »Vielleicht hat sie wen kennengelernt, einen Kerl, und sich nicht getraut, es dir zu sagen. Früher oder später meldet sie sich, du wirst sehen.«

»Hat sie schon«, schniefte meine verlassene Liebste. »Vorhin, während du unterwegs warst, ist eine Nachricht gekommen. Sie hat tatsächlich jemanden getroffen, einen Cousin angeblich. Sie wird erst einmal bei ihm wohnen, in Magdeburg, er hat ihr auch schon eine Arbeit beschafft, anständige Arbeit angeblich, ich soll mir keine Sorgen machen. Sie will wissen, wie viel ich für den Koffer haben will. Sonst will sie nichts wissen. Kein Dankeschön. Keine Entschuldigung. Nur, was der Koffer kostet und wohin sie das Geld überweisen soll.«

Es gelang mir schließlich, sie doch zu einem Espresso zu überreden. Wir gingen in die Küche, ich schaltete die Maschine ein.

»Ich verstehe, dass du verletzt bist«, sagte ich, während ich die braunen Tässchen aus dem Oberschrank holte. »Aber sie ist nun mal erwachsen. Sie will auf eigenen Füßen stehen, das ist völlig normal. Und sie ist ein kluges Mädchen, das hast du selbst gesagt. Sie wird ihren Weg machen. Und bestimmt kommt sie irgendwann, um sich zu bedanken für alles, was du für sie getan hast.«

Theresas Verstand hatte längst begriffen, dass es für Milena wichtig war, selbstständig zu werden, von niemandem abhängig zu sein. Dass es vielleicht am Ende auch für sie selbst die bessere Lösung war. Aber ihre Gefühle sahen die Sache naturgemäß völlig anders.

»Doch nicht so! Doch nicht auf diese Weise!«

Die Maschine klickte leise, das grüne Lämpchen leuchtete auf. Ich stellte die Tassen unter den Auslass, drückte den

Knopf. Die Pumpe surrte eifrig. Ich stellte die Tässchen auf die Untertässchen, setzte mich zu Theresa. Sie betrachtete den Espresso mit einer Miene, als wäre er soeben vom Himmel gefallen, kippte ihn dann in einem Zug hinunter, ohne Zucker, ohne Zögern, ohne eine Miene zu verziehen, obwohl er kochend heiß war.

»Ich hatte mich so an sie gewöhnt«, murmelte sie hilflos. »Ich hasse es, in diesem Haus allein zu sein.«

»Dann komm zu uns.«

»Zu euch?« Entgeistert sah sie mich an. »Ihr seid doch schon zu viert.«

»Sind wie eben zu fünft. Es ist ja nur für eine Weile.«

Nachdenklich nickte sie. Schüttelte den Kopf mit ihrer honigblonden Lockenpracht. Nickte wieder. Erhob sich schließlich. »Ich packe rasch ein paar Sachen.«

Eine Viertelstunde später schleppte sie einen tonnenschweren Koffer die Treppe herunter. Ich nahm ihn ihr ab und trug ihn aus dem Haus. Da der Kofferraum ihres Toyota nicht annähernd genug Platz für das seegrüne Hartschalenmonstrum bot, wuchtete ich es auf den Rücksitz.

Während der kurzen Fahrt verständigte ich Sönnchen, dass ich meinen Feierabend heute ein wenig früher als üblich antreten würde. Der Zahnarzt war gnädig gewesen, hörte ich, hatte überhaupt nichts zu bohren gefunden.

In der Weststadt angekommen, entdeckte Theresa fast direkt vor meiner Haustür eine Parklücke. Merkwürdigerweise fand sie jederzeit und überall einen Platz für ihr japanisches Autochen. Nicht immer einen legalen, aber oft genug sogar das.

Ich trug den Koffer hinauf in meine Wohnung, überließ Theresa der Betreuung meiner Mädchen und machte mich auf den Weg in die Stadt. Etwas früher als geplant, aber das schadete in diesem Fall nichts. Im Gegenteil, je eher ich es hinter mich brachte, desto besser.

»Kaffee?«, fragte meine Mutter mit misstrauischem Blick. »Du kannst hier einen Kaffee trinken, wenn du unbedingt willst. Ich trink am Abend schon lang keinen mehr.«

Ich stand vor ihrer Tür, sie musterte mich alles andere als freundlich und machte keine Anstalten, mich in die Wohnung zu bitten.

Das fing ja gut an.

»Es muss ja kein Kaffee sein. Ich hab einfach gedacht, wir machen einen kleinen Spaziergang, trinken irgendwo was zusammen und reden ein bisschen.«

»Reden?« Ihr Blick wurde noch kritischer. »Worüber denn?«

»Nichts Besonderes. Einfach so. Es ist so schön draußen.«

»Und wo genau willst du spazieren gehen?«

»Keine Ahnung. Vielleicht bummeln wir einfach ein bisschen durch die Altstadt?«

»Die Altstadt«, wiederholte sie in einem Ton, als wäre dies der bekloppteste Vorschlag, der ihr seit Langem unterbreitet worden war.

»Mama, ich hab eigentlich gedacht, du freust dich, wenn wir mal was zusammen unternehmen.«

»Ich freu mich ja auch«, behauptete sie immer noch argwöhnisch. »Also gut, ich wollt sowieso noch in die Stadt, Tee kaufen. Ich hab da neulich einen Assam entdeckt. Kennst du Assam?«

Tee trank ich eigentlich nur, wenn ich krank war.

»Du siehst aus, als wärst du krank, Alex. So blass und abgenudelt. Richtig auf den Hund gekommen bist du, mein Junge!«

Mein Junge. Vielleicht wurde der Abend doch noch ein Erfolg.

Durch die offen stehende Tür sah ich zu, wie sie in Halbschuhe mit flachen Absätzen schlüpfte, einen leichten, sandfarbenen Mantel überzog und ihre Handtasche vom Haken nahm.

»Ich putz mich jetzt aber nicht groß raus«, sagte sie, als sie sich noch ein letztes Mal umsah und das Licht ausknipste. »Musst deine alte Mutter halt nehmen, wie sie ist.«

»Du bist nicht alt, Mama. Vierundsiebzig ist das neue Vierundfünfzig.«

»Red keinen Blödsinn.«

Wir stiegen die Treppen hinab. Ich wollte sie ein wenig stützen, aber begleitet von einem grimmigen: »So alt bin ich dann auch wieder nicht«, schüttelte sie meine Hand ab.

Als wir auf den kleinen Platz mit dem holperigen Pflaster traten und uns in Richtung Hauptstraße wendeten, hakte sie sich dann doch bei mir ein. Es war ein milder Tag, und entsprechend viele Menschen waren unterwegs, erledigten auf dem Weg von der Arbeit nach Hause noch rasch ein paar Einkäufe, steuerten irgendeine Bar an, um dort im Stehen einen After-Work-Drink zu sich zu nehmen oder eine Kleinigkeit zu essen, Freundinnen zu treffen oder einen Liebsten. Noch immer schien die Sonne, aber sie stand schon so tief, dass sie nur noch die Dächer beleuchtete.

Wir schlenderten die Hauptstraße hinunter, blieben ein Weilchen bei Käthe Wohlfahrt stehen, weil Mama sich partout irgendwelche Teddybären ansehen musste. Wir erreichten das Lädchen, wo sie ihren neuen Lieblingstee zu kaufen pflegte, bogen ab in Richtung Plöck, wo im Zuckerladen bestimmte Süßigkeiten zum Tee besorgt werden mussten und in einem Handarbeitsgeschäft froschgrünes Stopfgarn, das sie jedoch nicht hatten.

Alle Menschen schienen heute gute Laune zu haben, irgendwo spielte ein abgerissener Typ Gitarre und gab Songs von Bob Dylan zum Besten, als wäre er das Original. Mutter spendierte ihm zwei Euro, und ich machte es ihr nach, um mir kritische Bemerkungen zu ersparen.

»Wenn ich gewusst hätte, dass du ihm auch was gibst, dann hätt ich ihm nur einen Euro gegeben«, bekam ich zu hören.

»Baby, I'm in the mood for you«, sang der Musikus uns zu Ehren, während wir weitergingen.

Endlich waren alle Besorgungen erledigt, und wir erreichten wieder die Hauptstraße, die inzwischen eher noch voller als leerer geworden war.

»Komm, Mama«, sagte ich, als wir wieder vor dem Teeladen standen, und deutete zum Café Alt Heidelberg auf der gegenüberliegenden Straßenseite. »Da gehen wir jetzt rein und gönnen uns was Feines. Mir tun die Füße weh.«

Erst wollte sie lieber in eine finstere Weinstube unweit ihrer Wohnung, aber am Ende gelang es mir, sie zu überreden, ausnahmsweise einmal das zu tun, was ich vorschlug.

»Aber nur, wenn ich mir einen Wein bestellen darf.«

Ich wusste, dass sie das Alt Heidelberg liebte, aber sie war heute nicht in der Stimmung, so etwas zuzugeben. Vielleicht roch sie den Braten auch schon, der nun bald serviert werden würde.

Mutter sah mich ein letztes Mal forschend an. »Du zahlst?«

»Mama …«

»Ich werd keinen Kaffee trinken und keinen Tee, sondern ein Glas Rotwein.«

»Du wirst wissen, was dir guttut.«

»Das will ich meinen«, erwiderte Mutter mit Würde. »Das ist überhaupt der einzige Vorteil am Altwerden, den ich bisher gefunden hab: Keiner kann einem mehr reinreden.«

Das kleine Café war nur halb gefüllt. Eine Gruppe Japaner, Vater, Mutter, zwei heranwachsende Söhne, saß vor bunten Cocktails. Drei schlanke ältere Damen gönnten sich dicke Tortenstücke, bei deren Anblick sich mir fast der Magen umdrehte.

Ich half meiner Mutter aus dem Mantel, hängte ihn an die Garderobe bei der Tür, und wir setzten uns an einen runden Tisch in der ruhigsten Ecke. Nachdem wir bestellt hatten, Mutter einen Portugieser, ich eine Rieslingschorle, erhob ich mich noch einmal.

»Muss mal kurz …«

»Immer noch die Sextanerblase von früher?«, fragte Mutter uncharmant und laut. Aber dann lächelte sie plötzlich. Sie fühlte sich wohl hier, was für ein Glück.

Ich stieg die Wendeltreppe ins Untergeschoss hinab, blieb stehen, sobald sie mich nicht mehr sehen konnte, und tippte eine kurze SMS ins Handy. Dann ging ich weiter, um das zu erledigen, weshalb ich eigentlich hier unten war, wusch mir hinterher gründlich die Hände, ging wieder hinauf.

»Hast du dir auch ordentlich die Hände gewaschen?«, fragte Mutter quer durch das ruhige Lokal.

Ihr Wein und meine Schorle standen schon auf dem Tisch. Wir stießen an.

»Und worüber willst du jetzt mit mir reden?«

»Wie es weitergehen soll mit dir.«

»Mir geht's prima. Ich hab eine schöne Wohnung. So kann's gern noch eine Weile bleiben.«

»Es wird der Tag kommen, an dem du die Treppen nicht mehr schaffst.«

»Bis dahin ist noch viel Zeit.«

»So was kann sehr schnell gehen. Und dann?«

»Dann such ich mir halt eine Erdgeschosswohnung. Oder ich zieh in eine WG. Das gibt's nämlich, hab ich gelesen, dass Junge und Alte zusammenleben und sich gegenseitig helfen. Dich brauch ich ja nicht zu fragen, ob du mich nimmst.«

»Vielleicht später, wenn die Mädchen aus dem Haus sind. Dann wäre genug Platz.«

»Dann zieht doch bestimmt deine Schnalle bei dir ein, diese Theresa. Die wartet doch bloß drauf, dass sie dir das Geld aus der Tasche ziehen kann.«

Allmählich kostete es mich Mühe, Haltung zu bewahren.

»Mama, du weißt nicht, wovon du redest. Du kennst Theresa ja nicht mal.«

»Brauch ich nicht. Junge Witwe angelt sich wohlhabenden Beamten mit sicherer Pension, kennt man doch.«

»Sie hat wahrscheinlich mehr Geld als ich«, erwiderte ich und rieb mir die müden Augen. »Wenn du dich vielleicht mal überwinden könntest, sie zu treffen?«

»Ich hab deine Vera schon nicht leiden können, das weißt du.«

Endlich ging die Tür auf, und er kam herein.

Schmaler war er geworden in den Jahren im Süden, regelrecht abgemagert. Und alt, mein Gott. Und braun gebrannt wie jemand, der geradewegs aus einem ewigen Urlaub auf der Sonnenseite der Welt kommt. Und da stand er nun, immer noch an der Tür, in einem zerknitterten, über die Jahre zu weit gewordenen anthrazitfarbenen Anzug, mit einem Sträußchen roter Rosen in der Hand und unsäglich schlechtem Gewissen im Blick.

»Hab ich's mir doch gedacht!«, fuhr Mutter auch schon hoch. »Du Lügenbold, du Schlitzohr! Hab ich's mir doch gedacht, dass da was dahintersteckt.« Mit jedem Wort wurde sie lauter. »Sag ihm, er soll verschwinden! Abhauen soll er, sofort, mit seinen blöden Blumen und seinem affigen Beerdigungsanzug!«

Die Japaner hoben die Köpfe und betrachteten erst meine Mutter mit Interesse, dann den dazugehörigen Mann, der immer noch in der Tür stand wie ein Pudel, der bei einem Wolkenbruch keinen Unterschlupf gefunden hat.

»Wie meine Mutter gestorben ist, achtundzwanzig Jahre ist das jetzt her, da hab ich ihm den gekauft, den Anzug, und jetzt kommt er darin angeschlichen«, schimpfte Mutter weiter. »Und auch noch Rosen! Rote Rosen, ich glaub's nicht! Schämt er sich denn gar nicht? Frag ihn, ob er sich nicht schämt.«

»Frag ihn doch selber.« Ich gab Vater einen Wink, endlich

näher zu treten, stand sogar auf, um ihm einen Stuhl zurechtzurücken, sodass er der Frau gegenübersaß, mit der er schließlich und endlich immer noch verheiratet war. Dann nahm ich wieder Platz, um, falls nötig, das Schlimmste zu verhüten.

Mutter maulte weiter, wurde jedoch allmählich leiser, irgendwann gingen ihr auch die Schimpfworte aus, und sie begann sich zu wiederholen.

»Hallo, Kathrin«, wagte Vater endlich zu sagen, als sie mit hochrotem Kopf und schwer atmend verstummte.

»Was willst du?«

»Mich entschuldigen.«

»Du kannst dich nicht entschuldigen, weil nämlich ...«

Mutter verstummte wieder, da die aufmerksame Bedienung mit wissendem Lächeln eine Vase für die Röschen auf den Tisch stellte. Die junge Frau nickte mir aufmunternd zu und räumte wieder das Feld. Gab die Arena frei für den nächsten Akt des Dramas.

»Wenn schon, dann kann höchstens *ich* dich entschuldigen. Ich denk aber gar nicht ...«

»Kathrin!«

»Was, Kathrin? Für dich bin ich immer noch Frau Gerlach, weil nämlich, äh ...«

»Ja, siehst du«, mischte ich mich nun ein. »Ihr tragt immer noch denselben Namen.«

Mutter geriet ein wenig aus dem Konzept, senkte ihre braunen Augen. Und schwieg.

Vater stopfte die Rosen ungeschickt in das Väschen und schob es über den Tisch, bis es neben ihrem Weinglas stand. Nach langen, stillen Sekunden packte sie es, schnupperte kurz daran, stellte es mit Abscheu wieder hin. »Die duften ja überhaupt nicht. Hast mal wieder die Billigsten genommen, die du kriegen konntest.«

Sie ergriff die Vase ein zweites Mal, schnupperte mit etwas mehr Engagement, stellte sie erneut zurück.

»Ein bisschen duften sie doch. Aber bloß ein bisschen.«

Mutter starrte an die Wand, Vater auf den Tisch.

Wieder herrschte für einige Zeit Schweigen.

Der alte Casanova wagte kaum zu atmen in dieser zornerfüllten Stille, und mit einem Mal zerfiel die verbissene Miene seiner Frau, ihre Augen wurden feucht. Widerstrebend, als führte sie ein Eigenleben, als täte sie es gegen den ausdrücklichen Willen der Besitzerin, wanderte ihre Rechte über den Tisch, an der immer noch oder schon wieder der Ehering blitzte, was ich bisher noch gar nicht bemerkt hatte.

Sekunden später lagen sich die zwei alten Kindsköpfe in den Armen, und auch ihr geplagter Sohn hatte feuchte Augen.

28

Zu viert saßen wir um unseren runden Tisch herum – Louise, Sarah, Mick und ich. Die Zwillinge hatten zur Feier von Michaels Rückkehr gekocht. Theresa hatte sich mit durchsichtigen Argumenten zurückgezogen, wollte unser trautes Familienglück nicht stören. Angeblich hatte sie auch noch einige Telefonate zu erledigen.

Als ersten Gang gab es eine Waldpilzsuppe aus der Tüte, die die wackeren Köchinnen mit einigen klein geschnittenen Champignons angereichert hatten. Den zweiten Gang bildete eine riesige Schüssel Spaghetti Bolognese. Weitere Gänge waren nicht vorgesehen.

Die Suppe verzehrten wir noch schweigend. Michael beugte sich tief über seinen Teller, versuchte, nicht zu schlürfen, und wagte kaum, mir ins Gesicht zu sehen. Aber er löffelte mit erfreulichem Appetit, was ich als gutes Zeichen wertete. Die Mädchen versuchten eifrig, ein Gespräch in Gang zu bringen, aber es wollte einfach nicht gelingen. Mir hatten sie ein Weinglas hingestellt und dazu eine Flasche Nero d'Avola, den sie eigens für diesen Zweck gekauft hatten. Mein Handy lag neben dem Teller, wofür ich um eine Ausnahmegenehmigung gebeten hatte, denn üblicherweise waren bei uns Telefone am Tisch verboten.

Als sie die Suppenteller abräumten, summte es kurz.

»Alles gut«, schrieb mein Vater. »Danke noch mal.«

Ich steckte es ein und gab mir einen Ruck.

»Ihnen geht's wieder besser?«, fragte ich mit Blick auf Michael.

Unsicher sah er auf. Als er bemerkte, dass ich lächelte, gewann er ein wenig Sicherheit zurück. »Schon, doch«, sagte er heiser und räusperte sich. »Ganz okay so weit.«

»Zu jedem Entzug gehört ein Rückfall. Das ist völlig normal.«

Manche brauchten sogar mehrere Anläufe, bis sie begriffen, dass man als Suchtgefährdeter nicht nur ein bisschen clean sein kann. Dass für sie bis an ihr Lebensende galt: alles oder nichts. Entweder du lässt die Finger davon, oder du landest wieder in der Hölle.

»Ich hab's schon beim ersten Mal begriffen, Herr Gerlach«, behauptete der junge Mann mit immer noch rauer Stimme. »Und wär's okay für Sie, wenn Sie Michael zu mir sagen oder Mick? Fühlt sich irgendwie schräg an für mich, wenn Sie mich siezen.«

»Kein Problem.« Wir schüttelten kurz Hände. »Darf ich dich was fragen, Mick?«

»Logo. Was Sie wollen.«

»Wie hat es angefangen?«

Es war die sprichwörtliche Bilderbuchkarriere gewesen: von den leichten Drogen über mittelschwere bis zu den harten. Das erste Bier hatte er an seinem zwölften Geburtstag getrunken, und schon ein halbes Jahr später hatte er hin und wieder gestohlen, um sein Verlangen nach Alkohol zu stillen.

»Schon beim dritten oder vierten Mal haben sie mich geschnappt, in einem Supermarkt, und angezeigt. Der Alte hat mich halb totgeschlagen dafür, das können Sie mir glauben.«

Die nächste Stufe seiner Suchtkarriere war Marihuana gewesen. Diese hatte er mit fünfzehn erreicht.

Meine Töchter hatten sich inzwischen wieder zu uns an den Tisch gesetzt und lauschten aufmerksam.

»In Konstanz hab ich damals oft abgehangen, im Hellfire, mit ein paar Kumpels. Da hat's alles gegeben. Shit, Crack, Heroin ...«

»Und das Geld?«

Das Übliche: geklaut, geschnorrt, ergaunert.

»Einer von den anderen ist zwei Jahre älter gewesen und hat ein Moped gehabt. «

Gemeinsam mit seinem motorisierten Freund war Michael in Gaststätten eingebrochen und hatte die Kassen geleert. Manchmal waren es auch kleinere Firmen gewesen, auf dem Land, wo man es mit der Sicherheitstechnik noch nicht so genau nahm.

»Einmal war's echt knapp. Die Bullen sind schon hinter uns her gewesen. Aber mein Kumpel ist im letzten Moment in den Wald abgebogen und ohne Licht weitergebrettert. Über das Nummernschild hat er immer eine Plastiktüte gemacht, wenn wir auf Tour waren. Das Moped haben wir dann in einem Schuppen versteckt und sind nach Allensbach gelaufen. Mitten in der Nacht und die meiste Zeit durch dichten Wald, übelst weit ist das gewesen. Wie wir endlich daheim waren, war's schon hell. Dabei musst ich eigentlich spätestens um zwölf daheim sein.«

Was wieder einmal eine Tracht Prügel nach sich zog.

Mit sechzehn hatte er zum ersten Mal Heroin ausprobiert, eine winzige Dosis nur, und schon wenige Wochen später hing er an der Nadel.

»Ich hab meine Mama beklaut«, gestand er mit gesenktem Blick, »meine Oma, einfach alle. Oma hat sich jedes Mal fast einen Wolf gefreut, wenn ich sie besucht hab, hat Kaffee und Kuchen aufgefahren, und ich Arsch, ich elende Sau, hab sie zum Dank beklaut.«

»Und deine Mutter …?«

Die hatte immer, selbst in den dunkelsten Zeiten, zu ihrem Sohn gehalten. Auch gegen den Widerstand des Ernährers der Familie, der nicht sein Vater war. Sie hatte Michael heimlich Geld zugesteckt, so viel sie eben konnte, damit er nicht wieder stehlen musste. Natürlich hatte sie ihm ins Gewissen geredet, und ebenso natürlich hatte er immer wieder heilige Eide geschworen, dieses Mal sei nun wirklich das letzte Mal gewesen. Nie wieder werde er eine

Spritze anrühren, nicht einmal einen Joint rauchen. Hin und wieder hatte er den Drogen tatsächlich für einige Zeit entsagt, mal für wenige Tage, mal für Wochen oder sogar Monate. Aber früher oder später, meist in Frustphasen, war er jedes Mal aufs Neue rückfällig geworden. Das Abitur hatte er eher schlecht als recht hinter sich gebracht.

»Bloß Mathe, das liegt mir irgendwie voll, und da hab ich sogar einen Einser geschafft. Die Mama hat so gehofft, wenn ich wegkomm von daheim, weg von der Szene, dann wird alles besser. Aber … Scheiße war's. Voll die Scheiße war's.« Eine Weile kaute er auf der trockenen, rissigen Unterlippe. Sah mir dann voller Ernst ins Gesicht. »Ich bin so froh, dass ich hier sein darf, Herr Gerlach. Und dass Loui mir so hilft.« Ein kurzer Seitenblick voller Liebe und immer noch ein wenig Angst. »Und diesmal pack ich's. Diesmal hab ich meine Lektion gelernt, ich schwör's.«

Sarah begann, Spaghetti auf die Teller zu häufen. Als wir gerade nach den Gabeln griffen, quietschte die Tür hinter mir leise, und Theresa gesellte sich zu uns. Wir rückten ein wenig zusammen, Louise holte einen Klappstuhl aus ihrem Zimmer, auch Theresa bekam einen Teller und eine Gabel dazu. Wie müde sie aussah. Wie verloren. Ich drückte unter dem Tisch kurz ihre Hand, sie lächelte mich wehmütig an.

Was für ein Tag!

»Du brauchst mir nicht zu danken«, sagte ich zu Mick. »Mach den Entzug, halte ihn durch bis zum Ende, und dann ist eine ganze Menge Menschen glücklich.«

Louise strahlte mich so selig und dankbar an wie noch nie in den fast achtzehn Jahren, die sie jetzt alt war. Sagte liebevoll: »Siehst voll fertig aus, Paps.«

Nun erzählte ich den anderen von meinem Gespräch mit Anita Traber. Von Mäxchen, dem kleinen Jungen, der sterben musste, weil seine Eltern kein Geld hatten für die teure Behandlung.

»Aber das geht doch nicht!« Sarah war flammend empört. »Man kann doch ein Kind ... Da muss doch irgendwer ... Ich find, also echt ...«

»Leider doch«, fiel ich ihr ins Wort. »Manchmal läuft es eben so.«

»Man kann Menschen doch nicht sterben lassen, bloß weil sie kein Geld haben!«, empörte sich auch Louise.

»Wie viel brauchen sie denn?«, wollte Michael wissen, ebenfalls mit aufgewühltem Blick.

»Mindestens hunderttausend Dollar, wahrscheinlich mehr.«

»So eine Sauerei!«, stieß Louise fassungslos hervor. »Klar sind hunderttausend eine Menge Asche. Aber es geht doch um ein Leben! Um ein Menschenleben geht es doch!«

Die anderen nickten. Theresa aß schweigend ihre Spaghetti, schien mit ihren eigenen Problemen beschäftigt zu sein.

»Natürlich machen wir die Gegenüberstellung«, verkündete ich am Freitagmorgen. »Ich weiß, dass sie nicht gerade der Traum von einer Augenzeugin ist, aber in vielen Punkten hat sie recht gehabt. Wie sieht es übrigens mit den Glassplittern aus? Haben die Kollegen was gefunden auf der Brücke?«

Das hatten sie tatsächlich. Winzige Splitter in den Ritzen zwischen Pflastersteinen, die laut irgendwelchen chemischen Analysen von einem Brillenglas stammten.

»Sehen Sie, auch in dem Punkt hat sie sich richtig erinnert«, sagte ich. »Außerdem hat Lenze mehrfach gedroht, seine frühere Chefin umzubringen.«

»Vor vielen Jahren.« Vangelis gefiel sich heute offenbar in der Rolle des Advocatus Diaboli.

»Er hatte ein perfektes Motiv.« Ich zählte meine Argumente an den Fingern ab. »Er hat gewusst, wo sie in der Nacht war. Laut Frau Traber hat er vor dem Lokal gewartet und ist ihr gefolgt.«

»Das ist alles richtig«, gab Vangelis säuerlich zu. »Aber, tut mir leid, ich habe den Mann gestern beim Verhör erlebt. Für mich passt es einfach nicht.«

»Er hat seine Lederjacke angehabt, eine ausgebleichte Jeans, die man bei Nacht problemlos für weiß halten kann.«

»Und keine weißen Sportschuhe, sondern schwarze Motorradstiefel.«

»Okay, dann hat sie sich in dem einen Punkt eben getäuscht. Er trägt beim Fahren eine Brille. Habe ich irgendwas vergessen?«

Balke schüttelte den Kopf. Sein rechtes Auge sah heute sehr viel besser aus, das Pflaster auf der Stirn war gegen ein noch kleineres ausgetauscht worden. Vangelis hob die Achseln, fand jedoch keine weiteren Gegenargumente.

»Sie, Herr Balke, fahren bitte nach Lampertheim und schaffen Lenze her mitsamt Jacke, Jeans und Brille. Die lassen wir bei der Gelegenheit auch gleich daraufhin untersuchen, ob vor Kurzem ein Glas ausgetauscht worden ist. Außerdem fragen Sie ihn noch mal, ob er nicht doch eine Ersatzbrille hat. Wenn er es wieder abstreitet, beantrage ich eine Durchsuchung seines Hauses.«

»Angenommen, er hat doch eine Zweitbrille gehabt«, meinte Vangelis, »dann hat er seine normale Brille natürlich längst verschwinden lassen, falls sie ihm auf der Brücke kaputtgegangen ist.«

Ich bat sie, ein paar Kollegen mit passender Statur und Ausstattung zu organisieren. »Und möglichst nicht nur Lederjacken.«

Ich selbst würde mich um Ursula kümmern, die wichtigste Person bei der Veranstaltung.

Jemand klopfte an meine Tür.

»Herr Nemzow!«, rief ich überrascht, als der heute ungewöhnlich blasse Riese eintrat. »Ich dachte, man behält Sie noch eine Weile im Krankenhaus.«

Sein Kopf war dick verbunden, der Blick matt, der Gang ein wenig schwankend.

»Unkraut vergeht nicht so schnell«, erwiderte er müde grinsend und reichte mir seine rechte Pranke. »Wollte mich nur kurz bedanken und dann ab nach Hause. Sie haben mir das Leben gerettet, habe ich gehört.«

»Nehmen Sie Platz, bitte. Ich wollte sowieso noch mal mit Ihnen sprechen.«

Mit einer Grimasse, als quälten ihn noch jede Menge Schmerzen, sank er auf einen meiner Besucherstühle.

»Sind Sie sich sicher, dass Sie sich nicht noch ein paar Tage schonen sollten?«

»Unfug«, murrte er. »Ich stünde nicht da, wo ich heute stehe, wenn ich mich wegen jedes Schnupfens geschont hätte.«

»Es geht nicht nur um Ihren Körper, es geht auch um die Seele. Es hat nicht viel gefehlt, und Sie wären jetzt tot.«

»Schon klar.« Er grinste schief. »Jedenfalls danke, Herr Gerlach. Ich weiß, Sie hätten sich genauso gut zurücklehnen und das Feld irgendwelchen Rambos überlassen können. Ihre Wormser Kollegen haben mir erzählt, wie es abgelaufen ist. Dass Sie die Verantwortung für diese Kamikazeaktion auf sich genommen haben und so weiter. Das rechne ich Ihnen hoch an.«

Ich orderte Kaffee für uns. Für mich den üblichen Cappuccino, für meinen Gast einen Espresso, vierfach und mit sehr viel Zucker. Dann kamen wir zur Sache.

»Meerbusch hat Sie niedergeschlagen und entführt, weil Sie eine Beziehung mit seiner Frau hatten?«

Der Ingenieur nickte vorsichtig, ließ es gleich wieder bleiben. »Ich war eine Runde laufen, komme abends gegen acht wieder nach Hause, und da steht er vor meiner Tür und will mich sprechen. Wegen Juli, logisch, weshalb sonst? Erst wollte ich ihn abwimmeln, aber auf der anderen Seite hatte ich natürlich ein schlechtes Gewissen. Auch wenn er ein Idiot war, so war er doch immerhin Julis Mann und hatte ein Recht auf eine Erklärung. Auf ein wenig Respekt.«

»Ich hatte Sie gewarnt.«

»Das hatten Sie, ich weiß. Aber ich konnte einfach keine Angst haben vor diesem weinerlichen Schwächling.«

»Woher wusste er eigentlich, wo Sie wohnen? Bei unserem letzten Gespräch sagten Sie, er würde nicht mal Ihren Namen kennen.«

»Dachte ich ja auch. Er muss Julis Handy gecheckt haben. Und dabei hat er dann wohl unseren Chat gefunden.« Nemzow rollte die blutunterlaufenen Augen. »Gott, der Kerl war ein Würstchen. Den hätte ich doch mit links aus den Schuhen gehauen. Hatte ja keinen Dunst, was dieser Idiot vorhatte. Er wirkte so ... gebrochen, so kraftlos, vor so jemandem hat man doch keine Angst. Erst wollte er wissen, ob das stimmt, das mit Juli und mir. Und ich Torfkopf dachte, jetzt, wo sie tot ist, weshalb sollte ich es nicht zugeben?«

Eine Weile schnaufte er unglücklich, betrachtete seine riesigen Hände, als würde er sich wundern, dass sie sich bewegen ließen und seinem Willen gehorchten.

»Er ist dann auch ganz handzahm gewesen. Traurig, verstört. Ich dachte, es tut ihm gut, wenn wir uns aussprechen, von Mann zu Mann. Es aus der Welt schaffen, irgendwie. Frieden schließen. Wenn er frech geworden wäre, hätte ich ihn am Schlafittchen gepackt und hochkant rausgeschmissen.«

»Und weiter?«

»Anfangs wollte er nicht recht mit der Sprache raus. Hat dagesessen und blöde vor sich hingeglotzt. Aus lauter Verlegenheit habe ich eine Flasche Wein aufgemacht, dachte, ein Schluck tut dem armen Wicht vielleicht gut. Irgendwann hat er dann angefangen, von Juli zu erzählen. Vielleicht hat er sonst niemanden, mit dem er reden kann, dachte ich, und ich könnte auf diesem Wege ein bisschen was gutmachen. Haben wir also geplaudert, und dann musste er auf einmal zur Toilette. Er ist aufgestanden und davongewankt, und wie ich wieder zu mir gekommen bin, waren wir schon auf der Autobahn. Ich habe einige Zeit gebraucht, um zu begreifen, was passiert war. Speiübel war mir, und jeder einzelne Knochen hat mir wehgetan. Ein-, zweimal hab ich mich auch übergeben, netterweise hatte er mir den Mund nicht zugeklebt, und dann muss ich wohl wieder das Bewusstsein verloren haben. Hatte eine ziemliche Gehirnerschütterung, behaupten die Ärzte.«

»Die haben Sie immer noch, so, wie Sie aussehen.«

Automatisch fasste er sich an den dick verbundenen Kopf, schloss kurz die Augen.

»Als ich das zweite Mal aufgewacht bin, war alles still. Ich nehme an, da stand das Auto schon in der Garage seines Hauses.«

»Hat er sich um Sie gekümmert?«

»Nicht die Bohne. Hätte ich nicht hin und wieder Schritte gehört oder mal eine Tür, ich hätte geglaubt, ich sei irgendwo lebendig begraben. Erst später wurde mir klar, dass ich immer noch in diesem Scheißkofferraum lag. Ich habe versucht, Krach zu machen, habe geschrien, gegen das Blech getreten, so fest ich konnte. Zwischendurch habe ich immer wieder gedöst und geschlafen. Oder das Bewusstsein verloren, was weiß ich. Ich hatte keinen Schimmer, wie viel Zeit vergangen war, wo ich sein könnte, ob der Irre diese Geräusche machte oder jemand ganz anderes.« Er schluckte schwer. »Irgendwann habe ich begriffen, dass er mich verrecken lassen will, im Kofferraum meines eigenen Autos. In meiner eigenen Kotze und Scheiße. Dass ich im Dreck krepieren soll zur Strafe dafür, dass Juli tot ist.«

»Er hat Ihnen die Schuld an ihrem Tod gegeben?«, fragte ich überrascht.

Müde hob Nemzow die schweren Schultern. »Ich weiß es nicht. Konnte ihn ja nicht fragen. Ich denke aber, ja.«

Eine Weile schwiegen wir. Nemzows Atem ging schwer

und unruhig. Im Vorzimmer hörte ich Sönnchen herumräumen und dabei eine Melodie summen.

»Sie hat Sie wirklich geliebt«, sagte ich schließlich.

»Juli?« Zu erschöpft für eine heftige Reaktion, sah er auf. »Hat sie das?«

Ich erzählte ihm von Frau Trabers Rat an seine Geliebte, sich von ihrem Mann zu trennen. Einmal im Leben auf ihre Gefühle zu hören und nicht immer nur auf den Verstand.

Nemzow sagte lange nichts. Schließlich flüsterte er fassungslos: »Vielleicht wären wir ja glücklich geworden zusammen, wer kann das wissen?«

»Fühlen Sie sich imstande, mir noch ein paar andere Fragen zu beantworten?«, fragte ich nach einer weiteren Pause, lehnte mich zurück und faltete die Hände im Nacken.

Während der vergangenen Minuten war er mehr und mehr in sich zusammengesunken. Nun richtete er sich wieder auf, spannte seine Muskeln an.

»Versuchen wir es.«

»Tragen Sie manchmal eine Brille?«

Er versuchte, den Kopf zu schütteln, unterließ es jedoch mit schmerzverzerrter Miene.

»Nein.«

»Auch nicht beim Autofahren?«

»Auch nicht. Zum Glück habe ich immer noch Augen wie ein Luchs.«

»Als wir uns das letzte Mal gesehen haben, hatten Sie Abdrücke an der Nase, als würden Sie hin und wieder eine tragen.«

Er sah mich verdutzt an, begann zu lächeln. »Von der Sonnenbrille. In den Alpen, in größeren Höhen, trage ich natürlich eine Sonnenbrille.«

»Sie haben Ihre Firma kürzlich an die ORMAG verkauft.«

»Zu siebzig Prozent, das ist richtig. Sie sind dabei, ein Riesending aufzuziehen, und dazu brauchen Sie unsere Expertise.«

»Um Cruise Missiles geht es, richtig?«

»So ungefähr, ja«, antwortete er mit schiefem Grinsen.

Als ich ihm von dem Anschlag auf Levinger und Sundstrom erzählte, wurde er noch eine Spur blasser, als er ohnehin schon war. »Himmel und Hölle!«, stieß er hervor. »Ruben und Eric auch? Und Juli, war das etwa auch der … Mossad?«

»Hier vermute ich einen anderen Hintergrund.«

»Kai?«

»Mehr möchte ich im Moment noch nicht dazu sagen. Bisher wissen wir kaum mehr, als dass der Täter ein Mann war, groß und kräftig und mit einer kantigen Brille.«

»Ein großer Typ mit Brille«, wiederholte Nemzow nachdenklich. »Da klingelt nichts bei mir, sorry. Wenn es was Privates war … ich weiß eigentlich so gut wie nichts über Julis Privatleben.«

»Vor ihrem Tod hat sie eine Freundin getroffen. Anita, Sie kennen sie.«

»Etwa das Pummelchen aus Berlin?« Er lachte leise. »Waren damals ziemlich dicke, die zwei. Ich habe Ihnen ja erzählt, dass ich früher scharf auf Juli war. Aber da lief nun mal gar nichts …«

»Hatte sie zu der Zeit einen anderen Freund?«

»Einen Freund nicht direkt.« Wieder dieses schiefe Grinsen, jetzt ein wenig verlegen. »Eine Freundin.«

Es dauerte einige Sekunden, bis ich verstand, was er andeuten wollte.

»Soll das heißen, die beiden …?«

»Juli war damals bi. Oder hat es sich zumindest eingebildet. Und Anita hat ihre Spielchen tapfer mitgespielt. Ich weiß nicht, wie ernst das alles war. Wahrscheinlich war es einfach nur Neugierde. Lust auf aufregende Erfahrungen, Grenzüberschreitung. Wir waren jung, wir dachten, uns gehöre die Welt, und wir werden alles anders und viel besser machen als unsere Eltern.«

Erneut griff er sich an den Kopf. Zwang sich, ruhig und nicht zu tief zu atmen.

»Für eine Weile hat Juli sich in der Rolle der Kampflesbe gefallen«, fuhr er fort. »Wollte nichts mehr von Männern wissen.«

»Und wann hat sich das wieder gelegt?«

»Kann ich nicht sagen. Wiedergesehen hab ich sie erst letztes Jahr im Sommer. Und da war sie definitiv nicht mehr lesbisch.«

»Sie hat Sie angemacht?«

»Ja und nein. Es ist einfach passiert. Ich wollte das nicht und sie auch nicht. Es ist einfach über uns gekommen. Ich verstehe es bis heute nicht.«

In diesen Sekunden begann in meinem Hinterkopf etwas zu gären. Braute sich etwas zusammen, eine Idee, so absurd und unlogisch, dass sie sich noch nicht ans Licht meines Bewusstseins wagte, sondern sich nur in einer leisen Unruhe äußerte.

»Ein letzter Punkt noch«, sagte ich zu meinem immer unkonzentrierter werdenden Besucher. »Teheran. Was wollten Sie da?«

»Bisschen Urlaub machen. Zusammen sein. Und nebenbei einen weiteren Mitarbeiter anwerben. Er ist Professor an einer Hochschule dort, hat aber in Stanford studiert. Hat einen Doktor in Informatik und einen in Neurobiologie.«

Dieser Mann, dessen Namen zu nennen Nemzow sich weigerte, arbeitete an einem revolutionär neuen Konzept zur künstlichen Intelligenz.

»Sein Ansatz ist genial. Er geht davon aus, dass unser Gehirn seine eigene Funktionsweise prinzipiell nicht verstehen kann und auch niemals verstehen wird. Deshalb hat es in seinen Augen überhaupt keinen Sinn, die Natur nachahmen zu wollen.«

Aus diesen Überlegungen heraus ließ der Professor seine sogenannten neuronalen Netze in Hochleistungscomputern zufallsgesteuert entstehen. Anschließend entwickelten sie sich anhand von immer komplexeren logischen Problemen weiter, oder aber sie scheiterten.

»Diese Superrechner hatten sie eigentlich für ihre Atomforschung angeschafft, aber seit sie die nicht mehr machen dürfen, stehen die Kisten ungenutzt herum. Sie müssen sich das vorstellen wie die Evolution in der Natur, nur millionenfach schneller. Ein Generationenzyklus dauert nicht Monate oder wie bei uns Menschen dreißig Jahre, sondern ein paar Millisekunden. Und er kann hunderttausend solcher Experimente gleichzeitig rechnen.«

»Und diesen Herrn wollte Juli für ihr Projekt anwerben? Für die Cruise Missiles?«

Nemzow atmete tief ein und drückte den Rücken durch: »Es geht nicht um Cruise Missiles im klassischen Sinn.« Er sah mir fest ins Gesicht, als er fortfuhr. »Ich habe beschlossen, aus dem Geschäft auszusteigen. Ich werde den Vertrag mit der ORMAG in die Tonne werfen und ihnen ihr Geld zurückzahlen. Wenn sie mich verklagen, dann gebe ich alles, was ich weiß, an die Presse. Und ich weiß eine Menge, das können Sie mir glauben.«

»Worum geht es dann?«

Noch einmal straffte er sich. Sammelte sein letztes bisschen Konzentration. »Sehen Sie, ein klassisches Cruise Missile zerstört sich beim Aufschlag selbst. Alles, was drin und dran ist, ein teures Triebwerk, mehrere leistungsfähige Mikrocomputer, jede Menge ausgefuchste Sensorik – eine bis zwei Millionen Dollar lösen sich mit einem Knall in Rauch auf. Was die ORMAG plant sind kleine, autonom agierende Kampfflugzeuge, die zwei bis drei Bömbchen tragen können oder auch Luft-Boden-Raketen und die nach getaner Arbeit wieder nach Hause kommen. Und dazu kommt noch …«

Dazu kam, und dies war die eigentliche Sensation, dass diese fliegenden Kampfroboter selbstlernend sein würden, in gleich mehrfacher Hinsicht.

»Fliegen können sie natürlich von Anfang an. Aber zielen und treffen können sie anfangs nur ungefähr. Man lässt sie einfach eine Weile üben, mit Attrappen, und sie werden ganz von alleine besser und besser. Sie lernen, sich an fremdes Gelände anzupassen, auch wenn die GPS-Daten mal nicht so ganz korrekt sind oder auf einmal ein Hochhaus im Weg steht. Sie lernen, feindlichen Waffen auszuweichen, sie lernen, die weichen Punkte an gegnerischen Panzern zu finden. An Panzern, die es vielleicht zum Zeitpunkt der Entwicklung noch gar nicht einmal gegeben hat. Vor allem aber optimieren sie ihre Treffsicherheit. Nach jedem Abwurf, nach jedem Schuss analysieren sie während des Rückflugs den Erfolg, dokumentieren nebenbei das Ergebnis der Mission, ziehen ihre Schlüsse, und noch schlimmer: Diese Teufelsdinger tauschen das Gelernte ständig untereinander aus …«

Teufelsdinger war hier wohl das richtige Wort.

»Wie gut, dass daraus nun nichts wird«, entfuhr es mir.

Der Ingenieur lachte grimmig. Hustete. »Wenn die technischen Voraussetzungen erst einmal in der Welt sind, Herr Gerlach, wenn das Know-how da ist, dann findet sich früher oder später einer, der es baut. Weltweit gibt es enormes Interesse an solchen intelligenten Waffen, und ich bin überzeugt, dass nicht nur die ORMAG und die Israelis daran arbeiten, sondern auch die Amis, die Russen und wer weiß, wer sonst noch. Denken Sie nur einmal an die Vorteile: Sie müssen kein Geld mehr für die Ausbildung von Piloten ausgeben, Sie riskieren keine Menschenleben auf der eigenen Seite, die Geräte kosten ein Hundertstel dessen, was ein Jagdbomber kostet, und deshalb können Sie ein viel höheres Risiko fahren. Und zu alledem haben Sie auch noch eine viel bessere Trefferquote als mit ferngesteuerten Killerdrohnen oder gar Flächenbombardements.«

Der Traum eines jeden Menschen, der einen Krieg plant.

»Und weshalb waren Sie in Teheran dabei?«

»Sie meinen, wieso Juli das nicht alleine gemacht hat? Ganz einfach: Der Mann, den wir treffen wollten, ist ein stockkonservativer Muslim. Er hat Juli nicht mal die Hand gegeben und hätte sie nie und nimmer als Gesprächspartner akzeptiert.«

So hatten die beiden einfach die Rollen getauscht. Nemzow hatte den Chef gespielt und die Verhandlungen geführt und Juli als seine Assistentin ausgegeben.

»Was sie übrigens sehr lustig fand. Anfangs lief es auch ganz gut. Ich durfte dem Professor ungefähr das Zehnfache dessen bieten, was er an seiner Uni in Isfahan verdient. Aber dann war urplötzlich Schluss mit lustig. Als er hörte, dass Ruben mit von der Partie ist, ein Israeli, war das Gespräch zu Ende, und wir haben uns dann noch zwei schöne Tage gegönnt.«

»Was werden Sie jetzt machen?«, fragte ich, als ich das eben Gehörte halbwegs verdaut hatte.

Wieder einmal hob Nemzow die schweren Schultern. »Nach Hannover zurück, arbeiten, was sonst? Wie die ORMAG weitermacht, wissen die in Düsseldorf im Moment selbst noch nicht. Erst mal hat man alles auf Stopp gestellt, habe ich vorhin erfahren. Ohne Juli, Ruben und Eric dürfte es ohnehin schwierig werden. Und wenn sich herumspricht, wie gefährlich es ist, an dem Projekt zu arbeiten, werden sie auch nicht so leicht Ersatz finden.«

»Heidolph hier«, sagte eine dieses Mal nicht ganz so heitere Stimme im Telefon. »Sie sind mir ja einer, Herr Gerlach!«

Seit Boris Nemzow sich verabschiedet hatte, waren keine fünf Minuten vergangen.

»Hallo«, sagte ich ein wenig zu laut vor Überraschung. »Freut mich, Ihre Stimme zu hören.«

»Jetzt wissen Sie hoffentlich alles, was Sie wissen wollten.«

»Hoffentlich? Das heißt, Sie haben keine Wanzen in meinem Büro installiert?«

Bastian Heidolph lachte rau. »Wir machen hin und wieder schlimme Dinge. Aber so weit gehen wir dann in aller Regel doch nicht. Wir beobachten nur und ziehen unsere Schlüsse.«

»Da bin ich ja beruhigt.«

»Ich muss Sie jetzt wohl um Entschuldigung bitten.«

Heute war sein Lispeln stärker als bei unserem ersten Gespräch. Vielleicht aufgrund seiner Empörung.

»Das ist nicht nötig. Und es tut mir auch leid, dass meine Leute Ihnen so nachgestellt haben. Die Aktion ist mir leider ein bisschen aus dem Ruder gelaufen …«

»Geschenkt«, erwiderte der Anrufer grimmig. »Bei uns ist in den vergangenen Wochen auch manches schiefgegangen.«

Nun stellte sich der Mann, der sich bei unserem letzten Gespräch Axel Schmidt genannt hatte, offiziell vor. Wie wir schon vermutet hatten, war er leitender Mitarbeiter des MAD, zurzeit im Rang eines Generalleutnants.

»Und den ganzen Rest haben Sie sich zwischenzeitlich zusammengereimt, nehme ich an.«

»Im Großen und Ganzen ja. Sie haben das Projekt mit der ORMAG überwacht?«

»Sagen wir: es wohlwollend begleitet.«

»Und überwacht.«

»Das auch, natürlich. Dafür werden wir schließlich bezahlt.«

»Können Sie mir sagen, wer den Porsche auf der A 67 in die Luft gejagt hat?«

»Auch in diesem Punkt liegen Sie richtig.«

»Der Mossad also?«

»Sie können jetzt keine offizielle Bestätigung von mir erwarten. Nur so viel: Fast alles, was Sie vermuten, stimmt. Und übrigens, falls Sie mal keine Lust mehr auf Kripo und Kleinkram haben – wir suchen hier in Berlin ständig fähige Leute …«

Ich lachte auf. »Mal sehen, was die Zukunft bringt. Wo liege ich denn zum Beispiel falsch?«

Nun lachte auch Bastian Heidolph wieder. »Wir nennen uns Geheimdienst, Herr Gerlach, und das nicht ganz ohne Grund.«

Da ich schon am Telefonieren war, rief ich endlich auch Machatscheck an.

»Sie haben vor einiger Zeit angedeutet, dass der Aspekt Rüstung nicht der einzige ist, weshalb Sie sich für die ORMAG interessieren.«

»Das stimmt absolut«, gab der Journalist mit merklich gebremstem Schaum zu.

»Ich höre?«

»Nun ...« Machatscheck räusperte sich unbehaglich. »Lassen Sie mich so beginnen. Die ORMAG hat ihre Ursprünge Anfang der Neunzigerjahre. Und keine drei Jahrzehnte später ist aus einer kleinen Klitsche ein Weltkonzern geworden. Nicht etwa mit einer revolutionär neuen Technologie oder genialen Ideen, sondern einfach so. Mit Produkten, die tausend Konkurrenten ebenso oder besser herstellen können.«

»Und das kommt Ihnen komisch vor.«

»In der Tat. Für so ein Wachstum braucht man Kapital. Sehr, sehr viel Kapital.«

»Leuchtet mir ein.«

»Während andere klassische Maschinenbauer Umsatzeinbußen erlitten und Personal abbauten, wuchs die ORMAG und wuchs und wuchs ...«

»Und da haben Sie sich gefragt, woher das viele Geld kommt.«

»So ist es. Um es kurz zu machen: Etwa drei Viertel der Anteile an der AG halten vollkommen unbekannte Investoren, die bei näherem Hinsehen allesamt Briefkastenfirmen irgendwo auf den Bahamas sind.«

»Und was denken Sie? Wer steckt dahinter?«

Noch einmal räusperte sich Machatscheck. »Ein Land, das sehr weit im Osten liegt.«

»Und fast anderthalb Milliarden Einwohner hat?«

»Sie sagen es. Klassischerweise kaufen sich die Chinesen ganz offen in Deutsche Aktiengesellschaften ein und beginnen dann unverzüglich, Know-how abzusaugen. Da aber bald absehbar war, dass das nicht lange gut gehen würde, haben sie bei der ORMAG einen anderen Weg ausprobiert. Das hat bestens funktioniert, und ich gehe davon aus, dass wir so etwas künftig öfter erleben werden.«

»Klingt irgendwie gruselig.«

»Ist es leider auch. Aber, Herr Gerlach, das bleibt bitte unter uns. Ich habe bereits einen Vertrag mit dem *Spiegel*. In drei, vier Wochen wollen wir die Rakete steigen lassen.«

29

Nachmittags um halb vier war endlich alles bereit. Sechs Kollegen mittleren Alters waren mit schwarzen Jacken oder Mänteln, hellen Hosen und Brillen mit dunklen Gestellen ausgestattet. Ulrich Lenze trug seine Lederjacke, jedoch nicht seine eigene Sehhilfe, sondern ebenfalls ein Exemplar mit dickem dunklen Rand, das Vangelis Gott weiß wo aufgetrieben hatte. Dass er eine Ersatzbrille besaß, hatte er Balke gegenüber erneut abgestritten. Die Drohung, sein Haus durchsuchen zu lassen, hatte lediglich hämisches Gelächter ausgelöst.

Vangelis kümmerte sich um das Organisatorische, während ich im Nebenraum zusammen mit Ursula wartete, die ein wenig aufgeregt, aber immer noch stocknüchtern war.

»Er kann Sie wirklich nicht sehen«, erklärte ich ihr nun schon zum dritten Mal. »Der Spiegel ist von der anderen Seite her undurchsichtig.«

»Weiß ich doch«, erwiderte sie mürrisch und mit vor Aufregung roten Bäckchen. »Aber so was hab ich halt noch nie gemacht.«

Nervös sah sie sich um, ihr Blick irrte über einige großformatige Plakate an der Seitenwand. Filmplakate, die jemand vielleicht zur Verschönerung des ansonsten kahlen und schmucklosen Raums an die Wand gepinnt hatte, oder weil er zu Hause keinen Platz mehr dafür fand. Manche waren sehr alt, von Klassikern aus den Fünfziger- und Sechzigerjahren, aber auch etwas neuere Filme waren vertreten wie *Der Englische Patient*, *Pretty Woman* und *Der Pferdeflüsterer*.

Die Tür schwang auf, Balke kam herein, rieb sich die Hände, nickte Ursula fröhlich zu. Es konnte losgehen.

Durch eine Tür im Hintergrund betraten die sieben Männer lautlos den Raum jenseits des Spiegels und stellten sich auf. Die Reihe von etwa gleich großen, gleich schweren Männern wirkte wie eine Versammlung abgehalfterter Privatdetektive.

»Der da!«, sagte Ursula, noch bevor alle ruhig standen. »Der in der Mitte mit dem Mantel.«

»Sind Sie sich sicher? Lassen Sie sich ruhig Zeit. Wir haben es nicht eilig.«

Erschrocken sah sie zu mir auf. »War's nicht der Richtige?«

»Lassen Sie sich Zeit«, wiederholte ich. »Sehen Sie genau hin. In aller Ruhe.«

Das tat sie. Ihr Gesicht verzerrte sich, so genau sah sie hin. »Also«, sagte sie schließlich. »Ich glaub doch eher, es ist der mit der Lederjacke ganz rechts.«

Erneut blickte sie mich forschend an. Erwartete ein Lob oder wenigstens eine Bestätigung, dass sie dieses Mal richtig getippt hatte.

Lenze war der Zweite von links.

»Super«, sagte ich. »Danke. Sie haben uns sehr geholfen.«

Im Nachbarraum begann sich die Ordnung zügig aufzulösen. Die Kollegen zogen ihre Jacken und Mäntel aus, nahmen die ungewohnten Brillen ab, rissen Witze und lachten. Lenze stand abseits, behielt die schwarze und mit unzähligen Fransen und Nieten verschönerte Lederjacke an, trug jetzt wieder die richtige Brille auf der Nase. Balke ging wortlos hinaus. Ich sah, wie er drüben eintrat, kurz mit Lenze sprach und ihm auf die Schulter klopfte. Mit gesenktem Kopf ging der ehemalige Betriebsratsvorsitzende davon.

Ich verabschiedete meine Zeugin, drückte fest ihre Hand und wünschte ihr alles Gute für die Zukunft.

»Ich hab echt keine Böcke mehr auf den ganzen Mist!«, schimpfte Balke, als er zurückkam. »Garantiert hat er zwei Brillen gehabt und die mit dem kaputten Glas gleich am Tatort in den Neckar geschmissen.«

»Mag ja sein. Aber sie hat ihn trotzdem nicht erkannt.«

»Die Frau war hackezu in der Nacht. Es ist drei Wochen her. Es war neblig. Und die ist doch sowie nicht mehr ganz richtig im Oberstübchen. Hat sich schon zu viel Gehirn weggesoffen.«

»Lenze ist der Falsche, ob es uns nun passt oder nicht.«

Ich war mindestens so unzufrieden wie mein Mitarbeiter. Auch ich war erschöpft, ausgelaugt, wütend. Ich wollte meine Ruhe, wieder einmal einige Nächte gut schlafen. Auch ich wollte endlich, endlich Fortschritte sehen, einen Erfolg, ein paar funkelnde Handschellen an den Gelenken des Mannes, der Juli über das Geländer gestoßen hatte.

Was, wenn Balke doch recht hatte? Wenn Lenze wirklich eine Zweitbrille besessen hatte? Vielleicht hatte er sogar eine zweite, anders aussehende Lederjacke gehabt, die sich längst in irgendeiner Müllverbrennungsanlage in Rauch aufgelöst hatte. Oder Ursula, unsere grandiose Zeugin, hatte sich eben doch getäuscht.

Auf Zeugenaussagen ist so elend wenig Verlass.

Frustriert und gedemütigt hockte ich einmal mehr an meinem Schreibtisch. Tippte aus purer Verzweiflung den Namen Ulrich Lenze in meinen Laptop. Fand mir bisher nicht bekannte Fotos von ihm. Fotos, die teilweise zehn Jahre alt waren und älter. Konnte man einen Betriebsratsvorsitzenden überhaupt feuern? Unter bestimmten Umständen vielleicht? Wenn er gegen Gesetze verstoßen hatte, zum Beispiel?

Ich stieß auf einen Artikel der *Rheinpfalz* vom November 2011. »Betriebsrat fristlos gekündigt«, lautete die Überschrift. »Wegen unbotmäßigen Verhaltens sah sich die Geschäftsleitung gezwungen, den Betriebsratsvorsitzenden Ulrich L. mit sofortiger Wirkung vom Betriebsgelände der TurboTec GmbH zu entfernen. Ein Sprecher der IG Metall protestierte aufs Schärfste und kündigte an, die Gewerkschaft werde vor Gericht gegen die Kündigung vorgehen.«

Zwei Telefonate später wusste ich, dass Lenze seine Chefin beleidigt hatte, schwer beleidigt und zudem bedroht, unter Zeugen.

»Ist eine ganz fiese Geschichte gewesen, damals«, sagte der jetzige Geschäftsführer Hilpert auch heute, fast zehn Jahre nach dem Vorfall, immer noch empört. »Lenze ist ein guter Mann gewesen, da gab es nichts. Als Angestellter immer vorbildlich, fleißig, pünktlich. Aber sein Temperament und seine linken Träumereien haben ihm am Ende alles kaputt gemacht.«

»Hat die Gewerkschaft wirklich geklagt?«

»Durch drei Instanzen. Und in jeder verloren. Die Firma hat Lenze sogar einen Vergleich angeboten, damit man endlich aus der Presse kam. Wollte er aber nicht. Er wollte das durchziehen bis zum bitteren Ende. Und so hat er dann auch noch den letzten Prozess verloren, vor dem Bundesarbeitsgericht. Wenigstens hat die Gewerkschaft die Kosten übernommen. Aber glauben Sie, irgendjemand stellt so einen noch ein? Einen Mann, der jahrelang als Krawallbruder und Prozesshansel in den Zeitungen war? Wer will sich denn so etwas antun, der halbwegs bei Trost ist?«

Was waren meine Optionen? Versuchen, einen Haftbefehl gegen Lenze zu erwirken, um ihn in stundenlangen Vernehmungen weichzuklopfen? Eine Durchsuchung seines Hauses beantragen in der winzigen Hoffnung, dort am Ende doch eine Brille mit defektem Glas zu finden? Lenze war manchmal vielleicht zu emotional, aber er war kein Idiot. Sollte es diese Brille jemals gegeben haben – in diesem Punkt hatte Balke völlig recht –, dann hatte er sie spätestens jetzt verschwinden lassen. Ich musste das Ergebnis des DNA-Vergleichs abwarten, es half alles nichts. Aber im Grunde war ich mir jetzt schon sicher, dass der Vergleich negativ ausfallen würde. Dass Lenze nicht der Mann war, den ich suchte.

Ich drosch mit beiden Händen auf den Tisch, sodass Sönnchen im Vorzimmer trotz geschlossener Tür vorübergehend das Tippen einstellte.

Was für ein Mist, das alles! Was für ein verfluchter Mist!

Das Telefon.

»Ich bin's!«

»Wer, bitte?«, fragte ich ebenso verwirrt wie ungnädig.

»Na, die Ursula!«, klang es mir entrüstet entgegen. »Kennen Sie mich auf einmal nicht mehr?«

»Entschuldigen Sie. Ich war gerade ein bisschen … abgelenkt.«

»Mir ist nämlich was eingefallen. Vorhin in der Bahn nach Eppingen ist es mir auf einmal wieder eingefallen.«

Ich lehnte mich zurück und stellte mich auf ein weiteres, letztlich auch wieder sinnloses Gespräch ein. »Was denn?«, fragte ich entsprechend lustlos.

»Die ganze Zeit hab ich gegrübelt und gegrübelt, was sie gesagt hat, die Frau auf der Brücke. Den Namen, Sie wissen schon.«

Das eine Wort, an das Ursula sich bisher nicht erinnert hatte. Ich setzte mich aufrecht hin und bemühte mich um einen freundlicheren Ton.

»Er ist Ihnen wieder eingefallen?«

»Nicht richtig. Sie müssen mir helfen.«

Ich sank wieder zurück. »Wie soll ich Ihnen denn dabei helfen?«

»In dem Zimmer, wo wir gewesen sind. Sie müssen runtergehen und mir helfen.«

»Und … was soll ich unten machen?«

»Runtergehen. Und mich anrufen, wenn Sie da sind.«

Ich notierte mir die Nummer, die mein Telefon anzeigte, und ärgerte mich gleichzeitig, weil ich sie nicht einfach gleich ins Handy tippte.

Lautlos fluchend stemmte ich mich hoch, stieg ohne Eile die Treppen hinab, betrat den Raum hinter dem nur einseitig durchsichtigen Spiegel, tippte die Nummer vom Zettel ins Handy.

»Die Plakate«, sagte Ursula schrill vor Aufregung.«

»Was ist damit?«

»Das mit der Frau. Es hängt ziemlich links, in der oberen Reihe. Das mit der Frau im Brunnen.«

»Ich sehe es. Der Film heißt *La Dolce Vita.*«

»Scheißegal, wie der Film heißt. Die Frau? Wie heißt die Schauspielerin?«

»Anita Ekberg.«

»Das ist sie!« Ursula kreischte fast vor Freude und Erleichterung: »Anita hat sie gesagt. Anita.«

Mir lief ein Schauer den Rücken hinab.

»Sind Sie sich ganz sicher?«

»Wie das Amen in der Kirche, so sicher bin ich. Laut und deutlich hat sie es gesagt: Anita. Mehr als einmal sogar.«

Mit einem lautlosen Knall öffnete sich das Türchen in meinem Kopf, und der Gedanke trat stolz auf die Bühne meines Bewusstseins. Die vage Idee, die mir am Nachmittag beim Gespräch mit Nemzow gekommen war.

Was tun?, fragte ich mich, als ich die Treppen sehr viel schneller hinauflief, als ich sie vor kaum mehr als einer Minute herabgestiegen war.

Mit der Kavallerie anrücken oder erst einmal vorsichtig herantasten? Nicht gleich zu viel Staub aufwirbeln?

Nach kurzem Überlegen griff ich zum Hörer und wählte die Festnetznummer der Familie Traber, aber niemand nahm ab. Als Nächstes versuchte ich es mit der Telefonzentrale des Uniklinikums.

»Traber«, sagte eine hörbar gestresste Frau am anderen Ende. »Traber ... ah, hier: Marco, Pfleger in der Onkologie. Meinen Sie den?«

Es tutete eine geraume Weile, bis in der Abteilung für Hämatologie, Onkologie und Rheumatologie jemand ans Telefon ging.

»Der Marco?«, fragte eine Männerstimme hektisch. »Keine Ahnung, wo der steckt. Eigentlich müsste er seit vier auf der Matte stehen. Aber er ist nicht gekommen. Und ans Handy geht er auch nicht, dieser Schnarchsack.«

»Können Sie mir sagen, ob er manchmal eine Brille trägt?«

»Wieso manchmal? Immer!«

»Und wie sieht die aus, die Brille?«

»So ein ziemlich klotziges Gestell hat sie. Schwarz. Oder fast schwarz. Obwohl, seit zwei, drei Wochen hat er ja jetzt eine neue. Aber Scheiße, Mann, ich muss echt weiter, hier brennt mal wieder die Hütte. Zwei Leute sind krank. Und ausgerechnet jetzt lässt uns dieser Vollhorst hängen.«

Ich erinnerte mich an das Urlaubsfoto von der Nordsee, das ich im Flur der Familie Traber gesehen hatte. Der große, kräftige Vater.

»Früher hat er einen Bart gehabt.«

»Den hat er schon lange nicht mehr. Als die Hipsters angefangen haben, mit Bärten rumzulaufen, hat er ihn abrasiert.«

»Gibt es bei Ihnen jemanden, der auch privat Kontakt zu ihm hat?«

»Die Conny«, kam es wie aus der Pistole geschossen. »Die kennt den Marco ganz gut, ja.«

»Können Sie mich mit ihr verbinden?«

»Ist nicht da. Hat Nachtschicht gehabt. Jetzt ist sie wahrscheinlich daheim und schläft.«

Nach kurzem hektischen Suchen diktierte er mir eine Festnetznummer. »In Bammental oben wohnt sie. Cornelia Dombrowski. Aber ich muss jetzt echt …«

»Hier spricht Daniela Dombrowski, wer ist bitte da?«, fragte mich Sekunden später ernst und artig eine Kleinmädchenstimme.

Ich erklärte dem Kind mein Anliegen.

»Die Mama schläft aber. Ich darf sie nicht wecken, sonst wird sie böse.«

»Doch, jetzt darfst du. Heute wird sie bestimmt nicht böse.«

»Warum?«

»Weil ich die Polizei bin, darum.«

»Der Marco ist nicht zur Arbeit gekommen?«, fragte mich Sekunden später eine verschlafene, warm und voll klingende Altstimme. »Ist sonst gar nicht seine Art. Bei ihm daheim haben Sie's schon probiert?«

Etwas hatte ich vorhin in der Aufregung zu fragen vergessen: »Trägt er manchmal eine schwarze Jacke? Eine Lederjacke vielleicht?«

»Früher hat er mal ein Motorrad gehabt. Als noch keine Kinder da waren. Dem trauert er immer noch ein bisschen nach. Und die Jacke, die hat er behalten, und jetzt, in der Übergangszeit, hat er sie oft an, stimmt.«

Zusammen überlegten wir, wo er jetzt stecken könnte.

»Beim ... beim Arzt vielleicht?«, meinte Frau Dombrowski. »Vielleicht hat ihn dieser Magen-Darm-Virus jetzt auch erwischt, und er hat einfach vergessen, in der Klinik Bescheid zu geben? Die letzte Zeit hat er schlecht ausgesehen. Richtig krank, ja, das wird es sein. Seine Handynummer haben Sie doch bestimmt?«

Die allmählich wacher werdende Krankenpflegerin suchte und fand die Nummer in ihrem eigenen Gerät.

»Oder vielleicht ...«, überlegte sie weiter, »wenn was mit dem Kind ist? Der macht ihm so viele Sorgen, der kleine Max. Ist ein schweres Schicksal, das der Marco da zu tragen hat. Ich hab ihn immer bewundert, wie er das wegsteckt, dieses Unglück mit seinem Mäxchen.«

Mit feuchten Fingern wählte ich Marco Trabers Handynummer, aber wie ich schon befürchtet hatte: Der Teilnehmer war nicht erreichbar, würde jedoch per SMS von meinem Anruf informiert werden. Noch einmal versuchte ich es auf der Festnetznummer in Handschuhsheim, und wieder ging dort niemand ans Telefon. Sicherheitshalber rief ich auch die Kinderabteilung des Uniklinikums an, während Sönnchen gleichzeitig die Kinderärzte im Norden Heidelbergs abklapperte. In der Klinik war Mäxchen nicht. Der dritte Arzt, den Sönnchen anrief – eine Ärztin –, kannte den Jungen seit seiner Geburt und hatte ihn durch seine ganze Krankengeschichte hindurch begleitet. Aber auch dort war er nicht. Weder der Vater noch der Sohn.

»Wenn mit dem Kind etwas wäre, dann wüsste ich es«, war die Ärztin überzeugt. »Ich habe mit der Mutter vereinbart, dass sie mich jederzeit anrufen kann. Auch nachts. Jederzeit.«

Siebzehn Minuten später stand ich wieder einmal vor dem Haus der Familie Traber an der Steckelsgasse und läutete Sturm. Niemand öffnete.

Ein Streifenwagen war schon vor mir angekommen, und meine Befürchtung wurde rasch zur Gewissheit, dass Marco Traber das Weite gesucht hatte. Wie es aussah, zusammen mit seinem todkranken Kind. Ein betagter Nachbar hatte beobachtet, wie der Vater um kurz nach fünfzehn Uhr mit einem bunten Bündel auf dem Arm in seinen VW-Bus stieg und in höchster Eile davonbrauste.

»Hab gedacht, er will vielleicht zum Arzt mit ihm«, berichtete der silberhaarige Herr aufgeregt. »Hab gedacht, da ist vielleicht was passiert, und er muss mit ihm ins Krankenhaus. Das arme Kindchen. Es zerreißt einem das Herz, es so leiden zu sehen.«

Wieder und wieder drückte ich den Klingelknopf.

Fragte nebenher: »Und was ist mit Frau Traber? War die auch dabei?«

»Die müsste daheim sein. Die Buben sind wahrscheinlich noch in der Schule. Oder auf dem Fußballplatz.«

Ein Blick auf die Uhr: Inzwischen war es fünf geworden. Marco Traber hatte zwei Stunden Vorsprung. Niemand kam an die Tür.

»Was kann er vorhaben?«, fragte Balke, der mit mir gekommen war.

»Nichts, hoffentlich. Oder das Schlimmste. Ich weiß es doch auch nicht, Herrgott!«, fuhr ich ihn an.

Vielleicht wollte er seinen sterbenskranken Sohn mit in den Tod nehmen, ihn von seinem Leiden erlösen. Womöglich wollte er ihn als Geisel missbrauchen, als menschliches Schutzschild. Vieles war denkbar. Und eines schlimmer als das andere.

Ein weiterer Wagen hielt. Rolf Runkel, Laila Khatari und zwei andere Kollegen sprangen heraus.

»Was für eine Scheiße!« Voller Wut trat Balke gegen den Bordstein.

Vangelis war in der Direktion geblieben und hatte schon eine europaweite Fahndung nach dem VW-Bus veranlasst. Früher oder später würden wir ihn finden. Die Frage war nur, ob früh genug.

Dieses Mal ließ ich den Finger einfach auf dem Knopf. Mäxchens Mutter musste im Haus sein. Oder sollte sie ihrem Mann gefolgt sein? Sollte Traber, der jetzt offenbar von allen guten Geistern verlassen war, ihr etwas angetan haben? Wollte sie verhindern, dass er sein eigenes Kind entführte und …?

»Wie lange überlebt der Junge ohne seine Medikamente?«, fragte der Nachbar händeringend, der mir nicht von der Seite wich. »Herr im Himmel, das Kind braucht doch bestimmt seine Medikamente!«

Niemand wusste es. Woher auch. Innen schrillte und schrillte die Klingel.

»Wissen Sie, ob er eine Waffe hat?«, fragte ich.

»Eine was?« Jetzt sah der Nachbar mich groß an. »Wozu sollte er die denn haben?«

Immer noch öffnete niemand die Tür.

»Mit was für einer Hektik der aufgebrochen ist«, murmelte der alte Herr kopfschüttelnd. »Um ein Haar hätte er sein eigenes Haus gerammt, so ist er aus der Einfahrt gerast.«

Ich beendete die Klingelei. Inzwischen waren auch noch ein zweiter und dritter Streifenwagen angekommen. Vor immer mehr Häusern standen jetzt Schaulustige, nicht wenige hielten ihre Handys hoch und filmten oder knipsten. Ich hatte große Lust, sie allesamt festnehmen zu lassen. Stattdessen gab ich die Anweisung, die Tür aufzubrechen.

Dann wandte ich mich an Balke.

»Die Pressestelle soll sofort einen Aufruf an alle Radiosender rausgeben. Auch in Frankreich und in der Schweiz. Er muss den Jungen unbedingt ins nächste Krankenhaus bringen. Unbedingt.«

»Der wird doch nicht sein eigenes Kind sterben lassen, um seinen Hals zu retten«, stieß Balke mit Mordlust im Blick hervor. »So krank im Hirn kann doch kein Mensch sein.«

Einer der uniformierten Kollegen kam mit einem Brecheisen, Laila Khatari mit einem Zettel in der Hand. »Die Eltern von dem Mann leben noch«, sagte sie. »Irgendwo bei Saarbrücken. Hier ist die Nummer.«

Während das Brecheisen zum Einsatz kam, tippte ich die krakelig geschriebenen Ziffern in mein Handy. Beobachtete, wie der Kollege am Eisen zog und abrutschte, während Balke mit unserer Pressestelle telefonierte. Auch der zweite Versuch, die moderne und offenbar einbruchsichere Tür aufzuhebeln, scheiterte. Der Kollege sah sich um, suchte offenbar nach einem Fenster im Erdgeschoss, durch das er einsteigen könnte, ohne größeren Schaden anzurichten.

Ich schnappte das Wort »Leiter« auf.

Nach dem fünften Tuten wurde im Saarland abgenommen. Am anderen Ende war Marco Trabers Mutter, die unglücklicherweise ein wenig schwerhörig war.

»Der Marco ist nicht hier«, sagte die alte Dame, als sie endlich begriffen hatte, was ich von ihr wollte. »Er ist in Heidelberg. Da hat er ein Haus und seine Familie.«

Eine Leiter wurde gebracht, woher auch immer, und an die Hauswand gestellt. Der Kollege stieg hinauf, während ein anderer die Leiter festhielt.

»Hat er sich in den letzten Stunden bei Ihnen gemeldet?«, fragte ich laut, langsam und deutlich. »Heute? Oder gestern?«

Der Kollege war jetzt oben, dort war ein Fenster gekippt, er griff durch den Spalt hinein, und zwei Sekunden später war das Fenster kein Hindernis mehr.

»Nein, er hat uns nichts gesendet. Was sollte das denn sein?«

Die Haustür schwang auf. Balke stürmte hinein, ich hinterher, immer noch das Handy am Ohr.

Links die Küche – leer.

»Mein Mann ist im Heim«, sagte Marco Trabers Mutter mit weinerlicher Stimme. »In Völklingen, seit drei Wochen. Er braucht so viel Pflege, und ich kann das doch nicht mehr, in meinem Alter.«

Das Wohnzimmer – auch leer.

»Und jetzt sitze ich hier ganz allein in diesem viel zu großen Haus und weiß nicht, was ich anfangen soll. Ich kann ihn doch nicht dauernd besuchen. Auto fahren darf ich nicht mehr, und mit dem Bus ist es eine Weltreise bis nach Völklingen. Und wenn ich ihn dann doch mal besuche, dann erkennt er mich nicht mal und glaubt immer, ich bin seine Schwester. Dabei ist die schon dreißig Jahre tot, die Schwester.«

Auch in den anderen Räumen im Erdgeschoss war niemand.

Balke telefonierte nebenbei mit jemandem in Saarbrücken und bat ihn, Trabers Elternhaus observieren zu lassen. Ich verabschiedete mich knapp und vermutlich sehr unhöflich von der Mutter.

Hintereinander liefen wir die Treppe hinauf.

Sollte Traber auf direktem Weg nach Saarbrücken gefahren sein, dann müsste er inzwischen schon fast dort sein. Aber wer konnte wissen, welche Wege und Umwege er fuhr, vielleicht um vermeintliche Verfolger abzuschütteln, vielleicht, um Zeit verstreichen zu lassen, weil er erst zu nachtschlafender Zeit bei seinem Elternhaus ankommen wollte.

Mäxchens Mutter fanden wir stumm, mit leerem Blick und den Händen im Schoß neben dem Bett ihres verschwundenen Kindes sitzend. Ich bat Balke leise, mich mit ihr allein zu lassen, nahm mir, da nichts anderes zur Hand war, einen blauen Kinderstuhl und setzte mich ihr gegenüber. Sie sah mich nicht an, schien den Tumult um sie herum nicht wahrzunehmen.

»Warum?«, fragte ich. »Warum, Frau Traber?«

Ihre steinerne Miene veränderte sich nicht.

»Warum hat er es getan? Sie müssen es mir sagen. Ich weiß, dass Sie es wissen. Was war der Grund?«

Anita Traber saß auf einem alten, irgendwann von Hand neu lackierten Küchenstuhl neben dem Kinderbettchen, hinter ihr ein stahlblitzendes Gestell, an dem noch ein Kunststoffbeutel mit einer klaren Flüssigkeit hing, und wirkte wie eine Wachsfigur ihrer selbst, eine nachlässig angefertigte Kopie, in die irgendein Witzbold Glasaugen eingebaut hatte, die von kleinen Elektromotoren manchmal ein klein wenig bewegt wurden, willkürlich und ganz und gar sinnlos.

Ich telefonierte nach dem Notarzt, der eigentlich längst auf dem Weg sein sollte, da blieben die Glasaugen plötzlich stehen. Ich beendete das Gespräch mitten im Satz, ließ das Handy sinken.

»Dieser Depp!«, hörte ich sie murmeln. »Dieser Blödian mit seiner ewigen Eifersucht!«

»Eifersucht?«, fragte ich, während mir innerhalb von Sekundenbruchteilen alles klar wurde.

Jetzt brachen die Dämme, die ihre Tränen bisher zurückgehalten hatten. Weil sonst niemand da war, der es hätte tun können, ging ich neben ihr in die Hocke, nahm sie vorsichtig in den Arm – was sie widerstandslos geschehen ließ –, wiegte sie wie ein Kind sacht hin und her. Erst nach vielen Minuten beruhigte sie sich wieder. Öffnete endlich den Mund, sagte fast unhörbar leise: »Hätte ich ihm bloß nie davon erzählt. Hätte ich es doch einfach für mich behalten, ich dumme Kuh.« Sie schloss die tränennassen Augen. Riss sie wieder auf. »Aber nein, hab ich gedacht, man muss ehrlich sein, wenn man verheiratet ist, man darf keine Geheimnisse voreinander haben. Ich bin schuld. Ich allein. Ich hab alles ausgelöst, die ganze Katastrophe, ich bin schuld.«

»Unsinn«, sagte ich sanft. »Reden Sie sich doch so was nicht ein. Es geht um Ihre Beziehung zu Juli während Ihrer Zeit in Berlin, richtig?«

Sie nickte. Weinte wieder stärker.

»Sie haben ihm erzählt, dass es eine Weile mehr war als nur Freundschaft.«

Es war so sonnenklar. Es hatte die ganze Zeit offen und einfach vor mir gelegen. Aber ich Idiot hatte nicht hingesehen. In alle möglichen Richtungen hatte ich gedacht, nur in diese eine nicht. Wenn hier jemand Schuld auf sich geladen hatte, dann ich.

»Und deshalb war er eifersüchtig«, fuhr ich fort. »Auf Juli.«

Sie nickte verzagt. »Wie verrückt. Er ist in der Nacht heimgeradelt. Auf der Station hat er gesagt, er will was holen. In Wirklichkeit wollte er ausspionieren, was Juli und ich treiben. Und da hat er uns gesehen. Auf dem Gehweg. Wie wir uns umarmt haben. Und geküsst.«

Ich schwieg, musste die entsetzliche Wahrheit erst einmal verdauen. Eine Wahrheit, so schlimm und grausam, dass sie natürlich unverdaulich war.

»Wir werden ihn finden«, sagte ich leise und ruhig. »Wir suchen nach ihm mit allem, was wir haben. Ich bringe Ihnen Ihr Mäxchen zurück, das verspreche ich.«

Ihr Nicken war so teilnahmslos, als hätte ich vom Wetter am vergangenen Sonntag gesprochen. Ich nahm meinen Arm von ihrer Schulter, setzte mich wieder auf mein Stühlchen.

»Vielleicht können Sie mir sogar ein wenig dabei helfen?«

»Dieser Idiot!«, stieß sie erneut hervor, jetzt mit festerer Stimme, voller Wut, mit einem Mal. »Dieser Depp mit seiner blödsinnigen Eifersucht!«

»Er hat gedacht, Sie wärmen Ihre alte Beziehung wieder auf?«

»Klar hat er das gedacht. Und dann ist er ihr nach, dieser Wahnsinnige, und ...«

»Wann haben Sie es erfahren?«

»In der Nacht noch. Er ist vielleicht eine halbe Stunde nach mir heimgekommen, käseweiß im Gesicht, die Brille kaputt, und hat es mir gesagt. Er wollte es nicht, hat er behauptet, und wahrscheinlich stimmt das sogar. Angeblich war's ein Unfall. Aber wenn er vor Gericht gemusst hätte, und der Richter hätte anders entschieden, was hätte dann aus uns werden sollen? Ich musste doch zu ihm halten, auch wenn er ein noch so großer Idiot ist. Er ist mein Mann. Er ist der Vater meiner Kinder.«

Bei den letzten Worten war sie heftig geworden und laut. Nun verstummte sie, senkte den Blick demütig, spielte mit ihren Fingern, die in ihrem Schoß lagen.

»Wir haben so viele Sorgen, seit Mäxchen krank ist«, fuhr sie leiser fort. »Bis vor einem halben Jahr konnt ich noch hin und wieder was dazuverdienen mit meinen Übersetzungen. Aber seit Mäxchen so krank ist, geht das auch nicht mehr. Jetzt fehlt das Geld hinten und vorne. Marco hat sich eingebildet, ich will ihn verlassen und mich mit der reichen

Juli zusammentun. Weil sie Geld hat und er nicht. Schon als ich ihm sagte, ich will sie treffen, ist er fast durchgedreht. Er ist überhaupt nicht damit klargekommen, dass da mal was zwischen uns war.«

»Haben Sie das Treffen deshalb abgesagt?«

»Dabei war's doch bloß eine kleine Liebelei. Ein aufregendes neues Spiel, eine lustige Bettgeschichte. Aber das wollt er mir nicht glauben. Jedes Mal ist er in die Luft gegangen, wenn er bloß ihren Namen gehört hat. Deshalb wollt ich sie erst nicht treffen, stimmt. Aber wie Juli auf einmal dasteht, und Mäxchen hat so friedlich geschlafen, und ich brauch doch auch mal ein bisschen Luft zum Atmen. Ich bin doch auch ein Mensch, der mal gestreichelt werden will. Der es mal lustig haben will, Herrgott! Wie konnt ich denn ahnen, dass er mir nachspioniert? Dass er so durchdreht?«

»Woher wusste er überhaupt, dass Sie Ihre Freundin dann doch noch getroffen haben?«

»Zufall. Er hat hier angerufen wegen irgendwas. Vielleicht hat er auch einen Verdacht gehabt, was weiß ich. Und von Chris hat er erfahren, dass ich weggegangen bin. Mit einer Frau.«

Sie verstummte. Blickte immer noch auf ihre Hände, die ein Eigenleben zu führen schienen. Und schämte sich vermutlich, weil sie mich noch gestern belogen hatte, um ihren Mann zu decken.

»Und wie er dann gesehen hat, wie Juli und ich … Weil wir uns doch so gefreut haben, beide. Weil wir so glücklich gewesen sind, und, ja, ein bisschen ist es dann auch gewesen wie früher. So eine Vertrautheit auf einmal wieder. So ein Gefühl. Gott im Himmel, war ich aufgeregt. So froh, so unsagbar froh, und da ist es halt wieder aus mir herausgebrochen, das Gefühl von damals. So ganz vorbei ist so was vielleicht nie. Aber es ist doch ganz harmlos gewesen und auch nur für ein paar Sekunden. Ich hätte doch nie im

Leben … Und ausgerechnet er musste es sehen, dieser Idiot und …« Sie sank noch mehr in sich zusammen. »Es ist so ungerecht. So, so ungerecht ist das alles.«

Lange schwiegen wir. Es gibt Situationen im Leben, in denen man nur noch schweigen kann.

Ruckartig hob sie den Kopf. Mit trockenen Augen und wieder klarem Blick.

»Wenn Sie ihn kriegen, was geschieht dann? Muss er ins Gefängnis?«

»Für die Sache mit Frau Lembke wird er bestraft werden, das ist klar. Das war mindestens fahrlässige Tötung und unterlassene Hilfeleistung. Aber wahrscheinlich bekommt er Bewährung. Der Richter wird ihm glauben, dass es keine Absicht war. Es war eine Riesendummheit, aber Absicht war es nicht.«

»Und Mäxchen?«, flüsterte sie. »Wenn ihm jetzt was passiert?«

»Wenn er keinen dauerhaften Schaden nimmt, dann geschieht gar nichts. Ihr Mann hat mit seinem Sohn eine kleine Spazierfahrt gemacht. Das kann ihm kein Richter der Welt verübeln. Sonst …« Ich hob die Achseln. Alles in mir sträubte sich gegen die Vorstellung, der Vater könnte in seiner Panik, zerrissen von Selbstvorwürfen und Angst, auch noch sein Kind töten.

Plötzlich sprang Anita Traber auf mit einem Blick, als hätte sie in einen anderen Betriebsmodus geschaltet, lief die Treppen hinab. Ich folgte ihr, betrat nach ihr die Küche, wo sie eilig eine Flasche Orangensaft aus dem Kühlschrank nahm, sich ein großes Glas vollschenkte, ohne etwas zu verschütten.

»Möchten Sie auch?«, fragte sie, ohne mich anzusehen.

Der Saft, den sie vor mich hinstellte, war herrlich kalt.

»Wie lange hält der Junge durch?«, fragte ich, als wir am Tisch saßen.

»Eine Weile geht es schon. Dann wird er Schmerzen kriegen. Aber vielleicht … vielleicht hat Marco ja die Medikamente mitgenommen?«

Wieder rannte sie davon, so überstürzt, dass sie über ein am Boden liegendes Waveboard stolperte und um ein Haar der Länge nach hingeschlagen wäre. Sekunden später war sie schon wieder da.

»Gar nichts hat er mitgenommen, dieser Wahnsinnige. Nicht mal Windeln. Aber ein paar Stunden wird's trotzdem gehen. Dann wird er anfangen zu weinen, und später wird er schreien. Von den Schmerzen. Außerdem braucht er seine Nährlösung. Sonst verhungert er. Schlucken kann er ja kaum noch.«

»Hat Ihr Mann ein Handy dabei?«

»Das weiß ich nicht. Er hat es ja sowieso meistens aus. Im Dienst darf er nicht …«

Eilige Schritte im Flur. Balke stürzte herein. Fiebriger Blick. Schweiß auf der Stirn.

Dann der erlösende Satz: »Wir haben ihn.«

30

Balke hatte in seiner Aufregung ein wenig übertrieben, stellte ich fest, als wir vor dem Haus standen. Marco Traber hatte um sechzehn Uhr vierunddreißig getankt. An einer Tankstelle in der Nähe der Autobahnausfahrt St. Ingbert-West. Weiter war bisher nichts bekannt. Aber es war immerhin eine erste Spur.

Das Publikum hatte inzwischen das Interesse verloren. Viele der Schaulustigen waren vermutlich gerade dabei, ihre gelungensten Schnappschüsse und spannendsten Filmchen der interessierten Öffentlichkeit zugänglich zu machen.

Um Mäxchens Mutter kümmerte sich jetzt ein Arzt.

»Er fährt nach Westen«, sagte Balke aufgekratzt. »Ihre Idee war goldrichtig, Chef – es zieht ihn nach Hause.«

»Er ist vor einer Stunde nach Westen gefahren«, widersprach ich kraftlos. »Das heißt nicht, dass er es immer noch tut. Vielleicht will er auch nach Frankreich oder nach Luxemburg. Vielleicht wollte er nur eine falsche Fährte legen.«

Legte jemand in Trabers Zustand noch falsche Fährten? Machte er sich noch so komplizierte Gedanken?

Die nächste Meldung brachte wieder einer der Kollegen in Uniform – Trabers VW-Bus stand zurzeit auf einem Autobahnrastplatz an der A6 in der Nähe seiner Heimatstadt. Seit wann, wusste niemand. Eine Streife der Autobahnpolizei hatte ihn erst vor wenigen Minuten entdeckt. Traber selbst saß regungslos am Steuer. Wie es seinem Söhnchen ging, war natürlich unbekannt.

»Sie wissen auch nicht, ob er sie schon gesehen hat«, fügte der Kollege hinzu. »Vielleicht schläft er. Vielleicht hat er sich das Leben genommen, keiner weiß im Moment irgendwas Genaues.«

Ohne lange zu überlegen, entschied ich: »Sie sollen ihn in Ruhe lassen. Nicht, dass er noch irgendwelchen Blödsinn anstellt. Wir sind unterwegs, sagen Sie das den Kollegen vor Ort. Kontakt halten wir über Funk oder Handy.«

Ich lief noch einmal ins Haus, fand Frau Traber auf der Couch im Wohnzimmer liegend. Neben ihr eine mütterlich dreinblickende Ärztin, die ihre Hand hielt.

»Kurze Frage«, keuchte ich. »Besitzt Ihr Mann eine Waffe?«

Mattes Kopfschütteln.

Sekunden später warf ich mich auf den Beifahrersitz des BMW, in dem wir vor einer gefühlten Ewigkeit hergekommen waren.

Balke hatte den Motor schon angelassen.

Mein Handy begann zu trillern, als wir noch keine fünfzig Meter weit gefahren waren.

Traber hatte sich bisher nicht bewegt, berichtete mir ein müde klingender Kollege. Die Raststätte hieß Goldene Bremm Nord und lag wenige Kilometer südlich von Saarbrücken.

»Hätte er zu seiner Mutter gewollt, dann hätte er auf die A 620 abbiegen müssen«, erklärte der Kollege in vorwurfsvollem Ton.

»Wir brauchen eine gute Stunde«, behauptete ich. »Falls sich was tut, irgendwas, geben Sie unbedingt sofort Bescheid.«

»Da tut sich nix«, brummte er. »Was ist das überhaupt für ein Spinner? Er hat ein kleines Kind dabei, stimmt das?«

Ich bejahte.

»Und was will er damit?«

»Ich werde ihn fragen, sobald ich da bin. Bis dahin lassen Sie ihn bitte in Frieden. Der Mann ist wahrscheinlich völlig am Ende und außerdem unberechenbar. Nur beobachten und Bescheid geben, wenn sich was bewegt.«

Wir erreichten die Autobahn, Balke trat das Gaspedal durch. Ich telefonierte weiter, beorderte einen Notarztwagen zu der Autobahnrastanlage, wo Traber stand. »Aber bitte unbedingt beachten: kein Blaulicht, kein Signalhorn!«, schärfte ich der Kollegin im Polizeipräsidium Saarbrücken ein, die einen erfreulich aufgeweckten Eindruck machte. »Außerdem wäre Verstärkung nicht schlecht. Drei, vier Leute sollten reichen. Aber alles verdeckt. Unser Mann darf nichts davon mitkriegen.«

»Ist verstanden«, erwiderte die Frau. »Ich hab den Parkplatz auf dem Schirm, und seine genaue Position hab ich auch. Wenn ich direkt hinter die Einfahrt einen Lastzug stelle, dann kann er nicht mehr sehen, was auf der Autobahn daherkommt.«

»Genial«, fand ich das. Schon unter normalen Umständen ist es angenehm, mit Menschen zu tun zu haben, die mitdenken, eigene Ideen entwickeln, Initiative zeigen. In solchen Katastrophenszenarien ist es ein Geschenk des Himmels.

»Einen Löschzug schick ich für alle Fälle auch mal gleich raus«, fuhr sie fort. »Er soll ein Kind dabeihaben, stimmt das?«

»Einen kleinen Jungen, ja.«

»So eine Arschgeige!«, meinte die Frau empört. »Was es für Menschen gibt …«

Wir näherten uns Mannheim, siebzehn Uhr vorbei, Berufsverkehr. Das Martinshorn jaulte ohne Unterbrechung, auf dem Dach unseres Wagens zuckte das Blaulicht, und dennoch kamen wir nicht gut voran. Erst hinter Frankenthal wurde es besser. Am Horizont vor uns glühten die Pfälzer Berge im letzten Sonnenlicht. Bald waren wir auf der Autobahn nach Saarbrücken. Balke, mit verbissener Miene, fuhr jetzt die meiste Zeit mit durchgedrücktem Gaspedal auf der linken Spur, die vom Navi angezeigte Entfernung schien dennoch kaum abzunehmen.

Bei Saarbrücken war die Situation unverändert, erfuhr ich.

Ich hatte feuchte Hände, Schweißperlen auf der Stirn, und hoffte, hoffte, dass Traber nichts Unüberlegtes tat, was er zurzeit ja unentwegt tat, dass wenigstens Mäxchen nichts zustieß, dass alles irgendwie und möglichst bald zu einem guten Ende kam.

Wieder das Handy.

»Er fährt«, berichtete der mürrische Kollege von vorhin in einem Ton, als hätte ich diesen Umstand persönlich angeordnet. »Was machen wir jetzt? Eigentlich haben wir nämlich schon Feier...«

»Dranbleiben. Auf Abstand und mit wechselnden Zivilfahrzeugen.«

»Sie sind vielleicht lustig! Außer uns ist ja keiner da. Und wir sitzen in einem total auffälligen blau-weißen Opel mit Blaulicht auf dem Dach.«

»Dann fragen Sie, wo die Kripo bleibt, verdammt noch mal! Und halten Sie in Gottes Namen Abstand, so gut Sie können, ohne ihn zu verlieren. Ich denke, in seiner Verfassung wird er nicht allzu oft in den Rückspiegel gucken.«

Das Martinshorn jaulte und jaulte. Der Tacho zeigte knapp zweihundertzehn. Balke musste scharf bremsen, scheuchte mit der Lichthupe einen auf der linken Spur eingedösten Mercedesfahrer zur Seite, beschleunigte wieder.

»Ah!«, rief der Kollege bei Saarbrücken schadenfroh. »Jetzt haben wir den Salat. Er fährt über die Grenze ... Jetzt ist er in Frankreich.«

»Bleiben Sie trotzdem dran. Alarmieren Sie die Franzosen, falls das nicht schon geschehen ist.«

Im Hintergrund war jetzt eine zweite Männerstimme zu hören. Es klang nach Funkgespräch.

»Die Kripo kommt uns nach«, wurde ich aufgeklärt. »Wir sind jetzt auch schon auf der französischen Seite. Jetzt ist ... Was macht er denn jetzt wieder? Er fährt runter auf die N 3. Was will er denn da?«

»Finden Sie es raus, Herrgott!«

»Da vorne kommen die Franzosen. Vier Renault-Busse mit Signallicht und Sirene. Anscheinend haben die irgendwas falsch … Sie blockieren die ganze Straße! Die Flics steigen aus! Sie ziehen die Waffen! Die werden doch nicht … Schießen sie jetzt etwa? Er hat angehalten … wendet … kommt uns entgegen. Jetzt hat er uns gesehen. Jetzt haben wir noch mehr Salat! So ein Bockmist, jetzt hat er uns gesehen.«

»Wie reagiert er? Wie guckt er?«

»Er guckt überhaupt nicht. Er ist schon vorbei.«

Traber kümmerte sich nicht um den deutschen Streifenwagen am Rand der französischen Nationalstraße 3, sondern fuhr zurück auf die Autobahn. Kurz darauf war er schon wieder in Deutschland und hatte drei Zweierteams der Kripo Saarbrücken hinter sich. Nun konnte er uns nach menschlichem Ermessen nicht mehr verloren gehen.

Traber, inzwischen wieder auf der A 6, fuhr jetzt in Richtung Osten, kam uns entgegen. Wollte er zurück nach Heidelberg? Nach Hause? Zu seiner Frau? Wollte er aufgeben?

Ab jetzt ging alles besser. Die Kollegen aus Saarbrücken wechselten sich ab, rückten auf, ließen sich zurückfallen. Traber konnte unmöglich bemerken, dass er weiter unter Beobachtung stand. Aber vermutlich wäre ihm dies im Moment auch völlig gleichgültig gewesen.

»Er ist noch ungefähr zwanzig Kilometer vor uns«, sagte Balke, der alles Wesentliche mitgehört hatte. »Schlage vor, wir lassen ihn vorbei und hängen uns dann ebenfalls dran.«

Zehn Minuten später war es so weit. Balke hatte irgendwo mit quietschenden Reifen die Autobahn verlassen, um auf die Gegenfahrbahn zu wechseln, war einige Kilometer mit Höchstgeschwindigkeit gefahren, und dann sah ich ihn zum ersten Mal, den bunt und liebevoll bemalten Kleinbus, in dem Marco Traber saß und offensichtlich keinen Plan hatte, der weiter als fünf Minuten oder zehn Kilometer reichte.

Balke ging vom Gas, ließ zwei Kollegen in einem dunklen Volvo Kombi überholen, die uns kurz zuwinkten. Die anderen Fahrzeuge aus Saarbrücken lagen weit zurück, für Traber außer Sicht. An der nächsten Ausfahrt verließ der Volvo die Autobahn, und ein silberfarbener Mercedes übernahm seine Position. Traber wechselte ständig die Geschwindigkeit, vielleicht aus Taktik, vielleicht aus Ratlosigkeit. Streckenweise fuhr er hundertzehn, hundertzwanzig, dann wieder siebzig. Vor allem wenn er langsam fuhr, wurde es für uns Verfolger schwierig, nicht aufzufallen, und wir mussten so weit zurückbleiben, dass wir den Wagen manchmal für eine halbe Minute aus den Augen verloren.

Wir näherten uns der Ausfahrt Pirmasens. Zurzeit bildeten Balke und ich in unserem zimtbraunen BMW die Spitze der Eskorte. Balke gab ein wenig mehr Gas, um näher an Traber heranzukommen, und tatsächlich – bald setzte dieser den Blinker, bog auf die Bundesstraße ab, die quer durch die Pfälzer Berge nach Landau führte. Hier wurde es wieder schwieriger für uns. Ständig gab es auf der unübersichtlichen, kurvigen Strecke Abzweigungen, in denen Traber urplötzlich verschwinden konnte, Ortschaften, wo der Verkehr dichter war. Aber alles ging gut, bei Landau fuhren wir nach und nach alle wieder auf die Autobahn, in Richtung Norden, in Richtung Heimat. Die Kollegen aus Saarbrücken hatten sich vor einer Viertelstunde per Funk verabschiedet, nachdem zwei Teams aus meiner Truppe sie abgelöst hatten.

Vermutlich wusste Traber inzwischen, dass er nicht allein war. Vielleicht fuhr er nur noch weiter, um uns noch ein wenig zum Narren halten. Oder weil ihm einfach nichts Besseres einfiel. Irgendwann in den vergangenen Minuten hatte es ein wenig zu regnen begonnen. Unsere Scheibenwischer quietschten rhythmisch.

Ausfahrt um Ausfahrt blieb zurück. Edenkoben, Neustadt, Haßloch. Der Regen wurde stärker, ließ wieder nach. Traber fuhr jetzt halbwegs konstante achtzig Stundenkilometer, und ständig beschwerten sich Lkws per Lichthupe bei uns über die Verkehrsbehinderung. Das Autobahnkreuz Mutterstadt wurde angekündigt. Ich bat Balke, die Fahrzeuge vor uns zu überholen und sich direkt hinter Traber zu setzen. Am Autobahnkreuz schlug dieser im letzten Moment einen Haken, bog ab, ohne zu blinken, und Sekunden später waren wir auf der A 61 unterwegs, weiter in Richtung Norden.

»Er will nach Hause«, meinte Balke. »Er gibt auf.«

Am Kreuz Ludwigshafen, nur wenige Minuten später, fuhr Traber jedoch weiter geradeaus, obwohl er allmählich hätte abbiegen müssen, wenn er wirklich nach Heidelberg wollte. Er gab sogar plötzlich wieder Gas, beschleunigte bis zur Höchstgeschwindigkeit des VW-Busses, die bei hundertfünfundzwanzig zu liegen schien. Zudem begann er abwechselnd links und rechts zu überholen, manchmal sogar über den Standstreifen, obwohl es keine Notwendigkeit dafür gab, weil die linke Spur meist frei war. Der Regen hatte inzwischen aufgehört, aber die Fahrbahn war nass. Und vermutlich rutschig.

Balke und ich folgten mit allmählich größer werdendem Abstand, schwiegen, dachten vermutlich beide dasselbe: Hoffentlich suchte Marco Traber nicht gerade einen Brückenpfeiler oder einen auf dem Standstreifen stehenden Lkw, um seiner Irrfahrt ein spektakuläres Ende zu setzen. Offensichtlich war er aber auch nicht mehr imstande geradeaus zu fahren. Einmal kam er links, dann wieder rechts von der Spur ab. Balke ließ sich noch weiter zurückfallen, ohne dass ich ihn darum bitten musste. Rechts tauchte im letzten Licht der Abenddämmerung ein beleuchteter Parkplatz voller Lkws auf, blieb zurück, ohne dass etwas geschah. Alles ging gut, keine Brücke, kein schweres Hindernis auf dem Standstreifen. Der VW-Bus wurde langsamer. Beschleunigte erneut. Wurde wieder langsamer.

»Der Typ geht mir so auf den Sack«, brummte Balke.

Dann schon das nächste Autobahnkreuz: Frankenthal. Spätestens hier sollte Traber nun in Richtung Osten abbiegen. Und tatsächlich setzte er vorschriftsmäßig den Blinker, wechselte auf die Abbiegerspur, fuhr dann jedoch geradeaus, als wollte er doch weiter nach Norden fahren. Oder wieder nach Westen? Zurück nach Frankreich?

Er nervte wirklich.

»Hoffentlich geht ihm bald der Sprit aus, damit dieser Schwachsinn ein Ende hat.« Balke stöhnte und schlug aufs Lenkrad.

Nach einer Zweihundertsiebzig-Grad-Kehre unterquerten wir die Autobahn, die wir soeben verlassen hatten, und noch einmal bog Traber ab.

»Fahren wir also Karussell«, kommentierte Balke gallig. »Der Spinner hat echt keinen Plan.«

»Da bin ich mir im Moment nicht so sicher«, sagte ich leise. Traber schien plötzlich wieder ein Ziel zu haben.

Sekunden später waren wir wieder auf der A61, jetzt in Richtung Süden unterwegs. Traber beschleunigte. Wurde bald darauf wieder langsamer. Der westliche Teil des Parkplatzes kam in Sicht, den wir vor einigen Minuten auf der Gegenspur passiert hatten. Auch dieser hell erleuchtet und schon voller Lkws. Inzwischen war sieben Uhr vorbei, in wenigen Minuten würde es Nacht sein.

Wieder das Kreuz Ludwigshafen. Und wieder wurde ein Rastplatz angekündigt. Traber wurde langsamer.

Bremslichter leuchteten auf.

Er bog ab.

»Wir bleiben auf Abstand«, befahl ich. »Halten Sie auf dem Standstreifen. Möglichst so, dass er uns nicht sehen kann.«

Hinter uns stoppten nach und nach die Fahrzeuge der

Kollegen. Ich stieg aus, gab den anderen ein Zeichen zu bleiben, wo sie waren, lief an der Leitplanke entlang nach vorne, um zu sehen, wie es auf dem Parkplatz aussah. Dieser war unbeleuchtet, bestand eigentlich nur aus einem vielleicht zweihundert Meter langen Stück Straße, an der rechts und links Fahrzeuge standen. Auch hier Lkws, vier, fünf Stück zählte ich, dazu zwei Lieferwagen, alle ohne Licht ... Kein VW-Bus. Gab es hier vielleicht eine Behelfsausfahrt? Oder sollte Traber etwa ...? Aber nein, jetzt sah ich ihn wieder, wie verloren stand er zwischen zwei riesigen Sattelzügen. Hinter mir hörte ich leises Bremsenquietschen. Ein Krankenwagen bildete jetzt auf dem Standstreifen mit eingeschalteter Warnblinkanlage das Ende der Kolonne. Noch immer stand ich am Rand der Einfahrt zum Parkplatz. Ein scharfer, kühler Wind ging, roch nach frisch gepflügter Erde, nach Fruchtbarkeit, nach Leben.

Regelmäßig donnerten schwere Lkws in meinem Rücken vorbei und brachten meine Haare und Hosenbeine zum Flattern. Inzwischen war der Himmel stockdunkel geworden. Plötzlich stand Balke neben mir, die Hände in den Taschen seiner rehbraunen Lederjacke.

»Und?«, fragte er knurrig. »Kommen wir an ihn ran? Können wir ihn unschädlich machen, ohne das Kind zu gefährden?«

Auch Vangelis gesellte sich zu uns, begutachtete die Situation mit kritischem Blick, schüttelte fast unmerklich den Kopf mit den schwarzen Locken.

»Ich versuche, mit ihm zu reden«, erklärte ich und wollte losmarschieren, zögerte dann aber.

Die Entfernung zu Traber betrug gute fünfzig Meter.

Mir war kalt.

Und ein wenig übel.

Was, wenn er doch bewaffnet war? Was, wenn er in seinem verwirrten Kopf gerade irgendeinen Plan ausbrütete, wie er möglichst viele Menschen mit in den Tod reißen konnte?

Ein Handy hinter mir. Nicht Balkes, dessen Ton kannte ich.

»Mist«, hörte ich Vangelis mit gepresster Stimme sagen.

Ich wandte mich um.

Traber hatte an der Tankstelle bei St. Ingbert einen Reservekanister erstanden.

»Sie haben es gerade erst auf dem Video der Überwachungskamera gesehen.«

Und er hatte ihn bis zum Rand mit Benzin gefüllt.

Für lange Sekunden waren wieder nur das Rauschen des unaufhörlichen Verkehrs und der Wind im Geäst der großen Bäume zu hören, die den Parkplatz umsäumten.

»Mist«, sagte nun auch ich. »Ich versuche es trotzdem.«

Zügig ging ich los.

Als ich noch zwanzig Meter von Traber entfernt war, blieb ich stehen und hob die Hände in Schulterhöhe.

Er musste mich längst im Rückspiegel gesehen haben.

Aber nichts geschah.

Zögernd, Schritt für Schritt ging ich weiter.

Noch zehn Meter.

Noch fünf.

Jetzt endlich sah ich ihn, im huschenden Scheinwerferlicht vorbeifahrender Wagen. Ein markantes Männergesicht, eine Schulter, die vielleicht in einer Jeansjacke steckte. Die neue Brille, nicht diejenige, die er in der Tatnacht getragen hatte. Er bewegte sich nicht, wendete nicht den Kopf, blickte stur geradeaus.

31

Auf Höhe der hinteren Stoßstange von Trabers VW-Bus blieb ich erneut stehen. Noch immer bewegte sich nichts im Wagen. Der Wind machte hin und wieder Geräusche an irgendeiner Kante der Karosserie. Oder wimmerte da ein Kind? Langsam, sehr langsam jetzt, ging ich zwei, drei Schritte weiter, klopfte schließlich vorsichtig gegen das Fenster der Fahrertür.

»Herr Traber, mein Name ist Gerlach. Ich bin unbewaffnet. Möchte nur mit Ihnen reden.«

Traber legte keinen Wert auf Konversation.

Er reagierte auf keine Ansprache, auf kein Winken, auf kein Bitten oder Betteln. Er saß einfach nur da, vollkommen regungslos, und starrte auf das Lenkrad oder etwas anderes, das nur er sehen konnte.

Jetzt war ich mir sicher, dass es nicht der Wind war, den ich hörte, sondern sein kleiner Sohn.

»Herr Traber«, versuchte ich erneut mein Glück. »Reden Sie mit mir, bitte! Ich will Ihnen nichts Böses.«

Kein Zwinkern, kein Zucken.

»Vor allem will ich, dass Mäxchen nichts passiert. Das wollen Sie doch auch nicht, oder?«

Nichts.

»Sie können fahren, wohin Sie wollen, wenn Sie mir nur vorher das Kind geben.«

Weniger als nichts. Man hätte glauben können, der Mann hinter dem Lenkrad sei schon tot.

»Ich weiß, dass Sie die Frau nicht töten wollten. Sie waren aufgeregt. Sie waren wütend. Es war ein Unfall, weiter nichts. Ich weiß es.«

Keine Reaktion. Kein Blick.

»Ihre Frau macht sich Sorgen um Sie und natürlich um Mäxchen.«

Allmählich gingen mir die Argumente aus. Und ich spürte Ärger in mir aufsteigen. Ärger, der rasch größer wurde.

»Machen Sie es doch nicht schlimmer, als es ist. Vielleicht findet sich für Mäxchen ja doch noch eine Lösung.«

Ich musste weitersprechen. Ich musste einfach.

»Noch kann alles gut werden. Wenn Sie nur mit mir reden.«

Schweigen. Nur das Wimmern des todkranken Jungen war zu hören.

Mir wurde mit jeder Sekunde kälter. Ich schlang die Arme um meine Brust, um mich, so gut es ging, warm zu halten. Ich trat näher an die Fahrertür heran, bis ich in den Wagen blicken konnte.

Wenn es hier nur nicht so verflucht dunkel wäre!

»Herr Traber, bitte!«, rief ich, nun schon unverhohlen wütend. »Sagen Sie irgendwas! Zeigen Sie mir wenigstens, dass Sie mich hören!«

Die Augen schienen offen zu sein. Hin und wieder blinzelte er. Mäxchen lag, in Decken gewickelt, auf dem Beifahrersitz und war jetzt ruhig. Vielleicht schlief er. Hoffentlich.

Noch einmal klopfte ich ans Fenster, fester dieses Mal, fordernder.

»Stellen Sie sich nicht so an! Sie sind doch kein Kind mehr! Man kann doch über alles reden!«

Jetzt entdeckte ich den Reservekanister voller Benzin, der vor dem Beifahrersitz im Fußraum stand. Unberührt und verschlossen.

Ich versuchte, die Tür zu öffnen, aber sie war von innen verriegelt.

Also klopfte ich weiter gegen die Scheibe. Jetzt mit der Faust. »Jetzt machen Sie schon die verdammte Tür auf!«

Nein, das war definitiv der falsche Ton gewesen. Das exakte Gegenteil von Deeskalation war das. Aber – es wirkte.

Endlich kam Bewegung in den Mann.

Das Fenster surrte herunter.

Er sah mich an mit dem Blick eines Menschen, dem längst nichts mehr am Leben liegt.

»Ich hab Mäxchen umgebracht«, sagte Marco Traber so leise und tonlos, dass ich mich halb in den Wagen beugen musste, um ihn zu verstehen. »Ich hab's verbockt. Alles hab ich verbockt. Jetzt ist doch eh alles egal. Scheißegal ist alles.«

Bevor ich etwas erwidern konnte, ließ er den Motor an und fuhr mit kurz aufjaulenden Reifen an. Ich sprang zur Seite, damit er mir nicht über die Füße fuhr. Der VW-Bus wurde rasch schneller, zweiter Gang, dritter, war schon an der Ausfahrt, bremste plötzlich wieder. Stoppte auf dem Beschleunigungsstreifen. Ohne Licht, ohne Warnblinkleuchten.

Über mir hörte ich einen Hubschrauber knattern, erst nur leise, aber rasch lauter werdend. Kalter Schweiß rann meinen Rücken herab. Ich lief einige Meter zurück, winkte Balke heran. Er schaltete die Scheinwerfer ein, fuhr zu mir. Ich sank ins Warme.

»Stellen Sie sich hinter ihn, und machen Sie Warnblinker und Blaulicht an!«

»Adler drei ruft Perkeo fünfzehn«, tönte es aus dem Funkgerät. »Was ist denn los bei euch da unten?«

»Fragt nicht«, antwortete ich. »Bleibt bitte über uns und ... He, was macht er denn jetzt?«

Noch bevor unser Wagen hinter dem Bus zum Stehen kam, schwang vorne die Fahrertür auf.

»Er steigt aus«, kommentierte der Kollege zwanzig Meter über mir sachlich. »Sollen wir Licht anmachen?«

Nun wurde es taghell um uns herum. Im grellen Licht eines starken Suchscheinwerfers beobachtete ich, wie Traber aus dem Wagen stieg, ein kariertes Bündel im Arm. Im Laufschritt überquerte er die zum Glück gerade freien Fahrbahnen, flankte über die Leitplanke, erreichte unversehrt den Beschleunigungsstreifen des gegenüberliegenden Parkplatzes und verschwand kurz darauf im Gebüsch.

»Jetzt wird er gleich merken, dass da ein Zaun ist«, meinte Balke mit grimmiger Befriedigung, »dieser Vollpfosten, dieser Hirni, dieser …«

»Wir sind an ihm dran«, sagte der Kollege im Hubschrauber ruhig. »Uns kommt er nicht aus, keine Angst.«

Das Scheinwerferlicht geisterte jetzt östlich der Autobahn herum, verharrte bald wieder.

»Sie fahren weiter bis zur nächsten Ausfahrt«, wies ich Balke an. »Dort wenden Sie und kommen zurück.«

»Und Sie?«, hörte ich ihn noch fragen, aber da war ich schon draußen, warf die Beifahrertür zu.

Während der BMW mit aufheulendem Motor davonraste, wartete ich eine Lücke im Verkehr ab, der zum Glück nachgelassen hatte, spurtete los. Auch ich erreichte das rettende Ufer, ohne von einem Lkw überrollt zu werden.

Der Lichtkegel des Hubschraubers markierte mein Ziel, der Sturm, den die blinkende Höllenmaschine am nachtschwarzen Himmel verursachte, wirbelte meine Haare durcheinander, stäubte Tropfen vom nassen Laub, zerrte an meinem Mantel, riss mich mehr als einmal fast von den Beinen.

Ohne Rücksicht auf eventuelle Schäden an meiner Kleidung, auf Kratzer und Schrammen an Händen oder Gesicht zwängte ich mich durch feuchtes, struppiges Gebüsch, lief über nasses Gras, immer auf das Licht zu. Der Hubschrauber ging gnädigerweise ein wenig höher, machte nicht mehr gar so viel Lärm und Wind.

Da war er. Balke hatte richtig vermutet – keine fünf Meter vor mir hockte Traber mit dem Rücken am Wildzaun auf den Fersen, sein Kind an sich gepresst, starrte mir mit dem Blick eines in die Enge getriebenen Tiers entgegen, das noch nicht weiß, ob es in der nächsten Sekunde angreifen oder sein Heil in der Flucht suchen wird.

»Was wollen Sie von mir?«, schrie er gegen den Lärm des Hubschraubers an. »Wieso lassen Sie mich nicht in Ruhe?«

Langsam, mit ruhigen Bewegungen, ging ich näher.

»Ich will Ihnen helfen.« Drei Schritte vor ihm blieb ich stehen. »Ich will, dass nicht noch mehr Unglück geschieht. Und vor allem will ich, dass Mäxchen nichts zustößt.«

Der Pilot des Hubschraubers, offenbar ein kluger Mann, stieg noch höher, der Radau nahm weiter ab, der peitschende Sturm ließ nach.

»Mir kann aber keiner helfen!«, brüllte Traber viel zu laut. »Und dem Jungen auch nicht. Er wird sterben. Weil ich's verbockt hab.«

»Es bringt nichts, wenn Sie sich Vorwürfe machen. Wir sollten nur dafür sorgen, dass nicht noch mehr passiert«, erwiderte ich. Der Mann war in einem Zustand, in dem er klare Ansagen brauchte. In dem jemand ihm seinen Willen leihen und Entscheidungen für ihn treffen musste. »Jetzt stehen Sie auf und geben mir das Kind.«

»Er wird sterben«, wimmerte der Vater, plötzlich am ganzen Körper bebend. »Er stirbt doch sowieso. Warum nicht gleich? Ein paar Stunden noch, dann hat er's geschafft. Dann hat er's endlich hinter sich.«

»Und Sie haben sich dann wirklich einen Mord aufgeladen«, versetzte ich scharf. »Wollen Sie das? Und wenn Mäxchen wirklich sterben muss, dann doch nicht hier, im Dreck, am Rand einer Autobahn und ohne seine Mutter.«

»Wozu soll er denn noch mehr leiden?«, schluchzte Traber, sichtlich am Ende mit seinen Nerven. »Wo doch sowieso alles im Arsch ist? Wo ich doch alles kaputt gemacht hab, ich verdammtes, verdammtes Riesenrindvieh.«

Ich wagte mich noch zwei Schritte näher, hockte mich vor ihn, sodass wir nun auf Augenhöhe miteinander sprachen. Noch immer befanden wir uns im harten, eiskalten Licht des über uns schwebenden Suchscheinwerfers. »Eine

Chance auf Rettung gibt es, solange Ihr Kind lebt«, sagte ich in freundlichem, väterlichem Ton zu dem wimmernden Häufchen Elend vor mir, dem die Tränen jetzt in Strömen übers Gesicht liefen. »Auch wenn diese Chance noch so winzig ist, wollen Sie sie ihm wirklich nehmen? Wenn Sie sich partout umbringen wollen, dann kann ich Sie nicht daran hindern. Aber Ihr Kind muss noch nicht sterben. Nicht heute, nicht morgen, und wer weiß, welche Fortschritte die Medizin in den nächsten Monaten macht.«

»Keine«, keuchte Traber mit einem Blick, als wäre er von einem Rudel blutrünstiger Wölfe eingekreist. »Überhaupt keine Fortschritte macht sie. Sie hat die letzten Jahre genau null Fortschritte gemacht.«

Er hörte mir zu. Er sprach mit mir. Und allmählich, ganz allmählich wurde er ruhiger. Wir waren auf dem richtigen Weg. Bald hatten wir es geschafft. Wie einem kleinen, verstockten Kind erklärte ich ihm, dass man niemals von der Vergangenheit auf die Zukunft schließen durfte. Dass es schon Wunder gegeben hatte, auch und gerade in der Medizin.

Traber hörte mir immer noch zu. Hielt seinen kleinen Sohn so fest an sich gedrückt, dass ich allmählich Sorge hatte, er könnte ihn ersticken, nagte auf seiner spröden Unterlippe, zwinkerte mit nassen Augen ins Nichts. Lauschte auf meine Stimme.

Und plötzlich hielt er eine kleine Pistole in der Rechten und richtete sie gegen meine Stirn.

»Weg!«, bellte er mit irrem Blick. »Hauen Sie ab! Sofort!«

Zögernd richtete ich mich auf, kam auf die Beine, hob die Hände dieses Mal über den Kopf. In seinen Augen flackerte ein Durcheinander aus Irrsinn, Angst, rasender Wut und grenzenloser Hoffnungslosigkeit.

Schritt um Schritt ging ich rückwärts.

Über mir immer noch der Hubschrauber, wo man in diesem Moment vermutlich ebenfalls den Atem anhielt. Hinter mir Motorengeräusche, Bremsen, Türenknallen. Viele Motoren, viele Türen.

»Stopp!«, befahl Traber schrill und erhob sich nun ebenfalls. Wusste plötzlich nicht weiter, weil ihm klar wurde, dass er den Zaun mit dem Kind auf dem Arm nicht übersteigen konnte.

»Hier«, kreischte er und streckte mir das Bündel hin. »Halten Sie ihn kurz, bis ich drüben bin!«

Ich gehorchte, machte einige schnelle Schritte, packte das Kind, ging, stolperte wieder rückwärts.

»Stopp!«

Traber stierte mich aus glasigen Augen an, fuchtelte mit seiner Pistole herum, bei der ich mir nicht sicher war, ob sie echt war oder nur eine Schreckschusswaffe.

»Ich steig jetzt über diesen Scheißzaun, und dann geben Sie mir Mäxchen rüber und sagen diesem Scheißhubschrauber, er soll seinen Scheißscheinwerfer ausmachen und sich verpissen. Sonst passiert was, klar?«

Ich nickte, aber er schien es nicht bemerkt zu haben.

»Verstanden?«, schrie er mit überkippender Stimme. »Ob Sie mich verstanden haben?«

Wieder nickte ich, ging noch weiter auf Abstand. »Überlegen Sie genau, was Sie als Nächstes tun!«, rief ich. »Jetzt, in diesem Moment, machen Sie sich vielleicht schuldig am Tod Ihres Sohns. Wollen Sie das? Wollen Sie das wirklich?«

»Leck mich«, lautete seine Antwort. Mäxchen schien zu schlafen, bewegte nur hin und wieder seine für einen Dreijährigen erschreckend winzigen Hände, als hätte er einen unruhigen Traum. Traber steckte seine Waffe ein, stieg mit der Behändigkeit eines trainierten Sportlers über den etwa anderthalb Meter hohen Zaun, hielt die Pistole schon wieder in der Hand.

»Jetzt geben Sie ihn her«, befahl er und zielte über Kimme und Korn auf meinen Kopf. Der Abstand betrug vielleicht fünf Meter.

Die Wahrscheinlichkeit, dass er mit seinen zitternden Händen traf, war gering.

Andererseits groß genug.

Ich atmete tief ein, wedelte mit der rechten Hand über meinem Kopf, in der Hoffnung, dass jemand dort oben mein Signal verstand. Und die Kollegen im Hubschrauber waren wirklich clevere Burschen, das Licht erlosch keine Sekunde nach meiner Bewegung. Traber, der Zaun, alles um mich herum versank schlagartig in tiefster Dunkelheit. Und natürlich konnte auch er mich nun nicht mehr sehen. Er stieß einen heiseren Schrei aus, in dem Wut und Enttäuschung und sehr viel Trauer mitklangen.

Aber er drückte nicht ab.

Er versuchte nicht einmal, mich zu treffen.

Praktisch blind tastete ich mich zurück in Richtung Straße, schlug dabei ständig Haken.

Immer noch fiel kein Schuss.

Ich erreichte den Wagen, stieg ein, das schlafende Kind im Arm, griff nach dem Mikrofon des Funkgeräts.

»Perkeo fünfzehn für Adler drei.«

»Adler drei hört.«

»Das war super. Ihr habt doch bestimmt eine Infrarotkamera an Bord.«

»Haben wir, logo.«

»Seht ihr ihn?«

»Nein.«

»Wieso nicht? Ihr müsst ihn doch sehen.«

»Weil das Mistding kaputt ist.«

Seit acht Monaten schon, und Geld für die Reparatur war nicht in Sicht. Adler eins und zwei rosteten vermutlich flugunfähig in irgendeinem Hangar in Mannheim vor sich hin. Mir war zum Heulen, und zugleich war ich unsagbar froh, Mäxchen in Sicherheit zu wissen. Ihn bald seiner Mutter wiedergeben zu dürfen, wie ich es versprochen hatte.

»Okay«, sagte ich kraftlos. »Dann guten Heimflug, Kollegen, tausend Dank, ihr habt einen guten Job gemacht.«

Balke startete den Motor.

Anita Traber, längst von mir persönlich informiert, erwartete uns mit Tränen des Glücks und der Verzweiflung in der Haustür. Neben ihr drängelten sich links und rechts Mäxchens Brüder, auch sie jubelnd und gerührt zugleich, als sie mich mit dem bunt karierten Bündel aus dem Wagen steigen sahen.

32

»Was ist denn hier los?«, fragte ich, als ich um Viertel nach zehn todmüde, zerschunden und verdreckt meine Küche betrat. Alle, alle waren sie da, meine ganze kuriose Patchworkfamilie in der für eine solche Vollversammlung viel zu kleinen Küche: Theresa, mein Vater und Michael saßen nebeneinander am Tisch und blickten gebannt auf den Bildschirm eines aufgeklappten Notebooks. Hinter ihnen standen Sarah und Louise, daneben meine Mutter. Niemand nahm Notiz von mir, alle starrten sie auf den kleinen Computer wie eine frühchristliche Gemeinde bei der Erscheinung des Heiligen Geists.

»Ist hier großer Familienrat? Ein neues Computerspiel?«

Niemand reagierte.

»Störe ich? Soll ich vielleicht lieber …«

»Einundsiebzig«, sagte Theresa mit rätselhaftem Lächeln im Gesicht.

Ein unterdrücktes Raunen ging durch den infolge der vielen Anwesenden überheizten und stickigen Raum. Nicht einmal meine Töchter gönnten mir einen Blick, alle starrten mit merkwürdigen, freudig erregten Mienen auf den Monitor. Jetzt entdeckte ich auch Henning, der im Hintergrund am Herd lehnte, mir als Einziger freundlich zunickte, dann aber auch gleich wieder zum Tisch sah.

»Zweiundsiebzig«, sagte Theresa.

»Hallo, Alex«, sagte mein alter Vater immerhin, ohne den Blick zu heben.

»Was wird das hier?«, fragte ich nun ein wenig lauter. »Versteigert ihr irgendwas bei eBay?«

»Dreiundsiebzigfünf«, sagte Theresa.

»Wir haben was gemacht.« Sarah erbarmte sich endlich,

gewährte mir die Gnade ihrer Aufmerksamkeit. »Wegen Mäxchen.«

Nur mit Mühe gelang es mir herauszufinden, was hier ablief. Die Mädchen waren so empört gewesen, als ich ihnen von Mäxchens Schicksal erzählte, den ausgerechnet sein eigener Vater um die letzte Chance auf Rettung gebracht hatte. Zusammen mit Theresa hatten sie im Lauf des Tages diskutiert und beratschlagt, ob sie nicht etwas tun könnten, um dem Kind zu helfen. Michael war es am Ende gewesen, der die Idee hatte, im Internet einen Spendenaufruf zu starten. Mit Hennings fachkundiger Unterstützung hatten sie eine Crowdfunding-Aktion gestartet unter dem Motto *Mäxchen darf nicht sterben.*

»Vierundsiebzigfünf«, sagte Theresa mit der Verlässlichkeit eines Metronoms.

»Mit vierundsiebzig Euro werdet ihr aber nicht weit kommen«, warf ich ein.

Aber ich war offenbar schon wieder hinter dem Horizont der Bedeutungslosigkeit versunken.

»Hallo?«

»Fünfundsiebzig.«

»Tausend«, erklärte Henning endlich. »Wir stehen im Moment bei fünfundsiebzigtausend. Anfangs lief's ein bisschen zäh, aber jetzt geht's grad voll durch die Decke. Wir haben Facebook beackert und Twitter und Snapchat und Instagram.«

»Und WhatsApp auch«, fügte Louise stolz hinzu. »Zigtausend Leute haben unseren Aufruf schon geteilt!«

»Fünfundsiebzigsechs«, sagte Theresa, ohne den hypnotisierten Blick vom Bildschirm zu wenden. »Ein Justin aus Montpellier hat fünfhundert überwiesen.«

»Wahnsinn.« Michael schüttelte immer wieder ungläubig den Kopf. »Dass das funzt. Der volle Wahnsinn, also echt!«

»Weiß die Mutter davon?«, fragte ich und setzte mich, da

meine Beine mich plötzlich nicht mehr tragen wollten. »Ich meine, habt ihr sie überhaupt gefragt?«

»Wieso sollten wir?«, fragte Theresa kühl zurück. »Wir tun es ja nicht für sie, sondern für den Jungen.« Endlich hob sie den Blick und sah mich an. »Ich habe mir überlegt, ich werde ihr helfen. Wenn sie möchte, kann ich das Kind tagsüber betreuen, und sie kann in der Zeit arbeiten. Dann habe ich wieder etwas zu tun. Und wenn Mäxchen schläft, kann ich vielleicht nebenbei endlich mein Buch fertig schreiben.«

»Sechsundsiebzigdrei«, sagte Sarah. »Fünfhundert von Judy aus Birmingham.«

Das ganze Geld lief auf Theresas PayPal-Konto zusammen. Wenn es so weiterging, dann würde es am Ende der Nacht nicht nur für die teure Behandlung in Houston reichen, sondern Frau Traber zumindest vorübergehend ein halbwegs sorgenfreies Leben sichern. Ihr Mann würde nicht weit kommen. Spätestens morgen würde er irgendwo aufgegriffen werden. Seine Pistole war tatsächlich ein Spielzeug aus einer der Schubladen von Chris, Mäxchens großem Bruder. Er hatte mich also nicht wirklich bedroht. Natürlich würde er angeklagt werden. Selbstverständlich musste er sich vor einem Gericht verantworten. Aber in Anbetracht aller Umstände würde es wohl nicht allzu schlimm werden. Nicht schlimmer jedenfalls, als die vergangenen Wochen für ihn gewesen sein mussten.

Ich bemerkte, dass Michael mich mit dem zutiefst erstaunten, aufgewühlten Blick eines Menschen anstrahlte, der vielleicht zum ersten Mal in seinem Leben etwas durch und durch Richtiges und Gutes getan hat.

Ich lächelte zurück, und in diesem Moment war ich überzeugt, dass er es schaffen würde. Dass er loskommen würde von seiner Sucht. Dass vielleicht am Ende auch für ihn alles gut werden würde.

»Achtzig«, sagte mein alter Vater ehrfürchtig. »Dreitausend von einem Nils in Södertälje. Weiß vielleicht einer, wo das liegt?«

»In Schweden.« Theresa warf den Kopf zurück, griff sich mit beiden Händen in die Locken und lachte plötzlich aus vollem Hals. »In Schweden ist das. Ich habe eine Freundin dort, fällt mir ein, Ingrid. Die sollte ich vielleicht mal wieder anrufen.«

Nach und nach stimmten alle in ihr Lachen ein.

Als Letzter ich. Dafür aber am lautesten.